My Sister's Grave

My Sister's Grave

My Sister's Grave

BEST嚴選

奇幻基地出版

妹妹的墳墓

My Sister's Grave

羅伯·杜格尼 著
李玉蘭 譯

Robert Dugoni

BEST 嚴選

緣起

在繁花似錦的奇幻文學花園裡，你或許還在門外徘徊，不知該如何抉擇進入的途徑；也或許你已經置身其中，卻因種類繁多，或曾經讀過不合口味的作品，而卻步、遲疑。

BEST嚴選，正如其名，我們期許能透過奇幻基地對奇幻文學的瞭解，以及對讀者的理解，站在出版者與讀者的雙重角度，為您精選好作家與好作品。

他們是名家，您不可不讀：幻想文學裡的巨擘，領域裡的耀眼新星。

它們最暢銷，您怎可錯過：銷售量驚人的大作，排行榜上的常勝軍。

這些是經典，您務必一讀：百聞不如一見的作品，極具代表的佳作。

奇幻嚴選，嚴選奇幻。請相信我們的眼光，跟隨我們的腳步，文學的盛宴、幻想世界的冒險，就要展開。

excellent bestseller classic

謹以此書獻給羅伯特．A．卡貝拉，
願你在上帝的懷抱中，找到生命最後幾年所渴求的平靜、安慰和愛。

【臺灣版獨家作家序】

致忠實的讀者們：

打從一九九九年起，我開始了全天候的筆耕工作後，就這樣過了好多年，然而如今在各位手上的這本書，卻是我的第一本繁體中文版小說。

我當然激動不已。

只要一想到世界的另一端，某家咖啡館內，可能有人打算利用工作空檔小憩一番，於是從背包裡抽出我的小說閱讀……這是多麼夢幻的一個畫面啊。崔西．克羅斯懷特的故事在廣大的讀者心目中獨一無二，不斷有來信告訴我，他們是如何被她的故事深深打動，以及這個故事之於他們而言，又是怎麼貼近個人的生命經歷。

我其實不清楚自己是如何「找到」一個故事。但隨著書寫得越來越多，我越相信作者不會「找到」故事，而是由故事找到作者，我們的工作只是把它寫下來，與大眾分享。

我老是說自己最精采的作品並非出自腦袋，而是來自內心深處，這情況就活生生印證在《妹妹的墳墓》上。一開始，我的人物設定比較華而不實，主角是一個背負著不可告人祕密的總裁……但沒多久，我就放棄了它（十分慶幸做了這個決定），替換了更貼近個人生活經驗的故事。

我的原生家庭總共有十個孩子，我有五個兄弟，四個姐妹；男生們兄友弟恭，感情很好，但我們之間的關係和姊妹們所共享的緊密聯繫截然不同。我還記得女孩們所有莫名其妙的儀式

——她們為了合理化共享衣服、配件這件事，會搶先指著另一個人說她已經穿過了；或是把日記藏起來，找到的人就可以互相交換看；或是就寢時躺在床上，整夜沒完沒了地大聊男孩子。

曾有人問我，是如何站在女性的觀點從事創作？其實那並不是我的作法。我認為要是那麼做了，只會帶來災難性的結果。我僅僅是從一個熱愛家人、疼愛妹妹的主角角度切入，去寫下這個故事。這個人從頭到尾眼睜睜看著某個夜晚的不幸變故發生，造成心愛的家人一個個相繼離她而去，原本幸福美滿的家也就此破碎瓦解。我想像著那個人失去了唯一的妹妹，內心的自責和糾結會如何變化，以及可能經歷怎樣的痛苦和內疚。我問自己，為了解脫這份壓抑和罪咎，那個人會怎麼做？為了找出那個關鍵夜晚的實際事發經過，她又會挖掘到多深的境地？

這個問題，不幸的，其實也是很多人必須好好捫心自問的問題：為了找到苦苦追尋的答案，你願意付出多少代價？

感謝您挑選了《妹妹的墳墓》，希望您能享受接下來的閱讀冒險。請寫e-mail給我，讓我知道您是在哪些地方閱讀著我的書，又有著什麼樣的想法。一想到我的作品在那麼遙遠的國度找到了一個新家，我的內心又是一陣激動，澎湃不已。

第一篇

寧可縱放一百，不可錯殺一人。

——威廉・布萊克斯通爵士，《英國法律評注》（注）

注 William Blackstone，十八世紀法官、法學家。

1

她的警校戰術教官喜歡在晨練時奚落他們。他總是說：「大家都高估了睡眠的重要性。你們將會明白，人即使不眠不休，也能生龍活虎。」

他騙人。

睡眠和性愛一樣，獲得的越少，就越渴望去滿足，而最近崔西．克羅斯懷特（Tracy Crosswhite）兩樣都很缺乏。

她轉了轉肩膀和脖子。因為沒時間晨跑，身體變得很僵硬，整個人呈現半昏半醒的狀態，她記得自己睡得不多（如果真的有睡著的話）。醫生告誡她少吃速食、少碰咖啡因——都是很好的建議，但好好吃飯和運動一樣需要時間，對於正在調查凶殺案的崔西來說，兩者都太奢侈了；至於戒掉咖啡因嘛，那就等於不給汽車加油，沒有咖啡因會要了她的命。

「嗨，這麼早到啊，教授。是誰死了？」

維克．法茲歐（Vic Fazzio）碩大的腰身倚靠在崔西的辦公桌隔板上打著招呼，這句雖然是重案組的老掉牙戲話，但在法茲嘶啞的嗓子和紐澤西粗獷口音下，一點也沒有陳腔濫調的感覺。他的龐巴度飛機頭灰髮往上梳，五官厚實而多肉，這位自稱「義大利兄弟」的凶殺組探員，活脫脫是黑手黨電影裡沉默的保鏢模樣。他手上拿著紐約時報的填字遊戲和一本圖書館借閱用書，看樣子，咖啡因在他身上發威了。法茲上廁所的時候，若有人想如廁，只能自求多福。眾所周知他習慣花上半個小時慢功出細活，並且一邊研究填字遊戲的答案，或是閱讀一段特別引人入勝的章節。

崔西把犯罪現場照片印出來，抽出其中一張，遞過去說：「奧羅拉大道上的舞孃。」

「聽說了，真夠變態！」

「我看過更慘不忍睹的性工作者死狀。」

「我都忘了，妳被嚇慘了，所以才決定放棄性愛到死。」

「死，那可簡單多了。」她盜用法茲曾說過的俏皮話。

有人發現舞孃妮可．漢森四肢反綁在背後，被棄屍在北西雅圖奧羅拉大道上，一間廉價汽車旅館的房間內。她的脖頸套著絞索，繩子沿背脊而下，綁住手腕和腳踝，呈現一種很詭奇的姿勢。

崔西再把驗屍報告遞給法茲。「因為肌肉痙攣而引起緊繃性疼痛，於是她放直雙腿來減輕痛楚，直到把自己勒斃。高明吧？」

法茲看著照片思索，「妳不認為他們打了活結，或會用其他方法來解套？」

「滿有道理的推測。」

「那妳的看法呢？有人坐在那裡，興高采烈地看著她斷氣？」

「或許是玩過頭，男人慌了，逃之夭夭。無論如何，她不可能自己把自己綁成那樣。」

「或許就是她自己綁的。可能她和大師胡迪尼[注1]一樣在玩脫逃術。」

「胡迪尼自己解開了繩子，那才叫脫逃術。」崔西收回驗屍報告和照片，放到辦公桌上。

「所以我才這麼早來，在這個荒謬的時間坐在這裡，卻只有我、你和那些信號器。」

「我和那些信號器五點就在這裡了，教授。有句話說『早起的鳥兒有蟲吃』。」

「是、是，但這隻早起的鳥兒太累了，就算有蟲子爬出來咬她的屁股，她也沒有感覺。」

「肯辛還沒來？妳怎麼有心情開玩笑？」

她看了看手錶，「他最好在幫我買咖啡，但看這個情形，我自己煮可能比較快。」她朝那本書揚揚下巴。「《梅岡城故事》？想不到你也會讀經典名著。」

「我想追求更上一層樓的境界。」

「是你老婆幫你選的吧？」

「那當然。」法茲挺直身體。「好了，讀書時間到。」

「讀太多書腦袋會爆炸喔，法茲。」

他往牛棚（大房間）外走去，想了想又轉回來，手裡拿著鉛筆。

「嘿，教授，幫我一個忙。我需要一個表達『保證天然氣安全』的英文字，這個字會有九個字母。」

崔西在轉換跑道、進入警察學校就讀前，曾經在高中教過化學，進入警校後才因此得到了「教授」這個綽號。她秒答：「Mercaptan（硫醇）。」

「啊？」

「硫醇。把它加入天然氣中，如果天然氣外洩了，就可以聞得到。」

「哇塞，它聞起來像什麼？」

「硫磺和臭掉的蛋。」她拼出英文字。

法茲舔舔筆尖，寫下九個字母。

「謝啦。」

法茲大步離開辦公室。這時，肯辛頓．羅伊（Kinsington Rowe）剛好走進第一小組的牛棚，手裡拿著兩個高高的紙杯，將其中一杯遞給崔西。「抱歉晚了點。」他說。

「我差一點就要叫救護車來了。」

第一小組是暴力犯罪科的四個重案組之一，組內有四位探員，包括：崔西、肯辛、法茲和德爾莫．卡斯提利亞諾（Delmo Castigliano），「義大利活力雙雄」(注2)之二。成員們的辦公桌分置在大房間的四個角落，背對著背，這是崔西喜愛的坐法，重案組是個玻璃魚缸，隱私權格外珍貴。正方形隔間的中央、工作檯下方，存放著重案組檔案匣，但各自負責的重大傷害案件檔案則收在自己的辦公桌上。

崔西雙手托著杯子說：「終於來了，又苦又甜的神水。」她啜了一口，舔掉沾在上唇的泡沫，「你怎麼那麼久？」

肯辛皺著臉坐了下來。他在大學美式足球隊當了四年跑衛，後來在職業美式足球隊待了一年，卻因醫生誤診，造成髖關節退化而被迫退休。他遲早有一天要開刀更換髖關節，檢驗報告

注1 Harry Houdini，哈利．胡迪尼，被譽為史上最偉大魔術師、脫逃術師及特技表演者。

注2 Dynamic Duo，出自《蝙蝠俠》漫畫。蝙蝠俠和搭檔羅賓，有時候會被稱為「活力雙雄」。

說骨頭狀況沒有惡化，所以一次手術就夠了，不過在那之前，他必須靠止痛藥過日子。

「你的屁股那麼痛？」

「天氣變冷就會這樣。」

「趕快開刀吧，還等什麼？我聽說那只是個小手術而已。」

「只要是醫生得把麻醉面罩往你臉上一罩，嘴巴上又跟你說『成功率九成九』的手術，那就不會是個小手術。」

他苦著臉移開視線，顯示他還有屁股疼以外的心事。六年來，兩人肩並肩的工作經驗讓崔西已經很瞭解肯辛，從表情就可以解讀出他的心思。每天一早，她知道的第一件事，就是他昨晚過得多淒慘或是跟誰上了床。肯辛是她的第三位重案組搭檔，第一位分派來與她共事的伙伴叫弗洛伊德・海提，卻公開宣稱寧願退休也不跟女人一起工作，而且說到做到；至於第二個，他們的伙伴關係維持了六個月，直到他的老婆在烤肉會上見過崔西後，表明無法接受老公和當時三十六歲、身高一百七十五公分又單身的金髮女郎，擁有如此緊密的搭檔關係為止。

肯辛出面自告奮勇當崔西的搭檔時，崔西還鬧了點彆扭。

好啊，那你老婆怎麼說呢？崔西問。她難道不會有操他媽的問題？

希望不會。肯辛回應。我家裡有三個不到八歲的孩子，那大概是我們一起做的最後一件有趣的事。

她當下就知道肯辛是可以和她共事的人。

他們後來找到一個合作模式，也就是「坦誠相告」，不記仇，沒疙瘩。就這樣，他們的伙伴關係持續至今。

「肯辛，你心裡還有別的事？」

肯辛嘆了一口氣，「比利在大廳叫住我。」比利是第一小組的小隊長。

「他讓我等到現在才有咖啡喝，最好有個好理由，否則別怪我大開殺戒。」崔西說。

肯辛並沒有被逗笑。晨間新聞喃喃的播報聲從隔壁第二小組的牛棚傳來，某張辦公桌上的電話鈴聲響起，卻沒有人接聽。

「跟漢森案有關嗎？大頭又來找麻煩了？」

他搖搖頭，「比利接到驗屍官辦公室打來的電話，崔西。」他直視著崔西的眼睛，「有兩個獵人在雪松叢林鎮上方的山嶺，發現了一具屍體殘骸。」

2

崔西的手指因期待而顫抖著。一整天的陣陣微風，吹得她的風衣後襬不停翻飛，她等待著這道陣風過去。經過兩天的競賽後，只要再戰一場，一九九三年華盛頓州單動式手槍擊發賽的冠軍（注1）就出爐了。才二十二歲的崔西已蟬聯三屆冠軍，去年才把寶座拱手讓給了小她四歲的妹妹莎拉，今年姊妹倆同時打進了總決賽，兩人勢均力敵，戰況激烈。

裁判官手拿著計時器來到她耳旁，低聲說：「預備喊妳的臺詞了，『克羅斯拔槍』。」她的牛仔名號不只是在她的姓氏上動點手腳，那也是她和莎拉都愛的手槍皮套款型。

崔西捏住軟呢牛仔帽沿，深吸口氣，朝世界上最棒的西部牛仔電影致上最高敬意，「拔槍吧，你這混蛋（注2）。」

計時器嗶聲響起。

她右手拔出左皮套裡的柯爾特左輪手槍，拇指扳回擊錘，開槍射擊，同時間左手也已拔了槍，扳回擊錘，開槍，射倒第二支標靶。找到節奏後，她的動作更加流暢起來，速度也加快，快到幾乎聽不見鉛彈擊發的叮叮聲。

右手，扳擊錘，射擊。

左手，扳擊錘，射擊。

右手，扳擊鍾，射擊。

瞄準下排靶子。

右手，射擊。

左手，射擊。

最後三發子彈急速擊發，砰、砰、砰。她帥氣俐落地雙槍一轉，啪的一聲放到木桌上。

「結束！」

部分觀眾高聲歡呼，但又隨即安靜下來，那些人發現了崔西已經知道的事。

她開了十槍，卻只有九個叮聲。

下排第五個標靶仍然直挺挺地站著。

她漏掉了它。

站在標靶附近的三位監看官各自豎起一隻手指，進一步確認了擺在眼前的事實。這個失誤的代價很高，她的射擊總秒數必須多加五秒。崔西驚訝地瞪著那個標靶，但再怎麼瞪，它也不會倒下了。她不甘心地收起手槍，插進皮套，往旁邊站過去。

所有目光都轉移到代號「孩子」的莎拉身上。

注1 Single Action Shooting，單動式擊發，手槍擊發方式之一。

注2 一九六九年西部電影《大地驚雷》（True Grit）中，約翰・韋恩的經典名句，他更以此部電影得到奧斯卡最佳男主角。二〇一一年由導演檔柯恩兄弟重拍，片名改為《真實的勇氣》。

✦

那輛槍架手推車是她們的父親親手打造的，讓姊妹倆用來裝槍和彈藥，崔西和莎拉一起拉著它穿過布滿碎石的停車場。頂上的天空一下子就暗了下來，氣象預報說的大雷雨提前來到。

崔西用鑰匙打開藍色福特卡車的硬殼車斗罩，放下尾門，猛地轉身質問，「妳搞什麼鬼？」但她壓低嗓門的能力實在不怎麼樣。

莎拉把帽子往車斗一丟，金髮流瀉，溢過肩膀，「什麼？」

崔西拿高銀色冠軍獎章，咬牙說：「妳已經好多年沒錯失過兩支標靶，妳以為我是笨蛋嗎？」

「是風變大了。」

「妳是個差勁的騙子，知道嗎？」

「妳是個差勁的贏家。」

「因為我沒贏，是妳故意讓我贏。」崔西頓了一下，等著兩個看熱鬧的人快步走過時，幾滴雨絲飄落。「妳運氣好，爸爸不在現場。」她說。

八月二十一日是父母結婚二十五周年，詹姆斯「醫生」·克羅斯懷特並不打算要求太座放棄夏威夷，改到首府塵土飛揚的射擊場歡慶紀念日。崔西嘆口氣，態度和緩下來，不過依然忿忿不平，「我們都說好了，不是嗎？要一起盡全力，否則別人會以為這場比賽只不過是一個騙局。」

莎拉還來不及回話，輪胎踩過碎石的聲音就在兩人附近響起，轉移了崔西的注意力。班駕著白色貨卡繞過她的福特，在駕駛座上對她們微微一笑。即使崔西和他已經約會一年多了，他還是一見到崔西就會滿臉笑意。

「等我明天回家再算賬。」崔西對莎拉說完就走開，迎向已經跳下車、正穿上她去年送的聖誕禮物皮衣的男友。他們互給彼此一個吻後，班才說：「對不起，我遲到了。遇上警察臨檢，我看酒駕的人要是開車，絕對過不了塔科馬的。我現在好想喝啤酒。」崔西幫他把皮衣領子立起來，班瞥到她手上的獎章，「嘿，妳贏了。」

「是啊，我贏了。」她的視線瞥向莎拉。

「嗨，莎拉。」班打著招呼，眼神和聲音則帶著一絲困惑。

「嗨，班。」

「可以走了嗎？」他問崔西。

「再等一下，馬上好。」

崔西脫掉風衣和紅色領巾，往車斗丟去，在尾門上一坐，抬起一條腿，要莎拉幫她脫掉靴子，抬眼看見天色已經全黑，「這種天氣，我不放心讓妳一個人開車回家。」

莎拉把靴子丟進車斗，崔西再抬起另一條腿，莎拉抓住靴子後腳跟說：「我十八歲了，可以開車把自己送回家，而且這裡又不是沒下過雨。」

崔西看著班，「我們應該帶她一起去。」

「她才不想去。莎拉，妳不想去吧？」

「對，一點都不想。」莎拉立刻說。

崔西穿上平底鞋，「這可是大雷雨。」

「崔西，拜託，妳把我當十歲孩子啊。」

「妳是像十歲孩子。」

「那是因為妳把我當十歲孩子看。」

班瞥了一眼手錶，「小姐們，我實在不想打斷妳們精采的對話，但我們必須出發了，否則會趕不上訂位時間。」

崔西把旅行袋交給班，讓他拿著袋子朝貨卡走去，然後交代莎拉：「走高速公路，不要走郡道。天色會變得很暗，再加上大雨，視線會很糟。」

「走郡道比較快到家。」

「別鬧，走高速公路，下交流道後繞回去。」

莎拉伸出手跟崔西要鑰匙。

「答應我，聽話。」沒有莎拉的保證，崔西不會交出鑰匙。

「好，我答應妳。」莎拉在心臟前畫了個十字發誓。

崔西把一串鑰匙放到莎拉手上，再蜷起她的手指包住鑰匙，「下次，別想太多，儘管射倒那些該死的標靶。」說完她轉身走開。

「嘿，妳的帽子。」莎拉喊著。

崔西摘下帽子，把它按到莎拉頭上，莎拉對她吐了吐舌頭，崔西想再發脾氣，但看見妹妹一臉我見猶憐的樣子，她的氣一下子都消了。崔西感覺一抹微笑在自己臉上綻開，「妳這小鬼。」

莎拉給了她一個大大的笑容，「是啊，所以妳才這麼愛我。」

「是、是，所以我才那麼愛妳。」

「我也愛妳。」班插話進來，他已經推開副駕駛座的門，側倒在座位上說：「如果我們能趕上訂位，我會更愛妳的。」

「來了來了。」崔西說。

她跳上車，關上門，班抬手對莎拉揮了一下，隨即快速來了個U型大迴轉，朝出口越來越長的車隊而去。細細的雨滴在車燈照耀下，暈成星星點點的熔化黃金，崔西轉身往車窗外看去，莎拉依然站在雨中望著他們。崔西突然有個衝動想回頭，覺得好像漏了什麼東西。

「妳還好嗎？」班問。

「沒事。」但那股衝動依然強烈，她看見莎拉張望著自己的手，恍然大悟姊姊的用意，趕緊抬頭又回望了過來。

崔西剛才把獎章連同車鑰匙一起放到了莎拉手中。

從此之後二十年，崔西再也沒看過那兩樣東西。

3

雪松叢林郡警官羅尹·卡洛威穿著飛蠅釣魚背心，戴著他的幸運帽，卻覺得那艘輕輕晃動的平底船早已在千里之外。他從機場直接開車到警局，當時坐在身旁的妻子一路無語，這趟飛蠅釣魚之旅是夫妻倆四年來第一次真正的假期，對於假期必須提早結束，兩人都相當無奈。他下車後，妻子駕車離去時沒跟他吻別，他只好暫時不去處理她的怨氣，等到回家晚餐時，可有的聽她碎碎唸了。他會這樣說：「我也沒辦法啊。」，而她會回：「這句話我已經聽了三十四年。」

卡洛威進入會議室，關上門。他的屬下范雷·阿姆斯壯穿著卡其制服，站在粗獷的原木桌邊，日光燈下的臉色顯得蒼白，但與沒有一點血色的萬斯·克拉克比起來，還算是個正常人。那位卡斯卡德郡(注)的檢察官坐在房間另一頭，看起來無比虛弱，格子運動外套掛在一張椅子上，領結拉低，襯衫的第一顆鈕釦已解開。克拉克沒有站起來寒暄，只是淡淡地點了個頭。

「不好意思把你叫回來，長官。」阿姆斯壯站在警員照片集錦的鑲板牆前，卡洛威的照片就掛在最右邊，已經長達三十四年。六十五歲的他維持了照片中的虎背熊腰，但每天早上照鏡子時，依然忽視不了自己與日俱增的皺紋，曾經輪廓分明的五官和立體的線條軟化下來，明顯稀疏的頭髮也開始花白。

「別放在心上，范雷。」卡洛威把帽子丟到桌上，拉出一張椅子坐了下來，「跟我說說你手上有的資料。」

三十五歲的阿姆斯壯身形高瘦，與卡洛威共事了十年，他的照片就掛在卡洛威的照片旁邊。「今早打電話報警的是陶德．亞羅。他和比利．列治文準備要到獵鴨的藏身處去，就在穿越荒廢的卡斯卡迪亞渡假中心建地時，他們的狗，海克力斯，嗅到異味跑開。亞羅說他們叫了好久才把牠叫回來，但海克力斯回來時，嘴裡叼著一個東西。亞羅原本以為是樹枝，拿起那根又白又細的東西打量，比利卻說是一根骨頭。他們並沒有多想，以為海克力斯只是挖到鹿的殘骸，但海克力斯隨後又跑掉，並且持續瘋狂亂叫，於是他們只好追上去，結果看到牠拚命地扒地。不管亞羅怎麼叫都叫不動牠，最後只好抓著項圈把牠拉開，然後就看到了。」

「看到了？」卡洛威問。

阿姆斯壯一邊按著iphone的按鍵，一邊繞過會議桌，卡洛威從釣魚背心口袋裡抽出半框老花眼鏡，現在不戴眼鏡已經讓他無法綁好昆蟲魚餌。他戴上眼鏡後接過手機，拿得遠遠地看。阿姆斯壯傾身過去，用手指拉大那張照片，「那些白線，都是骨頭，是一隻腳。」

骨頭像出土的化石一樣被半埋在土裡。阿姆斯壯滑過一連串照片，展示那隻腳和墳穴的各種遠近角度。「我叫他們做了記號，然後到車邊和我碰面。他們把骨頭放到亞羅的吉普車後

注 Cascade County，美國華盛頓州金郡東邊廣大的鄉區，因居民感於資源分配不均，卻仍然要繳稅給金郡郡政府，故於一九七九年第一次提議與金郡切割，另外成立新的郡行政區。

座。」阿姆斯壯滑動螢幕，找到放在閃光燈旁邊的一根骨頭照片，「西雅圖的人類學家要我們放個東西做比例，她說那根骨頭看起來像是大腿骨。」

卡洛威朝房間盡頭望去，結果克拉克仍然死盯著桌面。他只好問阿姆斯壯：「聯絡驗屍官了嗎？」

阿姆斯壯拿回手機，直起身子，「他們叫我去找一位法醫人類學家——」他低頭檢視筆記本，「凱莉．羅莎。她說他們會派一組人過來，但明天早上才能到。我讓東尼守在現場，免得骨骸被山裡的動物破壞，晚點再派人去替換他。」

「人類學家認為是人類骨骸？」

「不確定，不過她說可能是右大腿骨，而且屬於女性。你也看到亞羅雙手拿的那根又白又細的骨頭，」阿姆斯壯又看了一眼筆記本，「她稱那個是『屍蠟』，是分解後的皮下脂肪，跟腐肉一樣惡臭，屍體丟在那裡應該有一段時間了。」

卡洛威折好眼鏡，收進背心口袋裡，「他們抵達後，能請你帶他們步行上去那裡？」

「沒問題。」阿姆斯壯說，「到時你會在場嗎，長官？」

卡洛威起身，「我會過去。」他拉開門想去找杯咖啡喝，但阿姆斯壯的下一個問題讓他停下了腳步。

「你想會是她嗎，警長？九〇年代失蹤的那個女孩？」

卡洛威的目光越過阿姆斯壯，停留在依然一動也不動的克拉克身上，「我們會查清楚的。」

4

斑斕的晨光從濃密的樹冠層層疊疊灑落，在郡道兩旁筆直的石頭護牆上，映照出一道道陰影。百年前，山脈被大量的炸藥、十字鎬和鏟子剖開，為採礦的砂石車開路闢徑，使得裸露出來的地底小溪宛如眼淚般淌過表面，流水和著礦石沉澱物，在岩石上畫出一條條鐵鏽和銀灰色的紋路。

崔西啟動了自動駕駛模式，收音機關著，但她的腦袋渾沌不明。法醫辦公室那裡並沒有更進一步的消息，凱莉．羅莎已經下班，跟崔西接洽的職員也只是再次確認肯辛告知她的訊息：雪松叢林郡警局的警員來電，並附上一張應該是人類大腿骨的照片；大腿骨是被一隻狗挖出來的，狗兒的主人是兩位獵人，當時正要前往設置在雪松叢林鎮北方山嶺的獵鴨藏身處。

崔西駕車駛過熟悉的出口，在豎著「停止」交通標誌的路口處左轉，直行一分鐘後轉進市場街。車子在鎮上唯一的紅綠燈前停下，她仔細打量著家鄉，但眼前的小鎮又破又舊，令她感到無比陌生。

✦

崔西把零錢塞進牛仔褲正面口袋，拿起櫃檯上的爆米花和可樂，四下張望，沒看到莎拉。

星期六早上，只要哈欽斯電影院有新片上映，媽媽就會給崔西六美元——她和莎拉每人三元，票價是一塊五，剩下的錢付爆米花和飲料，或者散場後到雜貨鋪買支冰淇淋。

「莎拉呢？」崔西問。十一歲的崔西必須照顧好妹妹，不過她最近倒是順從了妹妹的希望，讓莎拉自己保管看電影的錢。她注意到莎拉並沒有買東西，而是把剩下的一塊五全塞進口袋裡。現在到處找不到妹妹的影子，莎拉又搞神祕失蹤了。

丹．奧萊利用一隻手指推高黑色粗框眼鏡，這是他的習慣動作，「不知道，」他左右看著大廳，「剛才還在啊。」

「誰管她？」桑妮．薇斯朋拿著爆米花，站在雙扇彈簧門旁，等著進入黑暗的戲院。「她每次都這樣。走啦，預告片要開始了。」桑妮對莎拉又愛又恨，莎拉喜歡逗弄桑妮，而桑妮總是快被她氣死。

「我不能不管她，桑妮。」崔西問丹：「她是不是去廁所？」

「我去看看。」丹走了兩步又頓住，「等等，我不能進去。」

哈欽斯先生聞言傾身，雙手平放在櫃檯上，「崔西，我會告訴她你們都進去了。先進去吧，要不然會錯過預告片，今天有《魔鬼剋星》的預告片喔。」

「走啦，崔西。」桑妮哀求著。

崔西又掃視大廳一次，看來莎拉要錯過預告片了。算了，她活該。「好吧，謝謝你，哈欽斯先生。」

「我幫妳拿汽水。」丹的雙手空空，他父母只給他買電影票的錢而已。

崔西把汽水交給他，利用空出的那隻手護著爆米花不撒出來，哈欽斯先生每次裝給她和莎拉的爆米花都滿到極點。崔西知道這跟爸爸對他太太的照護有關，哈欽斯太太患有糖尿病，需要很周延的醫療看顧。

「快點，」桑妮說，「我賭好位置都被坐走了啦。」

桑妮轉身用背部推開門，崔西和丹跟著她走進戲院。燈光已經暗下，彈簧門闔上，崔西停頓一會，讓眼睛適應黑暗。其他已經坐在位置上的青少年又是大笑，又是叫著彼此的名字，熱切地等待哈欽斯先生爬進隔間裡放映影片，有幾位家長噓聲要求他們安靜，但是徒勞無功。崔西打從心裡喜愛星斯六的哈欽斯電影院，從花生爆米花的香氣到褐紫紅色的地毯，再到扶手絨毛都已磨光的天鵝絨座椅，她沒有一處不喜歡的。

桑妮摸黑行進到走道一半時，崔西注意到有個黑影躲在一排座位的後面，她沒來得及出聲警告，莎拉就跳出來嚇人了。

「哈！」

桑妮放聲尖叫，在這一陣令人毛骨悚然的慘叫聲中，戲院瞬間安靜。緊接著，是同樣令人震撼的爆笑聲。

「莎拉！」崔西大吼。

「妳搞什麼鬼啊！」桑妮怒聲叫罵。

戲院裡的燈光亮了起來，隨即引來一陣噓聲。哈欽斯先生快步走下走道，臉上掛著擔憂。爆米花灑了磨損的地毯一地，同時還有被拋在地上的紅白條紋紙盒。

「都是莎拉啦，」桑妮告狀，「她故意嚇我。」

「我才沒有，」莎拉反駁，「是妳自己沒看到我。」

「哈欽斯先生，她故意躲起來，她每次都這樣。」

「才沒有。」莎拉說。

哈欽斯先生看著莎拉，但崔西覺得他並沒有生氣，反而看起來像是在憋笑。「桑妮，妳去請我太太再給妳一盒爆米花，好嗎？」他舉起雙手，「抱歉，大家，我去拿清掃器打掃一下，很快就好。」

「等等，哈欽斯先生，」崔西看著莎拉，「妳去拿清掃器來，自己把這裡打掃乾淨。」

「為什麼是我打掃？」

「因為是妳害的。」

「啊哈，是桑妮——」

「妳，把這些掃乾淨。」

「妳憑什麼管我。」

「媽媽把妳交給我管，所以妳要打掃乾淨，要不然我就告訴爸媽，妳每次都私吞買爆米花和冰淇淋的錢。」

莎拉皺起鼻子，立刻搖搖頭，「好吧。」她轉身離開，又停下來，「不好意思，哈欽斯先生，我很快就好。」她跑下走道，推開盡頭的門大喊，「嗨，哈欽斯太太，我要拿清掃器！」

「抱歉，哈欽斯先生，」崔西說，「我會跟爸媽說的。」

「沒關係，崔西。」他說，「妳處理得很好，莎拉也得到教訓了。她是我們的莎拉，不是嗎？她很會逗大家開心啊。」

「她太調皮、太過分了，」崔西說，「我們得管管她。」

「噢，我不會那麼做，」他說，「那才是莎拉啊。」

✦

有人按了喇叭，崔西抬眼瞥了瞥後照鏡，看見一輛歷盡風霜的卡車，車裡的男人指著頭頂上的紅綠燈。已經綠燈了。

她開車經過電影院，但入口處的罩蓋是一個個石頭打出來的破洞，張貼宣傳海報和預告片的窗戶都被夾板封起，售票亭後方的壁凹處，微風吹得報紙和紙屑懸浮飄起。小鎮上其他單層和雙層樓的磚房和石屋都跟電影院一樣晚景淒涼，多半都貼著「出租」字樣。還是有店家在營業，但十元商店變成了中國菜自助餐館，門前一塊厚紙板寫著「特價午餐六美元」；弗萊德·迪卡帕洛理髮店換成了二手商品店，不過牆上依然掛著紅白旋轉燈。咖啡廳促銷濃縮咖啡飲品的廣告上方，仍是以前考夫曼雜貨舖用白漆塗在磚牆上的字母，只是筆劃已斑駁。

崔西右轉進第二大道，駛過半個街區後，把車停進了停車場。雪松叢林郡警局辦公室玻璃門上的黑色模板印刷字母並未改變，也沒有褪色，但她這次回來，並不是懷舊之旅。

5

崔西拿出刑警識別證，給坐在玻璃門內辦公桌的郡警看，並表明她是西雅圖團隊的人。郡警未曾耽擱片刻，指示她沿著走廊前進就是會議室。

「我知道怎麼走。」崔西說。

她打開無窗密閉的會議室時，裡面的談話聲驟然而止。一位便衣郡警站在木桌的前端，手裡拿著白板筆，身後的軟木板上釘著地形圖。羅尹．卡洛威坐得最靠近房門，雙眉幾乎蹙成一條線，臉上的神情嚴肅；木桌的另一頭，西雅圖法醫人類學家凱莉．羅莎的身旁坐著伯特．史丹利和安娜．柯爾斯，這兩位是華盛頓州刑事犯罪現場應變小組的志工，崔西曾經跟他們合作偵辦過數起謀殺案。

知道不會有人邀請她加入，崔西逕自走了進去。「警長。」她打聲招呼，這裡的鎮民都如此稱呼卡洛威，但嚴格來說他只是郡警官而已。

卡洛威站了起來，崔西經過他的椅子，脫下燈芯絨外套，露出肩掛式槍套和夾在皮帶上的識別證。「妳以為妳在幹嘛？」

她把外套掛在椅背上，「我們就別拐彎抹角了，羅尹。」

卡洛威朝她走去，身板挺得筆直。恐嚇是他的本色之一，對年輕小姑娘來說，羅尹．卡洛威的確很嚇人，但崔西已不再年少，不會輕易就被唬住。

「我也贊成不要拐彎抹角。如果妳是來洽公的，這裡不是妳的轄區；如果——」

「我不是以警察的身分來的，」她說，「但還是希望能受到專家的禮遇。」

「辦不到。」

「羅尹，你知道我不會破壞犯罪現場。」

卡洛威搖搖頭，「妳不會有機會。」

其他人看著他們兩個劍拔弩張，也跟著緊張不安起來。

「那我請你幫個忙……請以我爸爸朋友的立場，幫個忙。」

卡洛威的藍眼睛瞇起，眉頭又皺在一起。崔西知道她已擊中要害，擊中一個未曾癒合的深層傷口。卡洛威以前常和她爸爸一起打獵、一起釣魚，她爸爸也一直照顧卡洛威的年邁雙親，直到他們過世為止。兩個男人對莎拉的失蹤懷抱著濃濃的內疚，那是他們心中同樣沉重的死結。

卡洛威舉起一隻手指指著她，她想起小時候在人行道上騎腳踏車，他也是這樣。「妳不能插手，我叫妳走，妳就得走。我們彼此弄清楚狀況了嗎？」

雖然崔西經手偵辦一年的謀殺案，比卡洛威整個警察職涯偵辦的數量加起來還要多，但她不能這樣嗆回去。「對。」

卡洛威久久地瞪著她，一會兒後才把注意力轉回到那位郡警身上，「繼續，范雷。」他重新坐回椅子上。

那位郡警的識別證上寫著「阿姆斯壯」，他用了一點時間才回到原來的思路，再次看著地形圖，「他們在這裡發現屍體。」他畫了一個X，標示出兩位獵人無意中發現殘骸的位置。

「不可能。」崔西說。

阿姆斯壯轉過來，有點不知所措地朝卡洛威望去。

「我說了，繼續，范雷。」

「這裡有條幹道支線，」阿姆斯壯繼續說，「是當年為了開發而修建的。」

崔西說：「那是荒廢的卡斯卡迪亞渡假村建地。」

卡洛斯下巴的肌肉繃緊，「繼續，范雷。」

「沿支線前行大約八百公尺後，就是埋屍處。」范雷的聲音出現些許遲疑，「我們在這裡設置了管制區。」他又畫了一個小X，「屍體埋得很淺，大約只有六十公分深，現在——」

「等等。」羅莎停筆，從筆記中抬起頭，「停一下，你剛才說屍體埋得很淺？」

「嗯，被發現的那隻腳埋得並不深。」

「埋屍處的其他部分都沒被動過？」羅莎問，「我是指除了那隻狗挖過的地方之外？」

「看起來是，也許墓穴裡只有一條腿和腳。」

「為什麼這麼問？」卡洛威問。

「西北太平洋沿岸的冰磧(注)跟石頭一樣硬，」羅莎說，「挖掘墳墓會很困難，尤其又是這種岩層，所以我猜應該有樹根鑽過。令我吃驚的不是墳地很淺，而是它居然沒被野生動物破壞。」

崔西對羅莎說：「那個地區曾預定要動工興建一座名為『卡斯卡迪亞』的高爾夫和網球渡假村，開發公司砍了一些樹林，設置幾個臨時貨櫃屋辦公室來預售地皮。妳記得幾年前，我們在楓樹谷發現的那具屍體嗎？」

羅莎點點頭，又看著阿姆斯壯問：「那具屍體有沒有可能是埋在樹木被連根拔起後留下的地洞裡面？」

「不確定。」阿姆斯壯搖搖頭，表情有些困惑。

「有什麼差別？」卡洛威問。

「那暗示埋屍是預謀的。」崔西說，「有人知道那個地區預定被開發，於是利用地洞埋屍。」

「既然那個地方會被開發，凶手為什麼還要選擇那裡的地洞？」羅莎問。

「因為他還知道開發案不會進入興建階段，」崔西說，「那曾經是這裡的大事件。渡假村會對本地經濟產生巨大深遠的影響，也會讓雪松叢林鎮順利成為渡假勝地。開發商呈交土地使用申請書，想要興建一個高爾夫球場和網球渡假村，但過沒多久，聯邦能源委員會卻核准了在卡斯卡德河上修建三個水力發電水壩工程。」崔西站起來，走到會議室前方，伸手跟范雷要白板筆。郡警遲疑一下才遞給她，她立刻畫了一條線，「卡斯卡德瀑布是當時最後一座水壩工程，一九九三年十月中旬，水壩一完工，河水後退，湖的面積變大，」她畫出後來的湖水範圍，「淹沒了這個地區。」

注 冰川流經沿途會進行強烈侵蝕，加上山坡的強烈凍融風化和泥流作用，造成大量的碎屑物質，隨著冰川的移動而被搬運和沉質下來，成為冰磧（moraine），構成獨特的沉積地貌。冰磧質地堅硬，特徵為碎屑顆粒大小不一，泥礫混雜，沒有層理，礫石磨圓度低，棱角較明顯，形狀各異，冰石上具有擦痕。

「這樣一來，埋屍處就會被水淹過，不會被野生動物破壞。」羅莎說。

「也不會被我們發現。」崔西轉向卡洛威，「我們應該搜山，羅尹。」

崔西知道她不會只是搜索隊的一員，因為她在爸爸過世後，保留了當初搜山時使用的地形圖。這麼多年來，她一次又一次研究那張圖，次數多到圖上的每一條線，已經比自己的掌紋還要熟悉。她爸爸為了進行系統性的全面搜山，將地形圖分成了幾個區塊，父女倆曾經仔細搜索過每一個區塊兩遍。

看到卡洛威依然無視她，她換了一個對象，對羅莎說：「他們提前於今年夏天炸毀卡斯卡德瀑布水壩。」

「所以湖水回復到它自然的大小。」羅莎明白了。

「政府才剛開放那個區域給獵人和健行者，」阿姆斯壯也領悟過來，「昨天是獵鴨季開始的第一天。」

崔西望向卡洛威，「我們在那個區域被淹沒前去搜過，羅尹，當時沒發現任何屍體。」

「那個區域很大，妳不能排除我們有疏漏的可能，」卡洛威說，「也不能否定那具屍體很可能不是她。」

「那段期間，這裡有多少年輕女子失蹤，羅尹？」

卡洛威不發一語。

崔西說：「我們搜過那個區域兩遍，沒發現任何屍體。那具屍體是在我們搜山後、淹水前，才被埋在那裡的。」

6

崔西倏地彈起，身上的被單滑到腰間。她的腦袋一片茫然，以為驚醒她的噹啷聲是從雪松叢林高中走廊迴蕩而來的鐘聲，告訴她下一堂化學課要遲到了。

「電話。」班呻吟一聲就躺回床上，臉上捂著一個枕頭，試圖擋住穿透窗簾的刺眼陽光。電話鈴聲最後斷了。

崔西倒回枕頭上，腦袋卻想要恢復清醒。她看著腦海浮出的影像：班先前到射擊賽場接她去吃晚餐；他把椅子往後推，單膝跪下……婚戒！她的嘴唇漸漸彎成一個笑容，抬起左手傾斜觀賞，鑽石的稜形鏡面放射出七彩折光。班當時太緊張，求婚詞差點說不下去。

她的思緒又跳走，這次想的是莎拉。本來回到租屋處時，她就想打電話告訴莎拉這個大消息，但後來和班忘情纏綿，把這件事拋在了腦後。

其實莎拉早就知道了。班告訴崔西，是莎拉協助籌劃一切求婚事宜，這也是莎拉故意漏掉兩個標靶的原因。她希望崔西贏得勝利，才能帶著好心情和班訂婚。

想到自己還因此責怪妹妹，崔西突然好抱歉。她翻個身看了床墊旁地毯上的電子鬧鐘一眼，紅燈數字顯示早上六點十三分。這麼早的電話，莎拉是從來不接的，她妹妹才不會爬下床，跑去接爸媽家中走廊上的分機，必須再等等，晚點再打電話過去。

崔西的睡意全消，轉身磨蹭著班，享受他的體溫。看到班沒有反應，她更是緊貼上去，手指滑過線條分明的腹肌，感覺他堅硬起來。

電話鈴響起。

班呻吟一聲，聽起來有些不高興了。

崔西掀開被單，翻身下床，踉蹌地跑過他們昨夜猴急亂丟一地的衣服，一把抓起廚房牆上的話筒。

「喂？」

「崔西？」

「爸？」

「我剛才打了一通電話給妳。」

「抱歉，我沒聽到——」

「莎拉跟妳在一起嗎？」

「莎拉？沒有。她在家啊。」

「她不在家。」

「什麼？等等，你不是還在夏威夷嗎？那裡現在幾點？」

「還很早。羅尹．卡洛威說家裡電話沒人接。」

「羅尹為什麼打電話到我們家？」

「他們發現妳的卡車。妳的車昨晚出問題了？」

崔西的思路跟不太上這段對話，她的頭還因為太多紅酒和太少睡眠而陣陣抽動。「發現我的卡車？什麼意思？在哪裡發現的？」

「郡道上。妳的車怎麼了？」

一陣惶恐的感覺頓時洶湧而上。她跟莎拉說過要走高速公路的。

「你確定？」

「對，我確定！羅尹認得後窗上的貼紙。莎拉沒跟妳在一起？」

崔西的胃開始翻攪，頭昏腦脹，「沒有，她自己開車回家了。」

「她自己開車回家？什麼意思？妳不是跟她在一起？」

「我跟班在一起。」

「妳讓她自己一個人從奧林匹亞開車回家？」爸爸的音量逐漸變成了吼叫。

「我沒有讓她……爸，我……」

「天啊。」

「她現在可能回家了，爸。」

「我剛才打了兩通電話回家，家裡沒有人接。」

「那麼早，她都不接電話的，我確定她睡死了。」

「羅尹去敲過門，他敲大門——」

「我現在開車回去，爸、爸。我保證我現在就開車回去。對，我到家的時候打給你，我保證我一到家就打給你。」

她掛斷電話，試圖理清思緒。

羅尹．卡洛威說家裡電話沒有人接。

他們發現妳的卡車。

她深吸一口氣，努力克制逐漸擴大的焦慮，告訴自己別慌，不會有事的。

我剛才打了兩通電話回家。

莎拉很可能睡死了，她不是沒聽到電話鈴響，就是不想接電話，就像平時她不想接電話時一樣。

羅尹去敲過門，他敲大門——

沒人應門。

「班！」

7

崔西把車停在石子路旁的車隊後方，碎石路前方就是卡斯卡迪亞渡假村未曾建造起來的入口處。她將頭髮綁成一根馬尾，坐在後保險桿上脫下平底鞋，換上登山靴。頂上萬里晴空，十月的氣溫清新涼爽，但她依然把Gore-Tex防水防風外套綁在腰間。她知道一旦太陽落到樹梢以下，雨水說來就來，溫度也會急速下滑。

眾人都到齊後，阿姆斯壯帶頭走下一條泥土小徑，卡洛威跟在他後面，再來是羅莎和她的組員。羅莎帶了一個工具袋，袋外的幾個口袋裝著刮刀、刷子和其他小型工具；史丹利和柯爾斯帶著鋸架、篩子和幾個白色桶子。北美黃松的松針已經開始變色，展現出熟悉的柔和金黃色調，落下的松針鋪成一片天然的地氈，飄散著親切的氣味，楓葉和赤楊葉也昭示秋天的腳步來臨。更往前走，他們經過了好幾處「禁止進入」的記號，小時候崔西、莎拉和朋友們騎腳踏車走山路到卡斯卡德湖時，都會朝那些記號丟石頭玩。

半個小時後，他們離開小徑，踏進一塊荒地，其中有部分地方已被清理過。崔西上次造訪這裡時，還有一棟棟貨櫃屋充當洽商銷售用的臨時辦公室。

「妳在這裡等著。」卡洛威指示。

崔西停下腳步，看著其他人繼續往前，朝站在幾根木樁旁的那位郡警走去。黃黑色的犯罪現場封鎖條掛在木樁上，圍成一個類似長方形的區間，長約三公尺，寬約二公尺半。在長方形的右下處，有個樹枝般的東西從翻開的泥土裡凸出來，讓崔西的心臟一緊。

「我們要在這裡再設置第二個管制區。」卡洛威對阿姆斯壯說話的聲音輕柔中帶著尊重。「就利用那三棵樹。」

阿姆斯壯抓起那綑封鎖條，著手設置第二個管制區，崔西覺得他們緊張過頭了，又沒有別人會來這裡。雪松叢林鎮的人已經不再關心這件事，媒體也找不到路進來北卡斯卡德這個偏僻地帶。

阿姆斯壯圍著圍著，來到了崔西站立的地方，表情似乎有些不好意思，「請妳後退一點，探員。」

她往後退開，讓阿姆斯壯用黃黑色條在大樹之間圍出另一個管制區。

羅莎很快就開始了調查工作。在第二道封鎖線擴大了埋屍現場的範圍後，她利用細繩將管制區分成幾個小區塊，並且在腳骨凸出的那個區塊跪下，開始有條理地用刷子清理泥土；她用小鏟子把泥土鏟進一個二十公升大的桶子裡，每個桶子外都標有一個大寫字母，從A到D對應每個挖掘區塊。史丹利每隔一段時間，就把桶子裡的泥土倒進架在兩具鋸架之間的篩網中，然後晃動篩網。柯爾斯負責照相，將找到的每根骨頭、每塊碎片，都以小寫字體標示，其他物件諸如衣服、金屬物、鈕釦，則以數字標示。羅莎的團隊有條不紊地進行挖掘，沒有停下來休息過，想趕在太陽落下樹梢之前完成工作。

下午一點半過後不久，崔西想起羅莎向來習慣在午後稍微中斷一下工作。那位法醫人類學家果然停止動作，坐到自己的小腿上，對史丹利說話。史丹利開始一一把工具袋裡的刷子遞給她，遞過去的尺寸越來越小，羅莎又回頭用刷子輕輕撣掉泥土，工作的區域逐漸集中、縮小。又過了半小時，羅莎站了起來，戴著手套的手上拿著一個挖掘出來的東西。她走過去和卡洛威討論那個東西，之後把它交給史丹利收進一個塑膠證物袋，用黑色白板筆做標示。登記完後，史丹利把證物袋交給了——不是羅莎，而是卡洛威。警長拿著羅莎挖出來的事物，若有所思。

然後他轉身，目光向崔西投來。

崔西感覺自己的腎上腺素急遽分泌，汗水從腋下冒出，沿著身體兩側滑落。

卡洛威來到她面前，她的心臟不由自主大力碰撞，看著他把證物袋遞過來。她不敢低頭去看袋子裡的東西，只是繼續端詳卡洛威的神情，直到他受不了她的目光，移開視線為止。

崔西低下頭，看著羅莎挖掘出來的物件，倒抽一口氣，所有氣息霎時之間屏鎖在胸中。

8

崔西好想吐。

「妳沒事吧？」班從駕駛座伸手過來，搭在崔西的肩上，但她沒有反應，只是直直地瞪著車窗外，看著山壁和掉落路旁的頁岩碎屑。她在前廊沒看到莎拉的靴子，大門入口處也沒有。她衝上豪華樓梯大叫著妹妹的名字時，也沒有人回應。

莎拉沒在床上睡覺，沒在浴室洗澡，也沒在廚房裡吃東西，更沒在客廳看電視。莎拉不在家，也沒有任何線索顯示她在哪裡。

「親愛的。」班輕輕地說，車子又繞過一個彎道。

她的藍色卡車好像被人遺棄在那裡似的，就停在山肩處，更下方的山坡斜斜滑進荒野裡。

班轉了一個U型迴轉，把車停在卡洛威的雪佛蘭警用休旅車後面，熄掉引擎，「崔西？」

崔西全身麻木，「我跟她說了，不要走郡道。我叫她走高速公路，下交流道後，再繞路回家，你也聽到的。」

班捏捏她的手，「我們會找到她的。」

「她為什麼老是那麼固執？」

「不會有事的，崔西。」

她在爸媽家從一個房間快步到另一個房間時包圍她的恐懼，現在逐漸向中心擠壓。她打開車門，踏上路肩的泥土地。

早晨的氣溫持續上升，柏油路面已乾透，看不到昨夜大雨的任何痕跡。崔西朝卡車走去，林蟲嗡嗡地繞著她打轉，她虛脫無力，頭暈眼花，腳步一個踉蹌，被班趕緊扶住。這裡的路寬似乎變窄了，下方的陡坡比記憶中更陡峭。

「她會不會滑下去了？」崔西問站在貨卡保險桿旁等待的卡洛威。

卡洛威伸出手，接下備用鑰匙，「我們一步步來，崔西。」

「車子有問題嗎？」

崔西本來期望看到一個沒氣的輪胎，或者車身上有個凹陷，又或者車蓋被撐起表示引擎出問題，但她心裡很清楚這些問題都不可能發生。因為她爸爸幾乎是虔誠地堅持，家裡的車子都要定時送到哈雷·荷爾特維修廠徹底保養。

「查過就會知道了。」卡洛威戴上藍色乳膠手套，打開駕駛座的門。副駕駛座地板上的芝多士玉米棒空袋和健怡可樂空罐都還在原地，那些是昨天早上她們開車去參加比賽時，莎拉在車上吃的早餐，當時崔西還唸她吃太多垃圾食物。被莎拉揉成一團、丟在窄長座椅的淺藍色刷毛長衫也還在原本的位置。崔西看著卡洛威，搖搖頭，一切都跟記憶中一樣。卡洛威傾身越過方向盤，插進鑰匙，發動引擎，結果引擎哼了一聲，又咔嗒一下。他更往前傾，看著儀表板。

「沒油了。」

「什麼？」

卡洛威退了出來，讓崔西去看，「她開到沒油了。」

「不可能。」崔西說，「我星期五晚上才加滿油，這樣隔天早上就不用再跑一趟。」

「引擎完全動不了，有沒有可能是油表壞了？」班猜測。

「不知道。」卡洛威的口氣帶著懷疑。

卡洛威拔出鑰匙，朝貨卡後方走去，崔西和班隨後跟上。硬殼車斗罩的有色玻璃窗使人無法透視裡面的情形，走到車尾時，卡洛威問：「妳要不要先轉過去？」

崔西搖搖頭，「不用。」

班摟住她的肩膀。卡洛威轉開了車斗罩的門鎖，彎身朝裡面一瞥，才完全掀開，再放下尾門。一切事物仍然跟崔西記憶中一樣，槍架推車依然被綁在車壁上，她的風衣就和靴子、紅領巾丟在一起。

「那不是她的帽子嗎？」卡洛威指著棕色牛仔帽說。

沒錯。不過崔西隨後又想起她把自己的黑色牛仔帽套在妹妹的頭上，「她戴了我的帽子。」

卡洛威抬起尾門，準備把門收起。

「我可以進去看看嗎？」崔西問，卡洛威聽了往後一退，讓她爬進車斗。其實她也不知道爬進來要幹嘛，但就是有股衝動必須要親眼看看，這跟昨晚她和班開車離去時的感覺一樣，像是忘了什麼東西。她用鑰匙打開槍架推車，獵槍和步槍都在架上，槍管朝上，如同一排插在架子上的撞球桿。莎拉的手槍收在一個夾層抽屜裡，旁邊是鎖著彈藥的盒子。第二個抽屜裡，莎拉收藏了歷年來的戰利品和獎章，崔西還找到一張照片，是懷德・比爾將獎章頒給她時照的，莎拉和第三名分別站在兩側。她把照片塞進褲子後面的口袋，走過去撿起風衣檢查。

「不在。」她邊說邊跳下車。

「什麼不在？」卡洛威問。

「冠軍獎章。」崔西說，「我們昨晚離開前，我把獎章給了莎拉。」

「然後呢？」卡洛威說。

「她為什麼帶走了獎章，卻沒有帶槍？」班問。

「不知道，只是……」

「只是什麼？」卡洛威問。

「我是想，她沒有任何理由帶走獎章，除非她打算今天早上把它還給我，對不對？」

「她是自己走掉的，」卡洛威說，「妳是這個意思嗎？她花了時間決定該帶走什麼，然後徒步回家。」

崔西望著荒涼的馬路，白色中線順著高山的輪廓蛇行而去，最後繞過一個彎道，消失無影蹤，「那她現在在哪裡？」

9

銀色獎章暗淡無光，但上頭一個牛仔女孩兩手各拿一把左輪單動式擊發手槍的圖像，依然清晰可見，就連四周的雕刻字樣「一九九三年華盛頓州單動式擊發冠軍」也清清楚楚的。

他們找到獎章了。

他們找到莎拉了。

崔西被自己洶湧翻騰的情緒嚇到，那不是苦澀，不是內疚，更不是哀傷，而是憤怒。它像毒液竄遍全身每一個毛孔。她知道，她一直知道莎拉的失蹤不像其他人說的那麼簡單，現在她終於能證明自己是對的。

「范雷，」卡洛威的聲音好像從長長隧道盡頭傳來，「把她帶走。」

有人碰觸她的手臂，但崔西躲開，「不。」

「妳沒必要牽扯進來。」卡洛威說。

「我丟下過她一次，」她說，「我不會再丟下她不管。我要留下來，直到結束。」

卡洛威看著她，對阿姆斯壯一點頭，後者退回到羅莎重新開挖的區域。「我得要回那個東西。」卡洛威伸出一隻手，但崔西依然用拇指輕輕描畫著每一個字。

「崔西。」

她交出獎章，但卡洛威一握住，她又不肯放手，硬逼他看著她的眼睛，「我跟你說過，羅尹。我們徹底搜過這片地帶，搜了兩遍。」

✦

餘下的午後時光，她都遠遠地站著觀看，但仍然看得出來，莎拉是頭下腳上呈嬰兒姿態被埋葬的。可見利用樹根土球挖出後的地洞來埋屍的人錯估了大小，這種情形很常見，人在壓力之下，空間感會失真。

羅莎拉上黑色屍袋的拉鍊，再用掛鎖鎖住了拉鍊，崔西看到這裡，立刻掉頭走出森林，回到停車處。

她茫然地駕車駛過蜿蜒的山路下山，腦袋一片渾沌。夕陽落到樹梢之下，斜斜的陰影悄悄地爬過了馬路。她早就知道會是這樣的結果，她當然知道。這也是為什麼探員被訓練成要不眠不休，搶在綁架案發生後四十八小時之內找到人質的原因。統計數據顯示，一旦超過四十八小時，肉票生還的機率將大幅下滑，更不用說二十年了，想找到倖存的莎拉根本微乎其微。但崔西依然保留了一個小小的信念，這個小小信念是她和其他同病相憐的家庭，在心愛的家人被綁架、杳無音訊多年後所共享的，也是所有人類都會緊緊抓住的信念。那就是無論希望多麼渺小，都會有打破不可能中的不可能的一天。這是有前例可循的：加州曾有個年輕女子，在失蹤十八年後，自己走進警局、報上姓名。從那天起，奇蹟重新燃起了每一個綁架受害家庭的希望，崔西的內心也同樣死灰復燃，滿心相信有一天莎拉也會這般出現。她的妹妹會奇蹟般出現。希望，有時候很殘忍，但二十年來，她只能緊緊抓住它；也只有持續希望，才能擊退糾纏不去、利用每個機會吞噬她的黑暗。

希望。

崔西牢牢依附著它，直到最後一刻卡洛威把獎章交在她手中，無情掐熄了殘存的火苗。

她開車經過二十年前找到藍色貨卡的地點，感覺好像只是幾天前發生的事。又開了幾公里後，從熟悉的出口下山，行經一座已經認不得、十分疏離的小鎮。她並沒有左轉朝高速公路的入口而去，反倒是右轉經過了一處平房區，記憶中曾經充滿家人和朋友的明亮屋子，現在全都又破又舊。越是離城區越遠，房子和庭院的大小也隨著增加。她切換成自動駕駛模式，在看到那兩根由河床石頭疊築而成的門柱後，減速轉了進去，停在稍有坡度的車道盡頭。

院子花圃裡原本滿滿都是生氣勃勃的植物，那是母親悉心照料的成果，現在全換成了葉子落光、裸露著禿禿莖幹、準備過冬的玫瑰叢。精心修剪過的草皮被同樣修理整齊的黃楊木樹籬包圍，草皮上有樹幹殘株，那曾經是棵大傘一般的垂柳樹。克力斯欽．馬提歐利從英國聘請一位建築師，飄洋過海來設計這棟安妮女王式兩層樓房，當時他創立了雪松叢林礦業公司，帶領雪松叢林鎮進入了繁榮期。接下來，馬提歐利又要求那位建築師增設第三層樓，以確保他的房子是鎮上最偉岸最豪華的豪宅。一百年後，在當地礦業沒落很多年後，大部分居民都搬光，豪宅和院子也跟著荒廢，然而崔西的母親對它卻一見鐘情，特別愛上那魚鱗式的外牆，以及坡度平緩的人字形屋頂塔樓。正在尋找鄉村醫生工作的父親，為母親買下了房子，夫妻倆合力從原木地板到箱形樑柱天花板全數翻修，拆掉牆板和精緻的牆櫃，還原它的紅木本色，打磨入口的大理石通道，擦亮水晶吊燈，重現它傲視全鎮的絕代風華。他們不只整修了一棟房子，也為一對姊妹建造了一個家。

◆

崔西關掉浴室的燈走出來，進入臥室，身上穿著紅色羊毛睡衣，用頭巾包著頭髮，嘴巴跟著無線音箱哼著肯尼．羅傑斯和席娜．伊斯頓的合唱版本《今夜良宵》（注），俯身在長椅上望著多邊形凸窗外的夜空。一輪壯麗的滿月高掛，淺藍色月光映照著垂柳樹，它長長的辮子一動也不動，彷彿深深地熟睡中。時節靜悄悄地從秋天走到了冬天，氣象預報晚上的氣溫會掉到零度以下，然而崔西失望地看著滿天繁星。雪松叢林公立學校每年的第一場雪都會放假，而明早有分數小考，她還沒讀完。

她按下音箱的「停止」鍵，切斷席娜的歌聲，但嘴上仍然哼著，咔嚓一聲關掉了書桌上的檯燈。月光灑在羽絨被和小地毯上，她打開夾在床頭板上的小燈，讓月光躲了起來，拿起被子上的狄更斯作品《雙城記》。他們一整個學期都艱難地討論這個故事。她不是很喜歡閱讀，但只要成績一往下掉，爸爸就不會帶她去參加十一月底的地區射擊比賽。

她哼著《今夜良宵》的歌詞，拉開了羽絨被。

「哈！」

注 *We've Go Tonight*，原作原唱者為鮑勃．西格（Bob Seger），一九七八年的作品。

崔西放聲尖叫，跌跌撞撞後退，差點摔倒。

「噢，天啊！天啊！」莎拉像裝了彈簧般從被子底下跳出來，又躺在那裡笑得喘不過氣，連話都說得斷斷續續。

「妳這個小鬼！」崔西大叫，「妳有病啊？」

莎拉坐起身，尖聲咯咯笑到氣喘吁吁，好不容易擠出一句話，「妳應該看看自己的表情！」她模仿崔西嚇壞了的表情，又倒在羽絨被上捧腹大笑。

「妳躲了多久？」

莎拉跪起來，握起一個拳頭當麥克風唱了起來，唱的是崔西剛才哼的歌詞。

「閉嘴。」崔西解下頭巾，頭髮往前一甩，用毛巾猛力搓乾。

「妳愛上傑克・弗瑞茲了？」莎拉問。

「關妳什麼事。妳真的很幼稚。」

「哪有，我八歲了。妳吻了他？」

崔西停下手上的動作，抬起頭，「誰告訴妳的？桑妮？等等。」她瞥了書櫃一眼，「妳偷看我的日記！」

莎拉拿起枕頭，啵啵出聲地親吻枕頭。

「噢，傑克，我們好好把握這一刻。我們一起想辦法！」

「妳怎麼可以偷看我的隱私，莎拉！日記呢？」崔西跳上床，騎到莎拉身上，鎖住她的手腳。「妳不乖，一點都不乖。日記呢？」莎拉又開始大笑，「我是認真的，莎拉！還給我！」

房門驟然打開，「妳們在幹嘛？」她們的媽媽穿著粉紅浴袍，踏著拖鞋，手裡拿著梳子，金髮脫離了平常的圓髮髻，披洩到腰上。「崔西，下來，不要那樣壓著妹妹。」

崔西滑下來，「她躲在被子裡嚇我，還拿走我的……她偷偷躲在被子裡！」

艾比·克羅斯懷特走到床邊，「莎拉，我不是跟妳說了不要亂嚇人？」

莎拉坐了起來，「媽，可是嚇人真的很好玩。妳應該看看崔西剛才的表情。」她扮了一個鬼臉，看起來就像一隻興奮過度的黑猩猩。她們的媽媽捂住嘴巴，遮住了笑意。

「媽！」崔西抗議，「這不好笑。」

「好啦。莎拉，我要妳不能再嚇姊姊，還有她的朋友。我是怎麼跟妳說狼來了的故事？」

「妳再這樣，總有一天，就沒有人會去找妳。」崔西恐嚇她。

「媽！」

「我根本連找都不會找。」

「媽！」

「夠了，」艾比說，「莎拉，回妳的房間去。」莎拉滑下崔西的床，朝共用浴室的門走去，「把姊姊的日記還給她。」

崔西和莎拉愣住，難道媽媽通靈？

「偷看她吻傑克·弗瑞茲，很沒禮貌。」

「媽！」崔西再度抗議。

「既然會不好意思，一開始就不該做妳寫在日記裡的事。妳還太小，不應該親吻男孩子。」

莎拉站在共同浴室裡撅起嘴巴啵啵響，艾比轉向莎拉，「夠了，莎拉，快還給姊姊。」

莎拉掉頭往床走去，在崔西的瞪視下，重重地踏出一步又一步。她從羽絨被下抽出翻開的日記本，崔西一把搶了過來，跟著一掌揮去，莎拉縮頭躲開，拔腿逃出房間。

「媽，妳不應該偷看我的日記，這是侵犯隱私。」

「轉過去，妳再這樣頭髮會打結。」艾比用手中的梳子滑下女兒的頭髮，齒梳撓得崔西頭皮麻麻癢癢的，讓她漸漸放鬆下來。「我沒偷看妳的日記。只是做媽媽的直覺都很敏銳。不過自首無罪，傑克・弗瑞茲下次來家裡時，跟他說妳爸爸想私下跟他談談。」

「他不會來了，因為有那個小鬼在。」

「不要叫妹妹小鬼。」艾比完成最後一梳，「好了，睡吧。」崔西滑進羽絨被裡，裡頭留著莎拉的餘溫。艾比調了調她背後枕頭的位置，傾身吻了女兒的額頭一下。

「晚安。」她媽媽撿起地上的浴巾，正要拉上門，又探頭進來，「崔西啊？」

「嗯？」

艾比唱出一連串歌詞。

崔西哀嚎出聲。房門一闔上，她立刻爬下床，關上浴室的門，決定另外找個更合適的藏日記地點。最後她終於把日記塞進櫃子最上層抽屜的毛衣之下，這樣莎拉就絕對搆不到了。她滿意地鑽回被子裡，翻開《雙城記》。

她讀了將近半小時，打算跳讀最後一章，才剛翻頁，就聽到浴室的門咔嚓打開。

「回去睡覺。」

莎拉放開門把，躡腳走進崔西的眼角視線內，「崔西？」

「我說了，回去睡覺。」

「我怕。」

「這麼可憐喔。」

莎拉走到床邊，身上穿著崔西的一件棉絨睡袍，長長的下襬拖在地上，「可不可以跟妳睡？」

「不可以。」

「可是我的房間好恐怖。」

崔西假裝專心讀書，「妳躲在被子底下不害怕，怎麼在自己的房間反而怕了？」

「不知道，我就是怕。」

崔西搖搖頭。

「拜託啦。」莎拉撒嬌地不停搖著姊姊。

崔西被搖得嘆了口氣，「好啦。」

莎拉看姊姊鬆口，馬上跳上床，從崔西身上爬過去，急匆匆鑽進被子裡躺好，沒多久又開口問：「那是什麼感覺？」

崔西的視線離開書本，移到妹妹臉上。莎拉躺在床上，眼睛亮亮地盯著天花板。

「什麼是什麼感覺？」

「和傑克．弗瑞茲接吻啊？」

「快睡。」

「我應該永遠都不會接吻。」

「妳不是想要結婚？不接吻，怎麼結婚？」

「我才不要結婚，我要跟妳住。」

「如果我結婚了呢？」

莎拉皺著小臉思考，「那我可以跟妳住嗎？」

「那我老公怎麼辦？」

莎拉咬著指甲，「那我們還可以每天見面嗎？」

崔西抬高手臂，莎拉挪了過去偎著她，「當然可以。妳是我最疼愛的妹妹，即使妳是個頑皮鬼。」

「我是妳唯一的妹妹。」

「睡吧。」

「睡不著。」

崔西把書放到床頭櫃上，滑進被子裡，抬手準備關掉頭上的小燈，「好了，閉上眼睛吧。」

莎拉聽話地照著做。

「深吸一口氣，慢慢吐氣。」莎拉吐氣時，崔西說：「準備好了嗎？」

「好了。」

「我不……」

「我不……」莎拉重複。

「我不怕⋯⋯」

「我不怕⋯⋯」

「我不怕黑。」她們異口同聲說。

崔西關上了燈。

10

卡洛威年輕時總愛把「我是比兩美元牛排還硬的硬漢子」這句話掛在嘴邊。那時的他可以連續好幾天只睡幾個小時，三十多年裡從沒請過一天病假。但六十二歲開始，他的體力越來越差，越來越不能硬撐，也越來越無法說服自己逞強。去年他還被流感擊倒兩次，第一次躺了一個星期，第二次三天。范雷臨時代理他的職位，他的妻子則毫不留情地實話實說，小鎮就算沒有卡洛威也不會被燒光，更沒出現犯罪熱潮。

他把外套掛在門後的掛鉤上，然後駐足欣賞十月初在雅基馬河釣到的虹鱒。那條魚真是漂亮，大約五十九公分長，將近兩公斤重，魚肚閃亮斑爛。娜拉趁他外出時把虹鱒做成標本，掛在他辦公室的牆上。近來他的太太展開了緊迫盯人的策略要他退休，把魚標本掛在那裡，只是要提醒他，河裡還有很多魚等著他去釣。以柔克剛，真是高明。卡洛威雖然跟妻子說小鎮仍然需要他，范雷也尚未準備好接位，但沒說出口的是，他自己仍然需要小鎮以及這份工作。有的男人可以終日釣魚、打高爾夫球還有旅行，但他對旅行從來都興趣缺缺。他無法想像自己變成「那種男人」——穿著白色軟底矯正鞋，站在郵輪甲板上，假裝大家志同道合，但其實有人危險地一腳在棺材邊徘徊。

「警長？」對講機話筒傳來一個聲音。

「我在聽。」他說。

「我就說嘛，剛才明明看到你溜進來。萬斯・克拉克來了，他想見你。」

卡洛威抬頭看著時鐘，已經傍晚六點三十七分，可見他不是唯一一個到現在還沒下班的人。他原本就等著雪松叢林檢察官的造訪，只是以為至少要等到明天早上。

「警長？」

「請他先回去吧。」

他坐在辦公桌前，榮升郡警官那年，手下警員送的匾額就掛在頭後方的牆壁上。

規則一：警長永遠都是對的。

規則二：請看規則一。

他沉思著。

影子經過灰色玻璃窗格，來到辦公室門前。訪客敲了門一下後，逕自一瘸一拐地走了進來，多年的慢跑終於損傷了他的膝蓋。

卡洛威砰的一聲靠上椅背，抬起穿著靴子的腳，放到辦公桌上，「膝蓋不舒服嗎？」

「天氣一變冷就痛。」克拉克關上門，表情卑微，但這不太像他；因為禿頭而完全展露出來的額頭上，似乎永遠刻著皺紋。

「也許是時候停止跑步了。」但卡洛威清楚克拉克不停止跑步的理由，就跟他自己不退休一樣。不跑步，那克拉克要幹嘛？

「也許吧。」克拉克坐了下來。頭頂上的日光燈管嗡嗡作響，其中一管發出了惱人的滋滋聲，偶爾還一閃一閃的，似乎就要熄滅。「我聽說了。」

「對，是莎拉。」

「我們現在該怎麼辦？」

「我們什麼都不做。」

克拉克的眉頭緊緊鎖在一起，「如果他們在埋屍處發現與證據矛盾的事物呢？」

卡洛威放下腳，「都二十年了，萬斯。我會說服她既然都找到了莎拉，就讓死者安息吧。」

「如果說服不了呢？」

「我會的。」

「之前你就沒成功。」

卡洛威撥動大聯盟投手赫南德茲的搖頭公仔，那是孫子送他的聖誕禮物。他看著公仔痙攣似地擺動。「嗯，那這次我就再加把勁。」

克拉克似乎深思了一會兒，「你去看了屍體解剖？」

「我叫范雷去，是他發現屍體的。」

克拉克深吸口氣，低低咒罵一聲。

「我們早就說好了，萬斯。做都做了，坐在這裡擔心可能永遠不會發生的事，不會改變任何事。」

「但情況已經和從前不一樣了，羅尹。」

11

崔西低著頭踏出電梯，朝她的小隔間走去。原先想要早點進辦公室，卻碰上塞車，讓原本從雪松叢林到西雅圖的兩個小時車程，硬是拖到三個半小時。晚餐她只喝了威士忌，結果讓她忘了設鬧鐘，也可能是鬧鐘響了沒聽到，她搞不清楚。

Gore-Tex外套隨手往椅背上一掛，手提包放進小隔間櫃子裡，她看著螢幕等開機完成，腦袋裡像是有人拿東西在猛敲，就算已吞了一把胃藥，也無法撲滅胃裡燎原的火焰。肯辛的帶輪辦公椅吱嘎一聲滑動起來，她沒有轉頭跟他打招呼，只聽到辦公椅朝電腦又滑了過去，法茲和德爾莫還沒進辦公室。

她開始收電子郵件。里克·塞拉彭傳來了幾封信，這位金郡檢察官想要目擊者口供和崔西宣誓書的複本，以完成她聲請妮可·漢森住的公寓搜索令的程序。傳來第一封信後的半小時，第二封又來了。

目擊者口供和宣誓書呢？沒有它們，聲請書不能提交給法官。

崔西拿起電話要打給塞拉彭時，瞥到第二封信上面的那一封，是肯辛回覆塞拉彭的副本。

崔西點開那封信，發現肯辛已經把目擊者口供和宣誓書傳給對方。崔西連人帶椅朝他滑了過去，心裡很不是滋味，他居然主動替她回信，更不高興他還代替她寫宣誓書，但她才是頭兒。肯辛回頭瞥了一眼，發現自己被瞪著，趕緊轉身過來面對崔西。

「崔西，他直接打電話給我，我看妳的工作已經滿檔，所以才自作主張替妳回覆。」

她轉身回去，按下「全部回覆」後，著手打了一封充滿惡意的回信。一會兒過後，她往後一躺，靠著椅背閱讀剛才寫的內容，又全部刪除。她深吸口氣，用力一推，帶著椅子離開了鍵盤，「肯辛？」

肯辛轉過來。

「謝謝。」她說，「關於搜索令的聲請，塞拉彭怎麼說？」

肯辛走過去，雙手反插進褲子後面的口袋，「今天早上應該就能拿到。妳還好嗎？」

「不知道，我不知道我現在是什麼感覺。頭很痛。」

「安德來過，」他提到他們的中隊長安德魯・勞伯，「他想見妳。」

她大笑一聲，揉揉眼睛，又捏捏鼻梁，「太好了。」

「一起去吃點早餐吧？再開車去肯特(注)跟那件傷害重罪案的目擊者談談。」

崔西站起來，「謝謝，肯辛，但我越快解決……」她認命地聳聳肩，「我不知道。」她繞過隔間外圍，走入走廊。

注 Kent，位於美國華盛頓州金郡，西雅圖郊區的一個城市，也是金郡第三大和華盛頓州第七大城市。

安德魯．勞伯當了第一小組的小隊長兩年，之後晉升成中隊長，升等後搬到內側一間無窗的小辦公室，門邊還有一個可抽換名牌的卡槽。他坐在辦公桌前，側面向著門，兩眼盯著螢幕，手指飛快地敲著鍵盤。崔西敲了敲門框。

「嗯？」

「現在方便嗎？」

敲鍵盤的聲音中斷，勞伯轉了過來，「崔西。」他示意她進來，「把門關上。」

崔西走進去，關上了門。勞伯背後櫃子上的照片幾乎就是他的個人自傳。他娶了一位迷人的紅髮女郎，生了一對雙胞胎女兒，不過兩個女兒長得並不像；還有一個很像爸爸的兒子，有著同樣的紅髮和雀斑，顯然是足球隊的一員。「請坐。」他的眼鏡鏡片反射著桌上檯燈的光線。

「我站著就可以了。」

「還是坐著吧。」

她坐了下來。

勞伯摘下眼鏡放到桌墊上，鼻梁兩側被鏡框的防滑鼻墊壓出紅印，「妳還好嗎？」

「我很好。」

他盯著她說：「崔西，大家都很關心妳。我們只是想確定妳沒事。」

「謝謝關心。」

「遺骸交給了驗屍官？」

崔西點點頭，「對，昨晚把她送回來的。」

「妳什麼時候會收到驗屍報告？」

「一天後吧。」

「很遺憾。」

她點點頭，「至少我現在知道事情沒那麼簡單。」

「的確，事情沒那麼簡單。」他拿起鉛筆，用筆尾的橡皮擦輕敲著桌墊，「妳最後一次睡覺是什麼時候？」

「昨晚。睡得像個小嬰兒。」

「妳可以跟所有人說妳沒事，那是妳的權利，但妳是我的責任。我需要知道妳真的沒事，最不需要妳在這裡跟我逞英雄。」

「我沒有逞英雄，長官。我只是努力打起精神工作。」

「為什麼不給自己一點時間？史派羅能應付漢森案。」史派羅是肯辛在緝毒臥底時取的假名，當時他還把頭髮留長，一反常態留了個山羊鬍，整個人活脫脫就是強尼・戴普在《神鬼奇航》裡的傑克・史派羅船長造型。

「我應付得來。」

「我知道妳可以。我要說的是，千萬不要逞強。我要說的是，回家，上床睡覺，做妳該做的事。工作不會跑掉。」

「這是命令嗎？」

「不是，但我強烈建議妳照做。」

她站了起來，帶輪椅子一滑，滑到了門邊。

「崔西——」

她看著他，「長官，就算我回家，也只是對著牆發呆，還有一大堆時間胡思亂想。」她頓了一下，收拾好心情，「我的小隔間裡並沒有照片可貼出來。」

勞伯放下鉛筆，「也許妳該找人談談？」

「都二十年了，長官。二十年來，我每天都是這麼過來的。這幾天跟過去的七千多個日子一樣，只要一天熬過一天就行了。」

12

莎拉失蹤後的第二天早上，她們的父親走進他的書房小窩，儘管已經沖過澡，仍然一臉疲憊。崔西的父母搭深夜班機從夏威夷趕回來，媽媽沒有回家，一下飛機就直奔市場街的美國退伍軍人協會，組織調動已集合起來的志工。爸爸回家和卡洛威碰面，並要求崔西一起加入討論，聽說那位郡警官還有些疑問要徵詢她，不過她實在想不出來他還能問什麼。

妳在比賽現場有注意到什麼人行為怪異嗎？比如：一直在附近徘徊、好像特別注意莎拉的人？

有人藉故刻意接近妳們嗎？

莎拉有沒有提過有人在找她麻煩？

卡洛威要求她列出一份和莎拉約會過的男孩名單，崔西想不出名單上的哪個男孩有理由傷害莎拉，而且他們大部分都從小學開始就是莎拉的朋友。

父親早白的灰髮順著長袖襯衫的衣領繞了一圈，通常那會和他朝氣蓬勃的風采、充滿好奇的湛藍眼睛形成強烈對比，然而就在這個早上，他看起來完全就像個五十八歲的老人。金屬細框眼鏡後面的雙眼浮腫又充滿血絲，平常講究儀表的他，才幾天時間而已，鬍子就已又濃又厚。以前他都會把鬍子留到一定長度，方便在射擊大賽時用髮蠟把鬍子尾巴抓得尖尖的，以配合他「醫生」克羅斯懷特的名號。

「跟我說說那輛貨卡。」她父親跟卡洛威說，問話的人換成了爸爸而不是卡洛威，崔西沒有一絲違和感。每次家裡辦派對，爸爸雖然從不高調引人注目，但就是會被人群包圍，媽媽說他有「個人魅力」。每當詹姆斯．克羅斯懷特開口，大家都會安靜聆聽；他問問題時，大家就回答。詹姆斯有一種安詳謙恭的感覺，總會讓別人覺得自己是房裡唯一的人。

「我們把它拖回警局的保管場，」卡洛威說，「西雅圖派了鑑識組過來採集指紋，」他的視線移到崔西臉上，「看起來莎拉開車開到沒油了。」

「不可能。」崔西站在紅色腳凳附近，房裡另外還有兩張同色的椅子，「我跟你說過了，我們離開雪松叢林時，我加滿了油箱，裡頭應該還有四分之三的汽油。」

「我們會更仔細調查。」卡洛威說，「我發了一份尋人公告，把莎拉的畢業照傳真出去給華盛頓州所有的警局，還有奧勒崗州和加州，也通知了加拿大的邊界巡警。」

詹姆斯隻手撫過下巴上的鬍渣，「有人經過？」他問，「你是這樣想的嗎？」

「怎麼會有人走郡道，又剛好經過？」崔西說，「大家都走高速公路。」

她父親突然瞇起了眼睛，但她太晚發現了。他朝崔西走去，抓起她的左手，「這是什麼？是鑽石？」

「是的。」

詹姆斯移開目光，下巴繃得緊緊的。

卡洛威插話：「妳聯絡過她的朋友嗎？」

崔西把手抽回來，藏到身後。她花了好幾個小時，打電話給每一個她想得到的人，「沒人看到她。」

「她為什麼沒帶走槍？」詹姆斯似乎也在問自己，「她怎麼沒帶一把手槍走？」

「她沒理由感到危險，詹姆斯。我猜她發現沒油了，就決定走回鎮上。」

「你搜過樹林了？」

「沒有任何跡象顯示她滑進山谷或摔下去。」

崔西認為那根本不可能。莎拉的身手敏捷，不會無故從路邊摔倒，就算在黑夜或大雨中都不可能。

「耐心等消息吧。」卡洛威說。

「我不會坐在家裡等消息的，羅尹。你知道我不是那種人。」他轉向崔西，「去拿我們討論出來的傳單，送去給妳媽。找一張莎拉的照片，不要那張畢業照，要看起來像她的照片。布萊德利可以在藥局幫忙影印，跟他說先印一千張，把費用記到我的賬上。我要這裡到加拿大邊界的每一個角落，都看得到傳單。」他轉向卡洛威，「我們需要一張地形圖。」

「我打電話給韋恩，他比任何人都熟悉這裡的山脈。」

「搜救犬呢？」

「我會負責的。」卡洛威說。

「最近有人剛從外地回來老家嗎？」

「這裡的人不會做傷害別人的事，詹姆斯，尤其是對莎拉。」

她父親似乎有話要講，又好像忘了要講什麼。崔西生平第一次看到父親臉上閃過一絲恐懼，出現捉摸不定的陰暗神色。「那個……」他說，「剛被假釋回來的孩子。」

「艾德蒙·豪斯。」卡洛威低聲說著，立刻站了起來，一副好像被這個名字嚇到的樣子。

「我去查查。」他匆匆滑開書房的鑲嵌木門，快步走過大理石玄關，朝大門而去。

「天啊。」詹姆斯喃喃說。

13

這家咖啡店剛硬的裝潢讓崔西聯想到醫院咖啡廳，難道家裡有人生病，其他家人就要跟著受苦，連輕鬆喝杯咖啡都不行？但這是在某人做了決定之後的感想。咖啡店位於傑弗森街一棟大樓底下，金郡驗屍官的新辦公室就在樓上。店裡顯然企圖呈現出某種現代風格，地板是油地氈，桌子是不鏽鋼，椅子是塑膠椅，坐起來不太舒服。羅莎提議這家店不是因為氣氛，而是它的位置，這裡距離她的辦公室很近。

崔西掃視店裡一圈，沒看到羅莎，就先點了一杯紅茶，在窗戶附近一張桌子前坐下，面對著窗外的斜坡人行道，拿出iphone回覆電子信件和簡訊。不到一分鐘，她就認出了戴著綠色雨衣兜帽、在毛毛雨中走下人行道的羅莎。羅莎一邊走進咖啡店，一邊摘下兜帽，一眼就看到了崔西。

羅莎完全不像是那種需要經常翻山越嶺，在山林沼澤之間挖掘和檢驗棄置多年遺體的人，倒像是一位駕駛多功能休旅車、會玩足球的中年媽媽——這確實也是羅莎不必出去找屍體時做的事。

羅莎給了崔西一個擁抱，然後才脫掉外套。

「要點些東西嗎？」崔西問。

「不用了。」羅莎在她對面坐下。

「孩子們都好嗎？」

「十四歲那個已經比我還高了。其實也沒什麼了不起，但她總喜歡在我頭上亂晃、消遣我比她矮。」如果羅莎有一百五十公分高，那也是因為頭髮豐厚的關係。「十一歲那個，現在主演學校戲劇《綠野仙蹤》。」

「她演桃樂絲？」

「是小狗托托，她都以為自己是大明星了。」

崔西微微一笑。羅莎傾身向前，握住崔西的手，「節哀順變，崔西。」

「謝謝。很感謝妳抽空來見我。」

「應該的。」

「妳再次確認遺骸是她的了？」這是必要程序，崔西根據經驗知道，羅莎必須把莎拉的下顎骨和牙齒的X光片，與「失蹤和不明身分者小組」以及「國家犯罪資訊中心」的資料做比對。

「兩項比對都符合。」

「還有什麼可以透露給我的？」

羅莎嘆了一口氣，「我能說的，就是那位大個子郡警官不希望我透露任何線索給妳。」

「他真的那麼說？」

「他的意思很明顯。」

「卡洛威向來有話直說。」

「幸好我不是他的手下。」羅莎一笑，但很快就收住，「但妳確定要我和盤托出？事情不明朗的時候，就已經夠讓人難過了。」

「不，我不確定，但我需要知道妳發現的線索。」

「妳希望我透露多少？」

「全都說出來吧。我承受不了的時候，會告訴妳的。」

羅莎搓搓手，合起雙手撐在下巴，像個正要開口祈禱的孩子，「跟妳推測的一樣，凶手利用挖出樹根土球後的洞穴埋屍。洞壁上的鏟子挖痕顯示凶手曾企圖把洞挖大，但可能是誤算尺寸，也可能偷懶或時間不夠，最後放棄了。遺體被頭下腳上埋進去，膝蓋彎曲，所以那隻狗才會先發現腳和腿。」

「我蒐集到的資料，也是這些。」

「屍體在洞裡的姿勢、彎曲的膝蓋和拱起的背部，也顯示遺體在埋葬之前已經僵硬。」

崔西感覺心跳沉重起來，「之前？妳確定？」

「我確定。」

「埋葬之前多久？」

「無法確定，只能根據理論推測。」

「但絕對是在埋葬之前？」

「我很確定。」

「妳能判定死因嗎？」

「後腦頭骨破裂，就在脊髓上方，但不能確認那就是死因，畢竟時間太久遠了。不過其他骨頭都沒有損傷，崔西，沒有任何跡象顯示她遭受過虐待或毒打。」

羅莎真是好人。骨頭沒有損傷，也不能證明被害者未遭受虐待或毒打，特別是在遺骨支離不完整的情況下。「除了那個獎章，還找到其他遺物嗎？」經驗告訴她，任何有機材質如棉花、羊毛，經過長時間就會分解，但無機材質如金屬和人造纖維，會遺留下來。

羅莎從外套抽出小筆記本，開始翻頁，「有幾顆金屬鉚釘，上面印有『LS&CO S.F.』的字樣。」

崔西微微一笑，「Levi's，李維斯公司。莎拉這個叛徒。」

「抱歉？」

「李維斯支持反槍械團體，所以我們都穿藍哥或Lee牛仔褲，但莎拉覺得這兩個品牌的牛仔褲讓她的臀部看起來很大，所以她喜歡穿李維斯。」

「嗯，七個金屬四合釦。」羅莎一笑，抬眼看著她，「我猜應該是長袖襯衫上的，其中兩個直徑比較小，應該是袖釦。」

崔西伸手到椅子旁邊的公事包，拿出一個相框，裡面是她、莎拉和第三名的合照。「像這件嗎？」

羅莎看著照片，「對，但鈕釦不再是黑色的。」

莎拉一向都穿史考利的長袖襯衫。比賽那天，她穿的是黑白繡花襯衫。崔西收回照片。

羅莎又看著筆記本，「塑膠袋碎片。」

崔西的胃翻攪起來，不過仍然努力集中注意力。兇手為了把莎拉塞進洞裡，折彎她的遺體，也用了普通垃圾袋來裝她。

羅莎有些遲疑，「妳還好嗎？」

崔西深吸口氣，強迫自己說出下面幾個字，「是垃圾袋？」這個袋子的出現，意義重大。卡洛威聲稱艾德蒙．豪斯坦承直接殺掉了莎拉，而且當下就埋了屍體。那套供詞是這樣的：豪斯碰見在馬路上行走的莎拉，姦殺了她。假設真是如此，那也太巧了，他的卡車上竟然剛好有垃圾袋可以應急。

「我認為是。」

「還有呢？」

「少量的人造纖維。」

「多大的？」

「人造纖維？五十微米。」

「地毯纖維？」

「很可能。」

「妳認為她的遺體曾經被地毯包裹嗎？」

「不，如果是那樣，我應該會找到地毯的殘跡，至少找到的人造纖維應該更多。這些人造纖維很可能是她接觸過的，也許是在一輛汽車裡？」

艾德蒙跟他的叔叔帕克・豪斯住在一起，帕克在自家土地上經營修理二手車再出售的生意。艾德蒙開的就是其中一輛紅色雪佛蘭貨卡，他甚至把駕駛室拆得只剩下金屬架而已，所以埋屍處發現的地毯纖維，也不符合卡洛威的說詞：艾德蒙・豪斯坦承姦殺了莎拉，在勒斃她後，立刻埋屍。「還有別的嗎？」

「一些首飾。」

崔西傾前，「什麼樣的首飾？」

「耳環，和項鍊。」

她的心跳再加速，「描述一下耳環？」

「是翡翠耳環，橢圓形的。」

「淚珠狀？」

「對。」

「項鍊是紋銀的（注）？」

「對。」

崔西又把相框滑了過去，「跟這個一樣？」

「完全一模一樣。」

「首飾呢？」

「郡警拿走了所有物證。」

「但妳拍了照，也登錄了？」

「向來都是如此，那是例行程序。」羅莎狐疑的眼光投了過來，「崔西？」

崔西把椅子往後一挪，將照片收進公事包裡，「謝謝，凱莉，很感激妳的幫忙。」她起身邁步離開。

「崔西？」

她轉頭，羅莎接著問：「她的遺骸呢？」

崔西頓了一下，閉上眼睛，抬手用掌根按著額頭，猛爆性的頭痛開始轟炸，她又坐了回去。

一會兒後，羅莎問：「怎麼回事？」

崔西思考著該如何開口，她又能透露多少，「妳最好不要知道太多，凱莉。妳很可能會變成證人，但我希望妳保持中立，不要受到我的影響。」

「證人？」

崔西點點頭。

羅莎一臉迷惑，瞇起了眼睛，但顯然決定不打算再追究下去，「好吧。如果我能提個建議的話……」

「拜託。」

「讓我直接把遺骸送到殯儀館，這樣大家都輕鬆，妳不會想自己載過去的。」

注 Sterling Silver，含銀度是百分之九十二點五，也稱為「925銀」。

二十年前在雪松叢林鎮時，有人提過類似的建議，他們希望儘快結案，但詹姆斯拒絕聽到葬禮或殯儀館這兩個詞，拒絕聽到任何關於寶貝小女兒已經死亡的耳語。現在崔西和父親一樣願望破滅，但不同的是，她手上握有了等待二十年的線索。強而有力的證據。

「那樣很好。」崔西說。

14

莎拉失蹤第三天的一大早，崔西打開大門，一眼就看到卡洛威站在門廊上，雙手絞著帽沿，臉上的表情告訴崔西，他不是來通報好消息的。

「早安，崔西，我需要跟妳父親談談。」

昨晚天黑後，小鎮上方的山嶺漆黑一片，再努力搜山也徒勞無功，所以崔西硬是把父母拖回家。她父親把書房當成指揮中心，崔西就在他身旁聽候差遣。詹姆斯打了電話給市警局、國會議員，以及其他認識的有權有勢人物；崔西則打電話給廣播電臺和報社。他們忙到十一點過後，詹姆斯依然在研究地形圖，崔西則蜷縮在一張皮椅上小睡。沒想到她再醒來時，身上蓋著毯子，清晨的陽光已穿過玻璃灑了進來，她父親依舊坐在書桌前，昨晚為他做的三明治動也沒動過。他正用長尺和圓規將地形圖分割成四等份。崔西起身打算去煮咖啡，卻發現廚房裡正煮著一壺，顯然她母親很早就出門了，並沒有叫醒她。就在她要倒杯咖啡給爸爸時，大門響起了敲門聲。

「他在他的小窩裡。」她說。

她身後的木門滑開，詹姆斯一邊走出來，一邊戴上眼鏡，「我在這裡。崔西，去煮咖啡。」

「媽已經煮了一壺。」她跟著他們走進小窩。

「你跟他談過了嗎？」詹姆斯問。

「他說他那個時候在家。」

崔西知道他們在說艾德蒙・豪斯。

「有不在場證明嗎？」

卡洛威搖搖頭，「那天帕克在木材廠上大夜班，很晚才回家。他說他到家時，看到艾德蒙在臥房裡睡著了。」

卡洛威並沒有接下去，詹姆斯追問：「但是？」

卡洛威遞了幾張拍立得照片給詹姆斯。「他的側臉、雙手手背上都有抓痕。」

詹姆斯拿起一張照片，就著燈光看，「他怎麼解釋？」

「他說他在帕克做傢俱的鐵皮屋裡工作時，一塊木頭炸開，木屑劃傷了他。」

詹姆斯放下照片，「我沒聽過這種事。」

「我也沒有。」

「看起來像是某人用指甲抓過他的臉和手。」

「我也這麼認為。」

「你能弄到搜索票嗎？」

「萬斯已經試過了，」卡洛威的聲音裡帶著些微沮喪，「他打電話到蘇利文法官家裡，蘇利文否絕了他。法官說證據不足，不能隨意闖進他人的產業，侵犯帕克的尊嚴。」

詹姆斯按揉著後頸，「如果我來跟蘇利文說呢？」

「是我就不會這麼做。蘇利文一切照著法官手冊走。」

「羅尹，他曾經到過我家裡，該死。他來參加過我家的聖誕派對。」

「我知道。」

「如果他把莎拉關在那裡呢？關在帕克產業裡的某個角落？」

「他沒有。」

「你怎麼知道？」

「那是帕克的土地。我問帕克是否能四處看看，他答應了。我在那裡搜過每一個房間和每一棟建築物，她不在那裡，也沒有任何跡象顯示她曾經去過。」

「可能還有別的證據，例如車上的血跡，或是主屋裡的血跡。」

「有可能，但要找鑑識組過來——」

「天殺的，他可是重刑犯，羅尹。一個有強暴前科的罪犯，臉上、手上都有抓痕，又沒有不在場證明，這些事實為什麼還不夠？」

「我也是這樣問萬斯的，他也照樣問過蘇利文法官。法官說豪斯被判了罪，也服了刑。」

「我打電話去金郡問過，羅尹。因為警方的疏忽，豪斯在一場該死的答辯中脫罪了。他們說他又強姦又毒打那個可憐女孩，期間超過整整一天。」

「他服刑了，付出了代價，詹姆斯。」

「那你告訴我，我的女兒在哪裡？莎拉在哪裡？」

卡洛威一臉為難，「我不知道。我也很希望我知道。」

「這算什麼，只是一個天大的巧合？他們把人放出來，他來到鎮上長住，然後現在莎拉失蹤了？」

「這樣的推論是不夠的。」

「他沒有不在場證明。」

「還是不夠，詹姆斯。」

「那會是誰？流浪漢？剛好經過的人？這樣的機率有多少？」

「尋人公告已經發送到華盛頓州的每一個執法機關了。」

詹姆斯捲起地形圖，交給崔西，「帶著它去美國退伍軍人協會，交給妳媽。告訴她把地形圖給韋恩，同時集合搜山隊。搜山行動即將要結束了，所以這次我要系統化地搜山而且要完全徹底，絕不能有任何閃失。」他看著卡洛威，「搜救犬安排得怎麼樣？」

「最近的搜救犬隊在加州，要用飛機運牠們過來，有點問題。」

「就算牠們在西伯利亞也要運過來，我負責所有運費。」

「不是錢的問題，詹姆斯。」

詹姆斯轉過來，看到崔西，似乎很詫異她居然還在，「妳沒聽見我的話嗎？我叫妳把東西送過去。」

「你不一起去嗎？」

「我怎麼說，妳就怎麼做！可惡！」詹姆斯大吼。

崔西嚇了一跳，往後退開。父親從未對她和莎拉大聲說話過。「好的，爹地。」她從他身邊走過去。

「崔西，」他輕輕碰觸她的手臂，頓了一下，鎮靜之後，才說：「妳現在就出發。告訴妳媽，我很快就過去。我和郡警官還有點事要討論。」

15

找到莎拉遺骨的一個星期後，崔西駕車朝雪松叢林鎮駛去。雖然從西雅圖一路開下來大多是豔陽高照，但就在快抵達目的地時，天際漸漸出現烏雲，現在已經聚集在小鎮上空，彷彿呼應她這次返鄉的淒涼原因。她是回來埋葬妹妹的。

路上的車流量比預期少，她和殯儀館約好了時間，但提前半個小時到達。她四下張望著周遭老舊的店面和商店，目光最後落在咖啡杯形狀的霓虹燈招牌，以前考夫曼雜貨舖的櫥窗上。大雨將至，空氣中瀰漫著一股泥土味，她投了一個硬幣進停車計費錶，心裡很納悶附近一公里半內有停車收費員嗎？隨後她走進「天天活躍」咖啡店，狹長的內部空間曾經是雜貨舖販賣汽水和冰淇淋的櫃檯，如今有人將雜貨舖用隔板分成咖啡店和中國餐館。店內的裝潢宛如傢俱雜燴，也像一間大學公寓，破舊的沙發上鋪著報紙，條板灰泥牆有長長的裂痕，畫著一扇窗戶外都市人行道上，行人打從褐色磚牆前經過的街景，笨拙地想遮掩掉那幾條瑕疵。一家鄉村咖啡店卻選擇這樣的壁畫內容，有些唐突詭異。櫃檯後的年輕女人戴著鼻環，下唇插著一個唇釘，至於她的服務技巧則相當於距離退休只剩一星期的公務員。

年輕女人並不想花工夫打招呼，於是崔西直說：「黑咖啡。」

她端著咖啡走到那扇真實窗戶邊的桌子，坐下來望著外面空寂的市場街，回想她、莎拉和朋友們，在擁擠的人行道上騎腳踏車闖禍的往事。他們都把腳踏車隨意地停靠在牆上，根本懶得上鎖，就跑進店裡採買星期六探險行程所需的物資。

✦

丹・奧萊利無助地站在腳踏車旁，瞪著它，「可惡。」

「怎麼了？」崔西走出考夫曼雜貨鋪，她剛才在店內已經把一節粗繩子、一條麵包、以及幾罐花生醬和果醬都塞進背包裡，還用剩餘的錢買了十塊黑色和五塊紅色甘草糖。早上她詢問過爸爸能不能和莎拉騎腳踏車去卡斯卡德湖玩，因為莎拉找到一棵很棒的樹，可以在夏天玩盪繩鞦韆，那個時候爸爸給了她一些旅費。崔西很詫異他居然給得那麼爽快，通常他只在給零用錢的時候才會如此大方，更何況高中二年級的崔西也已經在哈欽斯電影院售票處打工。不過爸爸不只給她錢，還特別吩咐要花光光，說是考夫曼先生「入不敷出」。崔西推測應該是因為考夫曼先生的兒子——跟莎拉六年級同班的彼得——生了病，他這一年幾乎都在醫院裡進進出出。

「輪胎沒氣了。」丹的聲音如同他的輪胎般洩氣。

「可能只是氣不夠。」崔西說。

「不是，一大早它就沒氣了。出門前我才打了氣，一定是輪胎破了才這樣。太好了，這下我沒辦法去了。」丹滑下背包，一屁股坐到人行道上。

「怎麼了？」莎拉邊問邊和桑妮走出雜貨鋪。

「丹的輪胎沒氣了。」

「我不能去了。」丹說。

「我們去跟考夫曼先生借電話，打給你媽，」崔西說，「說不定她會下來鎮上，幫你買一條內胎。」

「不行啦，」丹說，「我爸已經老是唸我沒有責任感，他總說錢不是從樹上長出來的。」

「那你不跟我們去了？」桑妮問，「我們都安排好了耶。」

丹垂頭靠著橫放在膝蓋上的雙臂，眼鏡滑下鼻梁，但他沒去理會它，「妳們去就好。」

「好吧。」桑妮牽起了腳踏車。

崔西盯著桑妮說：「我們不能丟下他不管。」

「我們不去了？又不是我們的錯，是他的腳踏車太爛。」

「閉嘴，桑妮。」莎拉說。

「妳才閉嘴。誰約妳啦？跟屁蟲。」

「誰約我？」莎拉罵了回去，「發現那棵樹的人是我，不是妳。」

「兩個都閉嘴，」崔西喝止她們。「丹不去，我們就不去。」崔西抓住丹的手臂，「來，丹，起來。我們一起把你的腳踏車推到我家，可以把繩子綁到垂柳樹上，做個盪繩鞦韆。」

「妳在開玩笑嗎？當我們才六歲啊？」桑妮說，「原本不是說好要玩盪繩跳湖的嗎？現在呢？跳草地？」

「我們走。」崔西左右張望，沒看到妹妹，嘆了一口氣，「莎拉呢？」

「很好，」桑妮說，「她又搞失蹤。今天真是夠了。」

莎拉的腳踏車仍然靠在店牆上，卻看不到她的人。「在這裡等著。」崔西走進店裡，看到妹妹正在櫃檯跟考夫曼先生說話。「莎拉，妳在幹嘛？」

莎拉把手伸進口袋裡，拿出一捲一元紙鈔和幾個硬幣，放到櫃檯上說：「買輪胎給丹。」她甩甩頭，把掉到臉上的髮絲甩開。艾比最受不了她這樣，但莎拉就是不肯用夾子夾好，也拒絕用橡皮筋綁頭髮。

「那些都是妳看電影不買零食省下來的錢？」

莎拉一聳肩，「丹比我更需要這些錢。」

「拿去，莎拉。」考夫曼先生遞給莎拉裝著新內胎的盒子，「這條的尺寸應該是對的。」

「這些錢夠嗎，考夫曼先生？」

考夫曼先生數都沒數，一把掏起錢，「絕對夠。妳確定妳會換？換內胎有點麻煩。」他看著崔西，眨了一下眼。

「我看過爹地換內胎，而且只是前輪，不需要移掉車鏈。」

「也許妳姊姊可以幫妳。」他說。

「不需要，我可以的。」

他伸手到櫃檯下面，拿出扳手和一字起子遞給莎拉，「妳會用到它們的。需要我的話，就喊一聲。」

「好的，謝謝，考夫曼先生。」莎拉拿著盒子和工具跑了出去，大喊著：「丹，我買了新內胎，你可以去了！」

崔西從窗戶望出去，丹先是一臉困惑，然後大吃一驚，跳了起來，咧嘴開心地笑著。

「如果需要幫忙，就跟我說一聲好嗎，崔西？」考夫曼先生說。

「好的。」崔西說。

他拿了一支打氣筒交給崔西，「修好後，跟工具一起還回來就行。」他往窗外望去，莎拉和丹已經跪在腳踏車旁，她正用扳手扣住前輪的螺帽，「妳妹妹是個俠女，很有義氣。」

「對，她的確很不一樣。謝謝，考夫曼先生。」崔西往店外走去，但考夫曼先生又叫住她，遞給她一包特大號的巧克力片。每次去露營時，她媽媽都會用這種巧克力片做巧克力棉花糖夾心餅乾。「噢，不了，考夫曼先生，我沒錢了。」

「送妳的禮物。」

「我不能拿。」崔西想起爸爸說的話，考夫曼先生正面臨捉襟見肘的問題。但是她懷疑，內胎的價錢不只莎拉放在櫃檯上那些而已。

考夫曼先生的神情哀傷又感慨，「妳知道嗎？她會大老遠騎腳踏車去醫院看彼得。」

「真的嗎？」那家醫院要騎過另一座小鎮才會到，如果被爸媽知道，莎拉就慘了。

「她還送彼得著色本。」他說著說著，眼睛溼潤起來，「她說那是省下買爆米花的錢存的。」

16

崔西抖掉外套上的雨滴，走進托倫森殯儀館。托倫森老先生——他們小時候都是這樣稱呼亞瑟．托倫森，這個人曾經為雪松叢林鎮所有屍體塗過香油做防腐處理，包括了她的父母。只不過前幾天崔西打電話過來時，卻是他的兒子達倫負責跟她接洽。達倫和她同一所高中，是高她幾屆的學長，現在顯然接下了家族事業。

她跟坐在大廳辦公桌前的女人自我介紹，並婉拒了坐椅和咖啡。館內的燈光似乎比記憶中明亮了許多，牆壁和地毯也換上比較淺淡的顏色，不過氣味倒是沒有變，這股焚香的氣味在崔西心中早就和死亡畫上了等號。

「崔西？」達倫穿著深色西裝，打著深色領帶，一隻手伸了過來，握住她的手，「看到妳真是開心。聽到那件事，我很難過。」

「謝謝你幫忙安排一切，達倫。」除了火化莎拉的遺骨，他還找來了挖墓師傅，並請來神職人員主持葬禮。崔西本來沒打算舉辦葬禮，但也不想選個夜深人靜的夜半，挖個地洞隨便埋葬妹妹了事。

「小事而已。」達倫領著她走進曾經是他父親的辦公室，崔西進來過兩次，一次是和母親來處理父親的葬禮事宜，另一次是為了死於癌症的母親。達倫在辦公桌後面坐下，他父親的肖像就掛在牆上一張全家福照旁邊，肖像裡的人比崔西記憶中年輕一些。達倫娶了高中青梅竹馬愛琶・貝克，似乎生了三個孩子。他很像他父親，體格一樣魁梧，達倫抬手把額頭的頭髮往後耙，更加突顯出蒜頭鼻和黑邊厚框眼鏡，就是丹・奧萊利小時候戴的那種。

「你重新裝潢過這裡。」崔西說。

「一點一點慢慢改的，」他說，「要說服我爸『虔誠』不表示就要『單調冷硬』，需要一些時間。」

「你父親好嗎？」

「他還是時不時威脅我，說要重出江湖。他每次那樣說的時候，我們就把高爾夫球桿塞到他手裡，愛琶總說那是透過那支桿子來傳達她對他的安慰。」

「墓地有任何問題嗎？」

雪松叢林公墓的歷史比小鎮還要年久，沒人知道第一位亡者是何年何月埋入的，因為最早的墓碑上都沒有標明。公墓由志工照看，自然有人拔草割草，一旦有人過世，就幫忙挖墓穴，所有服務都是無酬，大家自有默契，總有一天這些服務會有人回報。因為公墓空間有限，每一塊墓穴都必須經過市議會核准，雪松叢林鎮的居民享有優先權，莎拉過世時仍是鎮上居民，所以不會有爭議。崔西要求把妹妹和父母三人葬在一起，不過嚴格來說，父母是葬在雙人墓地裡。

「完全沒有，」達倫說，「都安排好了。」

「我想我們最好把所需的書面資料都準備妥當。」

「也都妥當了。」

「那我就簽張支票給你。」

「不用了，崔西。」

「達倫，別這樣，我不能占你的便宜。」

「妳並沒有占我便宜。」他微微一笑，但笑容裡帶著一絲哀傷，「我不會拿妳的錢，崔西。你們全家人經歷的夠多了。」

「我不知道該說什麼。我很感激，真的。」

「我知道。我們都在那一天失去了莎拉，從此這裡就不再一樣。她就像是小鎮這個大家庭的一份子，當時我們全都是這個大家庭的一份子。」

崔西也聽其他人這麼說過，當年克力斯欽．馬提歐利關閉礦坑後，大部分居民都遷離，但雪松叢林鎮並沒有凋零殆盡，可是莎拉失蹤那天，小鎮卻跟著嚥了氣。那天之後，居民不敢再不鎖門，不敢再讓孩子自由地四處遊蕩，無論是步行或騎腳踏都不准。那天之後，人們不讓孩子走路上學，也不讓孩子在沒有大人的陪伴下等公車。那天之後，人們不再友善地招待陌生人，也不再熱情歡迎他們。

「他還在坐牢嗎？」達倫問。

「對，他還在牢裡。」

「我希望他在牢裡爛掉。」

崔西瞥了手錶一眼。

達倫站了起來，「準備好了嗎？」

她並沒有準備好，卻依然點點頭。達倫帶領她走進了相鄰的禮堂，眼前的椅子上空無一人。這個禮堂當初在她父親停靈時，前來祭拜的人潮擠都擠不進來。正牆上掛著一個十字架，下面的大理石座上，放著一個珠寶盒大小的鍍金盒子。崔西走上前，默唸著上面的刻字：

孩子
莎拉・琳・克羅斯懷特

「希望這樣可以。」達倫說，「我們記憶中的她，就是一個跟在妳屁股後面滿街跑的孩子。」崔西擦掉奪眶而出的眼淚，達倫繼續往下說：「很高興看到妳終於讓莎拉可以安息，妳自己也可以放下了。我為妳們兩個感到高興。」

✦

通往公墓的單線道馬路上，停滿了一輛輛保險槓連著保險槓的車子，完全超出崔西的預期，但轉念一想，她大概知道是誰放出的消息，也猜得出他這麼做的原因。阿姆斯壯站在路上指揮交通，雨水滑下套在制服外面的透明雨衣，帽沿也滴著水。崔西煞住車子，搖下車窗。

「妳可以把車停在馬路上，不必擔心。」阿姆斯壯說。

駕車跟在崔西後面的達倫，為剛下車的崔西撐開一把寬大的高爾夫球傘遮雨，兩人一起爬上山坡，朝那片架在她父母墓地上的白色遮雨篷而去。站在那座山丘頂上，可以俯瞰雪松叢林全鎮。遮雨篷下大約有三、四十個人坐在白色折疊椅上，另有二十幾位撐傘站在雨篷外圍。崔西一走進雨篷之下，坐著的人全都站了起來，她花了一點時間重拾那些曾經熟悉的臉龐。他們都老了，她認出爸媽的朋友，小時候跟她和莎拉一起上學的孩子也都是大人了，其中還有她大學畢業後返鄉在雪松叢林高中教化學時的同事。桑妮・薇斯朋也來了，還有一位莎拉最好的朋友瑪麗貝思・弗格森。萬斯・克拉克和羅尹・卡洛威就站在雨篷之外。她的搭檔肯辛、中隊長安德魯，以及法茲也從西雅圖開車過來，看到他們，崔西才有了真實世界的感覺。每次回到雪松叢林鎮，她仍然會有一種虛幻不實的錯覺，總覺得自己被困在二十年扭曲變形的時間長廊中，一切既熟悉又陌生，感覺很錯亂，無法把眼前實實在在看到的景象和記憶聯繫在一起。現在不是一九九三年，遠遠不是了。

儘管站著的人很多，第一排的座椅仍然是空的，而崔西兩旁的空位只是放大了她的孤單。一會兒後，她察覺有人踏進雨篷之下，朝身旁的座位走來。

「這個位置有人坐嗎？」崔西花了一點時間，翻開一年又一年的記憶。這個人拋棄了黑框眼鏡，換上隱形眼鏡，露出帶著淘氣的藍色眼睛。平頭髮型也換上了觸及西裝外套領口的微卷髮。丹・奧萊利傾身親吻崔西的臉頰，「我很遺憾，崔西。」

「丹，我都快認不出你了。」

他微微一笑，仍然小聲說，「頭髮是有些白了，但智慧倒是沒長多少。」

「還長高了。」她仰頭看著他。

「我是遲開的花朵。高三那年夏天，我一口氣長了三十公分。」高二升高三那年，他們全家就搬走了，他父親在加州一家罐頭工廠找到工作。他搬走的那天，對崔西和其他玩伴來說，真是悲慘的一天。崔西和丹一開始還有聯絡，但那個時候沒有電子信箱，沒有手機簡訊，很快的兩個人就失聯了。崔西想起丹似乎在高中畢業後去了東岸讀大學，之後就留在那裡工作，她也聽說丹的父親退休後，帶著妻子又搬回雪松叢林鎮。

達倫走了過來，跟他們介紹神職人員比德．里昂。里昂個子高䠷，一頭紅髮，肌膚瑩白，穿著及踝白麻布聖職衣，腰繫一條綠色棉繩，肩上披著同色聖帶。崔西和莎拉是在長老教會家庭裡長大的，莎拉失蹤後，崔西從疑神論者變成了無神論者。母親葬禮過後，她再也沒踏進教堂。

里昂慰問了崔西幾句，就走到墳頭，在胸前畫了一個十字。他先向前來觀禮的人表達感謝之意，大雨打在雨篷上，他必須提高音量才能對抗滴答的雨聲。「大家今日來此共同讓我們的姊妹，莎拉．琳．克羅斯懷特，入土安葬。我們失去了至愛，心情無比沉重，然而在逆境和痛苦中，可以將心轉向《聖經》，從上帝的話語中尋求安慰和救贖。」神職人員翻開《聖經》開始朗讀。結束時，他唸著：「主說，復活在我，生命也在我，信我的人雖然死了，也必復活；凡活著信我的人，必永遠不死。」他闔上《聖經》說：「莎拉的姊姊，崔西，請上前來。」

崔西站到墓穴邊緣，深深吸了一口氣。達倫將鍍金盒子遞給她，並協助她在地上的白色防水布上跪下，不過雨水仍然弄溼了她的襪子。她把莎拉的骨灰放入墓穴中，再抓起一把溼泥，閉上眼睛，回想莎拉小時候經常跑來躺在她身旁睡覺，還有和父親去參加射擊比賽時，一起在旅館房間裡擠在一張床上的時光。

崔西，我害怕。

別怕，來，閉上眼睛，深吸一口氣。

崔西的胸口開始劇烈起伏，淚水忍不住湧了出來，「我不……」她低聲說，奮力維持語調的平穩，張開手指任由溼泥掉落在鍍金盒子上。

我不……

「我不怕……」

我不怕……

「我不怕黑。」

突然一陣大風颳來，吹得遮雨篷波浪起伏，眾人頭髮拂亂到覆盡滿臉。崔西在回憶中淺淺一笑，把飄散的頭髮塞到耳後。

「睡吧。」崔西悄聲說，擦掉滾落臉龐的淚珠。

✦

觀禮的人紛紛上前朝墓穴撒落泥土和鮮花，悼念莎拉。以前的理髮店老闆弗萊德．迪卡斯帕洛，現在必須依靠助行器，身旁還跟著一個年輕女人，他曾經拿折疊剃刀為人理髮的雙手顫抖地朝崔西伸來，牽起她的手，「我必須來一趟，」他說話時帶著義大利口音，「為了妳父親和妳的家人。」

桑妮一把抱住崔西，低聲啜泣。她們從中學到高中都是形影不離的好朋友，但崔西並沒有跟她保持聯絡，現在的這個擁抱令她不太自在。桑妮和莎拉向來都不親近，她一直很嫉妒崔西和莎拉的姊妹情誼。

「真的很遺憾，」桑妮擦乾淚水，向崔西介紹她的丈夫蓋力。「妳會多待幾天嗎？」

「我不能。」崔西說。

「那在妳走之前，一起喝杯咖啡？也許聊個十幾分鐘？」

「再看看吧。」

桑妮交給她一張紙條，「這是我的手機號碼。如果有需要，任何需要……」她碰了一下崔西的手，「我很想妳，崔西。」

崔西認得大部分上前悼念的人，但不是全部。至於丹，她必須剝掉多年的空白，才能找到以前認識的他。隊伍尾端的一名男子往前一站，這個人穿著三件式西裝，身旁陪著一位懷孕的女人，崔西認得他，但叫不出名字。

「嗨，崔西。我是彼得・考夫曼。」

「彼得，」她看著當初那個因為血癌而休學一年的男孩，「你好嗎？」

「我很好。」考夫曼為崔西介紹他的妻子，「我們住在雅基馬，但東尼・史瓦森打電話來通知這場葬禮，我們就早上開車過來了。」

「謝謝你們大老遠跑來。」雅基馬可是在四個小時的路程之外。

「我怎麼可能不來？妳知道她曾經每個星期都騎腳踏車來醫院看我，送我糖果和著色本，還會帶書來給我看嗎？」

「我記得。你現在身體如何？」

「癌細胞已經消失了三十年，我永遠不會忘記她為我做的事。以前我每個星期都等著她來看我，總是能讓我精神百倍。她就是那樣的人，如此特別。」他的眼眶紅了，「聽到警察找到她，我真是高興，崔西，還有我也很高興妳給大家一個機會跟她道別。」

他們又聊了一會兒，彼得才離去。在她繼續招呼上前來弔唁的人時，一直站在她背後、禮貌地保持距離的丹走上前，遞給她一條手帕。

崔西收拾好心情，擦乾了眼淚，等整個人平靜下來後，才開口問：「我以為你住在東岸，怎麼會知道這件事？」

「我之前的確住在東岸，就在波士頓郊外，但我搬回來了。我現在又——住在這裡了。」

「雪松叢林鎮？」

「說來話長，妳需要先從往事裡抽身出來。」丹靜靜地遞給她一張名片，又給了她一個擁抱，「等妳覺得可以了，我想跟妳聚聚。崔西，我十分遺憾。我愛莎拉，真的很愛。」

「你的手帕。」她把手帕遞過去。

「妳留著。」丹說。

她注意到手帕上繡著丹的英文名字縮寫ＤＭＯ，不禁多想了一下他那套剪裁合身的西裝和領帶的質感。根據和律師接觸的經驗，崔西知道他的西裝和領帶都是名牌貨，這完全不符合以前那個穿二手衣的男孩印象。

她看著他的名片，「你是律師。」

丹對她眨了一眼，「妳恢復了。」

名片上的地址是：雪松叢林鎮市場街第一國家銀行。「丹，我想聽聽你的故事。」

「打電話給我。」他給了她一個優雅的微笑，然後撐開高爾夫球傘，走出雨篷，走入雨中。

肯辛、督察和法茲走過來，「需要有人陪妳開車回去嗎？」

「回去的路上有很多好吃的，我可以帶妳去。」法茲說。

「謝謝，」她說，「但我還要再待一個晚上。」

肯辛問：「妳不是要直接回西雅圖？」

她目送著丹走到一輛休旅車旁，拉開車門，收起雨傘，滑坐了進去。

「我改變計畫了。」

17

第一國家銀行的財運，可以說是和克力斯欽・馬提歐利的財運綁在一起，當初就是為了保全雪松叢林礦業公司（當然還包括馬提歐利）龐大的財產而成立，所以礦坑一旦關閉，馬提歐利和公司員工紛紛搬離，銀行也就淪落到奄奄一息的景況。小鎮居民當下團結起來力挽狂瀾，把錢存入銀行，向銀行申請房貸和小型企業貸款。崔西不確定這家銀行何時會關門大吉，清空大樓。從空曠大廳的服務臺看來，這棟豪華的兩層磚房現在被分隔成一間間的辦公室，不過許多辦公室目前都是空置的。

她爬上樓梯，往下一看，複雜精細的地板馬賽克拼出一隻白頭鷹，牠的右爪抓著一枝橄欖色樹枝，左爪是十三枝羽箭。馬賽克拼圖上全是灰塵，還有散亂的厚紙箱和零碎垃圾。她回想起以前的出納護欄櫃檯、銀行主管的辦公桌和欣欣向榮的蕨類盆景。父親帶著她和莎拉在這裡開了生平的第一個存款和支票帳戶，當時的銀行董事長約翰・華特，親自在她們的存摺上簽名和用印。

她在二樓找到了丹的辦公室，走進小小的接待區，看到一張無人辦公桌，桌上一張標牌告訴她要按鈴。她用手掌按壓一下，喚人鈴發出難聽的叮噹聲，丹立刻從一個角落冒了出來，身上穿著藍白相間的條紋襯衫、卡其褲和皮革帆船鞋。她仍然無法接受眼前的這個男人，就是她以前認識的那個男孩。

他微微一笑，「停車位好找嗎？」

「選擇很多，不是嗎？」

「市議會原本想設立幾支自動停車收費錶，於是有人算了一下，發現要存十年的稅收才能支付全部的成本。進來吧。」

丹帶著她進入一間八邊形的辦公室，牆上凹凸的裝飾板條和護牆板富麗且精緻。「這是以前銀行董事長的辦公室，」他說，「我每個月必須付十五塊美金的房租，才能這樣跟妳介紹它。」

書櫃裡全是法律相關叢書，不過崔西知道那些書都只是裝飾，如果要查資料，網路上什麼都有。華麗的辦公桌正對著拱形凸窗，窗外依然是褐紫紅色和金色的字樣，宣告著這棟樓房就是第一國家銀行。崔西低頭望著市場街，「你覺得我們騎腳踏車滑下那條街總共有多少次？」

「太多次了，數不清。夏天的時候，天天都會騎過來。」

「我還記得你爆胎那天的事。」

「那天我們正要上山去做邋繩鞦韆，」他說，「莎拉買了一條內胎送我，還幫我換好它。」

「我記得她是用自己的錢買的。」崔西轉了回來，「聽到你搬回來住，我嚇了一跳。」

「我也是。」

「你那天說『說來話長』？」

「很長，也沒什麼好說的。咖啡？」

「不用了，謝謝，我在戒咖啡。」

「我以為當警察的不能沒有咖啡。」

「是不能沒有甜甜圈。律師都吃些什麼？」

「吃掉對手。」丹笑著說。

他們在窗下的圓桌旁坐了。窗框上用一本律法書卡住玻璃窗格的下沿，讓新鮮空氣流進辦公室。

「看到妳真好，崔西。還有，妳的氣色很好。」

「我看，你可能要換掉隱形眼鏡了。我知道我的氣色很糟，但還是謝謝你善意的謊言。」

丹的評語讓她對自己的外貌更不好意思。她本來沒打算過夜，也就沒帶換洗衣物，昨天離開西雅圖之前，只隨便抓了牛仔褲、靴子、一件女用襯衫，以及燈芯絨外套往車裡一扔，打算葬禮結束時更換。今天就只好再穿它們一天。早上離開汽車旅館時，她站在鏡子前面，一想再想要不要綁個馬尾，後來決定那只會讓魚尾紋更明顯，於是就長髮披肩出了門。

「你為什麼回來？」她問。

「噢，是各種因素綜合起來的結果。我在波士頓一家大型法律事務所工作得幾乎快油盡燈枯，每一天都像是被放在研磨機裡磨啊磨，妳知道的。後來我覺得賺的錢也夠了，想做一些不同的事，而且我老婆似乎也有相同的看法，她想要嚐嚐看不同的男人。」

崔西一聽，臉皺在一起，「聽了真讓人難過。」

「是啊，我也覺得很難過。」丹聳聳肩，「我跟她說想要辭掉工作，她就說乾脆辭掉這場婚姻。她和我的一位合夥人上床一年多，也已經習慣沒事就跑城郊俱樂部找樂子，很害怕失去那種生活。」

丹不是已經放下了，就是隱藏得很好。但崔西知道有些痛苦永遠無法完全釋懷，只能強行壓抑，用正常來包裝它。

「你們結婚幾年了？」

「十二年。」

「有孩子嗎？」

「沒有。」

她往後一坐，「為什麼搬回雪松叢林鎮？沒去別的什麼地方……之類的。」

丹給她一個認命的微笑，「我想過搬去舊金山，也考慮過西雅圖。然後我爸去世，我媽又生病，需要人照顧，所以我就回來了。原本以為只是暫時的，但一個月後，就發現再不找事做，我會無聊死，就掛了招牌開始接案。大部分都是遺囑、產業規劃之類的，也有一些酒駕案件，只要是從那扇門走進來的我都接，雖然都是些乏味的小案子，但足夠支付一千五百美元的看護費。」

「那你媽呢？」

「六個多月前也過世了。」

「噢……」

「我很想她，不過這次回來照顧她，讓我們有機會更瞭解對方，我們從來沒有這麼親密過。我很感恩。」

「我真羨慕你。」

他皺起眉頭，「為什麼這麼說？」

「莎拉失蹤後，我和我媽就很疏遠，在我爸過世後……」崔西沒把話說完，丹也沒追問，她不禁納悶起丹到底知道多少。

「那段時間妳一定很不好過。」

「的確。」她說：「那段日子真的很可怕。」

「希望昨天的葬禮能了斷妳所經歷的一切。」

「多多少少吧。」她說。

丹站起來，「妳確定不要我倒杯咖啡給妳？」

崔西憋著不讓自己笑出來，她又看到那個只要談話氣氛一凝重，就轉移話題的小男孩了。

「真的不用。跟我說說，你從事那一類的律師工作？」

丹又坐下來，雙手重疊在大腿上。「我一開始專攻反壟斷法，沒多久就覺得這種案子太無聊。後來一個合夥人帶我打了一場白領刑事官司(注)，我發現我真的很喜歡這一類刑事辯護。如果要我為自己打分數，我必須說我在法庭上真的很有一套。」他露齒一笑，笑容裡依然帶著孩子氣。

「我相信法官都愛死你了。」

「愛，用詞太重了。」他說，「應該是不敢不看吧。」他哈哈大笑，崔西再次從笑聲認出那個她認識的男孩。「我先是幫一家大公司的總裁辯護，官司贏了以後，事務所的律師只要是客戶有把柄落在別人手裡的，或是有親戚在公司聖誕派對喝醉鬧事的，無論大事小事，全都來找我求助。接著，大型白領刑事官司都上門來，就這樣不知不覺，我的事業越做越大。」他一偏頭，好像在打量她，「好，換妳了。重案組偵查員？哇塞，怎麼不當老師了？」

她揮揮手，「你不會想聽的。」

「嘿，誰說的，從實招來。妳怎麼知道我不想聽？妳的夢想不是在雪松叢林高中教書，再在這裡養幾個小孩？」

「別跟我開玩笑了。」

他取笑著：「喂，結果住在這裡的人變成了我。妳不是老說長大以後要當老師，還有，妳和莎拉要做一輩子的鄰居。」

「我的確當了老師，一年。」

「在雪松叢林高中？」

「金剛狼。」她邊說邊屈起十指做出張牙舞爪的樣子。「你應該還記得電影《紅潮入侵》那群自稱金剛狼的高中生吧。」

「我猜猜，妳教化學？」

崔西點點頭，「完全正確。」

「妳都不知道，妳以前真是一個書呆子。」

她假裝被惹毛，「哼，我是書呆子，那你呢？」

「我是呆子。書呆子都很聰明，兩者之間還是不太一樣。妳結婚了嗎？有小孩嗎？」

「離婚了，沒有孩子。」

「希望妳的結局比我好一些。」

「半斤八兩吧，不過我們結婚不久就離了。他覺得我背叛他。」

「覺得？」

「第三者就是莎拉。」

丹一臉莫名其妙。

崔西察覺時機到了，於是說：「丹，我辭掉教書工作後跑去讀警校。我調查莎拉的謀殺案超過十年了。」

「噢。」

她伸手進公事包，抽出帶來的卷宗，放到桌子上，「我有好幾個紙箱裝滿了目擊者供詞、審訊紀錄副本、警方紀錄、證據報告，所有相關的資料都有，只缺法醫埋屍處的鑑識報告。不過，現在也齊了。」

注 White-collar Criminal，蘇哲蘭（Edwin H. Sutherland）在一九四九年提出「白領犯罪」的概念，其定義為：「具有崇高社會地位的人，在其職業活動過程中的不法行為。」白領犯罪對社會的危害性往往比所謂的「街頭犯罪」（例如搶劫、偷竊、傷害等）來得嚴重。——《刑事政策與犯罪研究論文集（六）》，林東茂、蕭宏宜著。

「我不明白，他們不是已經抓到凶手，也判了刑？」

「艾德蒙．豪斯，」她說，「他是假釋的強暴前科犯，和叔叔住在鎮外的山林裡。他是樹上最低最好摘的軟柿子，丹。十八歲那年他和一位十六歲的高中生發生性關係，認罪後，被關進瓦拉瓦拉監獄六年。他最初被控一級強姦罪、綁架罪和嚴重傷害罪，但在他關禁女孩的小屋找到的一項證據，產生了證據可採性的法律問題。」

「沒申請搜索票？」

「法庭認為小屋屬於主屋的一部分，警方應該申請搜索票。但那項證據有瑕疵，法官裁決不予採用，檢察官說他沒有辦法，只能提出認罪協商。莎拉失蹤後，卡洛威從一開始就鎖定豪斯，但又提不出確鑿可信的證據來推翻豪斯的不在場辯詞。莎拉失蹤那晚，豪斯說他在家睡覺，而他叔叔在木材廠上大夜班。」

「哪裡不一樣了？」丹問。

✦

莎拉失蹤七個星期後的某一天，崔西聽到門鈴響起，一開門，就看到卡洛威站在門外，滿臉焦慮。

「我要跟妳父親談談，」他一邊說，一邊從崔西身旁經過，走到詹姆斯的書房前面，敲了鑲嵌木門一下。一會兒後，等不到門內的回應，卡洛威就逕自推開雙扇門。她父親從書桌抬起頭，雙眼充血渾濁。崔西走了進去，拿起書桌上打開的威士忌酒瓶和一個玻璃杯。

「羅尹來了，爹地。」

詹姆斯緩緩戴上眼鏡，透過鉛玻璃窗射進來的光芒刺眼得令他瞇起眼睛。他有好幾天沒刮鬍子了，頭髮蓬亂，已經長過了襯衫領口，襯衫也已經髒汙得皺巴巴的。「現在幾點了？」

「案情可能有進展，」羅尹說，「找到一個目擊者了。」

詹姆斯站了起來，整個人隨即晃了一下，趕緊用一隻手撐著書桌穩住身體，「誰？」

「有個業務員在莎拉失蹤那晚，開車回西雅圖。」

「他看到莎拉了？」詹姆斯問。

「他想起在郡道上遇到一輛紅色卡車，是雪佛蘭貨卡。他還想起有輛藍色貨卡就停在路邊。」

「他怎麼現在才說？」崔西問，此案的舉報專線早已經撤銷。

「他不知道這件事。他一個月有二十五天都在外面出差，跑太多地方了，搞不清楚哪天去了哪裡。他說他最近才看到調查此案的新聞報導，勾起了他的回憶，所以打電話報警。」

崔西搖搖頭。這七個星期下來，她每天都在追蹤新聞，最近並沒有任何相關報導。「什麼樣的新聞報導？」

卡洛威瞥了她一眼，「就是電視新聞上的一段報導。」

「哪個頻道？」

「崔西，拜託。」詹姆斯抬手打斷她的追問，「找到目擊者，應該夠了吧？他的不在場證明就不攻自破了。」

「萬斯已經重新申請搜索票，請求准許搜索那片產業和那輛貨卡。西雅圖的華盛頓州刑事鑑識實驗室也已經吩咐一個小組待命。」

「我們多快會知道結果？」詹姆斯問。

「一個小時之內。」

「他怎麼可能不知道？」崔西問，「所有本地的新聞臺和報紙都報導了，我們還貼了很多尋人啟示。他沒看到我們在大型看板上公告的一萬美元懸賞？」

「他都在外面跑，」卡洛威說，「一直不在家。」

「七個星期都沒回家？」她轉向父親，「不合理啊，這個人可能只是貪圖賞金。」詹姆斯和幾位鎮民合力祭出一萬美元懸賞，給提供有效線索協助破案、逮捕、將罪犯定罪的人。

「崔西，妳回家，在家裡等消息。」她接下雪松叢林高中的教師工作後，就在外面租房子住，但她父親從未把那棟房子當成她的家。「我們有進展時，我會打電話通知妳。」

「不，爸，我不走，我想留下來。」

他拉著她走到鑲嵌木門前，崔西從他手上的力量知道父親已下定決心，不容更改。「一有消息，我馬上打電話給妳。」詹姆斯說完就拉上已在她背後的木門，還附上喀嚓一聲，門被鎖上了。

18

崔西把萊恩·哈根的目擊供詞複本遞給丹，「這個粉碎了艾德蒙·豪斯的不在場證明。」

丹接過複本，戴上眼鏡，「聽妳的語氣，似乎懷疑這份供詞。」

「交叉詰問時，豪斯的律師表現得不夠縝密，居然沒人詢問哈根看到的那則新聞報導細節，也沒人要求他提供出差的收據，沒有業務員會花自己的錢。如果哈根的證詞是真的，那他中途停下來用餐和加油時一定有收據，但我一張也沒找到。」

丹抬起頭，從鏡片後方看著她，「不過，這個人的記憶就足以打破僵局。」

「足以讓郡檢察官說服蘇利文法官核發搜索票，搜索帕克·豪斯的家和卡車。」

「有搜到什麼嗎？」

「頭髮和血跡。卡洛威作證說他拿了證據質問豪斯，豪斯就改了說詞，供稱遇到走在路邊的莎拉，用計讓她上車後，就開車往山裡去，強姦後勒斃了她，隨即就地掩埋。」

「那怎麼找不到屍體？」

「豪斯拒絕透露埋屍地點，除非跟他談條件；而找不到屍體，警方就無法證明豪斯有罪。」

丹放下複本，「等等，我搞糊塗了，如果豪斯認罪了，他又能談什麼條件？」

「好問題。豪斯否認曾經認罪過。」

丹搖搖頭，似乎不能理解，「卡洛威沒有做認罪口供？沒讓豪斯簽名？」

「對。他說豪斯只是想戲弄、譏笑他，才不小心說漏嘴，之後就拒絕再說一次。」

「而豪斯本人在法庭上否認曾經認罪過。」

「沒錯。」

「所以檢方只憑間接證據就起訴豪斯，他們並沒有鑑識組的現場調查報告，而豪斯的律師仍然把他放在砧板上、任人宰割？」

「我就是要告訴你這個。」

「豪斯如何解釋警方找到的頭髮和血跡？」

「他說有人栽贓陷害。」

丹嘲笑地說：「當然，他在垂死掙扎，這是他最後一個抗辯的機會了。」

崔西聳聳肩。

「妳相信他？」

「豪斯這輩子是出不來了，雪松叢林鎮終於能喘口氣，用時間慢慢療傷。只不過，傷口還在，我自己、我的家人，以及鎮民們，沒有一個人走出陰影。」

「妳有所懷疑。」

「這是我調查二十年的結果。」她把另一個卷宗滑過去給丹，「要看看嗎？」

丹用一隻手指滑過上唇，「妳想要做什麼？」

「一個客觀的想法。」

丹沒有馬上回應，也沒拿起卷宗。好一會兒後，他才說：「好，我會看看的。」

她從公事包裡拿出支票簿和一支筆，「你剛才說你請了一個一千五百美元的看護？」

丹伸手越過桌子，輕輕碰了她的手。崔西嚇了一跳，她沒想到丹的手會這麼粗糙，手指修長而有力。「我不跟朋友收費的，崔西。」

「我不能讓你做白工，丹。」

「那我也不能收妳的錢。如果妳想聽我的意見，就把支票簿收回去。哇，我敢打賭，在我之前，沒有一個律師對妳說過這種話。」

她噗哧笑出來，「我能不能用別的什麼東西來付你的律師費用？」

「一頓晚餐。」他立刻說，「我知道有個好地方。」

「雪松叢林這裡？」

「雪松叢林還是臥虎藏龍的，有驚喜，相信我。」

「律師不都喜歡說『相信我』。」

✦

崔西踏出第一國家銀行，抬頭望著那扇懸在人行道上方的多邊形凸窗。她從沒把自己調查蒐集到的線索拿給別人看過，之前是沒有這個必要，因為缺少犯罪現場調查報告。直到現在，她也只有未經證實的猜測，但羅莎透露的線索，開始改變了一切。

「崔西？」桑妮站在一輛休旅車旁，一隻手拿著鑰匙，另一隻手上拎著五金行的塑膠袋，正看著她。

「桑妮。」

桑妮踏上人行道。她穿著女士襯衫、毛衣和西裝長褲，髮型時髦，臉上濃妝豔抹，「我以為妳走了。」

「還有一些小事剛處理完，我現在正要去開車回西雅圖。」

「有時間喝杯咖啡嗎？」桑妮問。

崔西並不想踏進回憶的長廊，「妳看起來好像有事要辦？」

「沒有，」桑妮說，「只是去五金行幫蓋力買點東西。」接下來兩人都沒說話，氣氛尷尬起來。

既然抽不了身，崔西只好軟化，「妳想去哪裡？」

她們穿過馬路，一起走進「天天活躍」，點了咖啡，坐到露天座位上。崔西放下馬克杯時，桌子還晃動了一下，醫生要她減少咖啡因的囑咐，至此已成了耳邊風。

桑妮在對面坐下，微微一笑，「在這裡看到妳，感覺好奇怪。我的意思是，那個讓妳回來的理由，令人很遺憾，不過看到妳回來真好。葬禮辦得簡單又隆重。」

「謝謝妳來觀禮。」

「一切都不一樣了，對不對？」

崔西正拿著咖啡杯啜飲，桑妮的問題讓她喉頭一緊，用力吞嚥口中的液體後，放下了杯子，「抱歉？」

「莎拉死後，一切好像都變了。」

「好像是吧。」

「雖然我一直住在這裡，」桑妮的笑容出現一絲感傷。「也不會離開的。」她的神色突然有些猶疑，然後說：「妳都沒回來參加朋友和同學的聚會。」

「我不喜歡參加那些聚會。」

「大家都問起妳，他們還在討論那件事。」

「桑妮，我不想再談那件事了。」

「抱歉，我並不想勾起妳的傷心事。不談那個了，聊聊別的吧。」

但崔西知道桑妮找她喝咖啡就是想聊莎拉的事，以及案件的後續發展，根本不是來找老朋友敘舊的。昨天的葬禮是為了一位早在二十年前就已經離去的家人舉辦，卻仍有那麼多人來參加，箇中原因應該都跟桑妮一樣。那麼多人前來，並不只是因為卡洛威廣發消息，當年尋找莎拉的行動和法庭審訊成了鎮民的生活重心，但莎拉終究沒有回來。對桑妮和其他仍然住在雪松叢林鎮的居民來說，葬禮並沒有帶來結束，對崔西和她的父母而言，事情也沒有句點。而現在，看著坐在對面這個自己曾經託付最隱私的少女心事和祕密的人，崔西實在無法開口告訴桑妮，大家可能要再一次經歷那場惡夢。

19

崔西熄火後，讓貨卡繼續往前，直到它自行停下來。她掃視黑暗的街道一會兒，才下車來到滿月的月光之下。法院判決已過了一年，她依舊覺得大樹後面和灌木叢中鬼影幢幢，小時候她和莎拉都叫這些看不到的東西「壞鬼」。那個時候，姊妹倆一起用想像力創造出妖魔鬼怪，而現在，那些幽影真實得嚇人。

她爬上門廊階梯，插進鑰匙，咔嗒一轉，人卻頓了一下，側耳聆聽門內的動靜。沒聽到任何聲響。她用肩膀抵著門板，使勁一頂，冬天的木頭會膨脹，木板就卡在門框內。一察覺到門板鬆脫開來，再用力一推，她靜悄悄地跨過了門檻。

燈光突然一亮，嚇了她一大跳，手中的鑰匙掉到地上。

「噢，你嚇死我了。」崔西說。

班坐在單人躺椅沙發上，身上是一件牛仔褲和法蘭絨襯衫，「我嚇到妳了？妳這個時候才回家，一通電話也沒有，也不留言，還說我嚇到妳？」

「我是說，我沒看到你坐在那裡。你幹嘛不開燈？為什麼穿得這麼整齊？」

「妳沒看到我，是因為妳都沒回家。妳去哪裡了，崔西？」

「我在工作。」

「凌晨一點？」

「你知道我的意思。我在忙莎拉的案子。」

「哇噢，我好吃驚啊。」

「我累了。」崔西實在不想再因為同一件事吵起來。

「妳沒有回答我的問題。」

她朝別的房間走去，又回頭說：「我回答了。」

「妳沒有。妳告訴我妳在幹嘛，但我問的是：妳去哪裡了？」

「現在很晚了，班。我們明天早上再談吧。」

「早上我就不在了。」這句話讓她走了回來。

班已經站起來，崔西注意到他也穿著工作靴。「我要離開了，我沒辦法過這種生活。」

崔西朝他走過去，「班，我們不會一直這樣下去的。我只是還需要一點時間。」

「要多久，崔西？」

「我不知道。」

「這就是問題。」

「班——」

「我知道妳去了哪裡。」

「你希望我怎麼做？」

「放下吧，崔西。大家都是這樣。」

「我妹妹被人殺死了。」

「當時我也在啊，記得嗎？我一直都在這裡，每一天。法庭開審時，我每天都坐在妳身邊，宣判那天也是，但妳只把我當空氣，無視我的存在。」

她又朝他走近了幾步，「你現在鬧脾氣，就是想得到我的注意？」

「我是妳的丈夫，崔西。」

「那就應該支持我。」

班邁步朝大門走去，「天一亮，我就會走，行李都已經裝上車了。我想，趁我們還沒說出以後會後悔的話之前，我最好先離開。」

「班，現在很晚了，等明天早上，我們再好好談一談，好嗎？」

他握住門把，「他跟妳說了什麼？」

「什麼？」

「艾德蒙．豪斯，他跟妳說了什麼？」

班陪著她去過監獄，「我問他那件案子的事。我問卡洛威警長跟他說過什麼，才會讓他承認殺了莎拉。我還問了她的首飾的事。」

「妳有問他嗎，是不是他殺了莎拉？」

「他沒殺莎拉，班。證據——」

「陪審團判決他有罪，崔西。陪審團仔細討論過所有證據，才判決他有罪。難道這還不夠？」

「證據有問題，我心知肚明。」

「那明天早上事情就會有改變嗎？我還能說什麼，才能勸妳收手？」

她碰了一下他的袖子，「班，請不要逼我在你和莎拉之間做選擇。」

「我不會逼妳。妳已經做了選擇。」他拉開門，走了出去。

崔西跟著他來到門廊上，突然害怕起來，「我愛你，班。現在我只有你了。」

班停下腳步。一會兒後，他才轉過來面對她，「沒錯，妳是。但除非妳放下，否則妳心裡不會有位置容納我，或是任何人。」

她快步朝他而去，用力抱住他，「班，拜託你，我們可以一起努力。」

班用雙手按在她的肩上，「那就跟我走。」

「什麼？」

「打包妳的東西，不會超過一個小時。跟我走。」

「去哪裡？」

「離開這裡。」

「但我爸媽——」

「他們對我視而不見，崔西。妳那天晚上就是因為我才丟下莎拉一個人。她是因為我而死的。他們甚至不願意跟我說話，現在也不太跟妳說話了，這裡已經沒有什麼好留戀。」

崔西往後退開，「我不能走，班。」

「是不能？還是不願意？」淚水湧入他的眼睛，「我愛妳，妳會一直留在我心裡，崔西。」

我會很痛苦，這是我必須克服的，但留在這裡，我做不到。妳有妳的痛苦，而我不認為妳在這裡能熬過心中的傷痛，只不過現在開始，妳必須自己想辦法了。」

班坐進駕駛座，關上門。她以為他會再想一想，以為他會開門下車，回到她身邊。結果他發動了引擎，看了她最後一眼，將車駛出車道，丟下她一個人。

20

崔西感覺有輛汽車放慢了速度接近，本能地伸手去拿手提包裡的格拉克手槍。那輛車來到她身旁煞住，駕駛座上的卡洛威屈著手臂放在窗沿上，手肘懸空，打招呼說：「崔西。」

崔西鬆開握著槍的手，「你跟蹤我，郡警官？」

「我知道妳要離開小鎮了。」

崔西左右張望了一眼汽車旅館的停車場，「我已經離開雪松叢林了啊，這裡是銀色馬刺。你怎麼會在這裡？」

卡洛威把車停好，下車朝她走來，他沒熄掉引擎，也沒關上車門，儀表板上的無線電溢出一連串的對話。「有人告訴我，妳在鎮上到處找人聊天。」

「我好久沒回來了，跟老朋友說說話是必要的禮貌吧。關你什麼事？」

「我想知道妳都跟他們說了什麼。」

她很想當面怒嗆卡洛威，讓他明白她不再是年輕人，不會再相信他的鬼話，但這可能會拉長應付他的時間，而她已經身心俱疲，現在只想回到今晚的臨時住所，「跟你無關吧，難道在雪松叢林鎮上聊天談話是違法的？」她爬上階梯，「我累了，只想洗個熱水澡。」

「妳跟丹・奧萊利在談什麼？」

「敘舊，隨便聊些往事。」

「是嗎？」

「這就是我的回答。」

「可惡，崔西，妳別見鬼的這麼固執。」

他的霸道令她停下腳步，轉過去面對他。卡洛威的臉色漲紅，這不像她記憶中的他，不過那可能是因為記憶中的他向來是呼風喚雨慣了的模樣。卡洛威稍稍鎮定心神，再開口說：「妳以為妳是唯一一個受苦的人？妳該好好看看昨天來參加葬禮、表達敬意的人們。」

她走下階梯，「你是不是也牽扯在其中，羅尹？」

「大家都希望趕快告一個段落，他們都想要放下。」

「是他們想要，還是你想要？」

卡洛威用手指著她說：「該做的，我都做了，妳和所有人都應該體諒我。我完全是依證據辦案的，崔西。」

「但是沒有埋屍地點的鑑識報告。」

「我們那時候並沒有埋屍地點。」

「現在有了。」

「沒錯，我們找到莎拉了。逝者已矣，就讓死亡埋葬死者吧。」

「你以前也這麼跟我說過一次，記得嗎？但我學到一個教訓，羅尹。死亡不會埋葬死者，只有活著的人才能。」

「那妳現在也埋葬莎拉了啊，她已經入土為安，安息主懷，跟妳父母在一起了。放下吧，崔西，放下吧。」

「你是在命令我嗎，警長？」

「我們把話說清楚。妳也許是西雅圖一流的刑事偵查員，但在這裡，妳並沒有偵查權，只是個平常百姓。我是這裡的警官，妳最好記住這點，不要到處捉妖抓鬼，無中生有。」

崔西滿腔怒火高張，不過她提醒自己卡洛威根本動不了她一根汗毛，只能做做樣子恐嚇而已。他是來打探消息的，想激怒她，要她口不擇言說溜嘴，透露今天的行蹤和意圖。

「我一點都不想捉妖抓鬼，無中生有。」她說。

他似乎在打量她，「這麼說來，妳會回西雅圖吧？」

「對，我會回去。」

「很好。」他點了個頭，坐回雪佛蘭警車，關上車門，「開車小心。」

她看著休旅車駛離，車尾燈發亮著轉過一個角落。「不是鬼，羅尹，不是捉鬼，我在捉凶手。」她說。

✦

崔西爬上旅館的室外樓梯，另一個想法冒了出來，讓她趕緊拿起手提包，翻出手機和丹的名片。快步回到房間後，她撥了號碼打電話給丹，鈴響三聲後，丹就接起電話。

「丹？我是崔西。」

「妳應該不是奪命連環來電型的客戶吧？如果妳是，剛好，我正要打電話給妳。」

「我的卷宗仍然在你那兒吧？」

「就在我面前的廚房餐桌上，我和它們一整個下午都在一起，怎麼了？」

崔西嘆口氣，「卡洛威在跟蹤我。他知道我找你談過，還想知道我們談了什麼。」

「他跟蹤妳，什麼意思？」

「我住在銀色馬刺的汽車旅館，他在旅館外攔下我，問我為什麼去找你。他有去找你嗎？」

「沒有，但我今天比較早離開辦公室，他也沒來我家。妳為什麼住在銀色馬刺？」

「我不想住在雪松叢林，葬禮讓人心情沉重。」

「不是，我的意思是，妳為什麼沒回西雅圖？」沒等到她的回答，丹又繼續說：「妳知道我會打電話給妳，對吧？妳知道我會找妳討論卷宗的事。」

「我猜到你會。」

「妳住在銀色馬刺哪裡？」

她看了鑰匙圈一眼，那是舊式的、實實在在的鑰匙，不是現在流行的感應卡，「長春旅館。」

「去退房。妳可以來我家住，我有客房。」

「我沒事，丹。」

「或許吧，但我大約瀏覽過卷宗裡的資料，崔西。雖然只是匆匆看過，但已經產生很多疑問。」

丹的話讓她感覺腎上腺素大量分泌的熟悉感，「什麼樣的疑問？」

「我需要看看妳手上其他的線索。」

「我會拿給你。」

「那些以後再說，至於今晚，不管妳住哪裡都趕快退房，來住我家。妳怎麼能住汽車旅館？」

她搞不清楚他的邀請背後的涵意。他是因為卡洛威而擔心她，還是在卷宗裡發現了什麼線索？或者只是基於童年情誼的好客招待？亦或是有別的動機？他是不是也跟自己有一樣的感覺？

在莎拉的葬禮上，丹首次來到她身旁，親吻她臉頰時，崔西對他就有了異樣的想法。她拉開窗簾，望著窗外散布碎石的黃土停車場，目光再移到對面的樹林，陰影已經悄悄包圍住所有枝幹。

「更何況，妳還欠我一頓晚餐。」丹說。

「我要去哪裡找你？」

「妳還記得我爸媽家怎麼走嗎？」

「清清楚楚。」

「那就過來吧，我家可是有鎮上最精良的保全系統。」

21

崔西聽到警報器響起，仍繼續把車開進丹的老家的車道。她並不認得眼前這棟有著陡峭人字型屋簷、宏偉寬敞的房屋，以前這裡只是一間黃色隔板小平房。修剪得整整齊齊的草皮後方，那棟房子已經變成了兩層樓，有幾扇屋頂窗；大大的門廊上安放了幾張木條躺椅，原本的隔板牆換成了淺藍色的鱗片式木牆，外加灰色鑲邊木條，很鮮明的東岸風格。

丹打開大門，來到月光之下，兩隻龐大的大狗隨護在兩旁。牠們就像是打了類固醇般肌肉精實的鬥牛犬，短短的黑鼻子，極短的毛皮顯露出堅硬寬大的胸膛，有那兩隻大狗坐立在兩側，丹看起來像個威武雄壯的埃及法老。

崔西一邊離開車子，一邊揹上旅行袋，「牠們不會咬人吧？」

「只要經過正確的介紹，就不會。」丹穿著白色T恤，外套黑色V領毛衣，牛仔褲的一支褲腳膝蓋處破了個洞，光著腳丫，一副怡然自得的樣子。

「聽起來不太妙。」她朝翠綠色草坪裡的石子小徑走去，草坪看起來和聞起來都像是才剛修剪過。

「妳只要伸出手，讓牠們聞聞妳的手背就行了。」

「聽起來真的很不妙。」

「別傻了。」

崔西伸出手，體型稍小一些的那隻狗伸長脖子，冰涼的鼻子輕拂過她的手背。丹介紹：

「這隻叫福爾摩斯。」

「不會吧？」不會吧，福爾摩斯，是丹以前最愛的口頭禪之一。

丹的視線轉到另一隻大狗，「這隻是——」

「讓我猜猜，豬頭。」她說。丹小時候另一個最愛的口頭禪就是豬頭。

「那個很難聽耶。不是的，這隻大傢伙叫雷克斯，取自雷克斯暴龍。」雷克斯聞都沒聞一下她的手，「牠比福爾摩斯害羞一些。」

「牠們是什麼品種？」

「羅德西亞背脊犬和英國獒犬的混種。這兩隻加起來的重量將近一百三十公斤，伙食費是我的兩倍。妳帶牠們進屋子去，我去把妳的車停到車庫，免得有人嚼舌根。」她這才注意到房子後面有個獨立車庫。

崔西進入一個幽靜的客廳，L型沙發正對著壁爐，壁爐上掛著一臺大型液晶電視。室內空間連接著廚房，裡面有一張餐桌和幾張椅子，花崗石料理檯、吧檯椅和電燈泡，磁磚樣品靠在洗碗槽後面的牆壁上。丹走進屋裡，關上背後的門，把鑰匙交還給她。

「你重新整修了。」崔西說。

「妳說得太保守。四十年的老房子，需要徹底改頭換面一番。」

他走進廚房，但大狗的注意力仍然停留在崔西身上，盯著她把旅行袋放到一張吧檯椅上，

「你打算留下來？」

「我都費了那麼多工夫，應該先享受享受囉。」

「房子都是你改的？」

「妳別那麼吃驚嘛。」他打開冰箱。

「我不記得你的手有那麼巧。」

丹的聲音從冰箱門後傳出，「等到哪天妳無聊透頂，又有了動機，還能連上網路，就會發現居然有那麼多東西可以自學。」

「丹，你別麻煩了。」

「不麻煩。我跟妳說過，我知道一家很棒的餐廳。」他拿了裝著四大片漢堡肉餅的盤子出來，「我當時的意思是，要端出本人大名鼎鼎的培根起司漢堡餐。」

她大笑出聲，「我覺得我的動脈血管開始變硬了。」

「拜託別跟我說妳現在吃全素。」

「我工作那麼忙，哪有時間搞那些，除了漢堡王的漢堡裡夾的蕃茄，否則我看到蔬菜的機會很少。」

「嚴格來說，蕃茄是水果。」

「管他的。怎麼，你現在也是園藝家了？」

「妳表現好的話，等吃完晚餐，我就帶妳去看我的菜園。」

「你一定是非常非常無聊。」她往料理檯移去，站到他身旁，「我要做什麼？」她故意鬧他，用手肘頂了他一下，卻碰到一具結實的身軀。兩個人一站到一起，丹足足高了她十公分，毛衣突顯出他寬闊的肩膀和精健的胸肌。「我記得你好像有嬰兒肥。我現在知道，你不是節食瘦下來的。」

「是啊，又不是每個人都那麼幸運有你們家的基因，雙腿修長、肌肉又結實。」

「你要知道，我可是每個星期都要運動四天。」她說。

「妳也要知道，我已經看出來了。」

「噢，我聽起來跟那些四處討讚的中年女子一樣了，對不對？」

「如果妳真的在討讚，那我也上鉤了。走吧，我帶妳去妳的房間，妳可以先沖個熱水澡放鬆一下，我來準備晚餐。」

「這樣的體貼比讚美更好聽。」她抓起旅行袋，跟著他往樓梯走去。

「要幫妳倒杯紅酒嗎？還是妳要告訴我，妳戒酒了？」

「我只喝對身體好的飲料。」

她跟著他走進樓梯盡頭的一個房間，又一次被室內陳設震懾。眼前是鍛鐵床、幾件古董，角落裡放著一叢乾燥的芒草，另一個角落是暖被器；床頭牆壁上掛著一幅畫，畫裡一個女人在黑暗的圓木屋裡開槍射擊。崔西把旅行袋放到床上，「好，我相信房子是你改造的，但室內裝潢就不可能了。」她猜應該是他女朋友的手筆。

「《落日雜誌》。」丹聳聳肩，「我說過了，我很無聊。」他關上門，讓她安頓自己。

崔西坐在床沿，細細品味兩人之間的鬥嘴，感覺有點像是回到了從前，不過丹回話的技巧絕對比她記憶中好太多了。她發現自己居然不知不覺地微笑。丹在跟她調情嗎？小時候，他們就喜歡互相逗對方，難道現在只是成人版本的表現？已經很久沒有人跟她調情了。

「妳也要知道，我已經看出來了？」她重覆說了丹說的話，說完又立刻唉了一聲，「我聽起來好饑渴。」

✦

崔西沖完澡踏出浴室，只有兩套有限的服裝選擇卻讓她喪氣了，只好把襯衫拉出來不再塞在牛仔褲裡，製造不同的視覺效果，再綁了個馬尾。但這下可好了，那些魚尾紋要命地清晰。她塗上睫毛膏，打好眼影，手腕和脖頸也噴了些香水，妝扮妥當後才開門朝樓下走去。培根和漢堡的香味從烤架上迎面撲來，液晶電視裡賽事播報員正在實況解說一場大學足球賽。

丹站在料理檯前，拿著攪拌器打著玻璃碗裡的食材，檯上放著一塊烤得香脆的檸檬派。

「你在做檸檬蛋白霜派？」

丹調低電視音量，「這是我媽的獨門配方，我愛死了。如果我能把這見鬼的蛋白打發，妳就會知道我為什麼那麼愛它。」

「你用錯碗了。」

丹疑惑地看著她，「怎麼會用錯碗？」

崔西走到他身旁，「碗都放哪裡？」

丹指著下面一個櫥櫃。崔西找了一個銅碗出來，把蛋白倒過去，拿起攪拌器，一下子就打發了蛋白。「艾倫老師一定會被你氣死，化學課教的，你不記得了？」

「我考試偷看妳的答案，就是這門課嗎？」

「你每一門課都偷看我的答案好嗎！」

「妳看，這就是我的下場，連蛋白都不會打。」

「蛋白裡的某種蛋白質會跟銅起作用，鍍銀的碗也能產生相同效果。」崔西年拿起丹放在量杯裡的白糖倒入蛋白泡沫裡，攪拌完成後，把蛋白霜舀到內餡上，將派餅放入烤箱，設定好時間後才說：「你不是要倒紅酒給我嗎？」

丹馬上倒來兩杯紅酒，遞了一杯給崔西後，舉杯說：「敬老朋友。」

「你才老咧。」

「我們同年啊。」他說。

「沒聽說過嗎？四十歲是另一個二十歲的全新開始。」

「看來是我脫節了。既然我的背和膝蓋都還好好的，那好吧，」他又一次舉杯，「敬好朋友。」

「這還差不多。」

她移到料理檯的另一邊，坐在一個燈泡下，看著丹把烤架上的洋蔥翻面，香味撲鼻。「我能問一件事嗎？」

「知無不言，言無不盡。」

「你一個人住在這裡。」

「只有我和狗。」兩隻狗坐在客廳和廚房之間的磁磚旁邊，看著丹朝冰箱走去。

「那你幹嘛這麼大費周章？」

他打開冰箱，「妳是說改造房子？」

「不只，改造、裝潢，還有那兩隻狗，這些都是耗時費力的麻煩事。」

他拿了一罐醃黃瓜和一顆蕃茄，放到塑膠砧板上，「以前是，所以我才找這些事來做。我經歷了『為什麼是我』的階段，崔西。發現老婆背叛自己不是什麼光采的事，我自艾自哀了一陣子，後來變得怨天尤人。恨她，恨前合夥人跟她上床。」他挖出一條酸黃瓜，邊切邊說：「我媽去世後，我陷入更深的惶恐。有天早上醒來，我終於受不了每天面對同樣的牆壁，起身就去了工具棚裡，拿起我爸的長柄大錘把牆都打掉了。我越打，心裡就越舒服。但牆沒了，我只好重建。」

他又在水槽洗了洗蕃茄，開始精準地劃下每一刀，「我只知道，隨著重建一點一點進展，我越來越明白人生雖然不能事事都隨我的意，也不表示所有事都不能。我想要一個家，想要家人的陪伴，又不可能馬上就找到老婆——坦白說，我也沒在找。所以我去買了雷克斯和福爾摩斯，我們組成了一個家。」兩隻狗聽到自己的名字，各自嗚了一聲。

「你是如何開始的？」

「一次一錘敲下去。」

「跟前妻還有聯絡嗎？」

「她偶爾會打電話來，抱怨跟我的合夥人處不來。」

「她想要你回去。」

丹用小鏟子把漢堡鏟到盤子裡，「一開始是吧，她在探我的口風。她真正想念的應該是鄉村俱樂部的生活，她也很快就明白，之前她嫁的那個男人已經不存在了。」

崔西環顧四周，微微一笑，「你完成的這個作品，相當了不起，丹。」

正在把切片的蕃茄和酸黃瓜移到盤子裡的丹，停下了動作，「噢，糟糕。」

「怎麼了？」

「聽起來像不像中年男子在討讚？」

崔西把手中的衛生紙一揉，朝丹丟了過去。

丹笑著躲開。剛才趁她沖澡的時候，他已經擺好了餐具，只等把裝著漢堡材料的盤子放到攪拌過的蔬菜沙拉旁邊，就大功告成。「這樣可以嗎？」

「又在討讚了？」

「妳懂我的。」

「很完美。」

崔西在漢堡上加佐料時，丹說：「好，換我了。妳現在還參加射擊比賽嗎？」

「現在沒那麼多時間了。」

「但妳以前的槍法那麼棒。」

「回憶太難受。我最後一次看到莎拉，就是在奧林匹亞一九九三年的冠軍賽。」

「這也是妳不回來的原因？太多痛苦的回憶？」

「算是吧。」她說。

「但妳現在又把那些回憶都挖出來。」

「不是把它們挖出來，丹。是希望徹底埋葬它們。」

22

晚餐結束後，崔西走到客廳，拿起斜倚在牆上的高爾夫球桿，旁邊狹長的人造草皮盡頭，有個類似錫製菸灰缸的容器。

「妳打高爾夫球嗎？」丹在廚房裡收尾，把剩下的碗盤擦乾，放回壁櫥裡。

崔西放好一顆球，輕輕一碰，看著它滾下了草皮。球碰到菸灰缸，又翻過坡頂，就是停不下來，叩叩叩滾過硬木地板，朝護壁板而去，讓兩隻趴在小地毯上的狗兒倏地坐了起來，灼灼盯著滾動的球。「我說過了，我沒有時間。」

「妳會學得很快，妳一向擅長運動。」

「那是好久以前的事了。」

「胡說。妳只是需要合適的教練。」

「是嗎？你要幫我介紹？」

他放下正在擦拭的那個碗，朝客廳走來，在她腳邊放了另一顆球，「站到球的另一邊去。」

「你現在要教我？」

「我可是付了一大筆錢，才成為鄉村俱樂部的會員，當然要挖點東西走。來，站過去。」

「不用啦。」

「雙腳分開，跟肩膀同寬。」

「你認真的？」

「我是個認真的男人。」

「我記憶中的那個人，不是啊。」

「沒錯，但我告訴過妳，我變了。我現在可是個東方不敗的律師。」

「我可是受過近身攻防訓練的探員。」

「我需要保鏢的時候一定第一個想到妳。現在轉過去，雙腳分開，與肩同寬。」

崔西嘆氣一笑，順從地照著他的話做，丹來到她背後，雙手從後面伸過來握住她的手，調整她握桿的方式，「鬆開。放鬆一點。妳要把球桿勒死了。」

「我以為手臂要用力打直。」她邊說體內邊湧起一股暖流。

「那是手臂，不是手。手要放軟，輕輕握桿。」

丹的雙手包住她握著桿柄的手，溫熱的氣息輕拂過她的脖子，低低地在她耳邊說：「屈膝。」丹的膝蓋輕碰了她的膝蓋一下。

她大笑出聲，「好啦，好啦。」

「接下來，像鐘擺來回擺動，然後來個流暢的漂亮揮桿。」

「瞭解，我知道怎麼做了。」

「我想也是。」

丹引導她的手臂往後，再輕輕往前一揮。球桿碰上球，讓它緩緩滾下綠色草皮，撞上錫杯邊緣，杯緣彈起，球滾了上去，最後在杯子中央停了下來。

「嘿，」她說，「球進洞了。」

「看吧，」丹依然在後面圈著她，「我的化學不好，但還是能教妳一、兩樣本事的。」

崔西想著如果丹此刻忽然吻上她的脖子，她該怎麼做。結果單單只是想一想，她的膝蓋就一陣發軟。

「崔西？」

「啊？」

他放開她的手，「是不是應該討論正事了？」

崔西吐出剛剛屏住的一口氣，「對，也是。先讓我用一下化妝室。」

「在樓梯下方。」

崔西找到浴室，走了進去，關上門，雙手撐在洗手檯上，鏡中雙頰泛紅的臉回盯著自己。她花了一點時間冷靜下來，轉開水龍頭，用冷水潑臉，接著在波士頓紅襪隊的手巾上擦乾了手，開門朝廚房走去。

丹站在餐桌附近，翻弄一本黃色紙頁的筆記本，每一頁上都寫了注記。他把崔西的卷宗放在餐桌中央，兩個玻璃杯也都添了新酒，「妳介意我站著嗎？我站著的時候，思緒比較靈敏。」

「請便。」她坐了下來，迫不及待地啜了一口救命酒。

「老實說，妳今天早上走進辦公室跟我談的時候，我其實心存懷疑，我真的只是隨便敷衍妳而已。」

「我知道。」

「我那麼容易被看穿？」

「丹，我是警探。」她放下玻璃杯。「如果我是你，我也會懷疑。你想問什麼就問吧。」

「我們先談談那個老是在出差的業務員，萊恩．哈根。」

◆

萬斯．克拉克站在辯護律師桌旁，「檢方傳喚萊恩．哈根。」

艾德蒙．豪斯的公設辯護律師是雪松叢林鎮的老居民迪安奇洛．芬恩。艾德蒙就坐在律師旁邊，帶著手銬走進法庭的他，第一次轉過頭來。他的鬍子剃掉了，頭髮也理成平頭，活脫脫就像東岸名校的預備高中生。他身上一件灰色長褲，白色襯衫領子挺立在黑色毛衣上方，眼睛緊盯著走進法庭的哈根，而哈根也像個跟豪斯同校的預備高中生那樣，一身卡其褲、藍色運動外套，外加一條變形蟲圖紋的領帶。豪斯的眼睛掃過爆滿的旁聽席，最後停在崔西臉上。這一眼讓崔西不知不覺起了雞皮疙瘩，趕緊伸手過去牽起班的手，緊緊握住。

「妳還好嗎？」班低聲問。

哈根推開圍欄的門，站到證人席上。崔西望著他中分的細軟長髮，覺得這個人透著一股精明的氣質。萬斯．克拉克一邊走，一邊介紹這個汽車零件業務員的工作，說明他每個月至少有二十五天都在外面跑業務，出差範圍含括了華盛頓州、奧勒崗州、愛達荷州和蒙大拿州。

「你通常不會花時間看新聞，與本地時事保持同步接軌？」

「對，我只會追蹤西雅圖水手隊和超音速的新聞（注）。」哈根微微一笑，態度大方，是業務員典型的招牌笑容，似乎很享受成為眾人的焦點。「我在外面不太會拿外地報紙來讀，到了旅館也很少看夜間新聞，大部分都是看球賽。」

「所以你之前不知道莎拉．克羅斯懷特的綁架案？」

「對，我沒聽說。」

「請向陪審團解釋，你後來是如何知道的？」

「沒問題。」哈根轉過去面對五女七男陪審團，全都是白種人，另有兩位候補者坐在圍欄之外。「那天我拜訪完一個客戶，比平常早一些回到家。當時我喝著啤酒，看著電視轉播的水手隊球賽。在一次中場休息時，一則報導插播進來，說是雪松叢林鎮有個少女失蹤了。我在那裡有很多客戶，所以特別注意了一下電視上那名少女的照片。」

「你認得照片中的少女嗎？」

「沒見過。」

「然後呢？」

「報導說她已經失蹤了一陣子，又附上一張她的貨卡車的照片，是一輛藍色福特停在郡道

注 西雅圖水手隊，美國職棒隊伍之一。西雅圖超音速，是一支NBA籃球隊，現在已解散。

的路肩，就是這張照片勾起了我的回憶。」

「怎麼回事，哈根先生？」

「我看過那輛貨卡。我確定它就是某個晚上、我到北方拜訪完客戶開車回家時，在路上看到的那輛車。之所以特別有印象，是因為自從有了州際高速公路後，已經很少人會走郡道，而且那天晚上雨很大，當時我心裡就想『那輛車子偏偏在晚上拋錨，實在有夠倒楣』。」

「你那天晚上為什麼走郡道？」

「因為比較近。如果你像我一樣天天都在路上跑，就會知道怎麼抄捷徑。」

「你記得是哪一天晚上嗎？」

「一開始不記得，後來想到那是夏天的一個夜晚，因為那場突如其來的大雷雨，讓我有點措手不及。我當時還在掙扎要不要改走高速公路，因為郡道沒有路燈，路太黑，十分危險。」

「你能確定那天的日期嗎？」

「我把拜訪客戶的行程記在一本行事曆上，我後來查到是八月二十一日。」

「哪一年？」

「一九九三年。」

哈根的行事曆就放在大腿上，既然提到了這項證據，克拉克要來行事曆，交給陪審團檢視。他接著又問：「你記得那天晚上的其他異狀嗎？」

「我記得還看到一輛紅色貨卡，它在對向車道跟我交錯而過。」

「你為什麼記得那輛車？」

「跟剛才的理由一樣，那天晚上除了這兩輛車，我沒看到其他車。」

「你有看到駕駛室裡的情況嗎？」

「看不清楚。不過那輛車我倒是看得很清楚。那是一輛雪佛蘭貨卡，櫻桃紅，經典車款，很少見的。」

「你接下來怎麼做？」

「那則新聞提供了郡警辦公室的號碼，我就打了電話，把我看到的都告訴接電話的人。後來郡警官打電話來，我告訴他的話，就和剛才跟你說的一模一樣。」

「你和卡洛威警官講電話時，有想起別的線索嗎？」

「我想起那天晚上曾經停下來加油和吃晚餐，後來算算，如果我沒停下來，應該會是我先遇到那個女孩。」

豪斯的辯護律師出聲抗議，並且要求不列入證詞。個頭高大、一頭紅髮的尚・勞倫斯法官，同意抗議有效。

克拉克把最後那句證詞留給陪審團，坐了下來。

迪安奇洛往前走去，手上拿著筆記本。崔西認識這位辯護律師以及他的妻子蜜莉，蜜莉患有退化性關節炎，而詹姆斯是她的主治醫師。迪安奇洛因為禿頭，刻意低低旁分頭髮，再整片橫梳過去覆蓋頭頂。不到一百七十公分的身高，讓他的西裝褲褲腳一路拖著大理石地板，朝證人席而去。他的外套袖口已經蓋到手掌上，感覺好像是今天早上才從百貨公司架上隨便抓來一套，還來不及修改便穿上。

「你說你看到這輛貨卡停在路肩，那麼，有看到任何人站在車子旁邊，或者在馬路上行走嗎？」他尖細的聲音被寬闊的法庭稀釋許多。

哈根回答沒看到。

「你剛才也宣稱看到了這輛紅色貨卡，但沒看清楚駕駛室裡的情況，對嗎？」

「對。」

「所以你並沒有看到駕駛室裡有個金髮女子，是吧？」

「是，我沒看到。」

辯護律師指著豪斯問：「你也沒看到被告就在那個駕駛室內，是吧？」

「是，我沒看到。」

「有看到車牌號碼嗎？」

「沒有。」

「那你怎麼會告訴大家，你想起當時看到的就是這輛貨卡？你自己也承認當晚下了大雨，路上很暗，而且你只瞥了那輛車一眼而已？」

「那是我最愛的車款了。」哈根反駁，再次掛上業務員的標準笑容，「我的意思是，我是靠汽車和貨卡吃飯的，有責任精通每一款車型。」

律師彷彿離了水的魚，張口又閉上，眼睛在筆記和哈根之間來回幾次，尷尬幾秒鐘後，才說：「所以你的注意力在車子上，並沒有看到駕駛室裡的人。我的問話結束。」

23

丹翻閱他的筆記，「我真的無法相信，事發七個星期後，哈根才作證在漆黑的大雨夜裡，看到對向有輛紅色貨卡跟他交錯而過，而辯護律師居然沒咬住這點，再深入挖掘？」

崔西搖搖頭，「他也沒問哈根看的是哪一臺新聞，也沒申請傳票取得那段期間所有新聞報導的複本。」

「如果有，他會發現什麼？」

「我有那段期間每一則新聞的錄影帶。根據哈根所說看到那則新聞的時間，我曾一一比對過，但什麼也沒找到，連稍稍能沾上邊的都沒有，莎拉失蹤的新聞在那個時候已經過時了。你也知道人們就是喜新厭舊，案發後，媒體、警方、全體鎮民都緊迫盯人關注案情發展，但幾個星期過去，新鮮感消失，就沒人再感興趣了。我不怪他們，都七個星期了，莎拉的新聞也縮到報紙的一個小角落，除非有新發現才能再引起注意，但結果什麼也沒有。」

「那賞金呢？」

「交叉詰問時，提都沒提到。」

丹瞇起眼睛，就像是頭痛時拚命忍耐的樣子，「卡洛威和克拉克一拿到哈根的口供，就能說服蘇利文法官核發搜索票，所以辯護律師應該要想辦法從哈根嘴裡榨出所有細節，尤其是隔天卡洛威就要上臺作證。」

✦

卡洛威坐在證人席上，一副把那裡當成自家客廳的模樣，法庭內的所有人就像他請來作客的客人。大雨拍打著二樓的木窗，規律的聲音像是鳥兒輕啄著玻璃。崔西望著外面法院廣場上的樹木，一根根樹枝都被雨水淋得垂頭喪氣。不遠處的民宅煙囪吐著裊裊白煙，這恬靜的田園風光似乎更放大了艾德蒙·豪斯給人的錯覺：就連如此安逸的小鎮，也不能免於重大暴力犯罪。

完全不能。

克拉克走到陪審團的圍欄前，「你什麼時候又回到帕克·豪斯的產業上，卡洛威警官？」

「大約兩個月後。」

「能說明一下當時的情況嗎？」

「有目擊者撥打舉報專線給我們。」

「請告訴陪審團，這通密報是誰打的？」

「萊恩·哈根。」

「你審訊了哈根先生嗎？」

「對。」接下來的五分鐘，卡洛威證實了哈根昨天的證詞。

「那輛紅色雪佛蘭貨，有什麼特殊意義？」

「我知道帕克．豪斯有一輛紅色雪佛蘭。記得接獲莎拉失蹤報案的那天早上，我曾在他的院子看過那輛車。」

「你找了被告對質嗎？」

「我告訴他，警方已掌握到一位目擊證人，問他是否還有話要說。」

「被告怎麼說？」

「一開始，除了指責我在騷擾他，什麼也沒說，後來才坦白說『好，對，那天晚上我的確開車出去。』」

「他還說了什麼嗎？」

「他說他到銀色馬刺的一家酒吧喝酒，回來時因為擔心在州際公路被攔下，所以走郡道。他說他開車經過一輛停在路肩的藍色福特貨卡，再往前開沒多久，就看到一個女人在雨中行走。他說他載女人到雪松叢林的一個地址，她下車後，他就開走了，從此沒再見過那個女人。」

「他指認過那女人的身分嗎？」

「我拿一張莎拉．克羅斯懷特的照片給他看，他確認照片中的莎拉就是那個女人。」

「他說載她到一個地址，有說是什麼地方嗎？」

「他沒告訴我，但描述了莎拉家的外觀。」

「豪斯先生有說明過你第一次詢問他時，為什麼隱瞞不說嗎？」

「他說他在鎮上聽說有個女人失蹤，也看到尋人啟示，認出照片中的人就是那天搭便車的女人。他害怕大家懷疑他，不相信他的話。」

「他有說為什麼害怕嗎？」

辯護律師出聲抗議，法官同意抗議有效。

「你接下來如何處理，卡洛威警官？」

「我通知了你最新發展，並請你向法官申請搜索票以搜索帕克．豪斯的產業和那輛貨卡車。」

「你本人親自參與了搜索行動嗎？」

「我拿了搜索票就帶人去執行任務，但我們也會同了華盛頓州刑事鑑識實驗室指派的犯罪現場調查員做鑑識工作。所得到的證據都指向案發當天的事證，於是我們逮捕了艾德蒙．豪斯。」

「你後來再跟他談過話嗎？」

「在拘留室裡跟他談過。」

「豪斯先生跟你說了什麼？」

卡洛威的目光離開了克拉克，移到艾德蒙身上，而艾德蒙坐在那裡，雙手放在大腿上，面無表情。「他先是微笑，然後說只要我們一天找不到屍體，就永遠無法定他的罪。他說如果檢察官願意談條件，他會告訴我屍體在哪裡，否則，他叫我下地獄去。」

24

丹來回踱步，走到了液晶電視附近。他們已經從廚房移到起居室，崔西正坐在沙發上，聆聽著丹一邊走一邊自問自答。

「問題顯然在於，假設卡洛威說的是實話，那麼艾德蒙·豪斯又為什麼改變說詞？他曾經被關了六年，想必在牢裡接受過很紮實的法律教育，必定清楚一旦推翻自己的不在場證明，就足以讓卡洛威拿到搜索票。既然要推翻不在場證明，又為什麼跟卡洛威說他在銀色馬刺的一家酒吧喝酒，卡洛威馬上就能查到真假，雖然他根本沒去查。」

崔西說：「我跑到銀色馬刺，跟每一位調酒員談過，沒有人記得艾德蒙·豪斯，也沒有人記得卡洛威曾經進過店裡查案。」

「我們又有一個理由懷疑卡洛威說謊了。」丹說。

「還有，在法庭交叉詰問時，辯護律師並沒有反詰問卡洛威。」崔西說。

「沒有反詰問的確是個失誤，」丹同意，「但不足以讓豪斯被定罪。讓豪斯定罪的，是他們在產業內找到的證物。」

夜幕低垂時，暴風雨轉強，吊掛在法庭豪華木格天花板上的燈具閃爍起來。風速加快，窗外的林木劇烈搖擺，溼漉漉的樹枝發散出微弱的光芒。

「基爾沙探員，」克拉克檢察官繼續說，「請妳告訴陪審團的先生及女士們，在那輛貨卡車上有什麼發現？」

單從瑪格麗特・基爾沙探員的外表來看，金髮加淺色挑染的她十足是伸展臺上的模特兒。身高大約一百六十五，再加上十公分的細跟高跟鞋，讓她更顯得修長高䠷，一身剪裁合身的灰色套裝，用的是細條暗紋的高級布料。「我們找到長度介於四十五到八十公分的金色髮絲。」

「可以讓陪審團看看，妳找到那些髮絲的精確位置嗎？」

基爾沙離開座位，用指引棒將陪審團的注意力，引到克拉克早已貼在黑板、一張局部放大的照片上。照片是那輛紅色雪佛蘭的內部，「髮絲是在副駕駛座與車門之間的座椅上找到的。」

「華盛頓州刑事鑑識實驗室化驗過這些髮絲嗎？」

基爾沙看著自己寫的檢驗報告，「在顯微鏡下，我們確定有些頭髮是直接從頭皮上被扯下來的，還有一些是斷髮。」

辯護律師站起來，「抗議。『頭髮是從頭皮上被扯下來的』，只是探員個人的推測。」

法官同意抗議有效。

克拉克聽到他重複那句話，似乎很高興，「人類會自然脫髮嗎，探員？」

「脫髮是自然的生理現象，我們每天都在脫髮。」

他輕拍自己頭頂上禿掉的區塊，「有些人就是脫的比別人多。」

陪審團成員聞言笑了出來。

克拉克繼續說：「不過妳剛才提到，你們還找到一些斷髮，那是什麼意思？」

「斷髮指的是沒看到毛囊的髮絲。一般脫髮在顯微鏡下，髮根處會有一個白色毛囊，而斷髮通常是毛鱗片部位受到外力造成。」

「譬如？」

「化學藥劑、塑髮器具的熱力，或者無意中的粗魯對待。」

「別人有沒有可能從我的頭皮上扯下頭髮，比如說打架的時候？」

「有可能。」

克拉克敷衍地瞄了筆記本一眼，「妳的團隊在駕駛室裡，還有找到其他異樣的蛛絲馬跡嗎？」

「少量的血跡。」她說。

崔西注意到幾位陪審員的視線從基爾沙移到了艾德蒙・豪斯身上。

基爾沙再次指著那張照片，說明他們找到血跡的地方。克拉克另外放上一張放大的空拍照片，拍攝的是帕克・豪斯在山裡的產業。照片中，樹叢內有幾棟鐵皮屋建築物、汽車外殼和農具。

基爾沙指著帕克・豪斯平房外，小徑盡頭一間狹長的建築物。

「這裡有木工工具，和幾樣尚未完成的傢俱。」

「有圓鋸機臺？」

「對，有一臺。」

「你們在這間小屋裡有發現血跡嗎？」

「我們沒發現血跡。」基爾沙說。

「有找到金髮嗎？」

「沒有。」

「有任何值得一提的發現嗎？」

「我們在一個咖啡罐裡找到包在一隻襪子裡的首飾。」

克拉克遞給基爾沙一個物證塑膠袋，並請她打開。

整個法庭寂靜無聲。基爾沙伸手進袋裡，拿出兩個手槍樣式的銀製耳環。

✦

丹停下腳步，「妳就是這個時候開始，懷疑事情不對勁？」

「她那天並沒有戴那副手槍耳環，丹。我很清楚她沒有，當天下午我想盡辦法要告訴我爸爸耳環的事。」崔西說，「但他說他很累，他想去接我媽回家。她的情況不太好，心力交瘁，身體越來越差，人也越來越消沉。之後，只要我提起這件事，我爸就要我別再執著，卡洛威和克拉克也叫我別死心眼下去。」

「所以他們根本沒給妳機會說話。」

她搖搖頭，「對，所以我決定再也不說，直到我能證明他們是錯的為止。」

「妳就是無法放手不管。」

「你可以嗎？如果那是你妹妹，她會出意外是因為你丟下她一個人？」

丹在咖啡桌對面坐下來，兩人的膝蓋幾乎碰在一起，「崔西，那不是妳的錯。」

「我必須搞清楚到底發生了什麼事，既然沒有人在乎，那我就自己來。」

「所以妳辭掉教書的工作，成為一名警察。」

她點點頭，「十年了，只要一有空，我就會不斷重讀審訊紀錄的副本，尋找目擊者和相關資料。直到有天晚上，我打開那些箱子，突然明白過來我已經讀遍了所有資料，拜訪過所有目擊者證人了，我完全陷入僵局，除非找到莎拉的遺體，否則無路可走。那種感覺好可怕，我覺得我又丟下她不管了。但是就像你說的，世界並不會因為你的悲傷而停止轉動。有一天，你睜開眼睛醒來，領悟到必須往前走了……否則還能怎麼辦？所以我把那些箱子都收到櫃子裡，開始想辦法往前走下去。」

他碰碰她的腿，「莎拉會希望妳快快樂樂的，崔西。」

「我一直在騙自己，」崔西說，「我沒有一天不想她。我每天都想拉出那些箱子，每天都在想是不是漏掉了什麼，一定還有別的證據。然後那一天我坐在辦公桌前，我的搭檔過來通知我，找到她的遺體了。」她終於吐出一口氣，「你知道我等這一天等了多久嗎？等著有人告訴我，我不是著了魔的神經病？」

「妳不是神經病，崔西。著了魔，也許吧。」

她的唇角勾起一絲笑意，「你老是逗我笑。」

「是啊，但遺憾的是，我並不想逗妳笑。」丹往後一躺，嘆了一口氣，「我不知道當時發生了什麼，崔西，至少還不是很確定。不過就目前來說，如果妳是對的，我能確定豪斯真的是被陷害，那幕後主使人絕對不只一個。這是集體犯罪，而哈根、卡洛威、克拉克，絕對都插了一腳，甚至連那個辯護律師也脫不了關係。」

「而且有人侵入我家，偷走了莎拉的耳環，」崔西說，「我知道。」

✦

卡洛威的警用休旅車，就停在老家車道上另一輛警車後方，並排停著的還有郡屬消防車和救護車。警笛靜悄無聲，也沒有耀眼的警示閃光燈劃破凌晨的夜空，反而讓崔西鬆了口氣。既然沒有警示閃光燈，就表示無論發生什麼意外，情況應該都不嚴重，對吧？

卡洛威在凌晨四點打電話來，把睡夢中的她吵醒。雖然班已經離開三個月，她仍然住在原來的租屋處。老家曾經給她的溫暖回憶已經消失無蹤，爸媽依舊消沉，也不愛說話。詹姆斯辭掉了醫院的工作，很少在鎮上現身。莎拉失蹤後，每年一次的聖誕除夕夜派對也不辦了。詹姆斯開始在晚上喝酒，每次打電話回家問候，他說話咬字都語不成句，回去探望他們時，他的呼吸裡都帶著酒味。她也感覺到家裡不再那麼歡迎她。

問題明晃晃就在那裡，但大家都假裝沒看見、不願意戳破。霸占腦子最多的回憶，卻是他們最想忘掉的。每個人都在自責，在內疚的折磨下痛苦不堪。崔西怪自己丟下莎拉，讓她一個人開車回家；她爸媽後悔在那個命定的週末不在家，跑去夏威夷渡假。崔西合理化自己不搬回家住的原因，她告訴自己都那麼大了，不能再依靠爸媽，而且那個家已不再是家。

卡洛威在電話裡要她趕快穿好衣服，回來老家一趟。「妳回來就是了。」他是這麼回答繼續追問的崔西。

她快步踏上門前階梯，走進從車裡無線電傳出來的人聲之中。門廊上和玄關裡，擠滿了醫護人員和警員，不過他們都沒有神色匆忙，她心想這又是一個好兆頭。卡洛威的一個部屬看到她進屋，便敲了敲詹姆斯書房的門，一會兒後，滑開門的居然不是詹姆斯，而是卡洛威。她瞥見他背後的那些人，但沒看見她爸爸，也沒看到媽媽。那位警員跟卡洛威說了一些話，後者關上了門，而卡洛威一臉蒼白，面如死灰。

「羅尹？」她走上前去，「怎麼了？發生什麼事？」

卡洛威用手帕擦了擦鼻子，「他走了，崔西。」

「什麼？」

「詹姆斯走了。」

「我爸爸？」怎麼會，她原本以為可能是媽媽出事了。「你說什麼？」她想繞過他進書房，卡洛威挺身一擋，抓住她的肩膀，「我爸爸呢？爸？爸？」

「崔西，不要這樣。」

她奮力掙扎，「我要見他。」

卡洛威使勁把她拉到外面門廊，按在牆上，壓制住她，「聽我說，崔西，停下來，聽我說。」但她依然掙扎個不停，「他用的是獵槍，崔西。」

崔西全身一僵。

卡洛威放下雙手，退開一步，移開了目光。吐出長長一口氣後，他重新振作起來，看著她說：「他用了獵槍。」

25

莎拉下葬一個星期後，崔西滑坐進瓦拉瓦拉監獄會客室的連桌長椅上，「我來跟他談。」

「好的。」丹在她身旁坐下。

「別答應他任何要求。」

「我不會的。」

「他會想盡辦法談條件。」

丹握住她的手，「這句話妳已經說過了，冷靜下來。我來過監獄，只不過我去的那些監獄比較像是鄉間俱樂部，而這所感覺是簡樸的高中餐廳。」

崔西朝門口望去，並沒看見艾德豪·豪斯。他被關在西區D棟，那是這所監獄戒護等級第二高的牢區。這個牢區反映出他所犯的是重罪——一級謀殺罪，而非他在服刑期間的表現。根據過去幾年的通話，崔西得知豪斯是監獄裡的模範生，大部分時間都在自己的牢房裡讀書，再不然就是在圖書館研究受刑期間的某一次上訴聲請。

即使有埋屍處的鑑識報告支持崔西多年來的主張：豪斯是被誣陷的，凶手依然逍遙法外。但依然不夠。除非她能把證據呈送到法官面前，讓證人再次站上證人席，宣誓作證，並且進行徹底完整的交叉詰問。然而要達成這些目標，就必須先讓豪斯取得判決後救濟聽證會，向法官爭取重啟再審程序，因此他們非常需要豪斯的合作。一想到她需要豪斯，想到自己的未來和他的命運緊緊地綁在一起，打從心底的厭惡感便油然而生。她曾經來探監過兩次，但豪斯只是戲弄她，用力在她的傷口上撒鹽。那時她一直搞不清楚狀況，總是讓豪斯占盡優勢，現在回想起來，她終於明白他只是紙老虎，不過那都是過去式了。如果豪斯想要法院重啟再審，想爭取機會平反出獄，就必須乖乖合作。

四周的桌子各自坐著受刑人和探視人，群眾嗡嗡說著話，回音吵雜。崔西看看手錶，又看看房門，注意到一位受刑人在門口處徘徊，目光掃視全場。那個人的灰色辮子垂過了肌肉厚實的肩膀，讓她排除他是豪斯的可能性，他一點都不像艾德蒙・豪斯。但他的目光遇上她，立刻把嘴角勾成一個「哇！看看是誰來了」的笑容。

「那個人不可能是他，對吧？」丹也望著門口。

當年開庭審訊時，報紙曾將有著濃密頭髮、臉蛋俊帥得刺眼的他，比成知名男星詹姆斯・狄恩（注）。而現在朝他們走來的這個人，臉形因為年齡和體重而變大變寬，五官的變化和留長的頭髮雖然改變了他的外貌，卻不是最令人震驚的，一點都不是。變化最大的是他脖頸處的發達肌肉和把囚服繃得緊緊的強壯胸膛，似乎就快要撐爆衣服，顯然準備上訴聲請不是他打發時間的唯一消遣。

他走到桌邊停了下來，打量兩人一陣子，「崔西・克羅斯懷特，」這句話的語氣給人感覺他似乎相當喜愛這個名字，「我以為妳放棄了。多久了，十五年？」

「我並沒有繼續追查。」

「我有，反正在這裡閒著也是閒著。」

「你可以再聲請上訴啊。」牢內的資訊網跟毒品、非法類固醇一樣，精細複雜且神通廣大，她需要知道豪斯是否已經得到尋獲莎拉遺骸的消息。

「正在計劃中。」

「是嗎？這次的聲請根據什麼理由？」

「辯護律師辦事無能。」

「你快找到問題核心了。」

「是嗎？」

她估量一身肌肉的豪斯，現在的體重應該在一百一十公斤上下。曾經晶亮的藍色眼睛在受刑歲月裡暗淡下來，卻沖洗不掉兩眼裡的銳利。

一位獄警走過來，「請坐下。」

他坐了下來，他們之間只隔著一張桌子的寬度，這樣近距離的接觸令她泛起雞皮疙瘩。當年在法庭裡，豪斯上下打量她時，她也有同樣的反應。「你變了。」崔西說。

「對，我拿到了高中同等學歷證書，現在正在努力取得兩年大學副學士證書。如何？也許我出去後，還能當個老師。」豪斯的目光移到丹的臉上。

注 James Dean，美國五〇年代著名演員，以英俊又叛逆不羈的形象橫掃全球影迷，但就在事業如日中天之時車禍身亡，死時只有二十四歲。

「這位是丹。」崔西說。

「哈囉，丹。」豪斯伸出手去，原子筆畫出的深藍色字母刺青，像粗粗的錨碇纜繩一樣，直直地貫穿他的前臂內側。

「〈以賽亞書〉。」豪斯注意到丹的視線落在刺青字母上，於是稍微扭轉依然握著丹的手，讓丹閱讀臂上的文字。

為要開瞎子的眼，

領被囚的出牢獄，

領住在黑暗中的出監牢。

「第三句的正統英文用法應該用代名詞，而不是受格，但我這個人從來不質疑作者的文法能力。」豪斯說，「貴姓？」

那位獄警又往前一站，「禁止長時間的身體接觸。」

豪斯放開丹的手。

「奧萊利。」崔西說。

「丹有舌頭嗎？」

「奧萊利。」丹說。

「這麼多年了，是什麼風又把你們吹來這裡，崔西，還有新朋友丹？」

「他們找到莎拉了。」崔西說。

豪斯挑眉，驚訝地問：「活的？」

「不是。」

「那對我沒什麼幫助。不過我很好奇，他們在哪裡找到她的？」

「在哪裡找到的，此時此刻並不重要。」崔西說。

豪斯偏頭，瞇起眼睛，「妳什麼時候變成警察的？」

「你怎麼會以為我是警察？」

「噢，不知道。只是妳的一舉一動，妳的姿態、說話的語氣、介紹朋友丹時的保留，還有不情願分享消息的態度。別忘了，我有很多年的時間可以觀察警察。妳也變了，不是嗎，崔西？」

「我現在是個警探。」她說。

豪斯咧嘴一笑，「還在找殺妹妹的凶手。有什麼想跟我分享的新線索？」他轉向丹，「你覺得我最近一次聲請上訴的成功率有多高，律師顧問？」

丹聽從崔西的提議，穿著波士頓學院的毛衣和藍色牛仔褲，「我得先看看你的聲請狀。」丹說。

「兩位打者上場二出局。」豪斯說，「等著看我把它變成三位打者上場三出局，看來第三次聲請也不見得會成功。你已經看過我的聲請狀，也同意了，所以才會跟崔西探員坐在這裡。」豪斯看向崔西，「他們找到妳妹妹的遺體，就表示現場鑑識報告證明了我們這些年來一直在討論的：有人栽贓證據，陷害我。」

崔西很後悔當初不該來探監。這些年過去，結合警校的訓練，和考上探員之前的巡警生涯體驗，她領悟到自己透露太多資訊給豪斯。

豪斯看看她，又看看丹，「我說對了嗎？」

「丹要問你一些問題。」

「我告訴妳，等妳準備好不再玩遊戲，再拿掉妳的警察口氣，能像個正常人一樣跟我說話時，再回來找我談吧。」豪斯連人帶椅往後一滑。

崔西說：「我們走了，就不會再回來。」

「我走了，就不會再回來。妳在浪費我的時間。我要讀書去了，期末考快到了。」

崔西站起來，「丹，我們走。你也聽到這個男人的話，他要去讀書。」她轉身就走，「也許你可以在監獄裡教書，還可以得到一份終身教職。」她率先走了幾步後，豪斯終於發話了。

「好吧。」

她轉了回來，「什麼好吧？」

豪斯咬著下唇，「好，我會回答丹律師的問題。」他聳聳肩，微微一笑，但笑容有些勉強。「為什麼不呢，是吧？反正牢裡也沒什麼事可做。」豪斯又坐下來，崔西也回到丹的身旁。「至少要告訴我你們來找我的原因，以示誠意吧。」

「丹看過你的資料。你也許可以用辯護律師辦事無能來聲請再審，但我沒興趣。」

「妳想知道是誰殺了妳妹妹，」豪斯說，「我也是。」

「你跟我說過，你懷疑是卡洛威或執行搜索的某一個人，把那副耳環栽贓到你叔叔的屋子裡。你跟丹再說一次。」

豪斯聳聳肩，「否則他們怎麼進得去那間屋子？」

「陪審團認為是你放的。」丹說。

「我有那麼笨嗎？在那之前，我已經在牢裡蹲了六年，我怎麼可能留下證據，把自己再送回牢裡？」

「卡洛威或者某個什麼人，為什麼要陷害你？」丹問。

「因為他們找不到凶手，而我這個禽獸就住在那座古怪小鎮的山上，搞得很多人不爽，他們希望把我趕走。」

「你有證據證明這點嗎？」

崔西稍稍放鬆下來。丹一派從容自在，比她更沉穩、自信，也沒被豪斯或周遭的環境震懾住。

「我不知道，」豪斯看看兩人又繼續說：「我不受歡迎？」

「他們拿了在你車上找到的金髮做DNA比對，」崔西撒著謊，「確認那是莎拉的頭髮，而巧合的機率只有百萬分之一。」

「如果頭髮是有人故意放到我車子裡的，就算只有百萬分之一的機率，我也會中獎。」

「你自己跟卡洛威說過你出門喝酒，在回家的路上遇到莎拉，還讓她搭了便車。」丹說。

「我沒跟他說過那些話。我那個晚上根本沒出門，反而在家睡覺。我才不可能編出那種破綻百出的故事。」

「那位目擊者說在郡道上看到你的貨卡。」丹說。

「萊恩．哈根，」豪斯的口氣帶著嘲諷，「那個四處出差的汽車零件業務員。這麼多年過去了，如果他願意出庭作證，事情反倒好辦。」

「你也覺得他在撒謊，怎麼說？」丹問。

「卡洛威想拿到搜索票，就必須設局破壞我的不在場證明。哈根出現之前，卡洛威的偵查工作陷入膠著，動彈不得。」

「但哈根為什麼要說謊，甘冒觸犯法律的險？」

「不知道，也許是想要那一萬美金的懸賞吧。」

「獎金的事，我們沒找到證據。」丹說。崔西沒有找到她父親付錢給哈根的任何證據，哈根也在法庭上否認收下獎金。

「有人會質疑他的證詞嗎？」豪斯看著兩人，給他們時間消化這個問題，「陪審團會相信一個有前科的強姦犯，還是一位普通百姓？把我送上臺任由人質問，是我那個辯護律師幹的，最蠢的是他任由對方質詢我之前的性侵罪行。」

「那他們在你車子裡找到的血跡，又是怎麼回事？」崔西問。

豪斯把注意力移到丹的身上，「那是我的血，我沒說謊。我告訴過卡洛威，我在做木工時割傷自己。我回屋子之前，先去車上拿過香菸。」他看著崔西，「別再拿ＤＮＡ來唬我。如果他們做了血跡ＤＮＡ比對，證明那是妳妹妹的，妳現在就不會在這裡。妳今天到底為什麼來找我？」

「如果你想要我們介入，」崔西說，「就必須全心全意配合。只要我覺得你沒說實話，我們就立刻走人。」

「關於那天晚上的事，我是唯一一個說實話的人。」豪斯往後一坐，靠在椅背上，「你們想怎麼介入？」

崔西對丹點了頭。丹說：「有新證據出現。這份證據當初不適用於你的法庭審訊，現在卻是合理懷疑你被誤判的有力證據。」

「例如？」

「在我具體解釋之前，我必須先確定你是否需要我的協助。」

豪斯打量著他，「那我是不是要委任你當我的律師，這樣我才能享有談話內容保密的特權，而我們這位崔西探員就必須離開這張桌子了？」

「沒錯。」丹說。

「首先，請說明你的計畫。」

「我會根據新證據提出判決後救濟之動議，並要求舉行聽證會以提示新證據。」

「勞倫斯老法官還在？」

「退休了。」崔西說。

丹說：「案件要遞交到上訴法庭。如果他們同意舉行聽證會，我會請求從卡斯卡德郡外調派一位法官來主持，這麼做足以壓制那些人無法再動手腳。」

「判我有罪的不是法官，而是卡斯卡德郡的陪審團。」

「這次不會有陪審團，我們直接把證據呈給主審法官。」

豪斯凝視著桌面，而後抬眼問：「你會傳喚證人嗎？」

「我會交叉詰問初審時作證的證人。」

「是嗎？包括那個卡洛威老大？還是他也退休了？」

「他初審時上臺作證了。」丹說。

「你的答案是什麼？」崔西說。

豪斯閉上眼睛，深吸一口氣。丹正要開口進一步說服，崔西輕輕搖頭暗示他不要操之過急。豪斯再次張開眼睛，對她咧嘴一笑，「看來妳和我又要相依為命了，崔西探員。」

「我才沒有和你相依為命，永遠都不會。」

「不會？將近二十年來，我不斷聲請上訴。」他指著崔西的左手，「而妳沒有結婚戒指，如果妳是來這裡之前才拔掉，至少也該有太陽曬出來的戒痕。窄小的臀部，平坦的肚子，沒結過婚，沒生過孩子，妳空閒的時候都在幹嘛，崔西探員？」

「你有十秒鐘做決定，否則我們掉頭就走。」

豪斯又對她輕佻一笑，「噢，我早就決定好了，而且也已經看到了。」

「看到什麼？」

「我再次踏上雪松叢林鎮街頭時，那些人會有的表情。」

26

克拉克戴著棒球帽，低著頭，但卡洛威依然認出坐在酒吧後方、正閱讀資料的他。卡洛威拉開椅子，引得克拉克抬起頭來。「希望他們玩得痛快。」卡洛威說。克拉克選了松弗蘭的一家酒吧碰面，從雪松叢林鎮走高速公路過來，過兩個交流道出口就到這裡。卡洛威脫下外套，掛在椅背上，對著朝他走來的女服務生說：「約翰走路黑牌加水一杯。水不要太多。」他提高音量試著突圍而出，壓過撞球的咔啦聲，以及老式點唱機播放的鄉村歌曲。

「野火雞波本威士忌。」克拉克跟著說，不過他的杯子裡還有半杯酒。

卡洛威坐了下來，捲起法蘭絨襯衫的袖子。克拉克將手上閱讀的材料翻回到第一頁，滑過去給卡洛威，「見鬼了，萬斯，你這不是逼我戴眼鏡嗎？」

「那是訴狀。」克拉克說。

「我看得出來。」

「提交給上訴法院的，是艾德蒙・豪斯的案子。」

卡洛威拿起文件，「這又不是他第一次上訴，我相信也不會是最後一次。你把我大老遠拖來這裡，就是為了給我看這個？」

克拉克調整帽沿的高度，往後一坐，喝著手中杯裡的酒。

「不是豪斯提交的，是他的代表。」

「他找了律師？」

克拉克一仰而盡杯裡的酒，冰塊叮鈴作響，「你還是戴上眼鏡吧。」

卡洛威抽出口袋裡的眼鏡戴上，盯著克拉克打量了一下後，才低頭閱讀訴狀。

「律師事務所列名在頁尾的右下角。」克拉克說。

「丹尼爾．奧萊利律師事務所。」卡洛威翻過文件，「上訴理由？」

「找到判決當時不存在的新證據，以及辯護律師無能。但他們不是提出上訴，而是判決後救濟之動議。」

「差別在哪裡？」

女服務生走過來，把卡洛威的酒放到他面前，再替克拉克換上另一杯滿滿的酒。

克拉克等她走遠後，才開始解釋：「假設上訴法院同意了，他們就能要求舉行聽證會。豪斯可以提出證據，證明初審的判決並不公正。」

「你是說重新開庭？」

「不算是，比較像是揭示證據的聽證會。如果你問的是他能否傳喚證人作證，答案是可以。」

「迪安奇洛看了嗎？」

「應該沒有。」克拉克說，「嚴格來說，他已經有二十年的時間沒當豪斯的律師了，而且法院送達證明表上沒有他的名字。」

「那你跟他談過這件事了嗎？」

克拉克搖搖頭，「他的心臟不好，我認為還是先不要告訴他。他是證人之一，如果上訴法院同意了，你也會是證人。」

卡洛威翻閱文件，發現自己的名字就在萊恩・哈根上面，從名單下面倒數上來第二個。「有漏洞嗎？」

「跟胡佛水壩一樣堅固。」克拉克的肩膀頹然一垮，「我以為你說服她放手了。」

「我也以為我說服她了。」

克拉克緊緊皺眉，「她不會放手的，羅尹。她從一開始就沒有放手過。」

27

萊恩．哈根打開了前門，對崔西客氣一笑，表現出一副不相識的模樣。法庭審訊已經過了四年，他很有可能真的認不出來，但崔西在他臉上看到一絲猶疑，所以確定他完全記得自己。

「有事嗎？」哈根問。

「哈根先生，我是崔西．克羅斯懷特，莎拉的姊姊。」

「是啊，原來如此。」哈根一下子又換上業務員的嘴臉。「抱歉，因為工作的關係看過太多臉孔，都混在一起了。請問妳來找我有什麼事嗎？」

「我有一些問題想請教你。」她說。

哈根轉頭往小屋子內瞥了一眼。現在是星期六早上，崔西聽到類似從電視機傳出的卡通片聲音，哈根在法庭上作證時，曾提過他結了婚，有兩個孩子。他跨過門檻，來到小門廊，關上背後的門。他還沒整理儀容，頭髮蓋住了額頭，T恤、格子短褲和人字拖讓他本來就圓潤的體型，顯得更加圓滾。「妳怎麼找到我的？」

「你出庭作證，有提供地址。」

「妳記下來了？」

「我向法院索取了審訊謄本。」

哈根瞇起眼睛，「妳索取了審訊謄本？為什麼？」

「哈根先生，你說在電視上看到艾德蒙・豪斯的報導，因此勾起了你的回憶，能告訴我是哪個頻道嗎？」

哈根雙手交叉，放在肚子上，臉上的笑容褪去，似乎很困惑，「我沒說是艾德蒙・豪斯的報導。」

「抱歉，我指的是我妹妹失蹤的報導。你記得是哪個頻道嗎？或是哪家電視臺？」

他皺起眉頭，「為什麼問我這些問題？」

「我知道給你添麻煩了，只是……我蒐集了那段時間的新聞報導和——」

哈根雙手抱胸，「妳蒐集了新聞報導？妳為什麼要蒐集？」

「我只是希望你能告訴我——」

「能說的，我在法庭上都說了。既然妳有審訊謄本，就應該清楚我說了什麼。對不起，我還有事要忙。」他轉身握住了門把。

「你為什麼說你在郡道上看到那輛紅色雪佛蘭貨卡，哈根先生？」

哈根回過頭來，「妳怎麼可以懷疑我！是我幫你們把那頭野獸趕走的。如果不是我……」

他的臉漲得通紅。

「如果不是你怎樣？」崔西問。

「請妳馬上離開這裡。」哈根用力推門，但門動也不動，他開始硬扯把手。

「如果不是你作證看到那輛紅色雪佛蘭，我們就拿不到搜索票。你是想說這個嗎？」

哈根使勁敲門，「我說了，請妳馬上離開這裡。」

「是不是有人跟你分析過？」哈根不理會崔西，更是用力敲門，「所以你才在法庭上說那番話？是不是有人告訴你，這麼做才能拿到搜索票？哈根先生，拜託你。」

門打開了。哈根挪開門後的小男孩，踏進門檻，轉過來面對著她，一邊關門一邊說：「別再來了，否則我會叫警察。」

「是卡洛威郡警官嗎？」崔西急問，但哈根已經關上了門。

28

丹猜到卡洛威會來找他，只是沒想到他的動作這麼快。那位雪松叢林鎮的郡警官正坐在事務所大廳，悠哉地翻閱疊在咖啡桌上的一本過期雜誌，口中啃著一顆蘋果。他一身警察制服，警帽就放在旁邊的椅子上。

「郡警官，真是稀客啊。」

卡洛威放下雜誌，站了起來，「你早就在等我來了，丹。」

「我是嗎？」

他又啃了一口蘋果，「你在那份訴狀中，把我列入了證人名單。」

「雪松叢林鎮的消息就是傳得快呀。」不上法院時，丹通常是輕裝，襯衫外加牛仔褲，還有他在辦公室最愛穿的拖鞋，但現在他真希望自己穿了正式的鞋子。儘管兩人的身高差距，早已不再像小時候在街上騎腳車、被卡洛威攔下來盤問時那麼大。

「有什麼我可以效勞的嗎，郡警官？」

「艾德蒙．豪斯是雪松叢林鎮的敗類，一個被定罪的殺人犯。你想想，如果你協助他翻案的消息傳了出去，你的生意將會如何？」

「我想會有一大堆刑事案件找上門。」

卡洛威笑笑說：「還是這麼自以為是啊，奧萊利？我可沒你那麼樂觀。」

「既然你如此不看好我的生意，那是想教我一些小訣竅囉？如果沒有，不好意思，我還有工作要忙。」丹轉身就走。

「你有問題想問我，丹，而我人就在這裡。我當警察三十多年了，每一天都是正大光明過的，既然有人對我有所懷疑，我非常樂意為他們解惑。」

「你當然會。」丹說，「但我要在律法之下，在你宣誓只說實話之後才質詢。我只要完完整整的實話，不要別的，只要真相。」

卡洛威又咬了一口蘋果，嚼了嚼才開口說：「我當時宣誓過了，丹。你是在暗示我說謊囉？」

「我可沒有資格決定，這要法官說了才算。」

「也是。那我們等著瞧，看上訴法院會怎麼說。」

「不過，她跟你說了什麼，丹？」卡洛威頓了一下，又露齒冷笑一聲，「她是不是告訴你，沒人詢問哈根看的是哪一臺新聞，還跟你說莎拉戴的是另一副耳環？」

「我不會跟你討論這些，郡警官。」

「嘿，我知道她是你的朋友，丹，但她打這場聖戰已經二十年。她先是想利用我，現在又利用你，她走火入魔了，丹。她的不可理喻害死她父親，逼瘋她母親，現在又想把你扯進來，你不覺得是時候該適可而止了？」

丹愣了一下。崔西第一次來找他的時候，他的確也有相同的感覺，認為她這個姊姊太內疚、太悲傷，所以才著魔似的在已知的真相裡，翻找她一心想要的答案。但看過她的卷宗後，丹確定她的邏輯思考能力還是跟他以前認識的崔西一樣。她依然是他們小時候的玩伴頭兒，同樣的實際、固執和有條理。「那你得去跟她談，我是艾德蒙・豪斯的代理人。」

卡洛威拿著吃剩的蘋果核遞出去，「顯然你擅長處理垃圾，那就幫我丟了這個吧。」

丹平靜地接下蘋果核。截至目前為止，卡洛威的恐嚇只讓他感到厭惡，一點也沒被嚇到。他隨手一丟，蘋果核順利地飛進辦公桌後面的桶子裡。「你會見識到我擅長的，其實是我的工作，郡警官。請你記住這點。」

卡洛威戴好警帽，「你的鄰居打電話報警，說你的狗在白天亂吼亂叫，有時候連晚上也是。我們鎮上關於犬隻吠叫妨礙公眾安寧的法令是：第一次有人報警，罰款，再有人報警，我們就把狗帶走。」

丹極力克制熊熊燃起的怒火。想恐嚇他？好，那就讓對手嚐嚐不會叫的狗的厲害。「真的？你的花招就只是這樣？」

「別激我，丹。」

「我並沒有激你，郡警官。但如果上訴法院通過了我的請願書，我一定會在法庭上好好地盤問你。」

29

崔西敲著鍵盤，記錄最近一次質訊妮可．漢森案相關證人的細節。這位年輕女郎被發現陳屍在奧羅拉大道一家汽車旅館內，迄今已經一個月了，查出殺害這位脫衣舞孃凶手的壓力也隨之與日俱增。在強尼．諾拉斯克升職成為偵查隊大隊長後，西雅圖警察局尚未出現過任何一件未破的凶殺案件，這點讓諾拉斯克相當自豪，也經常掛在嘴上。因此諾拉斯克當然毫不客氣地修理了崔西一頓，更何況，崔西在警校時就和他有過過節。當年他是崔西的教練之一，在一次模擬搜身的演示中抓住崔西的胸脯，崔西本能反擊，打斷了他的鼻子，還用膝蓋踢中他的下體。之後，又因為打破他長期保持的射擊紀錄，更進一步打擊了他的自尊心。

當崔西成為西雅圖重案組第一位女性探員，諾拉斯克應該隨著年紀增長而成熟的個性，立刻消失無蹤。已成為偵查隊大隊長的他，指派崔西跟他以前的搭檔合作，這位搭檔就是弗洛伊德．海提，是個盲目的種族兼愛國主義者。海提大吵大鬧拒絕跟她一起工作，還幫她取了個「沒有小弟弟的警察」綽號。一陣子過後，崔西才得知海提早已經在退休名單中，諾拉斯克是故意安排海提來羞辱她的。

漢森的案子就已經讓她夠忙了，也無神分心。丹說州屬上訴法庭將在六十天後裁決艾德蒙．豪斯的訴狀，他估計萬斯．克拉克在這段期間必定度日如年。崔西告訴自己，她已經等了二十年，不在乎再等兩個月，只是每天都覺得日子漫長得沒有盡頭。

辦公桌上的電話響起，她拿起話筒，這才發現是外線電話。

「克羅斯懷特探員，我是瑪麗亞．樊珮兒，KRIX第八頻道。」

崔西好後悔接起這通電話。重案組跟跑警政線的記者一向關係良好，但其中不包括瑪麗亞．樊珮兒。同事們都稱她為「男珮兒」，因為她經常被看見勾著西雅圖精英男士們的手。

樊珮兒曾在崔西警探職涯的早期找過她，想寫篇關於西雅圖警局對女警員性別歧視的專訪，不過被崔西婉拒。後來崔西調任重案組，樊珮兒又想專訪她，這位記者顯然是想獨家做個西雅圖重案組第一位女性探員的專題報導。崔西一來不想成為鎂光燈的焦點，二來是有人提醒她，這位記者的專長就是人身攻擊和灑狗血，所以再一次婉拒了。

兩人在工作上若即若離的抗衡關係，每況愈下。一次，崔西主導偵查一件幫派謀殺案，樊珮兒不知道從哪裡取得此案相關的可靠消息，甚至在她的節目《KRIX臥底》裡播出，幾小時後，崔西的兩位證人遭到槍殺。案發後，崔西趕到現場時被樊珮兒的競爭對手攔下，怒火再加上挫敗的催化，崔西口不擇言地指責此案的罪魁禍首就是樊珮兒。從此重案組封殺了樊珮兒，拒絕和她接觸，直到諾拉斯克勒令部屬必須與所有媒體好好合作。

「妳怎麼知道我的專線號碼？」崔西問，媒體來電通常都是經由警局的公共資訊室轉接，但仍然有許多記者想方設法，取得辦案人員的專線號碼。

「有各種管道。」樊珮兒說。

「有何貴幹，樊珮兒小姐？」

說到那位記者的姓氏時，崔西特意提高音量，引來了坐在另一頭辦公的肯辛的注意，肯辛問也不問就拿起了話筒。他們的專線系統是相連的。

「我正在寫一篇報導，想聽聽妳的看法。」

「什麼樣的報導？」崔西在腦海裡瀏覽一遍目前手上的案子，只有妮可．漢森案值得一提，但她根本沒有任何新的發現。

「其實是關於妳的報導。」

崔西往後靠在椅背上，「怎麼突然對我感興趣了？」

「我知道妳妹妹二十年前被殺害，但她的遺骸直到最近才被發現。我想找妳談談這件事。」

崔西一聽就愣住了，意識到這是有人刻意安排，「誰告訴妳的？」

「我有個助理，專門負責法院的訴訟卷宗。」樊珮兒胡亂編了個答案搪塞，卻同時也向崔西坦白，她知道丹提出了判決後救濟之動議，「妳現在方便談話嗎？」

「我不認為社會大眾對這種事有興趣。」崔西的二線專線響起，她瞥了肯辛一眼，肯辛正拿著話筒，但她現在比較好奇樊珮兒到底知道多少，「妳追這則新聞的動機是什麼？」

「不言而喻吧？」

「我還是不清楚，教教我。」

「一名專抓凶手的西雅圖重案組警探，試圖為弒妹凶手脫罪。」

肯辛聳聳肩，無聲地詢問她「怎樣？」

崔西豎起一隻手指，「這也是法院卷宗告訴妳的？」

「我可是跑警政線的記者，探員。」

「誰是妳的線民？」

「我的線民是祕密。」樊珮兒說。

「妳不願意開誠布公，分享所有的消息。」

「沒錯。」

「那妳就應該知道我的感覺。這是個人私事，而我也想保密。」

「我會報導這則新聞，探員。所以報導裡最好有妳這方面的說法，比較好。」

「對我比較好，還是對妳？」

「妳是在跟我說『不予置評』嗎？」

「我說『這是個人私事，而我也想保密』。」

「我可以引用這句話嗎？」

「我說了，這是私事。」

「我知道那位律師，丹．奧萊利，是妳們小時候的玩伴，他可以談談這件事嗎？」

絕對是卡洛威。只是那位郡警官不可能打電話給樊珮兒，他一定是先打電話給她的上司諾拉斯克。謠傳諾拉斯克是跟樊珮兒聯手興風作浪的男人之一，同時還提供她許多內線消息。

「雪松叢林是個小鎮，我認識很多在那裡長大的人。」

「妳以前就認識丹．奧萊利了？」

「那裡只有一所國中和一所高中。」

「妳還是沒有回答我的問題。」

「妳是跑警政線的記者，我相信妳自己就能找到答案。」

「妳最近是不是陪同奧萊利先生去過瓦拉瓦拉監獄，探訪了艾德蒙．豪斯？我這裡有豪斯先生的本月訪客名單，妳的名字就在奧萊利先生的上面。」

「那就登上報啊。」

「所以妳不予置評囉。」

「我說過了，這是個人私事，跟我的工作無關。說到工作，我有電話進來。」崔西掛上電話，暗暗咒罵一聲。

「她想幹嘛？」肯辛問。

「想扒糞，挖我的醜聞。」

「樊珮兒？」坐在辦公桌前的法茲，連人帶椅往後滑開，「那可是她的專長。」

「她說她想做一則關於莎拉的報導，但我覺得她在意的是——」她決定不要說出心裡的想法。

「別跟她生氣了，妳也知道樊珮兒，她對事實真相沒興趣的。」肯辛說。

「她很快就會覺得無聊，轉移目標去編造別的故事。」法茲說。

崔西真希望事情像他說的那樣簡單。她知道這條消息不是樊珮兒自己挖出來的，一定是卡洛威搞的鬼，這表示卡洛威找過諾拉斯克，而他只要動根手指頭，就能搞砸她現在的生活。但這也不是卡洛威第一次要脅砸她飯碗了。

坐在教室前排的學生哆嗦一下，往後一坐，閃亮的火星射出一道劈里啪啦的白色電光，從兩個球體之間的開口竄過。崔西轉動靜電發電機的把手，兩片金屬盤的旋轉速度更快了，白色電光持續射出。「同學們，閃電是自然界最戲劇化的能量形式之一，也是詹姆斯．赫斯特氏和班傑明．富蘭克林這類科學家，想盡辦法企圖駕馭的能量。」崔西說。

「他不就是那個在暴風雨中放風箏的傢伙？」

崔西微微一笑，「是的，史提夫，他就是在暴風雨中放風箏的傢伙。他和其他『傢伙』想要確定能量是否能轉化成電能。有誰可以說說看，有哪些實實在在的證據證明他們成功了？」

「電燈泡。」莉可說。

崔西放開把手，火花隨之消失，她的一年級學生成雙成對坐在幾張放著水槽、噴燈和顯微鏡的桌子邊。崔西轉開前排一張桌子的水籠頭，「把電能想像成一種可以貫穿物體的液體，這個能幫助你們理解。電流貫穿時，我們稱它是什麼，安立奎？」

「電流。」他說完，全班爆笑出來。

「我的意思是，電流貫穿一個物體時，我們稱那個物體……？」

「導體。」

「能給我一個導體的例子嗎，安立奎？」

「人體。」

全班又大笑出來。

「我沒開玩笑，」安立奎說，「我叔叔在工地工作，有一次正在下雨，他不小心鋸斷一條電線，差點被電死，幸好他同事打掉他手中的鋸子。」

崔西在教室前方一邊踱步，一邊說：「好，那我們來討論這個案例。安立奎的叔叔砍斷電線時，電流發生了什麼變化？」

「流進他的身體。」安立奎說。

「這證明人體其實是一種導體。既然如此，為什麼那位同事碰觸到安立奎叔叔的身體，卻沒被電到？」

看到沒有人回答，崔西伸手到辦公桌下面，拿出一個九伏特電池，和一個插在燈座裡的燈泡。電池上接著兩條銅絲，燈座也伸出一條銅絲，三條銅絲連接著三個鱷魚夾。崔西把鱷魚夾夾到一段橡膠管上，「燈泡為什麼不亮？」

沒有人回答。

「如果那位碰到安立奎叔叔的同事，戴著橡膠手套呢？這兩個例子告訴我們什麼？」

「橡膠不是導體。」安立奎說。

「沒錯，橡膠不是導體，所以電池的電能無法流過橡膠管。」崔西把鱷魚夾夾到一根大鐵釘上，燈泡亮了起來。

崔西說：「鐵釘大部分是鐵做的，由此可證，鐵是——？」

「導體。」大家異口同聲回答。

下課鐘此時響起。崔西在刺耳的噹噹聲和椅子磨擦地板的吱嘎聲中，扯著嗓子高喊：「回家作業在白板上。星期三繼續討論電能。」

她回到辦公桌前，把示範器材收起來，開始準備下一堂課的材料。走廊的嘈鬧聲突然變大，表示有人打開了教室的門，她看也不看地說：「如果有問題，請在平常的辦公時間來問我；我的辦公時間表就貼在門上，簽到單的旁邊。」

「我只占用妳一點時間。」

崔西轉頭望向聲音出處，「我正忙著準備下一堂課。」

卡洛威任由門在背後關了起來，「妳可以跟我說說，妳到底在幹嘛？」

「我跟你說了，我正在備課。」

卡洛威朝辦公桌走來，「跑去質疑證人不誠實？人家可是好不容易才提起勇氣挺身而出，盡一個公民的本分。」

哈根打電話告狀了。其實在那個星期六早上，他當著崔西的面關上門時，她就猜到他會這麼做。「我沒有質疑他不誠實。是他告訴你，我跑去質疑他不誠實的？」

「妳只差沒有叫他『騙子』。」卡洛威的雙掌撐在辦公桌上，「妳可以告訴我，妳到底想幹嘛？」

「我只是去問了一下關於他看到的那則新聞報導。」

「那不干妳的事，崔西。法庭已做出判決，提出問題的時間已經結束了。」

「不是所有問題都有被問到。」

「不是所有問題都值得一問。」

「所以也就不值得回答了？」

卡洛威一隻手指指著她，就像對待小時候的她一樣，「放手，好嗎？過去的，就過去了。我知道妳還開車去銀色馬刺，找那些調酒員談過。」

「你怎麼沒去問他們，卡洛威？你為什麼沒去確認豪斯是不是說謊？」

「我不用問就知道他在撒謊。」

「你是如何知道的，羅尹？說說看。」

「十五年的辦案經驗，如此而已。讓我們在這裡把話講清楚，我不要再聽到有人來告訴我，妳又跑去跟法院申請訴訟影本，或是騷擾證人。如果再讓我聽到，我就去跟傑瑞說，他的老師不認真教學，還妄想成為菜鳥警探，聽清楚了嗎？」

傑瑞．巴特曼是雪松叢林高中的校長，卡洛威居然拿他來威脅人，崔西忍不住想發火，但同時又想大笑。他不知道他的這個威脅根本沒用，也不知道崔西才不想只當個「菜鳥警探」，她打算兩隻腳都踏進去。教完這個學年，她就會離開雪松叢林鎮，搬到西雅圖，進入警校就讀。

「你知道我為什麼教化學嗎，羅尹？」

「為什麼？」

「因為我沒辦法只是接受自然的規律和現象，我一定要知道為什麼。我從小就愛問『為什麼』，連爸媽都受不了我。」

「豪斯已經入獄服刑了，妳只需要知道這點就可以。」

「我都跟學生說，結果不是重點，求證過程才是最重要的。如果求證過程嚴謹，結果就不會出錯。」

「如果妳想繼續教學生，就照我的話去做，專心做個老師。」

「羅尹，關鍵是，你建議的這件事我已經做了決定。」上課鐘響起，有人推開了門。第四節課的學生一看到雪松叢林鎮的郡警官出現在教室裡，全都停在門口，不知道該進還是該退。

「進來吧，」崔西從辦公桌後面走了出來，「找位子坐下，卡洛威警長要走了。」

30

接近傍晚時分，崔西和肯辛從市郊肯特回到了西雅圖。他們去那裡找一位會計師問話，這個人的指紋符合犯罪現場調查人員最近在妮可・漢森陳屍的旅館房間裡採得的潛伏紋（注）。

「他認罪了嗎？」法茲問。

「讚美主，哈利路亞。」肯辛說，「這個人有隨身携帶《聖經》的習慣，經常上教堂，〈詩篇〉朗朗上口，卻也剛好有喜愛年輕娼妓的癖好。他還有跟石頭一樣堅硬的不在場證明，證明漢森勒斃自己的那晚，他不在現場。」

「那怎麼會有他的指紋？」法茲問。

「他在凶殺案發生前一個星期，帶了另一個年輕小姐去過那個房間。」

崔西把手提包丟進櫃子裡，「當我跟他說要找他太太確認漢森被殺那晚，他是否真的睡在她身旁，你真該看看他當時的表情。」

「一副看到上帝顯靈的樣子。」肯辛說。

「這就是我們的工作，」法茲說，「偵破命案，幫助人們找到宗教信仰。」

「讚美主。」肯辛高舉雙手喊著。

「你想換工作了？」比利・威廉就站在他們的牛棚外面。威廉在安德魯・勞伯升等為中隊長，跟著晉升為第一小組的小隊長。「如果你是認真的，那我就得提醒你，南方有人在募集浸禮會教友，你必須比他更具說服力，才能讓人打開錢包奉獻。」

「我們只是在談漢森案的另一個證人。」肯辛說。

「有進展嗎？」

「他有不在場證明，也不認識死者。他說聽到這個消息很難過，但會熬過去的，以後也不再嫖妓了。」

「讚美主。」法茲說。

威廉看著崔西，「有空嗎？」

「有，什麼事？」

他轉身，頭一歪，示意她跟上來。

「噢——教授有麻煩了。」法茲說。

崔西對兩人做了個鬼臉，就跟著威廉繞過轉角，走入走廊，來到舒適的偵訊室。威廉等她進房後，關上了門。

「怎麼了？」崔西問。

「妳的電話很快就會響起，大頭現在正在開會。」

注 指紋印痕分為三種，潛伏紋（latent prints）、明顯紋及成型紋。潛伏紋肉眼不可見，必須使用物理或化學的方法使之顯現。

「什麼事？」

「妳是不是正在幫助一位律師，為殺害妳妹妹的凶手爭取再審？」

她和威廉的關係一向很好，因為黑人的身分，威廉能同理崔西在男性主導的警界所感受到的微妙歧視。

「這不是三言兩語就能說清楚的，比利。」

「不會吧！所以是真的囉？」

「這是個人私事。」

「大頭擔心這件事對警局的影響。」

「大頭指的是諾拉斯克？」

「他已經知道這件事了。」

「不奇怪，樊珮兒早上打電話給我，也問了同樣的問題，要我給個說法。她問了很多，但她的問題讓我覺得她要的似乎不是真相。」

「噢，我不是來跟妳討論她的。」

「我也沒有要跟你討論她。我只是想告訴你，諾拉斯克才不在乎這件事對警局的影響，他只是想抓我的把柄，好好修理我一番。所以待會我嗆他『干警局什麼事啊』，你得挺我。除非我在工作上表現不好，否則他管不了我，真是多管閒事。」

「兩國交戰，不殺來使啊，崔西。」

她花了一點時間平復怒火，「抱歉，比利。我只是被他搞得很煩。」

「他們是怎麼知道妳的事？」

「我有個直覺，應該是雪松叢林鎮的郡警官搞的。這二十年來他沒給過我好臉色，他不要我插手這個案子。」

「我不知道這個人是誰，但他似乎想整妳。『男珮兒』最愛搜刮別人的隱私。」

「我會小心的，比利。抱歉，我又生氣了。」

「你們去找漢森案的那個證人，問話問得怎樣？」

「沒有結果。」

「這問題不小。」

「我知道。」

威廉拉開門，「答應我，妳會妥善處理公私事。」

「你瞭解我的。」

「對，所以我才害怕啊。」

✦

辦公室桌上的電話果然響了起來。一會兒後，崔西進入了會議室，她是最後一位進來的人。她會被叫來開這場會並不尋常，通常都是威廉直接告訴她上層的決定。她心知肚明諾拉斯克是想在威廉和勞伯面前羞辱她，冉不然就是要找大家的麻煩。

諾拉斯克和警局公共資訊室的班奈特・李站在桌子另一邊，李的參與表示諾拉斯克期望崔西認可一份即將發給媒體的聲明稿。但他可能要失望了。這麼多年來，這不是她的第一次讓他失望，也不會是最後一次。她走到威廉和勞伯的那一邊。

「克羅斯懷特探員，感謝妳的加入。妳知道我們聚集在這裡的理由嗎？」

「不知道。」她不想讓別人知道威廉已事先知會她過。他們五個都坐了下來，李的面前還放了一本筆記，手上拿著筆。

「一位記者來電，要求我們回應她正在追蹤的一則新聞題材。」諾拉斯克說。

「是你把我的專線給樊珮兒的？」

「抱歉？」

「樊珮兒直接撥打專線找我。那位要求回應的記者，就是她吧？」

諾拉斯克的下巴繃緊，「樊珮兒小姐認為妳在協助一位律師，幫一名殺人犯尋求再審。」

「對，她跟我說了。」

「能說明一下嗎？」快六十歲的諾拉斯克身材依然清瘦，身強體健。頭髮中分的他，幾年前開始染髮，把頭髮染成一種很奇怪、類似生鏽的棕色，在原色倒八字鬍的襯托下，顯得更怪異。崔西覺得他好像年老的三級片男星。

「事情很簡單，即使像樊珮兒這樣的庸俗寫手，都掌握到了基本的實情。」

「哪些實情？」諾拉斯克問。

「你知道的啊。」她說。諾拉斯克是崔西申請警校入學的初審官之一，她口試時他也在場，所以審試委員問到妹妹失蹤的事時，他曾聽過她的回答。崔西在入學申請書和面試時，對此事都照實坦白地說過。

「這裡有人不知道。」

她不想被他激怒，於是轉過去看著勞伯和威廉，「二十年前，我妹妹遭到殺害，但警方一直沒找到她的遺體。艾德蒙・豪斯基於間接證據被判決有罪。上個月警方找到了她的遺骸，埋屍處的鑑識報告與定罪豪斯的證據有牴觸。」她三言兩語敷衍帶過，免得諾拉斯克透露細節給卡洛威或樊珮兒。「他的律師以牴觸為由聲請再審。」她的目光轉回到諾拉斯克臉上，「好了，會議結束了嗎？」

「妳認識那位律師嗎？」諾拉斯克問。

崔西怒火中燒，「那是個小鎮，大隊長。我認識所有在雪松叢林鎮長大的人。」

「有人暗示妳一直私下調查妹妹的命案。」諾拉斯克說。

「什麼樣的暗示？」

「妳一直在私下調查嗎？」

「打從豪斯被警方逮捕開始，我就不相信人是他殺的。」

「妳沒有回答我的問題。」

「二十年前，我質疑過促使豪斯被定罪的證據，這讓一些人不太高興，其中包括那位郡警官。」

「所以妳乾脆自己調查。」諾拉斯克說。

崔西知道他的意圖。利用職權方便進行私人調查，將遭受記過處分，甚至被停職。

「請定義『調查』。」

「我想妳很清楚這個詞語的意思。」

「我從沒利用重案組探員的身分做過不該做的事，如果你是想問這個。我都是用自己的閒暇時間。」

「所以是調查囉？」

「應該算是個人偏好。」

諾拉斯克揉著額頭，似乎很頭痛，「妳從中牽線協助一位律師，進入瓦拉瓦拉監獄探訪豪斯，是不是？」

「樊珮兒跟你說了什麼？」

「是我在問妳話。」

「你還是老實跟我說了吧，別浪費大家的時間。」

威廉和勞伯打了個哆嗦，勞伯開口說：「崔西，我們不是在審訊妳。」

「很像啊，中隊長。我需不需要找個律師代表？」

諾拉斯克緊抿嘴唇，臉色越來越紅，「我的問題很簡單，妳是否從中牽線協助一位律師，進入瓦拉瓦拉監獄探訪豪斯？」

「請定義『從中牽線』。」

「妳有提供他們任何形式的協助嗎？」

「我開著那位律師的車子和他一起去了監獄，那天我休假，我甚至連油錢都沒付一毛。我們在一個探監日，和其他人一樣穿過公眾開放區進去。」
「妳用了警察編號了嗎？」
「我沒有用警察編號請求探監。」
「崔西，」勞伯說，「媒體打電話來詢問，我們最好槍口一致，說法一樣。」
「我什麼都沒跟樊珮兒說，中隊長，只跟她說這是私事，干別人屁事啊。」
「那太不理性了。我們有責任提供社會大眾案件的最新發展和偵辦進度。」諾拉斯克說，「無論妳喜歡不喜歡，這件事本來就屬於公事，我們的工作就是確保事情不會對警局有負面影響。樊珮兒要求我們提供官方說明。」
「她算哪根蔥？」
「她是跑警政線的記者，同時也是西雅圖首屈一指新聞臺的記者。」
「她只是個冷血自私的記者，是灑狗血的寫手，而且沒有道德可言，這點人盡皆知。無論我說什麼，她都能扭曲黑白、製造衝突，我才不想被她耍。這件事是私事，我們不需要針對私事公開說明，為什麼要有差別待遇？」
勞伯說：「崔西，我想大隊長是在問妳，妳覺得我們該如何回應對方？」
「回應的方式很多。」她說。
「有沒有能上報的方式？」勞伯問。
「就說是個人私事。無論是我或者警局都不能針對訴訟中的官司越權發言。我們不都是這樣回應進入法庭階段的案子嗎？為什麼這件事卻例外？」

「因為這不是我們的案子。」諾拉斯克說。

「你說到重點了。」崔西立刻說。

勞伯說：「雖然我不同意克羅斯懷特探員的想法，但就算我們回應，也得不到什麼好處。」

威廉也挺她，「不論我們說了什麼，樊珮兒都會按照她自己的想法報導，以前就發生過這種情況。」

「她打算報導的是，我們的一位重案組探員協助律師，為一個已定罪的殺人犯爭取再審。」諾拉斯克說，「如果回應『無可奉告』，不就等於我們默許這件事。」

「如果你認為非給個說詞不行，那就告訴她，只要能徹底了結我妹妹命案的事，我都感興趣。」崔西說，「這個說法對警局可好？」

「我覺得不錯。」勞伯說。

「雪松叢林鎮有些人認為，這件事二十年前就已經徹底了結。」諾拉斯克說。

「當時他們也不喜歡我問問題。」

諾拉斯克用筆指著她，讓崔西好想伸手把筆搶過來。「如果真的有新證據足以動搖原判決的正確性，就應該通知卡斯卡德郡的郡警局。命案是發生在他們的管轄區域內。」

「你不是才跟我說，不要我牽扯進去？現在又要我提供線索給郡警官。」

諾拉斯克氣得鼻孔歙張，「我是說，身為一個執法人員，妳有責任跟他們分享線索。」

「我以前試過了，沒有用。」

諾拉斯克放下筆，「妳應該清楚，協助一個被定罪的殺人犯，等於是打了整個重案組一巴掌。」

「但也可能讓社會大眾看到，我們有多麼大公無私。」

威廉和勞伯克制不住地偷偷竊笑著，諾拉斯克扳著臉，「這不是小事，克羅斯懷特探員。」

「命案永遠都不是小事。」

「也許我應該換個問法，這件事會影響妳的工作表現嗎？」

「恕我直言，找出凶手本來就是探員的本分。」

「那妳應該把時間都花在查出是誰殺了妮可．漢森上頭。」

勞伯再次插話，「大家都先做個深呼吸，好嗎？所以我們是不是都同意了，警局將發布一份新聞稿，說明克羅斯懷特探員，以及所有職員，皆不會針對進入訴訟階段的案子發表評論。媒體若有問題，請向卡斯卡德郡的郡警局諮詢？」

李的筆飛快地在筆記本上寫著。

「妳不准濫用職權，也不能利用警局的資源來進行這項調查。我說得夠清楚了嗎？」諾拉斯克已經懶得掩飾他的不耐煩。

崔西說：「那大家是不是也清楚了，警局不能操控我的嘴巴該說什麼？」

「沒有人想操控妳的嘴巴，崔西。」勞伯說，「等班奈特整理好新聞稿後，我們再一起批閱吧。大家都同意了嗎？」

諾拉斯克沒有回答，崔西沒看到他的誠意，就不打算讓步。

「這件事我不能保護妳。」諾拉斯克終於開口了，「這不是警局的事，如果事情鬧到一發不可收拾，妳只能自求多福。」

崔西聽了只想大笑，他從來沒有保護過她。她真想放聲尖叫，但仍然冷靜地說：「我不會讓事情有出錯的機會。」

✦

肯辛連人帶椅轉向回到牛棚的崔西時，她與諾拉斯克對峙而湧出的腎上腺素依然在叫囂。

「怎麼了？」

崔西坐了下來，用手揉揉臉，再按著太陽穴。她打開抽屜，拿出藥罐抖出兩粒頭痛藥，一仰頭，連水都沒喝一口就吞下藥丸。「樊珮兒才不想知道法醫辦公室是否在莎拉遺體上找到新發現，」崔西說，「她只想知道我是不是協助律師，幫忙艾德蒙·豪斯爭取再審的機會。大頭聽到風聲，不是很高興。」

「那就告訴他們，妳沒有啊。」看到她沒回應，肯辛又問：「妳沒有，對吧？」

「你記得我們辦過那件缺乏證據、沒有偵破的案子嗎？就是一年前，安妮皇后區的老太太。」

「諾拉·史蒂文斯？」

「案子沒有破，找不到真相，你的心裡不糾結嗎，肯辛？」

「當然會啊。」

「想想如果那是你心愛的親人，案子懸宕了二十年後，你會有多糾結。你會不會不惜一切代價，想要找出答案？」

31

崔西敲了敲門，往後一站，紗門啪的一聲關上。等不到回應，她將雙手圈成杯狀，放在窗戶上，目光試著穿透白色的蕾絲窗簾看進去，結果還是沒見到人影。她沿著屋簷下的陽臺走到房子側邊，傾身在欄杆上。獨立車庫的前方車道上，停著一輛最新款的喜美轎車。

她大聲喊門，但沒有人回應，想想又轉回去，朝陽臺階梯走去，正打算走下去時，目光瞥到窗戶裡有個人影穿越客廳而來，然後大門就打開了。

「崔西。」

「哈囉，荷爾特太太。」

「我就知道我有聽到敲門聲。我在後面繡花。好久沒看到妳了，真是稀客。妳這次回來是有事嗎？」

「嗯，要處理一些跟老家房地產相關的事情。」

「我以為妳把房子賣了？」

「只剩下收尾的小細節。」她說。

「妳一定很捨不得。哈雷跟我每次去你家串門子的時候都好開心，尤其是你們家辦的聖誕派對，特別好玩。來，快進來，天氣冷，別站在外面吹風。」

崔西在門口的踏腳墊上擦擦鞋底，然後走進玄關。屋裡的傢俱擺設簡單整潔，一個個相框立在壁爐檯，以及餐廳碗櫥上方的花布杯墊上。瓷器展示櫃裡擺滿了瓷娃娃，可見屋主的嗜好。崔西打量著體格高大厚實，外加銀色短髮和同色眼鏡的荷爾特太太，她應該有六十幾歲了，顯然依舊喜愛彈性褲、寬長的毛衣和色彩繽紛的珠鍊。當年莎拉失蹤後，卡蘿·荷爾特就自告奮勇到美國退伍軍人協會大樓，為搜山志工製作三明治餐點。

「妳現在在做什麼？」荷爾特太太問，「聽說妳搬到西雅圖去了。」

「我現在是警察。」

「警察，噢，妳的工作一定很刺激。」她說。

「它有它吸引人的地方。」

「請坐，我們聊聊。想喝點什麼嗎？水或咖啡？」

「不用了，荷爾特太太，謝謝。我不渴。」

「拜託，孩子，妳夠大了，可以直呼我的名字，叫我卡蘿吧。」

崔西坐在客廳一張放著鉤針編織靠枕的深紅色沙發上，其中一個靠枕用鉤針編織出房子大門的圖樣，同時還配有「甜蜜的家」的文字。卡蘿則坐在附近一張椅子上。

「妳怎麼會想到來看我？」她問。

「我正打算開車回西雅圖，路過哈雷的維修廠時，想找他聊聊，結果維修廠好像關掉了。」

這句話半真半假，她本來就計劃回來一趟，但不是為了處理父母留下的不動產。一個月前，她追查到萊恩·哈根的前雇主，發掘一些很有趣的文件，隨後想到或許在哈雷·荷爾特這裡能找到更多相關資料，給她更多的啟發。

「崔西，很遺憾，哈雷六個多月前過世了。」

崔西瞬間洩了氣，無比失望，「卡蘿，我不知道這件事，請節哀順變。他的死因是？」

「胰臟癌。癌細胞侵入淋巴結，醫生束手無策，無法阻止癌細胞擴散。至少他受苦的時間並不長。」

崔西回想起每次開車去維修時，哈雷總是咬著香菸，迎接她的到來。「抱歉。」

「沒什麼好抱歉的。」卡蘿緊抿著嘴唇微微一笑，但眼眶已噙滿了淚水。

「那妳還好嗎？」崔西問。

卡蘿認命地聳聳肩，把玩著項鍊，「是很難熬，但我會想辦法找事做，盡力過好每一天，不然又能怎麼辦？噢，我幹嘛跟妳說這些，妳遭遇的不幸已經夠多了。」

「沒關係的。」

「孩子們都會帶孫子孫女來看我，給了我很大的安慰和支持。」她雙手一拍，打了自己大腿一下，「跟我說說，這麼多年過去了，妳想找哈雷聊什麼呢？」

「其實，我是想找他聊聊工作上的事。鎮上幾乎所有人都找哈雷維修車子，對不對？」

「是啊，妳父親就是他的固定客戶，哈雷一直很感激詹姆斯對他的信任。沒想到會發生那種事，詹姆斯真是個好人。」

「妳知道哈雷都向誰採購汽車零件嗎，卡蘿？」

卡蘿的表情彷彿崔西問了一個關於量子理論的問題，「不知道耶，我很少過問他工作的事，孩子。我猜他應該是跟很多不同的店家買的吧。」

「我記得他辦公室裡有幾個櫃子。」崔西終於把話題帶到她前來拜訪的真正目的。

卡蘿的雙手往空中一擺，「那間辦公室亂得要命，但哈雷就是能找到他要的東西，他有自己的做事方法。」

「他多久前關掉維修廠的？」

「退休的時候關的。他本來期望兒子能接手，但格雷克有自己的計畫，大概是三、四年前吧。」

「妳會不會還留著維修廠的鑰匙？」

她一挑眉，「不太清楚，應該還在吧。妳想進去找什麼呢？」

「我只是好奇一些事情，卡蘿。我知道我的要求聽起來很怪，但我希望能翻閱哈雷的文件紀錄，滿足一下我的好奇心。」

「如果能幫上忙，我一定幫，甜心。但妳在維修廠找不到妳要的東西的，哈雷關掉維修廠後，就把那裡清空了。」

「我剛才經過維修廠，從窗戶望進去時也是這樣覺得。但我再仔細一想，不入虎穴焉得虎子，所以才試著來問問看。看來，我應該放妳回去繡花，我也該準備回西雅圖了。」崔西喪氣地說。

「妳不看文件紀錄了嗎？」

「啊？」

「妳剛才不是說想翻閱他的文件紀錄。」

「妳不是說都被他清空了?」

「哈雷?妳也看過他的辦公室,那個人從來不丟文件資料的,一張都不丟。但妳可能要花很多時間才能翻完。」

「那些文件在這裡?」

「不然我幹嘛把車停在車道上?哈雷把文件資料全搬回家來,就堆在車庫裡。他一直說他會整理,但後來就生了病。而且老實說,如果妳沒提起,我都忘了它們的存在。」

32

崔西放棄試圖入睡，翻身下床一看，才半夜兩點多。調查莎拉失蹤案的這些年來，她很少一覺到天亮，後來終於下定決心把檔案都收入櫥櫃後，失眠的情況稍有好轉，但現在又捲土重來了。她的黑色虎斑貓羅傑跟著她來到客廳，一路不停地大聲喵喵叫。

「好、好，如果我被吵醒也會不高興。」她抓起了筆電、羽絨蓋被以及搖控器，掉進沙發中，坐在西雅圖國會山區一間二十坪的公寓內。她租這間公寓不是因為它環境優雅，也不是因為景觀佳，反正從窗戶看出去也只能看到對面同樣的紅磚公寓。因為房租合理，以及交通地理位置便利，她的工作頭銜雖然不是「醫生」，卻仍然需要住得夠近，能隨傳隨到。

羅傑跳上她的大腿，在被子上踩一踩，踩成合牠心意的形狀後，便蜷成球狀睡覺去了。崔西開始仔細回想幾個小時前和丹的通話內容。丹聽她描述完樊珮兒的無理要求，以及和諾拉斯克開會的情形，就提議說要在這個星期五開車來西雅圖找她，和她去參觀奇胡立玻璃藝術館，然後一起去吃晚餐。

自從上次回去埋葬莎拉到現在，又過了幾個星期，期間崔西回過小鎮幾次，把剩下的文件資料轉交給丹，並且一起檢視截至目前為止的調查內容。她在丹那裡過夜兩次，但除了那堂即興的高爾夫球課，兩人之間沒有任何浪漫情事發生。崔西有些懷疑是不是自己會錯意，不過她倒是清楚地感覺到兩人之間有肉體上的吸引力，而且很確定那不是她幻想出來的。她有點想採取行動回應，卻又擔心此時此刻和丹有多餘的牽扯並不明智，更別提她根本沒打算要搬回雪松叢林，而丹顯然已經在那裡打造了一個家。天時地利人和都不對，太複雜了，她決定先暫時把感情事擱置一旁。現在丹又說要帶她去看展覽，讓她不得不重新考量他真正的想法。她無法自圓其說地把這項邀請和調查工作聯想在一起，更別提那個最核心的問題：他要睡哪裡。她的公寓可是只有一間臥房而已。她在措手不及的情況下接受了邀請，但從答應直到上床睡覺，都在質疑自己的決定是否正確。

她打開筆電，叫出華盛頓州總檢察長的網頁，輸入帳號和密碼，登入簡稱為「重偵系統」的重案偵查追蹤系統。系統內可供搜尋的凶殺案和性侵案件超過二萬二千多件，案發地點涵蓋華盛頓州、愛達荷州和奧勒岡州，案發年份從一九八一年直至目前為止。假設妮可．漢森的死不是性交失控的下場，而是被謀殺的，有研究顯示以這種特殊手法殺人的凶手，會經常練習以求完美，所以儘管在辦公室調查此案已經一整天了，拖著疲憊步伐回到家的崔西，依然坐在電腦前，繼續蒐集和研究類似的凶殺案。

她先以「汽車旅館」做為關鍵字搜尋，相關案件數量縮減到一千五百一十一件，隨後又加了一個詞「繩子」，省略掉「勒斃」，因為她想搜尋所有受害者被繩子綁住，但不見得是被勒斃的案子。這使得搜尋結果又縮減到二百二十四件。這二百二十四件裡，有四十三件的受害者未遭受性侵，而妮可．漢森的驗屍報告指出，遺體陰道內並未驗出精液殘留。這點雖然異常，但漢森被綁成那樣痛苦的姿勢，也的確不可能進行性交。凶手沒有搶劫漢森，她的錢包裡裝滿了紙鈔，完好地放在旅館的梳妝檯上。如果漢森真的是被謀殺，那這第三項最有可能的殺人動機又不成立了。

崔西鎖定這四十三件案子，一一檢視重偵系統資料庫裡的檔案。一個小時後，她看完了三個案件，第四個案件也看了一半，但沒有一件跟漢森案有關聯性。她闔上筆電，往後躺靠著枕頭，「這是大海撈針啊，羅傑。」那隻貓已經睡得呼嚕呼嚕響。

崔西真是羨慕死牠了。

33

星期五下午，崔西和肯辛開車往西，橫越華盛頓湖上的五二〇浮橋時，她的手機震動起來。往西雅圖方向的車子很多，漂浮平臺上的高大起重機凸出於變暗的黑水上，正在協助建造與舊橋平行的第二座浮橋，但這座即將應付極高度車流量的新橋，卻在架設混凝土浮筒時出了差錯，以致完工期被推延到二〇一五年之後。

崔西檢視最近的幾通來電，看到丹已經打了兩通，她都沒接到，於是立刻回撥。

「嗨，」她說，「抱歉，沒接到你的電話。我們今天都在外面跑，查訪證人，還拜訪了幾位專家，請教北西雅圖那起凶殺案的相關問題。」

「我今天下午收到一個驚喜。」

「好的驚喜，還是壞的驚喜？」

「還不確定。今天我大部分時間都在法院，回到辦公室時，就看到傳真機傳來萬斯·克拉克反對判決後之救濟的異議書副本。」

「他們提早送出異議書？」

「顯然是。」

「你有什麼想法？」

「我還沒讀。只是先打電話通知妳一聲。」

「他為什麼這麼早就送？」

「他可能想讓事情簡單點，讓上訴法院以為我們的聲請缺乏法律依據。我要讀了以後才會知道，反正妳似乎已經忙得不可開交了。」

「把異議書寄到我的電子信箱，晚上吃晚餐的時候，我們可以一起討論。」

「好，關於晚上的事……」丹說，「不好意思，我必須取消了。」

「沒事吧？」

「我沒事，只是要處理一些事情。我晚點打電話給妳，方便嗎？」

「當然可以，」崔西說，「我們晚上再聊。」她掛斷電話，心裡忐忑不安起來，不知道丹為什麼取消他們的約會。剛約好的時候，她的確有些焦慮，但後來就開始滿心期望，而且很好奇會有什麼樣的發展。她都想好了要買兩個迪克斯漢堡——那種一個一塊多美元的雜燴漢堡——然後在她的公寓呈上菜餚，故意調侃他。

「有新發現？」肯辛問。

「抱歉，你說什麼？」

「我說，有新發現嗎？」

「他們遞上了異議書，反對我們的聲請。我們以為不會這麼早。」

「他們這麼早提出，意味著什麼呢？」

「還不知道。」丹話語裡的遲疑，依然迴蕩在她耳畔。

34

丹．奧萊利仰頭點下眼藥水，隱形眼鏡像是黏在角膜上了，不太舒服。辦公室多邊形凸窗外，雨絲在路燈暈黃的光芒下緩緩飄落。他讓窗戶敞開著，想聽聽從北方一路飆來的暴風雨，雨絲的氣味是浸透了水的土霉味。小時候，每次暴風雨一來，他都會坐在臥室窗邊，望著北卡斯卡德郡上空爆出的閃電，再數秒等著雷聲響起，轟隆隆滾過山巔。那時候他總想著以後要當氣象播報員，桑妮說那是地球上最無聊的工作，但崔西說丹很上相，很適合上電視。崔西向來都是這樣，就算別人都把他當笨蛋——雖然他有時候真是笨——崔西永遠站在他這邊支持他。

他在莎拉葬禮上看到崔西孤零零一個人時，心都替她在滴血。他一直很羨慕她，他們一家人總是和樂融融，互愛互敬，那是他自己的家所欠缺的。可是後來事故接連發生，崔西在非常短的時間內失去了一切。他在告別式上走到她身旁時，仍然是以小時候的玩伴來看待她，但他不能否認崔西十分吸引著他。他遞給她名片，是希望她能打電話來，希望她來看看長成男人的他，讓她明白他不再是從前的小男孩了。結果她的確來了，卻一心一意只想要他看看她的調查資料，純粹談公事，他的希望就此破滅。

後來他邀請她到家裡來過夜，是基於擔心她的人身安全，可是一看到她，他又克制不了期待兩人之間能迸出火花的想法。他從背後圈住崔西、教她打高爾夫球時，一種許久未曾感受到的情愫在他心裡蠢蠢欲動，死灰復燃。他花了將近一個月的時間才安撫下那些感覺，同時也領悟到崔西心裡的傷口仍然很深，現在的她不只是脆弱，更沒有安全感。她不僅懷疑雪松叢林鎮，也無法信任周遭的人事物。他邀請她去參觀奇胡立的玻璃藝術館，之後再一起去吃晚餐，是希望她能暫時脫離緊繃的環境，後來卻發現他其實會把她帶進一種尷尬的境地。難道她要留他過夜，或者他要去住旅館？他察覺到自己在催促她，而她根本尚未準備好再進入一段感情。最近莎拉遺體的發現占滿了她的思緒，又有一場費神的聽證會要去周旋。

他也有工作上的考量，雖然他的委託人不是崔西，而是艾德蒙．豪斯，但崔西握有全部的資料，丹需要它們才能周全地準備判決後救濟聽證會，以確保上訴法院核准豪斯再審的聲請。在這種情況下，丹認為最好不要再給崔西添加不必要的壓力，所以取消了約會，等待更好的時機到來。

福爾摩斯哼了一聲，抽動一下，睡死在雷克斯身旁，那兩隻狗就睡在丹辦公桌前的小地毯上。卡洛威恐嚇要沒收牠們，丹當下就決定帶牠們來上班，這麼做不算麻煩，反正牠們也是很好的同伴。可是只要一有風吹草動，牠們立刻就會翻身而起，衝到接待區狂吠。幸好現在倒是很安靜。

他重新把注意力轉回到萬斯．克拉克針對判決後救濟請願書提出的異議書。他直覺克拉克提早送出異議書是為了給上訴法院一個印象，巧妙暗示原判決沒有任何失誤，不需要再審。克拉克提出的論點很簡單，他指出請願書並沒有指出原判決的不當之處，論據不足，所以沒必要舉行聽證會來決定艾德蒙．豪斯案子是否需要再審。他還提醒上訴法院，豪斯是華盛頓州第一位單憑間接證據被判決一級謀殺的罪犯，因為豪斯雖然坦承殺了莎拉，卻拒絕說出埋屍地點。克拉克在異議書中寫著，豪斯企圖利用證據不足談條件，要求從輕量刑，提醒法官不應讓犯人得逞。他的結論是，如果豪斯在二十年前就坦白說出埋屍地點，所有辯護證據在當年的庭訊過程中就能完整呈現，而豪斯之所以不說，當然是因為這麼做等於不打自招，一旦說出來，就是罪證確鑿。無論說與不說，豪斯都脫不了罪責，也已得到了公正的審判，而丹在請願書裡的論點，改變不了這些事實。

不錯的反方論點。只不過全篇不斷地繞著兩個主題打轉，克拉克想要上訴法院認可豪斯是自白坦承殺人，並且企圖利用埋屍地點進行談判，要求減刑。豪斯當年的辯護律師迪安奇洛・芬恩在交叉詰問時，並未針對檢警無法提出有豪斯簽字認罪的文件，或是認罪錄音帶進行抗辯，然而這是每一位辯護律師都會率先主攻的論點。芬恩甚至一錯再錯，親手把豪斯送上證人席，讓他自己去否認曾經認罪，這等於是把豪斯的信用放到砧板上任由檢方宰割；芬恩更允許檢方提出豪斯之前的性侵罪行來攻擊他，也允許檢方在法庭審訊中質詢性侵罪行的細節。這種種過程等於敲響了喪鐘，告訴陪審團「強暴犯就是強暴犯，狗改不了吃屎」。芬恩明明應該緊咬著缺乏直接證據，以及檢方對豪斯的嚴重偏見等論點提出抗議，要求法庭為了慎重起見，不採信可疑的自白認罪說詞，這樣就不至於全盤皆輸。就算法官表示抗議無效，豪斯依然有堅強的立場聲請上訴。其實無論在埋屍地點有無新證據發現，單就芬恩未做上述抗辯，豪斯就有資格聲請重啟再審。

福爾摩斯突然翻身，抬起了頭，一會兒後，接待區的喚人鈴就響起。

福爾摩斯跑了出去，爪子咔咔地敲著硬木地板，雷克斯追了上去，隨後的吠叫低吼二重唱讓人震耳欲聾。丹看了看手錶，邁步朝大門走去，又頓了一下，繞過去抓起有小葛瑞菲簽名的球棒。

他也開始帶著球棒來上班了。

35

福爾摩斯和雷克斯把那個非裔美國人釘在門上，男人的表情和聲音都透露著萬分驚恐。

「桌上的標示牌寫著按鈴。」

「停，」兩隻大狗順從地停止吠叫，坐了下來。「你怎麼進來的？」丹問。

「門沒上鎖。」

天剛黑的時候，他帶了兩隻大狗出去執行例行的夜間任務。「你是誰？」

男人看著大狗，「我是喬治．邦飛，奧萊利先生。」丹認出他是誰了，他曾在崔西的文件裡看過這個名字。

邦飛說：「艾德蒙．豪斯強暴了我的女兒，安娜貝兒。」

丹把球棒放到地上，讓它斜靠著接待桌。三十年前，艾德蒙．豪斯因性侵未成年少女遭起訴定罪，坐了六年牢。豪斯因莎拉命案被宣判有罪後，喬治．邦飛曾在此案判刑階段出庭作證過。

「你這麼晚來這裡做什麼？」

「我從尤里卡開車過來的。」

「加州？」

邦飛點點頭。他說話的語氣溫和謙恭，看起來快有七十歲了，留著灰色落腮鬍，戴著充滿書卷氣的仿玳瑁眼鏡，頭上是頂深褐色的高爾夫球帽，外套裡是件V領毛衣。

「為什麼？」

「因為這件事需要當面談。我本來打算明天早上才來拜訪你，今晚只是先來確認地址是否正確，卻看到窗戶裡的燈還亮著。大樓的門又沒上鎖，上樓後才發現在街上看到的窗戶，就是你辦公室的。」

「有道理，我接受，但你還是沒有回答我的問題。你為什麼大老遠開車過來，邦飛先生？」

「卡洛威警官打電話給我，他說你正設法為艾德蒙・豪斯爭取再審。」

丹搞清楚來龍去脈了。不過邦飛如此坦言不諱，仍然讓他很驚訝，「你怎麼認識那位警官的？」

「艾德蒙・豪斯被定罪後的判刑，我出庭作證過。」

「我知道，我讀過判決書。卡洛威警官是不是要你來說服我，別接受豪斯先生的委託？」

「沒有，他只是告訴我你正聲請再審。我是自己想來的。」

「你應該知道，我不會相信這個說法。」

「我只是希望能找個機會跟你談談。沒有人叫我來傳話。我也只會說一次，說完，就不會再來煩你。」

丹考慮著邦飛的請求。他仍然懷疑邦飛的來意，但邦飛的語氣很誠懇，而且才剛開了八個小時的車程過來，更從一開始就沒打算隱藏目的。「你必須瞭解，我和委託人彼此信任。」

「我瞭解，奧萊利先生。艾德蒙．豪斯跟你說了什麼，我一點都不感興趣。」

丹點點頭，「我的辦公室在後面。」他用拇指中指打了一個響指，兩隻狗就掉頭回了辦公室，跑到剛才的小地毯上坐下，但仍然豎著耳朵，保持警覺。

邦飛脫掉外套，把依然沁著雨水的衣服，掛在門邊顯少使用的衣帽架上。「那兩隻狗也大得太可怕了吧？」

「你該看看我每個月的伙食費用單，」丹說，「要來杯不新鮮的咖啡嗎？」

「好的。剛開了好長的一段路。」

「加糖嗎？」

「黑咖啡就好。」

丹倒了一杯咖啡遞給他，兩個人朝俯視市場街的窗戶走去，坐進咖啡桌邊的椅子裡。邦飛拿起杯子啜了一口，丹注意到他的手抖了一下。窗戶外的滂沱大雨鋪天蓋地，重重地打在平式屋頂上，雨水噗噗流過排水管，衝灌進地上的水溝。邦飛放下馬克杯，伸手到褲子後面的口袋，抽出皮夾。他試著拿出塑膠暗袋裡的照片時，手抖得更厲害了，丹納悶他是否患有帕金森氏症。邦飛把其中一張照片放到桌子上，「這是安娜貝兒。」

照片裡他的女兒看起來大約二十歲出頭，直直的黑髮，膚色比她父親淡一些，藍眼睛也暗示她有混血基因。但引起丹注意的，不是安娜貝兒的膚色或眼睛的顏色，而是她面無表情的臉，看起來就像人形立牌。

「你可以看到從她眉毛往下延伸的疤痕。」

一條不易察覺的細線，從她的眉毛盤繞到下巴，就像鐮刀的形狀。

「艾德蒙．豪斯告訴警察，他和我女兒發生關係是你情我願的。」邦飛又放了一張照片在第一張旁邊。照片裡女孩的臉幾乎無法辨識，腫脹的左眼睜不開，臉上的傷痕都是乾掉的血塊。丹從崔西的資料得知，豪斯性侵安娜貝兒時，她只有十六歲。邦飛拿起了杯子，但手抖得實在太厲害，最後又放下了杯子。他閉上眼睛，做了幾個長長的深呼吸。

丹等著他恢復平靜後，才說：「我不知道該說什麼，邦飛先生。」

「他用鐵鍬打她，奧萊利先生。」他停頓下來，又深呼吸一次，但這次的氣息粗嘎，胸腔發出咻咻聲。「你看到了，艾德蒙．豪斯強暴了我女兒還不夠，他想傷害她，如果我女兒沒有求生的意志，沒有想辦法逃出來，他會繼續攻擊她。」

邦飛緩緩露出一個無奈且認命的淒苦表情。他摘下眼鏡，用紅色手帕擦拭鏡片，「六年，毀了一個年輕女孩的一生，只關六年，就因為警方蒐證時出了差錯。安娜貝兒原本是個活潑開朗的女孩，事情過後我們必須搬家，回憶太悲慘了。安娜貝兒沒有再回學校上學，她也不能工作。我們現在住在一座離海不遠的寧靜小鎮，在一條安靜的街道內，那裡的治安很好，日子過得很平淡。但每天晚上我們會把門鎖死，檢查每一扇窗戶是否關好，這變成我們日日的例行工作；然後我們會上床，等著。我和我太太等著她放聲尖叫，他們說那是性侵害創傷症候群。艾德蒙．豪斯服刑六年，而我們服刑將近三十年。」

丹想起曾在豪斯的判決書裡看過類似的證詞，只是親耳聽到一位父親如此深沉痛苦的表白，依然相當震撼。「很抱歉，沒有人應該過那種生活。」

邦飛緊抿嘴唇。「奧萊利先生，如果你繼續完成你的計畫，就會有人必須過那種生活。」

「卡洛威警官不應該打電話給你，邦飛先生，這對我們兩個都不公平。我從來沒想過要貶低你女兒和你們全家的遭遇——」

邦飛抬起一隻手，淡然地打斷丹，說話的語氣也是淡淡的，「你想要告訴我，艾德蒙·豪斯性侵我女兒的時候還很年輕，而且事情已經過去三十年了，人都會改變的。」他薄薄的嘴唇又帶著譏諷笑了笑。「你還是別勸我了。」邦飛看著福爾摩斯和雷克斯，「艾德蒙·豪斯跟你的狗不一樣，不是訓練一下就會聽話乖乖退下。」

「他跟其他人一樣，都有獲得公平訴訟的權利。」

「但他跟其他人都不一樣，奧萊利先生。像艾德蒙·豪斯這種暴力份子，只適合待在監獄裡，而且毫無疑問的，他是個極度暴力的人。」邦飛輕輕地拿起照片，塞回皮夾裡，「該說的，我都說了，不占用你的時間了。」他起身拿下外套，「謝謝你的咖啡。」

「你今晚有地方過夜嗎？」丹問。

「我有安排了。」

丹陪同喬治·邦飛走到接待區，邦飛拉開門，回頭又看了雷克斯和福爾摩斯一眼，「如果你沒叫住牠們，牠們會咬我嗎？」

丹拍拍狗兒的頭，「牠們的體型只是用來嚇唬人的，其實牠們的叫聲比咬人更可怕。」

「但依舊足以造成傷害，用想的就知道。」邦飛踏出門口，走進走廊，門板在他身後彈回、關上。

36

崔西累癱到完全想不起上次一覺到天亮是何年何月的事。她全身無力，說話的聲音也軟綿綿的。她和肯辛、法茲和德爾四個人坐在會議室裡，向比利·威廉和安德魯·勞伯彙報第一小組的工作概況。

幾個星期前，丹發函簡短回應了克拉克針對判決後救濟請願的異議書。在這段期間，崔西和肯辛重頭調查了妮可·漢森案的許多線索，依然毫無進展。他們再次查訪了汽車旅館的老闆以及其他房客，也拿了在凶殺現場找到的潛伏指紋，跟金郡自動指紋辨識系統比對，再一一查訪指紋符合者，刪除有絕對不在場證明的人，鎖定了幾位嫌犯。他們再次去找「裸舞舞廳」的脫衣舞孃問話，同時也拜訪妮可·漢森的親朋好友，以及她的幾位前男友。崔西已大致模擬出漢森生前最後幾天的生活樣貌，也鎖定幾位在這段期間曾經跟她接觸的人，拿著搜索票搜索了幾處相關場所，結果仍是一敗塗地，連絲毫的線索都沒有著落。

「那人事資料呢？」勞伯問。

「昨天快傍晚的時候送到了，」崔西說，他們針對「裸舞舞廳」申請了索取人事資料的搜索票，要調查舞廳過去和現在的員工個資。「我讓榮恩先查了。」

榮恩·梅威瑟是第一小組的第五個輪子。重案組每一個四人小組都配有第五位探員，協助處理調查過程中一些較繁瑣的資料工作。

勞伯轉向法茲，「停車場的車牌查到哪裡了？」

法茲搖搖頭，「只查到一些不重要的枝微末節。我們還在跟加州和加拿大卑詩省合作，追蹤外省車牌。我們跟這些郡外哥兒們，合作得還滿愉快的。」

「那重案偵查追蹤系統呢？」勞伯問。

崔西搖搖頭，「沒結果。」

工作彙報結束後，崔西迫切需要打一劑咖啡因強心針，但威廉在門口逮住她說：「聊一下吧。」她應該知道他想聊什麼。

威廉等其他人都離開，會議室只剩下他們兩個人時才開口：「樊珮兒的節目昨晚掀起一陣旋風，妳等著接她的電話吧。」

樊珮兒的《KRIX臥底》趕在聖誕節前獻給觀眾的禮物，就是關於艾德蒙·豪斯、雪松叢林鎮和崔西的一小時專題報導。她在一連串的小鎮老照片中，穿插了崔西、莎拉、她們的父母和艾德蒙·豪斯的照片。節目播放了小鎮居民談論莎拉失蹤案如何震垮了小鎮的田園牧歌，那場判決又是如何的扯動居民的心情，以及想到可能再一次經歷當年混亂的感受，沒有一個人願意再被拉回媒體的天天轟炸之中。

崔西傾靠在會議桌邊，對威廉說：「我想也是。情況有多糟？」

「地方電視臺和全國電視臺加起來，總共向我們提出了二十多通採訪邀請，這還只是今天早上西雅圖時報頭條出來之前的數量。他們想要一場訪談，其中包括知名新聞臺CNN和

MSNBC，以及其他幾家新聞臺。」

「我才不管，比利。接受訪談並不能滿足他們的胃口，反而會引來更多人注意。」

「我和勞伯也是這麼認為。」威廉說，「我們把這個想法告訴諾拉斯克了。」

「是嗎？他怎麼說？」

「他說『如果法官同意了豪斯的聽證會，那我們該怎麼辦？』」

✦

諾拉斯克顯少有心情好的時候，下午崔西走進會議室時，他卻像在鬧便祕時又打了肉毒桿菌一樣，陰沉沉地繃著臉。李又一次坐在他身旁，一隻手托著下巴，兩眼盯著桌上的一張紙，看來他們又要她簽名了。

唉，她想不讓他們失望都好難。

「漢森案的進度如何？」諾拉斯克沒等崔西坐下來就開口發問。崔西完全沒想到諾拉斯克召她過來開會，是為了漢森命案。

「跟昨晚報告的差不多。」她拉開一張椅子。

「那妳打算如何改進？」

「現在坐在這裡的我，還沒什麼想法。」

「也許該請聯邦調查局來支援了。」

「那我寧願跟童子軍合作。」

ＦＢＩ這三個英文字對重案組而言，意味著「名氣大，但腦殘」。

「那妳的查案進度最好趕緊給我更上層樓。」

崔西咬著舌頭，看著諾拉斯克對李點點頭，李隨即伸手到桌子下，拿了一疊約一點五公分厚的紙張出來。

「昨晚樊珮兒小姐的節目結束後，這些就不斷湧進來。」諾拉斯克把那疊文件推到她面前。崔西拿起來翻看，是列印出來的電子信件和轉譯成文字的電話留言。它們所傳達出來的信息可不是什麼好聽的話，有些怒罵她沒資格當警察，更有些要求砍下她的頭，放到大淺盤獻給民眾。

「他們想知道一位宣誓護衛人民的重案組警官，為何要幫艾德蒙・豪斯這種敗類脫罪？」諾拉斯克說。

「這些都是激進份子，」崔西說，「憎恨是他們活下去的力量。是不是從現在開始，我們做的任何決定，都必須討好這些人？」

「這麼說西雅圖時報、NBC、CBS等新聞臺，也都是激進份子囉？」

「我們已經討論過了，他們只想要幾句聳動的說詞，只對賣報量和收視率感興趣。」

「或許吧。」諾拉斯克說，「不過基於我們近期的活動，警局最好針對妳的行為給個回應。」

「我們擬好了新聞稿，請妳過目。」李說。

「只是過目，」諾拉斯克說，「不是徵求妳的同意。」

崔西以手勢要李把那張紙滑過來，但她根本不打算簽字。他們想發布就發布，她不會干涉，但別想要她畫押。

克羅斯懷特探員在艾德蒙．豪斯請願判決後救濟一事，以及此案件的調查過程中，並非以公務員的身分介入。若是將來克羅斯懷特探員因此官司遭到傳訊，也僅僅是以受害者家屬的身分參與。無論正式或非正式，她都不會以西雅圖重案組探員的角色干涉此官司，以前沒有，未來也不會。針對這件官司，以及官司的結果，她不予置評，現在和未來皆是如此。

她把稿子滑了回去，「你們先是要我發言，現在又要我閉嘴？我甚至搞不懂這份新聞稿到底是什麼意思。」

「這表示如果妳被傳訊，就可以出庭作證。」諾拉斯克說，「而妳只能介入這麼多，妳不能以任何形式，接受被告辯護律師的諮商。」

「介入什麼？」她盯著勞伯和威廉，但他們也是一臉困惑。

「我們以為妳已經知道了。」諾拉斯克突然不自在起來。

「知道什麼？」

「上訴法庭批准了艾德蒙．豪斯的判決後救濟。」

✦

肯辛看著崔西快步走回到她的隔間，開始收拾東西，關心地問：「怎麼了？」

崔西匆匆穿上外套，對於剛才聽到的事依然反應不過來。二十年了，她好不容易等到，卻有些措手不及，無法相信它真的發生。

「崔西？」

「上訴法院准許了豪斯的請願。」她說。「剛才諾拉斯克告訴我的。」

「見鬼了，他是怎麼知道的？」

「不知道，我要打電話給丹。」她抓起桌上的手機，朝牛棚外走去。

「聽證會是什麼時候？」

「我也不知道。」

她朝電梯快跑而去，渴望找個隱密的地方打電話給丹，然後一個人靜靜地消化這個突如其來的消息。她覺得腦袋好像被人揮了一拳，茫茫然懸浮空中。她需要判決後救濟聽證會這個平臺，向法官揭示艾德蒙·豪斯初審判決所根據的證詞和證據相互矛盾，因此裁決他有罪的基礎具有相當大的爭議。假使丹能爭取到法官認同，原審法院就會被迫重新開庭，崔西也就能朝重啟調查莎拉之死的願望，更邁進一大步。

電梯開始往下滑動，她用力閉上眼睛。二十年了，莎拉終於有機會討回公道，她也終於有機會找出真相。

第二篇

……世上沒有比座右銘更危險的事了。

——C. J.梅，《證據的法則：民事和刑事案件中的合理懷疑》，一八七六年。（注）

注 reasonable Doubt，合理懷疑是指對證據，或在證據不足的情況下，對於被告是否有罪採取合乎情理的懷疑。

37

伯利．梅爾法官選擇在分配給他的法官臨時辦公室而非公開法庭上，舉行審前聽證會。他說這麼做是因為「媒體高度關切這個案子」。關於崔西的出席，丹事先徵得了梅爾法官的同意，不過梅爾表示這屬於辯方的特殊要求，是個例外。由此可證，這位法官已經掌握到此案的關鍵細節。丹也下了一番工夫研究梅爾法官的背景，所以完全不意外他能一針見血看出爭議點所在。

梅爾退休前是斯波坎郡擁有三十多年資歷的老法官，審理的大多是刑事官司。退休後，斯波坎郡律師公會基於他的自律和法庭上的公正表現，給予很高的評價。丹也查到梅爾的助理和法警在他退休後，不願意被指派給其他法官，也跟著一起退休。丹認為這是個好兆頭。他查到助理和法警的家用電話號碼，一一打電話過去請教。他們口中的梅爾法官，不外乎下面兩種評語：一是經常超時工作，總是花大量時間研究案件；二是他做決定時，會花好幾天忍受絞盡腦汁的痛苦，但並不畏懼扣下扳機，做出最後決斷。丹和崔西就是想要這類型的法官，有智慧，面對爭議性大的案子也不怕做決定。他們也說梅爾是個紀律嚴明的人，媒體輿論再大都左右不了他，這顯然是上訴法院指派他來主理這場聽證會的重要原因。

崔西在辦公室的一側坐了下來，看著法官從辦公桌後拉出皮椅，椅子的輪子吱嘎地滑動。丹和克拉克並肩坐在布質沙發上，他把椅子拉到那裡，坐下來面對他們。崔西覺得這間辦公室就像簡單樸素的劇場，牆上沒有任何畫作和照片，房裡也找不到一丁點紙片。丹告訴她，梅爾的助理說過法官重回職場的原因絕非退休生活太無聊。梅爾可是擁有近二十五甲牧場的人，而且牧場裡的粗活都是他親自操辦的。

崔西猜他六十多歲左右，外型粗獷且帥氣，風吹日曬出來的粗糙肌膚和結實挺拔的身材，一看就知道這個人長年忙於整修圍籬、修補穀倉和拖拉牧草綑。再加上一頭灰髮和藍色眼睛，讓崔西覺得他有點像男星保羅．紐曼。

「我接受這項指派有一個要求，」梅爾穿著室內用拖鞋，一隻腳翹到另一隻上，藍色牛仔褲的褲腳因此微微往上一縮，露出菱形花紋的襪子。「我太太熱愛陽光和騎馬，所以我總是拉著載著兩匹馬的拖車，到西邊各州追逐陽光和騎乘之樂。而她計劃這個月底到亞利桑那州的鳳凰城騎馬，先生們。你們要知道，我太太不喜歡被人放鴿子，而我也非常不喜歡放她鴿子，換句話說，雖然我是半退休狀態，但不表示我很閒。我打算乾淨俐落地了結這場聽證會。」

「辯方已經準備好遵從您的要求，庭上。」丹說。

克拉克一臉為難地說：「庭上，我行事曆上還有其他公事，很快就要開庭——」

梅爾打斷他的話，「我很同情你滿滿的行事曆，克拉克先生，但法令要求控方律師必須參加當場提交證據的聽證會。我建議你在行事曆把這件事列為優先事項。至於你即將出庭的訴訟，我已經跟威爾柏法官說了，他答應往後延一個月。」

克拉克嘆口氣說：「謝謝您，庭上。」

「辯方要進行審前的證據揭示[注1]嗎？」梅爾問。

崔西蒐集的資料比丹獨自蒐集多得多，其中包括了初審的訴訟紀錄和凱莉．羅莎的鑑識報告。不過丹跟她說提出以前的證據和證詞，只會拖延聽證程序，給予被傳訊的證人找藉口拒絕出庭作證，也可能讓他們有充足的時間回想起前一次的證詞，並預先想好新的說詞。丹也不希望更進一步提醒克拉克，他打算攻擊初審的檢方證詞，以免克拉克提早做好萬全準備。

「辯方跳過此程序。」他說。

「檢方要求進行口供證詞的取證（注2），」克拉克說，「我們整理了一份名單。」

「庭上，」丹說，「檢方不能在聽證會上提出新證據，而辯方打算傳訊豪斯先生在州法院初審時出庭作證的檢方證人。我們傳訊的新證人，只有兩位，一位是法醫鑑識官，她要作證埋屍處的鑑識報告，另一位是DNA專家。我不能理解檢方何不私底下訊問他們的證人，我們也非常樂意在下班時間與我們的專家見面。」

「克拉克先生？」

萬斯．克拉克坐挺了身子，「我們會盡力訊問證人的。」

「對於審前聽證會還有別的動議嗎？」梅爾法官問。

「檢方請求允許，禁止克羅斯懷特探員出庭聽審。」克拉克說。

崔西瞥了丹一眼。「理由是？」丹問。

「克羅斯懷特探員將出庭為辯方作證，」克拉克對梅爾法官說，「因此不應允許她出庭聽審，直到作證結束後方才可以，就像其他證人一樣。」

「克羅斯懷特探員不是辯方證人，」丹說，「她是死者的姊姊，我們希望她的證詞能協助釐清她妹妹失蹤當天幾項關鍵事實。檢方可隨時傳訊她。更何況，克羅斯懷特探員和其他證人不同，我認為檢方會希望克羅斯懷特探員——」

梅爾打斷他的話，「奧萊利先生，你做好份內的事，讓檢方做它該做的決定。」他揮揮手，想接著開口的克拉克立刻閉上了嘴，「我駁回這項動議，克拉克先生。克羅斯懷特探員有權利以死者家屬的身分出庭，而且我看不出她的出庭會不利於檢方。好了，現在來談談另一項議題，我們都知道媒體極度關心這件訴訟案的發展，但我絕不允許外界把我們當成動物園裡的動物看熱鬧。不過記者有權出庭聽審，我也同意一架攝影機全程錄影。我不會禁止你們和你們的證人公開評論這個案子，你們都宣誓過是此法庭的一員，就憑這個誓言，你們便在我的管轄之下，直接對我負責，而不是媒體。我說得夠清楚了嗎？」

克拉克和丹口頭表示接受法官所立的規矩，梅爾露出了欣慰的神情。他雙手一合掌，彷彿要帶領大家做禱告，「很好，既然大家該說的都說了，而法院指定給我的豪華法庭可是花了納稅人不少的錢，所以我建議不妨星期一一早就開庭，有人有別的想法嗎？」

一想到若是耽誤某位女士的騎馬之旅將引起的火山爆發，法官都如此慎重地事先警告了，丹和克拉克皆不敢再多言。

注1 美國法律體制有證據揭示程序的設計，也就是雙方都有資格取得對方擁有的信息。

注2 取口供證詞是證人在法庭外於宣誓後所說的證詞。口供證詞使用與法庭相同的問與答形式，所有的案件當事人必須被告知要進行取證，以便其律師到場交叉盤詰證人。

38

迪安奇洛・芬恩背對著人行道，跪在泥土上，完全沒察覺到有人正盯著他瞧。雲層消褪到高空上頭，連綿的雨勢也暫告休息，給了芬恩一個機會整理菜園、準備過冬。崔西一邊看著他，一邊結束跟肯辛的通話。肯辛打電話來是要告訴她，諾拉斯克已正式把妮可・漢森的案子轉到冷案中心（注）。

「他抽走了我們手中的案子？」崔西問。

「這是集中攻勢的策略。他不希望這案子留在隊上的工作檔案裡。他說我們不能浪費人力資源在一件懸案上，再加上考量妳請假後我的工作量問題，的確沒有多餘人手繼續調查下去。」

「可惡，對不起，肯辛。」

「別想太多。我多多少少還在繼續追查，不過諾拉斯克的決定是對的。我們能查的都查了，除非有新線索出現，否則無路可走。」

崔西感到十分愧疚，根據自身的經驗，她知道若是找不出凶手，將其繩之以法，漢森的家人是不可能真正放下的。

「妳專心做該做的事，」肯辛說，「回來後工作還是在的。唉呀，真是無奈，死亡和繳稅是這輩子永遠躲不掉的兩件事；我老爸以前老是這麼喊，死亡和繳稅啊——我們保持聯絡，妳要隨時向我報告妳那裡的發展。」

「你也是。」崔西結束通話，沉澱情緒後，才踏出車外。陽光亮晃晃的，她戴上了太陽眼鏡，不過空氣倒是冰涼，每呼出一口氣，就留下一陣白煙。她朝柵欄的門走去。剛才停車時，還有下車關上車門的時候，迪安奇洛都沒有被驚動的跡象，現在也沒有。

「芬恩先生？」

芬恩手套的指尖都皺在一起，他就這樣戴著大手套，吃力地抓住另一根雜草。

她提高音量，「芬恩先生？」

他轉了頭，崔西看到老人眼鏡鏡腳上掛著助聽器。他疑惑地拔下手套，放到地上，挪了挪眼鏡，伸手去拿身旁的拐杖，顫巍巍地撐起身體，又顫巍巍地朝柵欄走來。他戴著軟軟的西雅圖水手隊編織毛帽，穿著同隊的棒球外套，大大的外套鬆垮地掛在他身上，像是兄弟們穿不下給他的二手衣。二十年前的芬恩體型偏胖，現在卻骨瘦如柴，厚厚的鏡片放大了他的眼睛，也讓人覺得他的雙眼水汪汪的。

「我是崔西．克羅斯懷特。」她邊說邊摘下太陽眼鏡。

芬恩一開始似乎沒認出她，也好像不記得這個名字了。不過他後來緩緩地勾起嘴角微笑，並推開了柵欄的門。「崔西，」他說，「請進。對不起，我現在視力很差，看不清楚。我有白

注 美國刑事偵查會將長期破不了的懸案轉到冷案中心，由另一批專家負責。

內障。」

「你在整理菜園準備過冬？」她邊說，邊走進了院子。「我記得我爸爸每年一到秋天也在忙這些，拔草、施肥，再用黑色塑膠袋蓋住。」

「如果沒拔草，到了冬天它們就會結籽，那春天來時就慘了。」芬恩說。

「我爸爸也這麼說。」

芬恩給了她一個嫉妒的微笑，又伸手按在她手臂上，賊賊地說：「妳爸爸種的蕃茄沒人比得上。他可是有溫室的人。」

「我記得。」

「我都說他那是作弊，他就用好聽的話堵我，說他的溫室隨時歡迎我的菜。詹姆斯啊，真是個好人。」

她看著那一小片被翻過的泥土，「你都種些什麼？」

「這個一點，那個一點，不過最後都送給鄰居了。現在只有我一個人，蜜莉已經過世。」

她並不知道蜜莉的事，但想想應該也是，芬恩的妻子在二十年前身體狀況就不好，「嗯，那你還好嗎？」她說。

「進屋子來聊聊。」芬恩吃力地抬起腿，踏上後門的三層混泥土階梯，單是這簡單的動作，就讓他氣喘吁吁，滿臉通紅。他拉下外套拉鍊時，以及把外套掛到雜物間的掛衣鉤上時，手也在顫抖。萬斯．克拉克提議撤銷丹的證人名單上的芬恩，同時還附上了醫生證明，上頭寫著芬恩有心臟病、肺氣腫，以及其他大大小小的疾病，而出庭作證的壓力會拖垮他已經十分孱弱的身體。

芬恩引領她走進一間看不出歲月痕跡的廚房。深色木櫃和明亮的碎花壁紙、南瓜色的塑膠貼片，形成鮮明對比。他移開餐桌邊一張椅子上的一疊報紙和信件，空出位子給崔西坐，再拿水壺到水籠頭下裝滿水，放到平面電爐上。崔西注意到放在一個角落裡的手提式氧氣機，也感覺到從地板通風口送出的暖氣。廚房裡充滿了煎肉的氣味，一支油膩膩的鑄鐵長柄平底煎鍋，就留在四口電爐其中之一上頭。

「我可以幫忙做點什麼嗎？」她問。

他揮揮手，從櫃子裡拿了兩只馬克杯出來，各放了一個茶包，顯然他們會聊上一陣子了。他打開冰箱門，崔西看見裡面的置物架幾乎空無一物。「我不太存放食物，而且也很少有客人。」

「我應該先打電話過來的。」她說。

「但妳擔心我不想見妳。」他的目光從厚厚的鏡片上方飄來，睨著她瞧，「崔西，我是老了，眼睛看不清楚，耳朵也有問題，但我每天早晨還是會看報紙。我知道妳不是來跟我聊菜園的事。」

「是的。」她說，「我來，是想跟你談談聽證會的事。」

「妳來，是想看看我是不是真的病到不能出庭作證。」

「你的身體似乎還不錯。」

「等妳到了我這個年紀，也會時好時壞的，」芬恩說，「而且發病都來得很突然，事前根本無法預測。」

「請問你今年幾歲了，芬恩先生？」

「拜託，崔西，我打從妳出生就認識妳了，叫我迪安奇洛吧。關於妳的問題，明年春天我就滿八十八歲了。」他用指關節輕敲著櫃檯，「如果神成全我的話。」他直盯著崔西的眼睛，「如果沒有，那我就能去見我的蜜莉了，這樣其實也滿好的。」

「艾德蒙·豪斯是你的最後一場官司，對不對？」

「我有二十年沒看過法庭了，現在也不打算再進去看看。」

蒸汽從水壺嘴冒了出來，芬恩拖著步伐過去，倒水在兩個杯子裡。崔西婉拒了奶油和糖，芬恩拿著杯子回來放到桌上，在她對面坐下，拿起茶包上下晃動，然後顫抖地舉杯輕啜一口。

「蜜莉的身體每況愈下，我根本不想再接任何案子。」

「那你為什麼接呢？」

「勞倫斯法官來找我幫忙為艾德蒙·豪斯辯護，因為沒有人肯沾這件事。訴訟一結束，我回到家裡，蜜莉和我都以為辛苦這麼多年後，我們終於可以一起完成那些一直想做，卻老是拖延的計畫，只因為我總是在法庭裡。我們想要一起去旅行。但人生總是計畫趕不上變化，對不對？」

「你還記得那場訴訟嗎？」

「妳想知道我有沒有盡全力為那個年輕人辯護。」

「你是個好律師，迪安奇洛。我爸爸總是這樣說你。」

芬恩微微一笑，笑容帶著譏諷。崔西直覺這個笑容藏著祕密，除此之外，它還帶著一股耍賴的味道，他心知肚明沒有人會強迫一個八十八歲、有心臟病和肺氣腫的老人出庭作證。

「在這件事上，我問心無愧。」

「你並沒有回答我的問題。」

「不是每一件事都非要有個答案。」

「為什麼這件事不能得到答案？」

「因為答案會很傷人。」

「我的家人也都走了，迪安奇洛，只剩下我。」

他的目光迷濛起來，「妳爸爸向來很尊敬我，在這座小鎮上，不是每個人都那麼看待我。我不是名校畢業，也一點都不像一般人刻版印象中的訴訟律師，但詹姆斯從來不小看我，對我的蜜莉也很好。我對他的感激，遠遠超出妳所知道的。」

「所以如果他開口要求，你就會故意輸掉人生最後一場辯護官司。」

她漸漸正視心中的那個問號，懷疑促使艾德蒙·豪斯定罪的幕後主使者，很有可能是她的父親，而不是卡洛威或克拉克。芬恩的表情沒有一絲畏縮，他將一隻手按在崔西的手上，輕輕一捏。芬恩的手掌不大，有著老人斑，「我知道妳為了什麼回來，但我不會阻止妳。我瞭解妳心裡有個過不去的坎，卡在妹妹的失蹤和過去的往事裡。我們也都卡在那段往事裡，崔西，但不表示我們可以倒帶，讓事情重來一遍。一切都變了，我們也是。對大家來說，自從莎拉失蹤的那天起，很多事都改變了。不過妳今天能來看我，我非常高興。」

崔西已經有答案了。如果芬恩也是陷害艾德蒙．豪斯的共犯之一，那他會把這個祕密帶到墳墓裡去。兩人又隨便聊了聊小鎮和居民，二十分鐘後，崔西決定起身告別，「謝謝你的茶，迪安奇洛。」

芬恩跟著她穿過雜物間，來到後門，她踏出門走到小陽臺上，立刻感受到屋裡的溫暖和屋外寒冷空氣的差別，空氣中全是迪安奇洛加入泥土裡濃濃的肥料味。崔西又謝了謝他，但轉身要走時，他又伸手按在她手臂上。

「崔西，」迪安奇洛說，「小心點。有時候我們最好把問題留在心中，不一定要找到答案。」

「找出答案，又不會傷害別人，迪安奇洛。」

「會傷人的。」他再給了崔西一個溫和的微笑，隨即退回到屋裡，關上了門。

✦

崔西用筷子在一盒豉汁雞肉裡挑弄著。大量的文件、黃色筆記紙和訴訟影本，散滿了丹廚房裡的餐桌上。他們暫時停下來吃晚餐，收看晚間新聞。丹按了「靜音」鍵，方便兩人交談。

「他連反駁都沒有，」崔西再次提起她與迪安奇洛的對話，「只說他問心無愧。」

「但他也沒說，他有盡全力為豪斯辯護。」

「對，他完全沒提到這點。」

「我們不需要芬恩來證明他當初沒有合理地為豪斯辯護，」丹一邊說，一邊讀著西雅圖時報頭版關於即將上場的聽證會報導。西雅圖時報對此事做了全面性的介紹，報導中還附上莎拉高四那年的全班合照、艾德蒙·豪斯二十歲的照片以及一張崔西的近照。美聯社挑選了這則報導，刊登在全國的幾十家報紙上，包括了今日美國報和華爾街日報。

「我覺得事情沒那麼簡單，丹。」她用筷子刺穿紙盒，往後一坐。雷克斯跑過來，把頭塞進她大腿之中，牠很少這樣親近人。「你是在跟我撒嬌嗎？」崔西搓揉著牠的頭問。

「小心，牠心機很重。牠真正要的是雞肉。」

她搔弄著雷克斯耳朵後方，福爾摩斯不干示弱，跑過來用鼻子想把雷克斯頂開。「你仍然打算讓卡洛威打頭陣？」

丹折好報紙，放到餐桌上，「對，第一個就請他上臺作證。」

「我猜他會藉口不記得了，要你自己回去看初審時他的證詞紀錄。」

「我就是希望他這麼做，這樣我就能在法庭上一一拆解他的證詞。」丹一彈指，再一指，兩隻狗就乖乖地跑進客廳，躺倒在地毯上。「他越是迴避我的問題越好。我只需要繞著他的證詞打轉，用接下來證人的證詞戳破他。如果我能激怒他，他也許會口不擇言。」

「他的脾氣的確很大。」她瞥了電視一眼，「你看，那就是樊珮兒。」

瑪麗亞·樊珮兒站在卡斯卡德郡郡法院外的人行道上，右肩上方就是法院沙岩橫額上的青銅字樣。丹跟著崔西來到沙發邊，拿起遙控器，按掉「靜音」鍵，而電視上的樊珮兒正好朝法院的階梯走去。丹這才會意過來，她就是「揭穿」崔西介入協助艾德蒙·豪斯聲請聽證會的記者。

「她把事情說的好像水門事件（注），對不對？」丹說。

樊珮兒走到法院的階梯前，轉身面對攝影機。崔西發現畫面背景有幾輛新聞採訪車，就停在最靠近法院入口的馬路旁邊，搶先占好位置。

「感覺出庭的不只是艾德蒙．豪斯，而是整個雪松叢林鎮。問題並沒有解決——這麼多年前，到底發生了什麼事？一位知名醫生的女兒失蹤了，接著是大範圍的搜尋，以及一位假釋強姦犯戲劇性地被逮捕。最後，這一場曾經震撼人心的謀殺審判，居然有可能是誤判，把無辜的人送入監牢。控辯雙方今晚都不會發言，但我們很快就會知道結果。艾德蒙．豪斯的聽證會明早登場，我將會在這裡，在法庭內，為各位來最即時的事件發展報導。」

樊珮兒又回頭，最後一次朝法院望去，然後畫面就結束。

丹又按了「靜音」鍵一下，「妳似乎做了一件別人都做不到的事。」

「什麼事？」

「妳讓雪松叢林鎮又成了新聞焦點。現在每家新聞臺都在報導它，全美各大報紙也都看得到它。還有人告訴我，鎮上到法院之間的旅館全都客滿，甚至有人跑去民家租借多餘的空房。」

「我覺得她的功勞比我大。」崔西說，「但她說錯了，當初的審判一點也不震撼人心。我記得開庭過程還頂無聊的。克拉克有條不紊，沉重緩慢地描述，而迪安奇洛明明很能幹，卻表現得無能為力，好像早就放手，要順其自然。」

「也許他就是。」

「說實在的，我記得當時整座小鎮給我一種很奇怪的疏離感，鎮民似乎都不想出庭聽審，卻又覺得有義務而不得不參加。我其實經常懷疑，這是不是也跟我爸爸有關，他是不是打過電話表態，所以法官和陪審團員都認為既然全鎮到齊，表示大家都同情莎拉，並且認為鎮民相當重視這件命案。」

「他似乎想給陪審團一顆定心丸，要他們做判決時不需手軟。」

她點點頭，「他不贊成死刑，但他要豪斯一輩子待在牢裡，永遠不得假釋。我記得他是這麼想的，不過他似乎比其他人都更漠然。」

「怎麼說？」

「我爸爸習慣寫筆記，我記得連普通的電話交談他也會記下。開庭時，他的大腿上就放著筆記本，但他一個字也沒寫。」丹瞥了她一眼。「一個字也沒有。」崔西強調。

丹搓著下巴上長出來的鬍渣，「妳還好嗎？」

「我？我很好啊。」

他似乎思考了一下她的回答，「妳沒放下過對人的戒心，對吧？」

「我對人沒有戒心啊。」她朝廚房走去，開始清理桌上的外送餐盒，空出地方來讓兩人繼續工作。

注 一九七二年六月十七日美國民主黨總部水門大廈發生的闖入事件。後來的調查發現，以當時美國總統尼克遜為首的共和黨，為了獲得大選勝利，派人竊取民主黨文件並且對水門大廈進行竊聽。

丹斜倚在流理檯上，看著她說：「崔西，跟妳說話的這個男人，可是曾經豎起戒心兩年，免得被人看出他被前妻傷得很深。」

「我們應該專心在案子上，以後再來分析崔西的心理狀況。」

他挺直身體，「好吧。」

崔西放下一個餐盒，「你想要我說什麼，丹？難道你想看我崩潰、大哭？那有用嗎？」

丹豎起雙掌，佯做投降狀，然後拉開桌邊的椅子坐下，「我只是以為說出來會有幫助。」

她朝他走去，「說什麼？說莎拉的失蹤？我父親飲彈自盡？我不需要談論這些，丹。我就活在這些往事裡。」

「我只是問妳還好嗎？」

「我也回答了，我很好。你還想當我的精神科醫師？」

丹瞇起眼睛，「不，一點也不想。我才不想當妳的精神科醫師，但我想再成為妳的朋友。」

她沒想到丹會這樣回答。她接近坐著的他，開口問：「為什麼這樣說？」

「因為我覺得若我只是妳的律師，好像是顆棋子而已。老實說，如果莎拉下葬那天，我沒讓妳知道我是律師，妳還會搭理我嗎？」

「你這樣說我不公平。」

「為什麼不公平？」

「因為這不是私事。」

「我知道，妳表現得很清楚了。」他打開筆電。

崔西把椅子更往他移過去，然後坐了下來。她知道他們總有一天，要講清楚兩人之間到底是什麼關係，只是她沒想到會是在聽證會前夕。但現在既然都說到這個地步了，她也沒有理由閃閃躲躲，「丹，雪松叢林鎮的人，我一個都不想搭理，不只是你而已，我根本不想回來這裡。」

他敲著鍵盤，看也沒看她一眼，「我懂，我瞭解。」

崔西伸手放在鍵盤上，丹只好往後一坐。「我只想趕快結束這一切，」崔西說，「你能理解的，對不對？事情一結束，我就可以真正放下，專心過我自己的日子。」

「我當然能理解妳。但是崔西，我無法保證妳的願望一定會實現。」

他的語氣有些不穩，崔西這才明白丹也承受了很大的壓力。他隱藏得很好，所以崔西都忘了明天早上他就要踏進法庭，那裡頭可能坐滿了懷著敵意的觀眾和媒體，而他只為了完成童年玩伴二十年來的心願。

「對不起，丹。我不想害你承受那麼大的壓力。我知道這個案子讓你很辛苦，尤其是你還住在這裡。我也知道事情不見得會如我所願。」

他輕柔地說，「梅爾法官很可能駁回豪斯的再審聲請，但也可能准予。不過無論是駁是准，妳都不會比現在更接近真相。」

「不對。聽證會會暴露出證詞的前後矛盾，會把我這些年查到的隱祕公諸於世，讓世人知道初審的結果並不是事情的真相。」

「我很擔心妳，崔西。如果妳還是說服不了法官，無法開啟重審，妳該怎麼辦？」

她也問過自己好幾次同樣的問題，但依然沒有肯定的答案。窗外一陣大風震動了玻璃窗，驚得雷克斯和福爾摩斯抬起了頭，豎起耳朵，一臉好奇。

「我不知道。」她憂愁地對他一笑，「好了，我說出來了啊，好嗎？如果失敗了，我真的不知道該怎麼辦，但我會試著一天一天接受它，每次一小步地熬過失落的心情。」

「想聽聽我的建議嗎？畢竟我是過來人。」

她聳聳肩，「好啊。」

「妳第一步要做的，就是停止自責，不要把所有失誤都往自己身上攬。」

崔西閉上眼睛，喉頭一哽，硬是擠出話來，「那天晚上我應該載她回家的，丹。我不應該丟下她一個人。」

「而我呢，我不斷告訴自己，如果多花點時間在家，老婆就不會跟合夥人上床。」

「這兩件事不能相提並論，丹。」

「對，是不能。但妳跟我一樣在為自己沒做的事自責。破壞婚姻誓言的是我老婆，而應該有罪的是殺害莎拉的那個人，不是妳。」

「照顧她是我的責任。」

「妳把妹妹照顧得那麼好，沒有人比得上妳，崔西。沒有人。」

「卻不包括那天晚上。那天晚上我沒把她照顧好。我生她的氣，氣她故意輸給我，還有，我沒有堅持要她跟我們一起走。」她的聲音低啞起來，努力把眼淚眨回去，「我腦子裡每天都在想這件事。這場聽證會，是我照顧她的方法，是我彌補那天晚上丟下她一個人的方法。我不知道事情的結果會如何，丹，但我必須知道當年到底發生了什麼事。我只想要這個。聽證會之後，我會自己想辦法重啟莎拉案件的調查。」

雷克斯突然起身，朝房子前面的窗戶跑去，抬起前掌扒在窗框上，朝院子直看。丹挺直身體，站了起來，「我去放牠們出去。」他朝客廳走去。「怎麼了，孩子？想出去方便嗎？」

崔西從面對院子的窗戶望出去，景觀燈柔和的光芒照著花床和草皮，映著玻璃上的反光，讓人難以看見有個黑影，正從院子邊緣的樹幹後面走出來。

「丹！」崔西急急發出示警。

前方的窗戶瞬間爆破，炸了開來。

崔西撞翻她的椅子，設法把丹撲了個半倒，再把他往大門拉去。她拉著他放低身子，等待下一波攻擊，但什麼事也沒發生。外面傳來一輛車子引擎加速的聲音，輪胎尖銳地磨擦地面。崔西側翻出去，拔出手提包裡的手槍，打開大門衝了出去，追過草皮，但卡車已經疾駛到街區盡頭，距離太遠追趕不上，也看不到車牌號碼。不過它放慢車速轉彎時，崔西注意到只有右邊的煞車燈亮起。

她回到屋內，看見丹正拿著毛巾跪在地上，慌張地想幫全身被血浸溼的雷克斯止血。

39

崔西一邊放下丹的Tahoe運動休旅車（注）車尾門，一邊講電話：「我是崔西．克羅斯懷特探員，西雅圖重案組。」她習慣性地報上職稱。丹半拖半抱地把雷克斯抬進後車廂，再把車鑰匙交給崔西，自己也爬上車去陪伴大狗。「我要報案，雪松叢林鎮榆樹林大道六百街區，剛才發生槍擊事件，請求附近的線上警力支援。」

崔西砰的一聲關上車尾門，滑坐進駕駛室內。「嫌犯駕駛的車輛應該是卡車，它朝雪松山谷的東邊而去，往郡道駛去。」她快速把車開下車道，車身顛簸一下便駛上了馬路，再加速往前衝去，輪胎吱聲尖叫著。「嫌犯車輛的左煞車燈壞掉不亮。」她挪開手機，對著丹喊叫，「我要怎麼走？」

「往松弗蘭。」

她把手機丟到副駕駛座上，踩下油門。福爾摩斯哀鳴呻吟，崔西從後照鏡看見牠在後座上望著受傷的好兄弟。丹依然用手壓著雷克斯的傷口，同時用肩膀夾著手機跟動物診所通話。

「牠有好幾個傷口都在流血，我們再七八分鐘就到了。」

「牠怎樣？」崔西大喊著問。

「獸醫在等我們，我止不了血。」丹的聲音透著恐慌，「加油，雷克斯，撐住，老兄。撐下來，留在我身邊。」

她轉上郡道，快速追上一輛緩速行駛的廂型車。眼看廂型車並未加速，於是她打算超車，卻在看到對向車道來車的車燈後，迅速閃回原車道。一輛十八輪大型拖車疾駛而過，帶起的旋風震動了丹的大型運動休旅車。拖車駛走後，崔西再次嘗試超車，這次對向車道不再有車燈迎面而來，她立刻踩下油門，卻意外看到更多車燈繞過彎道而來。她更用力地把油門踩到底，運動休旅車疾速拉近和對向車輛的距離，就在兩輛車迎面逼近之時，她的車也駛過了廂型車的車頭，趕緊猛力扭轉方向盤，回到原車道，逼得另外兩輛車揚起長長的喇叭巨響抗議。

她又超了另外兩輛車，才來到松弗蘭的出口。在丹的指引下，車子來到一棟半圓木造房子前。她踩下煞車，運動休旅車猛地在土石停車場上停下。崔西沒有熄掉引擎就跳下車，一對男女從診所大門衝了出來，同時間崔西拉起了車尾門，丹抱著滿身是血的雷克斯滑下車，衝上階梯，跑進診所內。

看著丹進入診所後，崔西才回頭關掉引擎。室外的氣溫已經低得讓人發抖，但她身上只有長袖襯衫和牛仔褲，可是情緒又過於激動，根本坐不住，也氣憤到什麼事都不能做。她用丹為雷克斯止血的毛巾擦掉後車廂的血跡，再關上車尾門，拿起手機一邊在土石停車場上踱步，一邊打電話。郡警局的警力調度員告訴她，卡洛威不在警局內，不過有一組警察已經前去處理發生在丹住處的槍擊案。崔西告訴和她通話的女士，她正在松弗蘭動物診所，請那個女士隨時跟

注 雪佛蘭汽車公司出廠的一種車型，屬於豪華大型運動休旅車。

她保持聯絡。

她試著平撫胸中的怒火，好讓腦袋恢復思考能力。從玻璃窗炸碎的情況和雷克斯身上多處的傷口判斷，對方用的是打獵用的大型鉛彈。崔西經常跟她父親上山打獵，有豐富的獵鹿經驗，知道現在最關鍵的問題，就是確定那些子彈是否傷及重要器官。寒氣讓她凍得環抱住自己，夜空烏雲密集，遮斷了星星，大風停歇下來，長條金屬風鈴文風不動地吊掛在屋簷下。

她來回踱步，直到刺骨的寒意凍疼了關節，凍麻了手指和腳趾，才爬上木梯來到陽臺上。固定在大門上方的黃色燈具放射出溫暖的光芒，她正要進門時，看到柏油路上有車燈出現，一會兒後，才發現那輛雪佛蘭警車放慢了速度，轉進停車場，停在丹的車子旁邊。卡洛威走下車，一身的法蘭絨襯衫、藍色牛仔褲和美國工裝品牌的外套，腳上的靴子重重地踩著木梯。

「你是來跟我說『早就警告過妳了』？」崔西說。

「我是來確認妳沒事的。」

「我沒事。」

「那隻狗怎樣？」

她的下巴朝診所揚去，「還不知道。」

「妳看到了對方？」

「對，是輛卡車。」她說。

「有看到車牌嗎？」

「太遠了，而且他是關燈開車。」

「那妳怎麼知道是卡車？」

「從引擎聲和煞車燈距離地面的高度判斷的。」

他思索了一下，「這裡有很多人開卡車。」

「我知道，但它的左煞車燈壞掉不亮。」

「這是條線索。」

「對方用的是獵槍，」她說，「子彈是打獵用的鉛彈。某個白癡想嚇唬我們。」

「丹的狗也許不會同意妳的推測。」

「我們沒拉上窗簾，羅尹。我就坐在廚房的窗戶前，如果他們想殺我，輕而易舉就能瞄準。這是警告。媒體過於煽情，把事情搞得很大，你很清楚的，不是嗎？」

卡洛威搔抓著頸背，「我會派郡警調查此案，看看有沒有人喝多了，放話要修理人。」

「這也不會縮小調查範圍。」

「我已經派范雷過去丹的房子，也吩咐他打電話給木材廠的邁克，要些夾板去封住窗戶。」

「謝謝，我會跟丹說的。」她伸手去拉診所的門，打算進屋裡去。

「崔西？」

她知道他要說什麼，但實在不想聽，也不想跟他爭論。她現在只想進到暖和的室內，查看雷克斯的情況。不過她還是轉過去面對著他。卡洛威似乎正在苦苦思索適當的用詞，這一點都不像他。一會兒後，他才好不容易開口：「妳爸爸是我最好的朋友之一。我不是說我跟妳一樣難過，但我真的沒有一天不想到他和涉拉。」

「那你就應該找出害死他們的人。」

「我找出來了啊。」

「證據可不是這麼說的。」

「妳不能完全依賴證據。」他說。

「我沒有。」

卡洛威好像又要發脾氣了，他向來都是這樣。但這次他沒爆發出來，只是垮下肩膀，一副疲憊不堪的樣子，讓崔西第一次覺得他真的老了。他的聲音變得很輕柔，「我們之中有些人沒辦法雙手一攤就逃到別的地方去，崔西，我們必須留在這裡。我們有工作要做，要考慮全鎮的福祉，這裡是很多人的家園。小鎮曾經是個理想的居住地，直到那件事發生為止。大家都希望把這件事拋到腦後，好好地過日子。」

「看來大家想要的都差不多。」她說。

他雙手朝她一攤，「妳到底想從我這裡得到什麼？」

兩人本來談得還不錯，現在又回到原點，而且她也冷得發抖了。「什麼也不想。」她又動手拉開門。

「妳爸爸……」

她放開了門把，下午迪安奇洛．芬恩也提起了她父親，「什麼，羅尹？我爸爸什麼？」

卡洛威咬咬下唇，「告訴丹，他的狗發生這樣的意外，我很遺憾。」他說完走下了階梯。

崔西看到丹的神色，以為雷克斯沒有撐過來。他的雙肘撐在膝蓋上，坐在接待區，下巴頂在雙手之上，眼眶泛紅。福爾摩斯躺在前面的地板，頭枕在前掌之上，抬眼擔憂地一看，額頭都皺了起來。

「你有聽到我們的談話嗎？」崔西問。

丹搖搖頭。

「卡洛威剛才過來打聲招呼，」崔西說，「他說他會四處打聽看看，有沒有人放出狠話。他也說會找人封住那扇窗戶。」

丹沒有回應。

「想喝咖啡嗎？」崔西問。

「不用了。」他說。

她在他旁邊的椅子上坐下，四周安靜地令人難以忍受。一會兒後，她伸手放在他手臂上，「丹，我不知道該說什麼。我不應該把你捲進來的，這對你不公平。對不起。」

丹盯著門看，似乎在思考她的話。

「如果你想退出……」

丹轉過頭看著她，開口說：「我會捲進來，是因為童年玩伴請求我看一看她的調查資料。我後來接下這個案子，是因為發現這個官司有問題，似乎有個無辜的人，被捏造出來的證據陷害定罪。如果真是這樣，那表示凶手還逍遙法外，而且這個凶手曾經住在鎮上，現在也可能還住在這裡。我已經決定搬回來定居，這裡如今是我的家，崔西。不管好歹，這座小鎮曾經是個好地方，不是嗎？」

「對，它曾經是。」卡洛威和迪安奇洛．芬恩也這麼跟她說過。

「我並不是想找回我們小時候那個純樸的小鎮，畢竟那是很久以前的事了，但也許……」

他吐出一口氣，「我不知道。」

崔西並沒有追問，他們就沉默地並肩坐著。

他們送雷克斯進來的四十五分鐘後，掛號櫃檯左邊的一扇門打開，獸醫走了過來。又高又瘦的他，看起來好像十七歲的小毛頭，崔西一下子覺得自己好老。她和丹站了起來，福爾摩斯也跟著爬起來。

「你的狗躺在裡面，奧萊利先生。」

「牠會好起來嗎？」

「傷口沒有看起來那麼糟。鉛彈的確造成破壞，但都很表面，幸好牠的肌肉要命的堅硬。」

丹鬆了一大口氣，他摘下眼鏡，捏捏鼻子，微微顫抖地說：「謝謝你，太謝謝你了。」

「我們還是會給牠施打鎮定劑，以免牠亂動牽動到傷口。今天由醫院來照顧牠會比較好，或許明天以後你就能帶牠回家了，如果你能讓牠乖乖躺著的話。」

「我要開始忙一場聽證會，未來幾天在家的時間可能都不長。」

「你可以把牠留在這裡讓我們來照顧。決定好後，跟我們說一聲就可以。」獸醫雙手捧住福爾摩斯的頭，「你想現在見見你的兄弟嗎？」

福爾摩斯翹起尾巴，左右擺動。牠甩著頭掙脫出來，耳朵甩得啪啦啪啦響，項圈也晃得叮鈴叮鈴的，隨後和丹跟著獸醫往裡間走去。崔西依然留在原地不動，她突然感覺到自己是個外人。福爾摩斯停下腳步，回頭納悶地望著她，不過丹卻沒有絲毫遲疑地穿過了門，走了進去。

40

天很快就亮了。崔西昨晚回到位於銀色馬刺的汽車旅館時，已經過了午夜，她在床上躺了很久，但睡意就是不來。她記得當時床頭櫃上的時鐘閃著兩點三十八分，而她是在四點五十四分決定不睡乾脆下床。

她拉開窗簾，看到低低的灰色天空落下白色簾幕般的雪花。白雪已經滿滿覆蓋地面，附著在樹枝和電線上，也柔軟了小鎮的各式聲響，給人一種不真實的寧靜感。

崔西在西雅圖時就預定了旅館房間，當時她是考慮到如果留宿在丹的住處，早上可能會被記者拍到他們兩個一起離開的照片。昨夜槍擊案發生後，丹堅決要求她留下來，兩人還為了她一個人去住汽車旅館而爭論一番。她以化解卡洛威對她的恐嚇的方法，來化解丹的憂心，「那只是有人喝多了而已。」她說，「如果有人想殺我，他有相當好的機會可以瞄準，而且他才不會用鉛彈。我身上有手槍，足以保護自己。」

但事實是，她不願意再拖累丹和福爾摩斯涉險。

✦

她駕車駛進卡斯卡德郡法院的停車場，打算提早一個小時抵達聽證會，以避開大批媒體的包圍。但法院停車場居然已經四分之三滿了，攝影師和記者在路邊新聞採訪車附近三兩成群，他們一看到崔西，立刻蜂擁而來，追著她穿越停車場，一起朝法院走去。

記者扯著喉嚨大聲提問。

「探員，請談談昨晚發生的槍擊案。」

「妳擔心生命安全嗎，探員？」

崔西沒理會他們，逕自朝雄偉的階梯走去，階梯上方的法院主體是由樑柱和山形牆構成。

「妳為什麼會在丹．奧萊利的住處？」

「警方找到了嫌犯嗎？」

她越是接近階梯，記者和攝影師的陣仗就越大，令她寸步難行。法院前還堵著一排等著看熱鬧的人，他們全都裹在厚厚的冬衣裡，衣服上還有斑斑白雪，隊伍彎彎曲曲地繞下階梯，分散在人行道旁，使得通行的空間更加狹小。

「妳會出庭作證嗎，探員？」

「這要看律師的決定。」她想起當年艾德蒙．豪斯的開庭，她和家人根本不需要排隊等著進法院。

「妳跟艾德蒙．豪斯談過嗎？」

她從人群中擠出去，朝法院南側的玻璃門而去，那一區的座位在艾德蒙．豪斯初審時是特別保留給家屬、證人和辯護律師。崔西敲敲門，玻璃門內的法警毫不遲疑地為她開門，也沒檢查她的身分證件就放她進去。

「我是初審時勞倫斯法官的法警，」他說，「妳應該會有似曾相識的感覺，聽證會的法庭跟上次是同一間。」

✦

為了容納預期中的人潮，梅爾法官果然被分配到了二樓的禮堂式法庭。二十年前，艾德蒙．豪斯就是在這裡接受審判的。法警允許崔西提早進入法庭，她踏了進去，彷彿又回到那段淒涼的過往。法庭內的一切幾乎都和二十年前一模一樣，依舊是奢華的大理石地板，桃花心木製品，拱形的木格天花板，以及垂掛下來的彩繪玻璃燈具。

崔西向來把法庭比做是教堂，華麗的法官席像十字架一樣是全間的焦點，高高在上，俯視整個審判過程。控辯雙方訴訟代理人的兩張桌子面對著法官席，翻過一道附有彈簧閘門的欄杆後就是旁聽席，現在席上通道兩側的十幾張靠背長椅都是空空的。所有證人將從旁觀席後方進入法庭，走下通道，推開彈簧閘門，從訴訟代理人的兩張桌子之間走過去，坐上高起的證人席木條座椅。法庭左側是一扇扇木框窗戶，它們此時此刻正在播放著持續不斷的大雪雪景。

唯一改變的，是科技設備。一架平板電視占據著法庭的一個角落，取代了從前向陪審團展示照片的黑板，幾臺電腦螢幕分別立在兩張律師桌、法官席和證人席上。

丹已經將文件在左側、靠近窗戶的律師桌上安置妥當。崔西進來時，他回頭瞥了她一眼，又轉回去繼續複習筆記。儘管經歷了昨晚的突發事件，穿著海軍藍西裝、白襯衫和打著單色銀領帶的他，看起來依然精神奕奕。萬斯．克拉克則正好相反，他站在丹隔壁的桌子旁邊，靠近只有座椅的陪審團席，整個人無精打采。他已脫下了藍色運動外套，襯衫袖子捲到前臂上，雙手撐在桌上，蜷著背懸在一張地形圖上方低垂著頭，緊閉雙眼。崔西納悶他是否曾經想過會再回到這間法庭，坐在二十年前被他定罪的同一位被告隔壁。她猜他應該想都沒想過。

她身後的法庭門打開，更多舊識進來了。艾德蒙的叔叔帕克一看到她，有些不知所措，似乎不知是該留下或是退出去。他蒼老了許多。崔西推測他現在應該六十五歲上下，他的頭髮稀疏、花白了，但依然綁成幾條辮子，垂在工裝外套領子上，面目因為長年的戶外工作而皮膚粗糙黝黑，同時也因生活的艱困和酗酒而鬆垮萎靡。他把雙手插進磨損的牛仔褲口袋之中，垂下視線，沿著後牆朝法庭內部走去，鋼頭工作靴拖著地板的聲音迴蕩開來。他在第一排、丹後面的位置，坐了下來，和初審期間一樣的位置。那個時候，那一排通常都只有他一個人。崔西的父親在初審的每個早上必定會過去跟他打招呼，崔西曾經詢問過原因，詹姆斯是這樣回答的：「帕克也不好過。」

崔西來到坐著的帕克面前，他轉開了頭，望著窗外持續飄落的大雪。「帕克？」

帕克聽到自己的名字似乎相當吃驚，稍作遲疑後，才站起來打招呼，「嗨，崔西。」聲音微小得如同耳語。

「帕克，抱歉又讓你再次經歷這種事。」

他皺起眉頭，「是啊。」

因為不知道接下來該說什麼，她就退開了，本能地也走到第一排、檢察官那一邊的座位上。這排座位曾經坐著她、爸媽和班……想到這裡，物是人非的傷感排山倒海而來，她沒想到會有這麼強烈的情緒，平靜和崩潰之間的界線竟是如此薄弱，她不願意承認自己是這般脆弱。

於是她換到第二排，坐了下來。

她一邊等待聽證會開始，一邊用手機收電子信件，同時又望了望木框窗戶的外面。法院廣場上的大樹看起來好像是棉屑填塞出來的，周遭的景色是清一色的純粹潔白。

八點五十分，法警解開法庭的門鎖，推開了門。人潮從容地湧入，填滿了座位。這情景令她想到了電影院，大家選了最好的座位，趕緊脫下外套、帽子和手套來為親友占位置。

「不能占位置，各位，」法警說。「這裡的規矩是先來的先坐。請把外套和手套放到座椅下方，把座位留給仍然在寒風中排隊進場的人。」

如果旁聽席真如預期都坐滿，那就表示旁聽總人數超過二百五十人。從法院前面階梯上蜿蜒而下到人行道的隊伍長度看來，這間法庭應該塞不下那麼多人，有人會進不來，被迫到隔壁法庭觀看現場轉播。

樊珮兒走了進來，掛在脖子上的記者證隨著步伐晃來晃去，她走到前排，就在帕克．豪斯的後面坐了下來。崔西數了數，另外還有十二位男男女女也配戴著記者證。她認得許多前來聽審的人，他們的臉孔幾乎和出席莎拉葬禮的人完全重複，但這次沒有一個人來跟崔西打招呼，只有一些人跟她點點頭，或者勉強擠出一個微笑。

旁聽席坐滿後，法庭的門再次開啟，艾德蒙．豪斯由兩名獄警押送著走進來。旁聽席立刻陷入一片死寂，參加過初審的人不是被豪斯外型的轉變震驚地說不出話來，就是跟身旁的人交頭接耳地傳達自己的詫異。和上次開庭不同，這次沒有人想到要好好打理豪斯的外表，以爭取陪審團的好印象，因為這次並不會有陪審團。他拖著步伐走到前方，身上的囚服是卡其褲和露出刺青手臂的短袖襯衫，長長的馬尾辮子已經到達寬厚背部的中央，腳鐐上的鐵鍊和串接到腰帶上的鐵鍊噹啷作響，兩位獄警帶領他朝辯方律師桌走去。

初審時，豪斯對旁聽者的目光無動於衷，現在似乎卻被集中在他身上的注意力搞迷糊了。這勾起了崔西的回憶，想到她和丹去探監時豪斯說過的話，他說想知道雪松叢林鎮的鎮民再次看到他行走在街上時的表情。幸好，那至少還要再等上一陣子。她環視法庭一圈，發現另外兩位法警已經進來，就分立在出口的兩邊，而第五位法警則站在法官席旁就定位。

豪斯轉了過來面對旁聽席，讓獄警解開他的手銬和腳鐐。丹把一隻手放到豪斯肩上，在他耳邊低語，而豪斯的目光鎖定在叔叔身上，但帕克並沒有抬起頭來。帕克一直低著頭，像教堂裡低頭祈禱的懺悔者。

梅爾法官的助理在豪斯進來之後走了出去，現在又從法官席左側的門走了回來，大聲宣告聽證會開始。梅爾法官跟著快步走入，踏著階梯上到法官席，乾淨俐落地交待一個個開庭事項，其中包括囑咐大家遵守法庭禮節。接著，他毫無預警地轉向丹。

「奧萊利先生，既然這場聽證會是為了被告而舉行的，就請你先開始吧。」

二十年過後，他們終於啟程了。

41

在丹起身大聲宣布「辯方傳喚證人，羅尹．卡洛威郡警官」時，艾德蒙的背脊一僵。

豪斯打從這位雪松叢林鎮的郡警官進入法庭後，就直盯著他看。卡洛威推開彈簧門走了過去，然後停下腳步回瞪著豪斯，兩人對峙過久，引得一位法警朝丹的桌子走去，但卡洛威得意地對豪斯一笑，就掉頭穿過應訊處走到證人席上。

雪松叢林郡警官一站上高起的證人席，給人的印象就更高大了。他宣誓著他會說實話，完整的實話，絕無虛言。

卡洛威坐下，那張椅子和他的身型一比，瞬間變得矮小。丹引領他做開場陳詞，還沒說幾句，梅爾法官就插口要求省略這個程序，「我知道證人的背景，資料裡都寫得很清楚了。直接盤問吧。」太座的荒野騎馬之旅在呼喚他了。

丹聽命行事，「你還記得一九九三年八月二十二日，接到部屬打電話向你通報，發現一輛藍色福特貨卡車，似乎被遺棄在郡道路旁？」

「不是似乎，那輛車確實被遺棄在那裡。」

「請告訴法官，你接獲通報後，是如何處置此案？」

「我的部屬當時已從車牌號碼查出，車子是登記在詹姆斯．克羅斯懷特之下，但我知道那輛車是他女兒，崔西．克羅斯懷特在駕駛的。」

「你跟詹姆斯．克羅斯懷特是朋友嗎？」

「大家都是詹姆斯的朋友。」

耳語聲和輕輕的點頭動作，惹得梅爾法官抬起了頭，不過小木槌並沒有被拿起。

「然後呢？」

「我開車去了現場。」

「那輛車有外傷嗎？」

「沒有。」

「你曾試著檢視車內嗎？」

「車門上鎖著，而駕駛室裡一個人也沒有。車斗罩是有色窗戶，看不到裡面，不過我敲了，沒有人回應。」卡洛威的語氣透著不屑和厭煩。

「接下來呢？」

「我開車去克羅斯懷特家，敲了門，還是沒有人回應。所以我就打電話給詹姆斯。」

「克羅斯懷特先生在家嗎？」

「不在，他和艾比去茂宜島慶祝結婚二十五週年。」

「你如何聯絡上他？」

「詹姆斯給了我飯店電話號碼，以免我有事要找他。只要他離開小鎮，都會這麼做。」

「詹姆斯．克羅斯懷特先生聽說你找到他女兒的車，如何回應？」

「他說他的兩個女兒週末去參加華盛頓州的射擊比賽，還說崔西剛在外面租了房子，已經搬出去住了。他說如果孩子的車出問題，應該會在租屋處過夜。他說他會打電話去問崔西，要我等他的電話。」

「他有回撥給你嗎？」

「他說他聯絡到崔西了，但崔西告訴他是莎拉一個人開那輛貨卡回家。他說崔西正在回家的路上，她身上有鑰匙，跟我約在他們家碰面。」

「莎拉在家嗎？」

「如果她在家，我們就不會在這裡了。」

「你只要回答問題就行了。」法官說。

丹看了iPad裡的筆記一眼，才繼續引導卡洛威進入他和崔西檢查貨卡和房子的過程。「你接下來做了什麼？」

「我請崔西打電話給莎拉的朋友，確認她是否在別的地方過夜。」

「你覺得這個可能性大嗎？」

卡洛威聳聳寬厚的肩膀，「那天晚上下了大雨。我的想法是，如果那輛貨卡出了問題，莎拉決定徒步下山，那她就會直接走回家。」

「所以你已經先入為主，認為她出事了？」

「我只是在做我的工作，丹。」

「請直接回答問題。還有在這間法庭裡，請用『律師』來稱呼訴訟代理人。」法官說。

「最後一個看見莎拉的人是誰？」丹問出口後，崔西看到他懊悔地瑟縮一下。

卡洛威立刻咬緊這個失誤，「艾德蒙・豪斯。」庭中開始充滿了竊竊私語。

法官拿起小木槌敲了一下，耳語聲立刻靜默下來。

「你除了相信被告就是——」

「不是相信，律師。是豪斯親口告訴我，他是最後一個看見莎拉的人，接下來他就強暴了她，然後把她勒死。」

「庭上，請您明確指示證人，起碼要讓我把話說完再回答。」

梅爾法官朝證人席傾身過去，俯視著卡洛威，「卡洛威警官，這是我最後一次提醒你，要尊重法庭上的訴訟程序，以及參與訴訟的相關人士。把問題聽完，再回答。」

卡洛威一臉咬到很酸的東西的樣子。

丹往左邊走了幾步，窗外地毯似的雪景成了他的背景。「卡洛威警官，就你所知，最後一位看到活著的莎拉・克羅斯懷特的人，是誰？」

卡洛威想了一下，「崔西和她男朋友在奧林匹亞的停車場，和莎拉道別。」

「你隔天早上和崔西、她父親詹姆斯・克羅斯懷特在他們家碰面，對嗎？」

「詹姆斯和艾比搭了深夜班機回來。」

「你為什麼去見詹姆斯・克羅斯懷特？」

卡洛威望向法官，似乎在默問我還要回答這些蠢問題到什麼時候？「我為什麼去見失蹤女孩的父親？當然是討論尋找莎拉的計畫。」

「你認定莎拉真的如你所推測的出事了？」

「我認為可能性很大。」

「你和詹姆斯．克羅斯懷特有談到可疑的嫌犯嗎？」

「有一個，就是艾德蒙．豪斯。」

「你們為什麼懷疑艾德蒙？」

「豪斯剛因性侵罪被假釋，而那個性侵案的案發經過跟莎拉的失蹤很類似，都是先綁架一個年輕女孩。」

「你去找他談過嗎？」

「我開車去他們的產業，他的叔叔帕克．豪斯，和我一起把他叫醒。」

「他還在床上睡覺？」

「所以我們才要叫醒他。」

「你有注意過艾德蒙的外貌嗎？」

「我注意到他的臉和前臂都有抓傷。」

「你問過艾德蒙是怎麼受傷的嗎？」

「他說是在做木工時被一塊碎開的木頭劃傷。他說他受傷後就停下工作去看電視，然後就上床睡覺了。」

「你相信艾德蒙．豪斯嗎？」

「一點也不相信。」

「你那個時候就已經認定他和莎拉的失蹤有關，對不對？」

「我認定我從沒看過一塊木頭可以造成他臉上和手臂上那樣的傷痕，這才是你應該問的問題。」

「你認為他身上的傷痕是什麼造成的？」

卡洛威又頓了一下，似乎在思考丹所提問題的走向，「我覺得好像是人的指甲抓傷他的臉，劃傷他的手臂。」

「指甲？」

「對，是指甲。」

「你針對這個假設求證過嗎？」

「我用拍立得拍了幾張傷口的照片，然後詢問帕克是否能四處看看，帕克也同意了。」

「有什麼發現嗎？」

卡洛威不自在地挪了挪身體，「我只是四處看看。」

「你並沒有找到莎拉曾經到過那裡的證據，對不對？」

「我說過了，我只是四處看看。」

「所以你的答案是『對』囉？」

「我的答案是，我並沒有找到莎拉。」

丹放過了他。「搜索隊曾經搜過小鎮上方的山嶺嗎？」

「有。」

「是全面而徹底的搜山？」

「那裡幅員遼闊。」

「你認為搜得徹底嗎？」

「那麼大的範圍，我們盡力了。」

「有找到莎拉的屍體嗎？」

「天啊。」卡洛威低聲咒罵，但麥克風收到了他的聲音。他往前一坐，「我們沒找到莎拉，也沒找到她的遺體，我到底還要回答幾次同樣的問題？」

「這要由我來決定，卡洛威郡警官，不是你。」法官說完又看著丹，「律師，我們都清楚死者之前未曾被尋獲過。」

「我會跳過這個問題。」丹接著引導卡洛威蜻蜓點水地掠過了七個星期來，民眾撥打舉報專線提供的線索，最後來到萊恩·哈根的報案電話。丹拿了一疊文件交給卡洛威，「卡洛威警官，這是莎拉·克羅斯懷特失蹤案調查期間，民眾撥打報案專線的紀錄。請你找出哈根先生的報案紀錄。」

卡洛威拿起文件快速翻過後說：「我沒看到。」

丹拿回文件，正要把它放回證物桌上時，卡洛威又說：「那通電話可能是直接打進警局的，那個時候舉報專線已經撤銷了。」

丹皺起了眉頭，但姿勢沒變，「你有紀錄嗎？」

「現在沒有了。我們的警局很小，律師。」

丹又引領卡洛威簡單描述了他和萊恩・哈根的對話，「你曾問過他，他看的是哪一家新聞嗎？」

「或許有。」

「你曾問過他，他去拜訪的客戶是誰嗎？」

「可能有。」

「但你都沒記錄下來，對不對？」

「我不會大事小事都記錄的。」

「你去查訪過哈根先生那天去拜訪的客人嗎？」

「我找不到任何理由懷疑哈根先生。」

「卡洛威警官，你的警局不是接到一大堆無效的報案電話，那些人都聲稱看到了莎拉？」

「我想起來了，是有一些。」

「不是有個男人聲稱莎拉來到他夢裡，跟他說她現在住在加拿大？」

「我想不起有這條線報。」卡洛威說。

「詹姆斯・克羅斯懷特先生是不是懸賞一萬美元，給予提供線索並協助破案的人？」

「沒錯。」

「懸賞令就刊登在鎮外的大型看板上，不是嗎？」

「沒錯。」

「而你不認為有必要去確認這位證人說的話是真是假？」

卡洛威傾身向前，「我們從未洩露一丁點警方正在調查艾德蒙．豪斯的消息，也沒透露過我們相信他就是駕駛那輛紅色雪佛蘭貨卡的人。事實上，那輛車並不是登記在艾德蒙名下，而是帕克的。所以哈根事先根本不知道，他所看到的那輛紅色貨卡在此案中所扮演的關鍵角色。」

「但你知道艾德蒙．豪斯開的是一輛紅色雪佛蘭貨卡，對不對，卡洛威警官？」

卡洛威瞪了他一眼。

「證人請回答。」法官說。

「我知道。」卡洛威說。

「哈根先生有說過，他為什麼特別想起這麼一輛車嗎？」

「這你要問他。」

「但我現在問的是你。我此時此刻是以執法人員的身分，對你的好友之女被綁架案提問。你想過要詢問他，在暴風雨之夜、黑漆漆的馬路上，為什麼他會特別想起這麼一輛一閃而過的車子？」

「我想不起來。」卡洛威說。

「你的報告裡也沒有紀錄。我可以假設你也沒有問過他這個問題嗎？」

「我沒說我沒問。我說過，我不會把大大小小的事都記錄下來。」

「你確認過他是否真的有那趟客戶拜訪行程嗎？」

「他寫在他的行事曆上。」

「但你沒有確認。」

卡洛威用力一掌拍在證人椅旁邊的桌子上，站了起來，「我覺得重點是找到莎拉——那才是我處理這個案子的首要項目。我把自己搞到累斃了，只為了找到莎拉。」法官敲著小木槌，急促的撞擊聲和卡洛威越來越大的音量相互較勁。站在法庭前方的法警迅速趕到證人席旁，但卡洛威無視他，一手指著丹，「你當年根本不在這裡，你在東岸上你的大學。現在，二十年後，才回來質問我是怎麼辦案的？你什麼都不知道，卻在這裡放馬後砲，隨便猜測和胡亂影射！」

「坐下！」梅爾法官也站了起來，氣得臉都漲紅了。

又一位法警趕到證人席邊，押送艾德蒙進來的兩位獄警也趕回他身邊。

卡洛威仍然瞪著丹，丹巍然不動地站在法庭中央。艾德蒙坐在律師桌後面，看著這麼精采的一幕，困惑地露出一個微笑。

「郡警官，如果你逼得我下令把你上銬以維護法庭的秩序，那場面可不好看了。但你下次再大吼大叫，我立刻叫人送上手銬。」法官嚴厲地說。「現在這是我的法庭，你蔑視它，就是蔑視我，而我不接受別人的輕蔑。我說得夠清楚了嗎？」

卡洛威的目光從丹那裡移到了法官臉上，崔西一度以為他會把法官瞪到下令送上手銬，不過他後來轉移視線，看了看旁聽席裡許多小鎮居民和媒體，就默默坐下了。

梅爾法官也坐了回去，動手整理著桌上的卷宗資料，似乎想給大家一點時間，緩和緊繃的情緒。卡洛威拿起法院事先提供的水杯喝了一口，把杯子放回到桌上。

法官看著丹，「請繼續吧，律師。」

丹問：「卡洛威郡警官，你是否想過哈根先生可以事後才在行事曆上補記這一筆？」

卡洛威清清嗓子，目光鎖定在天花板的某個角落，「我說過了，我找不到理由懷疑這個人說的話。」

丹以提問引導卡洛威更深入和艾德蒙·豪斯相關的議題。

「我跟他說，我有證人目擊那天晚上在郡道上看到一輛紅色雪佛蘭貨卡。」卡洛威說。

「他怎麼回應？」

「他冷笑一聲，說我這樣嚇唬不了他，我必須再加把勁。」

「你加把勁了嗎？」

卡洛威緊抿著嘴唇，不過這次他的目光越過了丹，停在崔西臉上。

「需要我重複問題嗎？」丹說。

卡洛威看著丹，開口說：「不必。我告訴豪斯，那位證人還說看到貨卡駕駛室裡，坐著一個開車的男人和一個金髮女人。」

迪安奇洛·芬恩在豪斯初審時從未提到這點，崔西蒐集到的資料裡，也沒有關於這件事的紀錄。她知道這是卡洛威的問話套數，因為他和她父親在書房裡商討案情時，曾經說溜嘴過。

「是哈根先生告訴你的嗎？」

「不是。」

「那你為什麼說他看到了？」

「這是問話套數，律師，想要試探艾德蒙．豪斯是否上鉤。我們警方問訊時，經常運用這個技巧。」

「你不否認這句證詞是假的。」

「既然你都這麼說了。我確實是為了尋找好朋友的女兒才編這個謊。」

「所以為了達到這個目的，你什麼話都可以說，對不對？」

「這是莫須有的問題。」克拉克終於提出抗議，法官表明抗議有效。

「豪斯先生如何回應這個問話套數？」

「他改變了說詞。他說他那天晚上有出門喝酒，開車回家時，看到那輛貨卡停在路邊，他再往前開一點，就看到了莎拉。他說他停車問莎拉需不需要搭便車，然後就載她回家。」

「你曾記錄艾德蒙光顧的酒吧店名嗎？」

「我確定我沒有。」

「你曾問過艾德蒙，他在哪家酒吧喝酒嗎？」

「不記得了。」

「你曾一家家酒吧調查、跟裡面的工作人員談過，以確定艾德蒙的確是在酒吧喝酒嗎？」

「是他親口告訴我，他在酒吧裡喝酒。」

「但你沒有記下那家酒吧的店名，也沒去確認他那天晚上的確去了酒吧，對不對？」

「對。」

「所以在哈根先生和豪斯先生之間，你選擇根據他的證詞逮捕豪斯先生？」

「我看不出豪斯有說謊的必要——」卡洛威倏地打住。

「你要把話說完嗎？」

「不用，我說完了。」

丹往前走去，「你看不出豪斯先生有什麼理由，要欺騙你說他跟受害者在一起，把自己捲進是非之中，你是這個意思嗎？」

「人有時候會忘記自己說過的謊話。」

「我完全贊成。」丹說完這句，使得克拉克又站了起來。丹快速接下去問：「你曾錄音存檔這段對話嗎？」

「我沒機會錄音。」

「你不認為這是很重要的線索，卡洛威郡警官？」

「我認為重要的是豪斯否認了自己的不在場證明。我認為重要的是，趕快把這個線索告訴蘇利文法官，好取得搜索票搜索那片產業和豪斯的貨卡。我優先考慮的依然是找到莎拉。」

「沒有哈根先生在郡道上看到那輛紅色雪佛蘭貨卡的說詞，你就拿不到搜索票，對不對？」

「我並不清楚蘇利文法官是如何做決定的。」

丹引導卡洛威描述了執行搜索票的過程。「你拿耳環給詹姆斯．克羅斯懷特先生看時，他怎麼說？」

「他確認那就是莎拉的耳環。」

「他有告訴你，為何那麼肯定嗎？」

「他說那對耳環是莎拉贏得前一年華盛頓州射擊比賽冠軍時，他送給她的禮物。」

「你曾拿這個新證據訊問過艾德蒙．豪斯嗎？」

「他說『放屁』。」卡洛威的視線越過丹，落在豪斯身上。「他靠在桌上，對我笑了一個，說他根本沒載莎拉回家。他說他載她到山丘上，強姦她後，把她勒死，埋了起來。然後他放聲大笑，他說找不到屍體，我們根本沒辦法定他的罪。接著，他又繼續大笑，彷彿在玩一場很有趣的遊戲。」

旁聽席騷動起來。

「你有把他的認罪自白錄音下來嗎？」

卡洛威咬著下唇說：「沒有。」

「自從他第一次坦白後，你還是沒有做好錄音準備？」

「我那時沒想到。」

「最後一個問題，郡警官，」丹用搖控器對著平面電視一按，叫出放大的地形圖。螢幕上顯示的是雪松叢林鎮上方的區域，「不知道你是否能指出，最近發現莎拉遺骸的地點在哪裡？」

42

午後稍晚，在克拉克試圖重振卡洛威的名望，並用地形圖上的黑色X標示出獵犬發現莎拉遺骸的地點，引開旁聽席的注意力後，卡洛威走下了證人席。丹事先知會過崔西，他企圖在卡洛威之後，以快刀斬亂麻的策略連續盤問數位證人，以避免卡洛威此次和初審時證詞的前後矛盾之處，被太多的細節稀釋掉。丹要梅爾法官今晚反覆推敲卡洛威的證詞一整夜。

丹傳喚帕克．豪斯上臺作證。崔西覺得帕克跟初審作證時一樣不自在。他把外套留在長椅上，單穿著皺巴巴的短袖白襯衫宣誓說實話。他坐下後，心不在焉地捏著手臂上的汗毛，右鞋跟無聲地抖了一下。

「你當時在上大夜班？」丹問。

「沒錯。」

「幾點回到家？」

「滿晚的。那天早上，我應該是十點到家的。」

「你初審時的證詞也是這麼說。」

「那應該就沒錯。」

「你在木材廠的班是幾點結束？」

「八點。」

「下班後，回到家之間的兩個小時，你在做什麼？」

帕克挪了挪椅子，又朝旁聽席瞄了一眼，不過看也沒看他的侄子，「去喝了幾杯。」

「幾杯？」

帕克聳聳肩，「記不得了。」

「你初審時說是三杯啤酒和一小杯威士忌。」

「那應該就是那樣。」

「你記得去的是哪家酒吧嗎？」

帕克挪了挪身體，感覺就像一個背痛的男人在調整姿勢，想讓自己舒服一點。克拉克趁機站了起來，表示抗議，「庭上，這些都是不相干的問題。大家都看到了，證人被搞得很不自在，如果奧萊利律師只是想讓證人難堪……」

「我沒有那個意思，庭上。」丹說，「只是想確定證人那天早上到家的意識狀況，是否能接收訊息，是否真的很清醒地看見證詞所說的情景。」

「你繼續，」法官說，「但動作快一點。」

「不記得是哪家酒吧了。」帕克說。都過了二十年，不記得也挺正常的。初審時，他也說不記得酒吧的店名，但小鎮的酒吧也只有那幾家，這就說不過去了。當時萬斯·克拉克並沒有進一步追問，辯護律師迪安奇洛·芬恩也沒有。

「你到家時，艾德蒙在哪裡？」

「在他的房間睡覺。」

「你有叫醒他嗎？」

「沒有，我到家時沒有。」

「你幾點叫醒他的？」

「郡警官來的時候，應該是十一點。」

「你有注意到艾德蒙的臉和你之前看到的，有什麼不一樣嗎？」

「你指的是他臉上和手臂上的抓傷嗎？」

「你注意到他臉上和手臂上有抓傷嗎？」

「一定會看到，那些傷痕很明顯。」

「他沒有試著遮掩，化妝啊之類的？」

「我們家沒有化妝品那種東西，家裡只有我和他，沒有女人。」旁聽席傳來笑聲，帕克也羞赧地笑了出來，他的目光第一次落在侄子身上，但笑容立刻褪去。

「他有跟你和卡洛威警官解釋抓傷是如何得來的嗎？」

「他說他在做傢俱的小屋，用桌上型鋸刀切割木頭時，木頭整個彈起爆裂開來，劃傷了他。」

「那卡洛威郡警官怎麼說？或有什麼反應？」

「他用拍立得拍了艾德蒙的臉和手臂幾張照片，然後問我能不能四處看看。」

「你同意了嗎？」

「我說可以。」

「由你陪著他四處看看嗎？」

「不是。」

「你看到郡警官走進做傢俱的小屋了嗎？」

「有，我看到他走進去。」

「你看到他爬進那輛紅色雪佛蘭的駕駛室嗎？」

「有，他爬了進去。」

「你當時正在整修那輛貨卡嗎，帕克？」

「是的。」

「但你允許艾德蒙開那輛車。」

帕克點點頭，「是，他沒有車，而且滿喜歡那輛車的。」

「那個時候，駕駛室裡有地毯嗎？」

「沒有，被我拆光了，只剩下金屬殼。」

「皮椅或布椅？」

「皮椅。」

「最後一個問題，帕克。你在那輛貨卡裡，有沒有存放任何黑色塑膠之類的東西？例如垃圾袋啊，或是冬天覆蓋花床的黑色塑膠片？」

「我沒有花園，不需要那種東西。」

「所以你沒有在那輛卡車裡存放任何黑色塑膠？」

「就我所知，沒有。」

「那麼房子裡有嗎？」

「你是指垃圾袋嗎？」

「是的。」

「沒有。大部分的垃圾都被我拿去做堆肥了，剩下的我就丟成一堆，等垃圾堆高了，就會載到山裡傾倒，垃圾車不會開到山上來。」

克拉克表示他沒有問題再詰問帕克，於是丹傳喚了當天最後一位證人：瑪格麗特．基爾沙探員。她是犯罪現場鑑識探員，當年負責主導帕克．豪斯產業和貨卡的現場勘查，同時也是她在咖啡罐裡發現了那對手槍耳環。基爾沙已經退休，和丈夫艾瑞克搬到奧勒岡州的一座小鎮，除此之外，她和初審時崔西印象中的那個女人差不多，沒什麼大變化，穿著仍然時髦，也依舊穿著十公分高的高跟鞋。

丹以提問的方式，引領基爾沙描述她在產業的勘查過程，重述她的現場勘查小組當天的發現，他花了大部分時間談論基爾沙在傢俱小屋咖啡罐裡找到的耳環，以及在雪佛蘭貨卡駕駛室裡找到的金髮。他很有技巧地帶領基爾沙談到證物保管流程，含蓄地影射有人可能會對此案的證物動手腳或是調包。畢竟基爾沙和組員雖然發現證物，卻交給華盛頓州刑事鑑識實驗室保管並且已經待了二十年，被動手腳的可能性很大。這麼拐彎抹角的問話既麻煩又耗時，卻是必要的過程，以避免引起爭端。

基爾沙走下證人席後，梅爾法官做了總結。因為考慮到天氣狀況，法官報出助理辦公桌的電話號碼，他說如果必須延期，法院會用電話錄音通知來詢問的媒體和民眾。法官敲了敲小木槌後，瑪麗亞．樊珮兒和其他記者立刻箭步朝移向法庭大門的崔西追去。崔西趕到大門，卻意外碰見范雷．阿姆斯壯，阿姆斯壯帶她來到大廳，從刺眼的閃光燈中穿梭而過，護著她走下樓梯，而記者們則在後面窮追窮問不捨。

「探員，對於今日的聽證過程，妳有什麼看法？」樊珮兒問。

崔西沒理會她。阿姆斯壯引領她穿過停車場，來到她的車子旁邊，經過一場大雪，有些地方已經積雪將近三十公分了。

「早上我在這裡等妳。」阿姆斯壯說。

「是郡警官要你這麼做的？」崔西問。

阿姆斯壯點點頭，遞給她一張名片，「如果有事，就打電話給我。」

崔西一駛出停車場，手機就響起。儘管丹警告過她，訴訟就像跑馬拉松，而聽證會只是其中的一小段路程而已，她仍然聽出丹的語氣裡透著欣喜，顯然很滿意今天的成果。

「我要去松弗蘭看雷克斯。我們在那裡碰面，明天再來討論。」

✦

崔西抵達動物診所時，丹正在跟獸醫說話，所以她戴上外套兜帽走到外面的門廊上，邊來回踱步邊收電子郵件和回覆手機簡訊。天色已經昏暗，低迴的霧氣持續吐出雪花，一點停下來的跡象也沒有。風鈴已經凍結，它旁邊的溫度計顯示室外氣溫已經掉到零下四度。

崔西發訊息向肯辛報告今日戰況，就在她打字時，注意到一片白雪覆蓋的田地邊緣，停著一輛車。車頂和車蓋的積雪約有五公分厚，但擋風玻璃顯然才剛被雨刷清理過。距離太遠，崔西無法看清楚，尤其是天色暗沉又加上落雪紛紛，只不過她感覺駕駛座上有人，或許是記者吧。她正在考慮要不要開車過去確認時，丹打開了門，探出頭來。他臉上帶笑，是個好兆頭。

「妳想得肺炎是不是？」丹問。

「雷克斯還好嗎？」

「進來，自己看。」

崔西立刻走進門，吃驚地看著雷克斯居然已經站了起來，還在接待區繞行，雖然牠走得很慢，很小心地走著。一個塑膠圓筒套在牠脖子上，防止牠把繃帶舔掉，樣子看起來好滑稽，好像從馬戲團跑出來一樣。她伸出手去，雷克斯毫不遲疑地跑了過來，涼涼的鼻子弄溼了她的手掌心。

丹站在獸醫和他太太旁邊，向崔西解釋，「我們在討論該怎麼辦。我不想把牠留在這裡，但牠留下來其實比較好，尤其是我白天都不在。」

「別擔心，」獸醫說，「看你要忙多久，我們就照顧牠多久。」

丹單膝跪下，雙手捧起雷克斯的頭，「抱歉了，老弟。你再住一個晚上，我就來帶你回家，我保證。」

崔西看著雷克斯皺起眉頭，看著丹憐愛地安撫牠，心裡好感動。獸醫過來帶走了大狗，她看得於心不忍，一人一狗走到門前時，雷克斯回頭一望，眼神焦慮又淒楚，然後才不情願地走進門裡，讓崔西的心整個都揪了起來。

丹快步走出大門，崔西跟在他後面。剛才停在雪地上的那輛車已經不見了，她四處張望，但街道上空蕩蕩的，停車場上也只有丹的大型休旅車和她的速霸陸。田野對面的住家上空，一柱柱白煙從人字型屋頂上的煙囪繚繞而上，包裹在毛帽、圍巾和手套裡的孩童們開心地在雪裡玩耍。如今也只有愛玩的孩子才有勇氣無視戶外的天寒地凍，而且更大的風雪即將到來，也沒有人會想在這種天氣下離家太遠。

「我實在不想把牠留在這裡。」丹顯然仍有些激動。

「我知道，但你的決定是對的。」

「我還是很難過。」

「這才更加確定你的決定是對的。」崔西牽起他的手，這個舉動似乎嚇到了丹，「雷克斯和福爾摩斯很幸運能被你找到，丹。現在卡洛威也清楚了你不再是從前那個戴著眼鏡、矮矮胖胖，任他嚇唬的小男孩了。」

「矮矮胖胖？原來我在妳眼裡是這種德性？我會讓妳清楚知道那些只是等著變成肌肉的肉團。」

崔西微笑起來，看著那張臉。他不再只是小時候的玩伴，同時也是足以壓制卡洛威的幹練男人，更是會因為一隻同伴狗兒而落淚的柔情漢子。他還是個好男人，曾經受過傷，卻能用幽默把傷心隱藏起來，她一直盼望能有這樣的男人進入她的生命裡。她用聽證會為藉口，壓抑她對丹的感覺，因為有好長一段時間，她封閉自己的心，害怕會再失去心愛的人，不願意再次活在失去的痛苦中。

雪花棉棉沾在丹的頭髮上，「你今天表現得很好。不，比很好，好太多了。」

「我們還有很硬的仗要打，今天只是暫時壓制了卡洛威，明天才會展開真正的反擊。」

「可是你依然令我刮目相看。」

丹好奇地看著她，「妳是說，妳很驚訝囉？」

「才沒有。」她抬起另一隻手，拇指和食指比著少少的手勢，「好吧，是有一點點啦。」

丹大笑開來，捏住了她的手，「我告訴妳一個小祕密，我也沒想到我這麼厲害。」

「是嗎？怎麼會？」

「我已經很久沒接這麼重大的官司，很久沒出庭詰問證人了，這有點像騎腳踏車。」

「可是我記得，你並沒有騎得很厲害啊。」

他睜大眼睛，佯裝憤憤不平，「喂，那是爆胎好不好！」

她放聲大笑，依然覺得兩人的十指相扣好像天生一對般，甚至還偷偷幻想他的手指輕撫過她肌膚的感覺。

「妳一個人住在汽車旅館還好嗎？」丹問。

「只可惜沒有某人響噹噹的培根起司漢堡可以吃，不過我會活著等到有漢堡吃的那天。」

「妳知道的，我沒讓妳住在我家，和雷克斯的事無關。」丹說，「抱歉，我心裡難過，說了一些……」

「我明白。」她往前跨出一步，縮小兩人之間的距離，等待著他的暗示。丹低下頭，她立刻踮起腳跟，迎向他。雖然天氣寒冷，他的唇瓣卻溫暖且溼潤，她親吻著他，完全沒有一絲尷尬的感覺，反而像交纏的兩隻手般自然。他們分開後，一片雪花落在她的鼻頭，丹微微一笑，為她挑開了雪花。

「再在外面待下去，我們兩個都會得肺炎。」丹說。

「旅館給了我兩支鑰匙。」她說。

✦

崔西躺在丹的身旁，兩人浸淫在懸立於床頭櫃上方檯燈的昏暗光線中。大雪悶住了房外的一切聲響，四周安靜得怕人，只有窗下的散熱器偶爾響起嘶嘶和答答聲。

「還好嗎？妳有點安靜。」

「我很好，你呢？」

丹用力一抱，更把她往懷裡摟，在她頭頂上吻了一下，「後悔了？」

「我只是難過你不能留下來過夜。」

「我也想留下來。」丹說，「但福爾摩斯很黏人，現在牠的兄弟又不在家，而且明天的聽證會太重要了，我必須準備一下。」

崔西微笑，「你一定會是個好爸爸，丹。」

「是啊，但有些事命裡沒有就是沒有。」

她用手肘撐起自己，「你為什麼沒有孩子？」

「她不想要。她在婚前就坦白告訴我了，但我總以為她會改變想法，結果我錯了。」

「不過你現在有了兩個兒子。」

「而且我很確定其中一隻，現在很焦慮。」

丹吻了她一下，正要翻身下床時，被崔西扒住肩膀，把他拉回床上，「幫我跟福爾摩斯道個歉，是我害你晚回家了。」她翻身到他上方，感覺下方的他硬挺了起來。

✦

她躺在被子裡看著他穿衣服。

「妳要送我到門口嗎？還是直接把我踢到路邊去？」丹問。崔西滑下床，隨手抓起了長睡衫，突然意識到自己裸體站在他面前，居然沒有一絲不自在。「我開玩笑的，」丹說，「不過我很享受眼前的美景。」

崔西把睡衫往頭上一套，陪著他往房門走去。他在開門前先拉開窗簾，檢視窗外的動靜。

「一群扛著攝影機的記者？」崔西問。

「天氣這麼壞，他們不可能守在外面。」丹拉開了門，刺骨的寒冷立刻撲向她剛下床仍然溫熱的肌膚。「雪停了，這是個好兆頭。」

崔西的目光越過他，望著外面。雪已經停了，不過應該只是剛停下來而已，因為露臺的欄杆積雪足足有八公分高，但烏雲仍然很厚，很可能還會再下雪。

「還記得小時候的下雪天？」崔西問。

「怎麼可能不記得？學期中就屬下雪那幾天最棒。」

「下雪就不必上學。」

「一點也沒錯。」

丹再次低頭吻她，她冷得全身起雞皮疙瘩，用雙手緊抱住自己。

「這是因為我，還是冷空氣啊？」丹笑著問。

崔西眨眨眼，「我是科學家，目前經驗數據還不夠，無法判斷。」

「那我們必須快點改變這個情況。」

崔西躲到半開的門後面，「明天早上見。」

他的靴子踩著雪咔嚓咔嚓地走開，就在要踏下階梯時，又轉身回來。「趕快把門關上，免得妳凍壞。把門鎖好。」

不過崔西仍然看著他走到休旅車旁邊，坐進車裡。正要關上房門時，她注意到街上停著一輛車。引起她注意的不是車子本身，而是它的擋風玻璃——被雨刷刷得乾乾淨淨的。第一次看到，只會覺得怪，但兩次，意義就不同了。如果車裡坐的是記者或攝影師，那他馬上就會學到受用一生的教訓：不該冒險跟蹤一位警察。

她關上門，飛快地穿上褲子、附著兜帽的毛皮外套和靴子，抓起了手槍，拉開門。

結果那輛車又不見了。

她頸背上的汗毛微微刺痛起來。她關上門，上了鎖，然後打手機給丹。

「已經想我了？」

她拉開窗簾，望著那輛車剛才停車的地方。車輪留在雪地上的痕跡很淺，表示那輛車是在下雪後才停在那裡的，而且停留的時間不長。

「崔西？」

「只是想聽聽你的聲音。」

他的壓力已經夠大，她決定不跟他說這件事。

「有事嗎？」

「沒有。我只是擔心而已，畢竟你接這場官司是有危險性的。」

「噢，我沒事，而且我家的保全系統還有一半可以運作。」

「沒有人跟蹤你？」崔西問。

「如果有，那我就是白癡，居然沒發現被跟蹤。我一路開過來，一個人影也沒看到。妳沒事吧？」

「是，我沒事。」她說，「晚安，丹。」

「下次，我想在妳身旁醒過來。」

「我喜歡這個主意。」

她結束通話，換上長睡衫和睡褲，在上床睡覺前又一次拉開窗簾，望向那輛車剛才停車的地方。她把門框上的釦鏈滑進門板上的卡榫裡，再把手槍放到床頭櫃，這才關燈睡覺。

丹的氣味依然逗留在枕頭上。他是個溫柔、有耐心的情人，堅定有力的雙手就跟想像中一樣輕柔地撫摸她。他給她時間放鬆下來，放空腦袋裡的思緒，只憑本能回應他身體的動作和手上的愛撫。她攀上高點時，整個人纏在他身上，完全不想讓這種心滿意足的感覺消失，更不想讓他離開她。

43

幾個月來，她頭一次一覺到天亮，而且早上醒來時精神抖擻。儘管心裡依然很擔憂今天接下來的發展，但她想不起來自從當上警察後有哪一次曾經這麼緊張過。只要一有麻煩事發生，她就摩拳擦掌，躍躍欲試，每一天當班，時間都像光速一般飛逝。但現在，只是簡單地坐在聽證會上，都令她焦躁不安，跟多年前初審時的感覺一模一樣。

她在汽車旅館大廳拿了一張卡斯卡德郡快訊的影本。封面上有一篇關於聽證會的文章，還附上一張崔西走進法院的照片。謝天謝地那不是她和丹在動物診所外親吻，或他們一起進入旅館房間的照片。

阿姆斯壯如約在法院停車場和她碰面，隨後協助她突破媒體的包圍進入法院。崔西敏銳地感覺到，他似乎以當她的護花使者而自豪。

快接近九點時，崔西滿心期望旁聽者會因為新鮮感褪去而減少一些，再加上惡劣的天候應該又會嚇跑一部分的人。她希望今天只會有少數幾位心志特別堅定的人前來聽審，但事與願違，法庭大門一開，旁聽席很快就又坐滿了。唯一的差別是，今天來的觀眾更多，也許是第一天聽證會的那篇文章挑起了許多人的好奇心。崔西數了數，今天多了四位戴著記者證的人。

艾德蒙再次被兩位獄警押送進法庭，但這次他走到律師桌後，轉身面對旁聽席、讓獄警卸除手銬時，並沒有看向他叔叔，而是緊盯著崔西。他的目光跟二十年前一樣令崔西起雞皮疙瘩，不過今天，崔西並不打算移開視線，甚至連他勾起嘴角對她露齒而笑時也不想。她現在很清楚艾德蒙的凝視和笑容是他的城牆，是為了讓她難堪，這個人儘管在監牢裡把體格鍛鍊得強壯如牛，心理上仍然是個侏儒。他仍然是那個沒有安全感的孩子，那個因為受不了安娜貝兒．邦飛要離開而綁架她的孩子。

法官助理走了進來，喊口令要所有人起立，豪斯只好率先打破兩人的對視。梅爾法官坐上了法官席，第二天的聽證會正式開始。

「奧萊利先生，請開始吧。」梅爾法官說。

丹傳喚包伯．費茲西蒙斯上臺作證。二十年前，有家公司和華盛頓州簽下合約，預計在卡斯卡德河上建造三座水力發電廠大壩，橫跨區域包含卡斯卡德瀑布水壩，而費茲西蒙斯就是該公司合夥人之一。他現在已經退休，也已經七十歲了，看起來依然像是某家名列《財富》雜誌世界五百強企業的高層領袖，而且才剛結束一場董事會議後過來。他頂著一頭健康的銀髮，穿著細條紋西裝，外加淡紫色領帶。

丹和費茲西蒙斯立即展開說明，為了建造水壩與聯邦和州政府交涉取得必要書面同意的經過，這些過程全是公開的，而且都刊登在本地報紙上。

「水壩當然能支援且補充河水，」費茲西蒙斯一邊說，一邊把腿翹到另一條腿上，「這樣才能在大旱時，依然有穩定的水源供應。」

「供應卡斯卡德瀑布水壩的現成水源是什麼？」丹問。

「卡斯卡德湖。」費茲西蒙斯回答。

丹運用兩張圖表來比較原卡斯卡德湖，與水壩淹沒相關區域後的大小。水壩區涵蓋了卡洛威畫X的地方，也就是莎拉遺骸被發現的地點。

「這塊區域是什麼時候淹沒的？」丹問。

「一九九三年十月十二日。」費茲西蒙斯回答。

「這個日期有對外公布嗎？」丹問。

費茲西蒙斯點點頭，「我們有確認過，確定每一家報紙和當地的廣播電臺都播報了這個消息。這是州政府要求的，不過我們做的超過政府要求。」

「為什麼？」

「因為那塊區域經常有人上去打獵和健行，你不會希望開閘放水進去時，還有人在裡面。」

丹的問話結束，坐了下來。克拉克起身，朝證人走去，「費茲西蒙斯先生，你的公司有採取什麼措施，以確定現場真如你所說的『開閘放水進去時，沒有人在裡面』？」

「我聽不懂你的問題。」

「你不是也僱用了保全人員，並且設置路障，阻止民眾進入那塊區域？」

「嗯，這些安全措施在開閘日期的前幾天就已經開始。」

「所以就算有人想進去，也非常困難，對不對？」

「那是我們的目的。」

「保全人員曾經向你通報過，有人想進入那塊地區嗎？」

「我記得沒有。」

「你沒接到通報，發現山路上有人帶著屍體？」

丹提出抗議，「庭上，檢察官在引導證人作證。」

克拉克反駁，「庭上，這正是詰問這位證人的真正用意。」

法官合掌，「我能自己判斷，克拉克先生。抗議無效。」

「你有接到通報，有人帶著屍體走在山路上嗎？」克拉克問。

「沒有。」費茲西蒙斯回答。

克拉克結束問話，坐回位置上。

丹起身，「這塊區域有多大？」他指著圖表上的淹沒區問。

費茲西蒙斯皺著眉頭說：「我記得原湖水面積大約是一千零二十公頃，淹沒後，接近一千八百公頃。」

「這片區域涵蓋多少條山路？」

費茲西蒙斯一笑，搖搖頭，「太多了，數不出來。」

「你只能在主要道路上設置路障和保全人員，但不可能照顧到每一個出入口，對不對？」

「的確做不到。」費茲西蒙斯說。

✦

丹在費茲西蒙斯之後，傳喚了韋恩・唐尼，他是詹姆斯・克羅斯懷特親自指定的嚮導，負責帶隊進山搜救莎拉，全鎮沒有人比他更熟悉那些山嶺。崔西和朋友以前經常拿韋恩開玩笑，取笑他越來越禿的腦袋，一張瘦骨嶙峋的臉上還長滿了鬍渣，非常適合去演恐怖電影，尤其是他說話的聲音還像蚊子一樣小聲。

他似乎在這二十年之間放棄修剪頭髮和鬍子，銀灰色的鬍子從眼睛下方幾公分處開始生長，遮過了脖子，快垂到胸口去。他穿著法蘭絨襯衫，新穎的藍色牛仔褲，繫著銀色橢圓形帶釦皮帶，腳踩一雙靴子，這是他上教堂的裝扮。他的妻子跟初審時一樣，就坐在第一排座位上，給予他精神上的支持。崔西記得韋恩向來不是那種公眾人物型的人，尤其不擅長在公開場合說話。

「唐尼先生，你要提高音量，讓大家聽得到你說話。」法官在韋恩小聲報上姓名和住址後，提出要求。也許是察覺到韋恩的焦慮，丹先問了幾個背景資料問題，引導他放鬆下來後，才進入正題。

「你們搜索了多少天？」丹問。

韋恩用力回想，用力到嘴巴都撅起來，臉也皺在一起，「第一個星期每天都上山。」他說，「之後，每個星期上山幾次，通常是在下班後。這樣持續了幾個星期後，大水就淹沒了那塊地區。」

「剛開始有多少人協助搜山？」

韋恩朝旁聽席望去，「法庭內有多少人？」

丹就此打住，任由韋恩的答案懸在空中。兩天來的詰問都是緊鑼密鼓，現在的節奏終於比較輕鬆了。

克拉克起身，朝證人席走去，問話仍然簡潔俐落，「韋恩，那片山有多大？」

「見鬼了，萬斯，我不知道。」

「很大吧？」

「對，很大。」

「崎嶇難行嗎？」

「從你的角度看來，應該是。有些地方很陡，還有很多樹林和灌木叢，有些地方的確林密草長。」

「適合埋屍，又不會被發現的地方很多嗎？」

「是吧。」他朝艾德蒙．豪斯看了一眼。

「你們有帶狗上山嗎？」

「我記得南加州有搜救犬，但沒辦法把牠們運上去。沒有飛機可以載運牠們。」

「你們很有系統地搜山，韋恩，你確定搜遍了每一個角落？」

「我們盡力了。」

「你搜遍了每一個角落？」

「每一個角落？我沒辦法給你一個肯定的答案，那片山域太大了。我想我們沒有吧。」

丹在唐尼之後，傳喚了萊恩．哈根，那位汽車零件業務員。哈根站上證人席，自從崔西那個星期六早上到他家過後，他又胖了十多公斤，肥肥的下巴都掉到衣領裡去了，髮際也更往後縮，紅潤的臉上有個酒糟鼻，一看就知道每天都要小酌幾杯。

哈根咯咯笑著，他剛聽完丹詢問是否有訂單或其他書面資料，可以證明他在一九九三年八月二十一日的行程。

「或許公司有吧，但它早就關門大吉了。現在都是網路行銷，業務員四處推銷的時代已經作古啦。」崔西打量著他，儘管不再是業務員，哈根仍然八面玲瓏，臉上掛著業務員的微笑。

他也說不出來當年看的是哪家新聞臺的報導。

「你二十年前作證，說你當時正在看西雅圖水手隊的賽事。」

「我是他們的球迷。」哈根說。

「那你一定知道，西雅圖水手隊從來沒有打進世界棒球錦標賽。」

「我是個樂觀主義者。」旁聽席有人跟著他笑出來。

「但一九九三年沒有吧？」

哈根頓了一下，「沒。」

「他們那年其實是第四名，並沒有進入總決賽。」

「你說了算吧，我的記憶力沒那麼好。」

「他們最後一場常規賽是在十月三日星期天，以七比二輸給了明尼蘇達雙城隊。」

哈根的笑容漸漸褪去，「還是你說了算。」

「你說你是在一九九三年十月底，看到西雅圖水手隊的賽事轉播，但他們那個時候已經結束賽季了，不是嗎？」

哈根的笑容仍然掛在臉上，卻顯得有些僵硬，「可能我看的是別隊的賽事。」

丹停頓，讓哈根這句話發酵，一會兒後，才變換攻擊策略，「哈根先生，你會到雪松叢林鎮拜訪客戶嗎？」

「不記得了，」哈根說，「我負責的業務範圍很大。」

「看來你很成功，是天生的業務員。」丹說。

「應該是吧。」他答得有些言不由衷。

「我看看能不能幫你回想起來。」丹搬起一個紙箱放到桌上，故意從箱裡拿出幾個卷宗和幾份文件。哈根似乎被搞得有些不知所措，崔西注意到他朝旁聽席上羅尹．卡洛威的方向瞥了一眼。丹抽出崔西在哈雷．荷爾特車庫的資料櫃裡找到的卷宗，走到證人席旁邊，剛好擋在哈根和卡洛威之間。那個卷宗裡的資料，是哈雷．荷爾特向哈根的公司訂購汽車零件的紀錄。丹問：「你有沒有拜訪過哈雷．荷爾特先生，雪松叢林維修廠的老闆？」

「那是很久以前的事了。」

丹佯裝翻閱那疊資料，「你其實還滿常拜訪荷爾特先生的，大約每兩個月一次。」

哈根又是一笑，但他的臉漸漸漲紅起來，額頭因為冒汗而發亮，「如果資料是那麼記錄的，那我無話可說。」

「所以你的確花了很多時間造訪雪松叢林鎮，包括一九九三年的夏天和秋天，對不對？」

「我要看行事曆才知道。」哈根說。

「我幫你看了。」丹說，「這裡有訂貨單的影本，上面都有你和哈雷的簽名，日期也和你行事曆上拜訪雪松叢林維修廠的行程吻合。」

「這樣說來，我那段期間應該常跑雪松叢林鎮。」哈根的口氣開始鬆動。

「我想知道你去拜訪哈雷·荷爾特先生時，有沒有聊到莎拉·克羅斯懷特的失蹤案？」

哈根拿起椅子旁邊的水杯喝了一口，又把水杯放回桌上，「可以請你重覆問題嗎？」

「你去拜訪哈雷·荷爾特先生時，有沒有聊到莎拉·克羅斯懷特的失蹤案？」

「我不是很確定。」

「那個案子在雪松叢林可是個大新聞，不是嗎？」

「我、我不知道，應該是吧。」

「他們不是在高速公路的大型廣告看板上，公布了一萬美元的懸賞獎金？」

「我沒拿賞金。」

「我沒說你有。」丹又抽出一份文件，佯裝一邊閱讀一邊提問，「我想問的是，雪松叢林鎮是你負責的業務區，既然莎拉·克羅斯懷特的失蹤是小鎮的大新聞，你卻說你不記得是否跟荷爾特先生聊起過這件大事？」

哈根清清喉嚨，「我們很可能有，不過應該只是隨便聊聊，並沒有談論細節。我記得的，就這樣了。」

「所以你在看到新聞報導前，就已經知道莎拉失蹤了？」

「也許是那則新聞報導勾起了我的回憶。也可能是我在看了新聞之後，才跟哈雷聊到的。兩個可能性都很大，但我現在沒辦法給你一個肯定的答案。」

丹繼續抽出文件，並且說：「這兩個可能都沒在八月、九月或十月發生？」

「我的意思是，我記不清楚了。也許我在那之前就已經聽說莎拉失蹤，但我說過，那已是二十年那麼久以前的事了。」

「你拜訪雪松叢林鎮時，有跟任何人聊到艾德蒙．豪斯嗎？」

「艾德蒙．豪斯？沒有，我確定沒人提到這個姓名。」

「非常確定？」

「我不記得有提到他的名字。」

丹從卷宗裡抽出一份文件，拿得高高地問：「哈雷有沒有跟你說過，他的維修廠也替帕克．豪斯採購汽車零件，並且用來整修一輛紅色雪佛蘭貨卡？」

克拉克起身說：「庭上，如果奧萊利先生要依據那些文件發問，就應該先把文件列入證據清單，現在不該再繼續用二十年前也許有或也許沒有發生過的談話內容，來考驗哈根先生的記憶力。」

「抗議無效。」法官說。

崔西知道丹只是假裝看那些文件。她曾經嘗試找出哈雷為帕克．豪斯那輛雪佛蘭向哈根採購零件的證據，但以失敗告終。不過，事情發展到這個地步，哈根就算有所懷疑，也不敢質疑丹在唬弄人。那位業務員的臉已經像甜菜根一樣鮮紅，而且坐立難安，好像有人在他的椅子上放了滾燙的鐵盤。

「我們應該有提到這件事。」哈根把一條腿翹到另一條上面，隨即又放下來。「我想起來了，我記得我跟哈雷提到過，那天晚上在路上看到一輛紅色雪佛蘭，我一定是這樣想起來的。」

「我以為你是在看西雅圖水手隊賽事時，聽到新聞報導，再加上雪佛蘭貨卡是你最愛的車款，所以才想起曾經看到那輛卡車的？」

「可能兩種情況都有一點吧。那是我最愛的貨卡，所以哈雷一提到艾德蒙·豪斯開的就是那種車，我就聯想起來了。」

丹就此打住。梅爾法官俯視著哈根，額頭上的抬頭紋又多又深。

接著，丹一個箭步站到證人席旁邊，「所以你和哈雷·荷爾特曾經提到過艾德蒙·豪斯這個名字。」

哈根的眼睛睜得大大的，這次他笑不出來了，硬擠都擠不出來，「我剛才有提到艾德蒙嗎？我指的是帕克，對，帕克·豪斯，那是他的車，不是嗎？」

丹沒有回應，逕自轉向克拉克，「我問完了。」

44

午場聽證會開始，梅爾又回到法官席上，但他的表情沉重，憂心地看著法庭窗外的大雪紛飛。「我知道按照計畫繼續聽證會很重要，但我也不想逞匹夫之勇。」他說，「氣象報告說下午雪勢會變小，不過我在這個太平洋西北區住了一輩子，寧願相信自己的氣候直覺，所以我決定親自把頭探出法院大門。」一旁聽席響起咯咯笑聲，「剛才午休時，我真的那麼做了，根本沒看到地平線那頭露出一丁點藍色天空。所以，再傳喚一位證人，就要結束今天的聽證，免得你們得在天色昏暗中開車回家。」

丹在平面電視螢幕上運用一連串的圖表和照片，引導凱莉．羅莎，金郡的法醫人類學家作證。他先以范雷．阿姆斯壯的來電，以及遺骨的照片做開場。

「皮下脂肪分解並形成屍蠟，需要多久時間？」

「這要看情況，影響因素很多。埋屍的地點和埋屍深度，土質和氣候，都會造成影響。不過一般來說，都要好幾年的時間，不是幾天或幾個月就能形成。」

「所以妳推斷屍骨已經埋葬多年了。那妳為什麼還有疑慮？」

羅莎往前一坐，「通常被淺埋在野外的遺體都埋不久，會被土狼之類的動物挖出來。」

「妳能解開這個謎題嗎？」

「後來有人告訴我，直到最近為止，埋屍處一直都淹沒在水底，所以動物無法侵犯它。」

「從埋屍處未被動物破壞，以及屍骨完整的情況來看，妳推斷遺體是在大水淹沒那個區域之前不久，被埋進去的？」

克拉克起身，「庭上，抗議，誘導詰問。」

法官思考了一下，「羅莎博士是專家，她會依據專業知識和推斷結果作答。」

羅莎說：「我只能說，通常被淺埋的遺體，要不了多久就會被動物挖出來。」

丹邊踱步邊說：「我也注意到，在妳的報告裡有一篇完整的獨立報告，說明妳認為這具遺體並非死亡後立即下葬的看法，可以請妳解釋一下嗎？」

「這要從遺骸在墓穴裡的姿勢說起，」丹叫出莎拉遺骸的照片。被撥開的泥土顯露出一具蜷縮起來的遺骨，姿勢非常像子宮內胎兒的。旁聽席騷動起來，傳來嗡嗡的耳語。崔西垂下目光，抬手捂住嘴，感覺有些噁心，頭也很沉重。她閉上眼睛，做了幾個急促的呼吸。

「洞不夠大，那個人顯然想折彎遺體埋屍，但沒有成功。」羅莎繼續說。

「遺體是在埋葬之前多久，變得僵硬的？」丹問。

「沒有合理且肯定的線索，我無法判定。」

「妳能斷定死因嗎？」

「不能。」

「有發現任何破損或斷裂的骨頭嗎？」

「後腦上有骨頭斷裂。」她在一張頭骨圖上指出斷裂處。

「妳能判定是什麼造成頭骨斷裂的嗎？」

「是鈍器造成的，至於是哪種……」她聳聳肩，「已經不可能推斷了。」

羅莎接著說明她的鑑識小組採集到了骨頭碎片、莎拉的李維斯牛仔褲上的鉚釘，以及史考利襯衫上的銀黑相間的金屬四合釦。她也提到在現場找到黑色塑膠殘渣，檢驗後證明這些塑膠片和平常裝枯葉雜草的袋子同樣材質，同時還找到了地毯纖維。

「從這些發現，妳能推斷出什麼結論嗎？」

「我判斷黑色塑膠袋若不是先鋪在洞裡後才把屍體放入，就是──」

「為什麼要先鋪塑膠袋呢？」

羅莎搖搖頭，「我不知道。」

「另一個可能性是──」

「遺體是裝在袋子裡被埋入的。」

崔西費力地控制呼吸，她覺得臉頰發燙，汗水不停往下流。

「還有其他發現嗎？」

「首飾。」

「什麼樣的首飾？」

「一對耳環和一條項鍊。」

觀眾騷動起來，法官伸手去拿小木槌，卻懸在空中沒有敲下去。

「請描述那對耳環？」

「是淚珠形翡翠耳環。」

丹把耳環呈到羅莎面前，「請在圖示上告訴我們，妳是在哪裡發現這兩個耳環？」

羅莎用指示棒在圖上點了兩個地方，「靠近頭骨。而項鍊是在脊髓骨第一椎附近發現的。」

「從這些首飾的位置能推斷出什麼嗎？」

「我判斷死者被埋入墓穴時，戴著這些首飾。」

✦

萬斯．克拉克把仿玳瑁眼鏡留在律師桌上，跨著堅定的步伐朝證人席走去。他手上沒拿筆記，雙手交抱在胸前，「羅莎博士，我們來說說妳不知道的事——妳不知道死者的死因。」

「對，我不知道。」

「妳不知道死者後腦骨的鈍器傷口是怎麼來的。」

「我不知道。」

「凶手勒死她的時候，很可能讓她的頭撞到地上。」

羅莎點頭，「有可能。」

「妳沒有可以證明死者是否遭受性侵的證據。」

「沒有。」

「妳沒有可以指認凶手的ＤＮＡ。」

「沒有。」

「妳認為被害人是在死亡一段時間後才被埋葬的，但妳不知道是死後多久。」

「對，我沒把握。」

「所以妳不知道凶手是否在被害人死亡後立刻埋屍，等待一段時間再回去挖出屍體，移到目前這處被發現的埋屍地點。」

「我不知道。」羅莎表示同意。

「遺體被埋入目前這個埋屍地點時已經僵硬，有可能跟我的猜測有關，對吧？艾德蒙・豪斯很可能殺了她、埋起來，事後再回去移墳時，發現屍體已經僵硬，對吧？」

丹起身抗議，「庭上，檢方很明顯在誘導詰問。」

法官似乎考量了一下克拉克的猜測，才說：「抗議無效。」

「羅莎博士，需要我重覆問題嗎？」克拉克問。

羅莎說：「不對，你的推測只有在一種情況下才可能成立。屍僵最快會在三十六小時後消褪，按照你的推測，豪斯先生一定是在三十六小時之內移墳的。」

「但這個可能性還是成立的。」克拉克說。

「是有可能。」她說。

「所以妳的判斷除了依據科學專業外，其中有很大一部分是妳個人的推測。」

羅莎微微一笑，「我只是回答問題而已。」

「我瞭解。不過顯然妳只有一件事是確定的，那就是死者是莎拉・琳・克羅斯懷特。」

「對。」

「妳知道死者被綁架時穿的是什麼衣服嗎？」

「不知道。」

「妳知道死者被綁架時戴的是哪些首飾嗎？」

「同樣的，我只依據埋屍處的發現來提供意見。」

「我看到妳今天戴了耳環。」

「我是。」

「妳有沒有因為做不了決定，就先戴一副耳環，再把另外一副也帶在身上，準備隨時替換？」

羅莎一聳肩，「應該沒有過。」

「在妳認識的女人中，有這麼做的人嗎？」

「有。」她說。

「善變，本來就是女人的特權，不是嗎？」克拉克說，「我的太太就是。」

他的問題逗得一些人竊笑不已。在這段截至目前為止最晦澀的詰問中，這輕鬆的一刻讓繃緊神經的觀眾都笑了出來，就連梅爾法官也勾起嘴角。

「我也是這麼跟我先生說的。」羅莎說。

「所以妳不知道死者被綁架時，身上是不是有一副以上的耳環或一條以上的項鍊？」

「我不知道。」

克拉克兩天以來，第一次露出了微笑，他帶著笑容回到了座位上。

丹站起來說：「我沒有問題了。」

法官望了牆上的鐘一眼，「今天就到此結束。奧萊利先生，你明天早上打算傳喚誰作證？」

丹起身回答：「如果天氣許可，我會傳喚崔西．克羅斯懷特。」

45

媒體丟下崔西，沒有緊跟上來，也許他們聽從了梅爾法官的警告，都想趕在天黑之前回到旅館。車裡像冰箱一樣冷，她發動引擎後，又走到車外去，趁著除霜裝置從車裡噴出暖氣之時，清理擋風玻璃上的結冰。

丹打手機找她，「我要去接雷克斯。天氣應該會變得更糟，今晚不會有人出門亂逛，來我家住吧。」

崔西握拳又張開，活動手指抵抗寒冷的空氣，望著一輛輛汽車駛離停車場，排隊朝附近街道駛去，「你確定？」不過她已經滿腦子都是和他糾纏的畫面，以及滿足地睡在他身旁的想像。

「否則我睡不著，而且福爾摩斯很想妳。」

「只有福爾摩斯？」

「牠一直在哭，好慘喔。」

✦

雷克斯來到門前迎接她，翹起的尾巴在空中掃來掃去。

「我已經看到自己失寵的樣子了，」丹說，「不過幸好牠們看女人的眼光還不錯。」

崔西放下行李袋，跪下來撫摸塑膠圓筒裡的頭，「你好嗎，小傢伙？」

等她站起來的時候，丹說：「妳好嗎？」

她往丹靠過去，讓他的雙手將她擁入懷裡，環抱著她。凱莉．羅莎的證詞對她的打擊比想像中來得大。警校訓練她在情感上與被害人隔離，再加上多年的實戰經驗，崔西已能駕輕就熟、不帶任何情感在殘酷的犯罪現場進行調查工作，淡漠地應付活生生展現在眼前的人性黑暗面，冷眼目睹人與人之間冷酷無情的相殘。這麼多年來，她就是運用這後天學習來的疏離和鎮定，去調查莎拉的失蹤案，不允許自己去思考妹妹可能遭受凶手如何殘忍的對待。可是在她一步步爬上山，看到莎拉的遺體被淺淺地埋在那個樹洞後，刻意築起來的保護膜被戳破，終究還是崩潰了。就在她看到妹妹的遺骨呈現在法庭電視螢幕上，在她逐漸掌握妹妹受苦的確鑿證據，在她看到妹妹被輕率地塞入垃圾袋、像垃圾一樣被丟在一個洞裡面那一剎那，所有防備潰堤。此時此刻，遠離了眾目睽睽，遠離了侵犯私生活的攝影機，她終於哭了出來。同時在一個也認識和珍愛莎拉的人懷抱中哭泣，令她敞開了心扉。

幾分鐘後，崔西退開，擦掉臉上的淚水，「我現在一定很狼狽。」

「不會，」丹說，「妳永遠都不狼狽。」

「謝謝你，丹。」

「我還能為妳效勞什麼嗎？」

「帶我走。」

「去哪裡？」

她抬起頭迎向他的唇，親吻他，輕輕低語著：「和我上床，丹。」

✦

他們的衣服散落在臥房地毯，披蓋在抱枕上。丹躺在床單下喘氣，因為被單和羽絨被都被他們踢到地上了，「幸好妳不當老師了，否則會有一大堆男同學為妳心碎。」

崔西翻身過來親吻他，「如果我是你的老師，我一定會因為你的努力給你一個優。」

「努力而已？」

「還有成果啦。」

丹把一隻手枕在頭下，眼睛盯著天花板，胸口仍然快速上下起伏，「這是我得到的第一個優，妳開心嗎？早知道只要跟老師上床就能拿到優，我都不知道拿了幾個了。」

她輕輕捶了他一下，下巴靠在他肩膀上，享受著悄然無聲的時刻。一會兒後，她說：「人生會突然給你來個大轉彎，讓人措手不及，對不對？你還住在這裡的時候，有想過未來會娶一個東岸老婆，還住在波士頓嗎？」

「沒想過。」丹說，「我住在波士頓的時候，也沒想過會回來雪松叢林鎮，跟崔西．克羅斯懷特一起睡在我爸媽的床上。」

「我們的事被你這樣一說，感覺有點恐怖，丹。」她的手指輕撫過丹的胸膛，「莎拉老是說，長大以後要跟我住，我問她如果我結了婚怎麼辦，她就說我們可以住隔壁當鄰居，一起教孩子玩槍，然後像我爸爸那樣帶孩子去比賽。」

「妳想過搬回來住嗎？」崔西的手指打住。丹哀叫一聲，胸口明顯地哆嗦一下，「抱歉，我不應該這麼問的。」

過了一會兒，崔西才說話，「很難把好的回憶和壞的回憶分開。」

「我是哪一種回憶？」

她一歪頭，看著丹的眼睛說：「你當然是好的回憶，丹，而且是越來越好的。」

「餓了嗎？」

「鼎鼎大名的培根起司漢堡？」

「義大利培根蛋麵，我的另一道招牌菜。」

「你的招牌菜都那麼油膩嗎？」

「這些都是最棒的。」

「那我要趕快起來沖澡。」崔西說。

丹吻了她一下，滑下床，「我上好菜，等著妳大駕光臨。」

「你會把我寵壞，丹。」

「我就是想寵壞妳。」

丹又彎身吻了她一下，她好想拉他上床再翻雲覆雨一次，但他一溜煙就下了樓。崔西往後一倒，抱緊一個枕頭在胸前，聽著丹在廚房翻找東西的聲響。他拉開了抽屜又關上，然後就是鍋子碰撞的鏗鏘聲。雪松叢林鎮曾經令她快樂過，它會再次讓她快樂嗎？也許她需要的只是像丹這樣的人，他使得雪松叢林鎮再次給她一種家的感覺。不過雖然心裡這麼想，但她很清楚她的答案是什麼。俗話說「物是人非」是有道理的，事情到最後都會印證，這些老調重彈是顛撲不破的真理。她呻吟一聲，把枕頭往旁邊一扔，起身下床。現在不是思考未來的時候，單單是眼前的麻煩就夠她煩心了。

明天早上第一件事，就是她要上臺作證。

46

暴風雪並沒有掃過雪松叢林鎮，氣象預報終於對了一次。不過這並不表示天氣好轉了，清晨的氣溫驟降至零下十三度，這樣的低溫在卡斯卡德郡算是頗冷的，卻仍然阻止不了觀眾排隊等著旁聽第三天的聽證會。崔西穿著黑色外套和裙子，這是她出庭的固定裝扮，高跟鞋在公事包裡，她打算進了法庭，立刻脫掉雪靴換上。

氣象報告表示這場預期中的暴風雪仍然在附近地區打轉橫行，梅爾法官似乎更堅決地想搶時間讓聽證程序往前推動。他人還沒碰到椅子就發話：「奧萊利律師，請傳喚你的證人。」

「辯方傳喚崔西．克羅斯懷特。」丹說。

崔西感覺到艾德蒙．豪斯的目光一直盯著她，穿過欄杆門，朝證人席走去，直到她站上臺宣誓。想到自己是他重獲自由的最佳籌碼，就令她一陣反感。她又想起安娜貝兒的父親曾到過丹的辦公室，丹告訴她喬治．邦飛前來警告艾德蒙．豪斯是有暴力傾向的危險人物，世上唯一適合這種人的地方就是監獄。崔西完全認同邦飛的話，但這場聽證會爭議的重點並不在豪斯身上。

丹以幾個例行性問題和緩地引導她進入狀況，梅爾法官似乎察覺到證人在情感上較為敏感，並沒有催促丹。

經過背景相關問題的暖身後，丹提問：「別人都說妳們形影不離，是吧？」

「嗯，她似乎老是黏著我。」

丹朝窗戶走去，陰沉沉的天空中，卷鬚狀的烏雲又開始落下點點白雪。「請描述妳們姊妹倆小時候臥房的具體位置。」

克拉克起身抗議。丹詰問崔西時，他起身抗議的頻率明顯多過丹詰問其他證人時，顯然企圖破壞崔西作證的流暢性，似乎非常擔心丹會趁隙放出對檢方不利的線索。「抗議，庭上，無意義詢問。」

「這是為接下來的證詞做鋪陳。」丹說。

「抗議無效。但是律師，請不要浪費時間。」

「莎拉的臥房就在我隔壁，走廊裡面那間，但她幾乎每天晚上都賴在我床上，她怕黑。」

「妳們共用一間浴室嗎？」

「對，浴室就在我們兩人的臥房中間。」

「妳們會借用彼此的物品嗎？」

「經常，雖然我不太喜歡。」崔西隨即勉強擠出一個微笑，「我和莎拉的身材相仿，妝扮上的品味也差不多。」

「包括挑選首飾的品味？」

「對。」

「克羅斯懷特探員，請妳向庭上描述，一九九三年八月二十一日當天的事情經過。」

崔西突然感覺內心一陣翻騰，她頓了一下，努力讓自己平穩下來。「我和莎拉去參加華盛頓州單動式擊發冠軍賽。」她說，「我們兩個的成績很接近，旗鼓相當，最後決賽時要兩手各握一把槍，左右交換，連續擊倒十個靶子。我漏掉一個槍靶，完賽時間被罰加五秒，所以基本上我已經輸了。」

「那麼莎拉贏了？」

「沒有，莎拉漏掉了兩個槍靶。」崔西輕輕一笑，「她已經連續兩年沒有遺漏兩個槍靶了，更別提在賽場上。」

「她是故意的。」

「她知道晚上我的男朋友班要來接我，一起去我們最愛的餐廳，他計劃在那裡向我求婚。」崔西停了一下，拿起水杯啜了一口，再把水杯放回椅子旁邊的桌上，「我很氣莎拉故意讓我贏，憤怒蒙蔽了理智，降低我的判斷力。」

「怎麼說？」

「氣象預報說那天晚上天氣會變壞，會有大雷雨，但班來賽場接我去餐廳，我們在那裡有預約。」崔西感覺這些話黏在喉嚨上。

丹幫她把話說出來，「所以莎拉要一個人開車回家。」

「我應該堅持她跟我們去餐廳的。從那以後，我再也沒見過她。」

丹停下來，尊重她的感覺。一會兒後，他才問：「贏的人有任何獎賞嗎？」

崔西點點頭，「一個鍍銀的獎章。」

丹從證據展示桌上拿起白鑞色的獎章，遞給崔西，同時喊出它的證據編號，「法醫人類學家證稱，她在墓穴中的莎拉遺骨旁找到這枚獎章。既然那天是妳贏了獎章，它又怎麼會出現在那裡？」

「因為我把獎章給了莎拉。」

「妳為什麼把獎章給她？」

「因為是莎拉故意讓我贏的，所以我在走之前，把獎章交給她。」

「那是妳最後一次看到那枚獎章？」

崔西點點頭。她完全沒想到那天莫名回頭，從擋風玻璃瞥了莎拉一眼，看見莎拉戴著自己的黑色牛仔帽站在雨中，那一幕居然是妹妹最後的留影。這麼多年來，崔西不斷回想那一幕，只覺得生命的無常總在瞬間發生，令人猝不及防。她好後悔，那天下午不應該因為妹妹故意讓她而生氣。她任由自尊心作祟，哪裡知道莎拉那麼做，只是為了不讓她因為拿到第二名而帶著沮喪的心情去赴約，那天可是她的大日子。

她硬是忍住不想哭，但眼淚還是從眼角逃了出去。她從桌上的面紙盒抽了一張出來，擦掉淚水。旁聽席上也有人在擦眼淚，擤鼻涕。

丹假裝回到律師桌找資料，讓崔西有時間平復下來。一會兒後，他又回到證人席前問：「克羅斯懷特探員，請告訴庭上，一九九三年八月二十一日，妳最後一次看到妳妹妹時，她身上穿的是什麼衣服？」

克拉克出乎意料地起身，走出律師桌，「抗議。這個問題的答案完全依賴證人的印象，沒有事實憑據，不足採信。」

丹也走到法官席，「這個抗議太莽撞了，庭上。檢方當然可以針對不尋常的問題提出異議，若是檢方不放心，大可以針對探員的回憶進行詰問，不能無憑無據地封殺她的證詞。」

克拉克似乎被激怒了，「恕我直言，雖然我尊重庭上有權決定是否剔除這類證詞，但檢方擔心上訴紀錄中，會出現臆測和假設這種模稜兩可的內容。」

「檢方可以隨時提出異議來保護上訴紀錄的明確性。」丹說。

「我同意，奧萊利律師。」法官說，「但我們都知道，這幾天的聽證內容在媒體上的曝光率遠遠超出我所樂見的程度，不過我倒是滿感激檢方考慮到上訴紀錄的明確性。」

克拉克趁機補上一拳，「庭上，檢方請求預先審查證人，以確定證詞是否有根據，並且不是依據聽證會上所揭示的證據推測出來的，以及確定證人真的在二十多年以後，能想起妹妹在一九九三年八月的某一天，穿的是哪些衣服。」

法官在椅子裡前後搖晃，陰鬱地瞇起了眼睛。崔西猜到了他會說：「我允許檢方預先審查證人。」

根據多年經驗，她知道只要法官察覺到聽證會的結果正朝著上訴法院而去時，法官的作風便會轉趨保守，以縮小最終裁決核准上訴的可能性。而同意讓克拉克先檢驗崔西的記憶力，就能堵住克拉克的口，讓檢方未來無法以此為藉口，向上訴法院投訴梅爾法官的裁決正確性，同時也降低這案子被發回到他手上重審的機率。

丹坐回到豪斯身旁的座位上，豪斯傾身過去低語了幾句，但丹沒有任何回應。

克拉克撫順鱒魚圖紋的領帶，走了過來，「克羅斯懷特小姐，妳想得起來一九九三年八月二十一日那天，妳穿的是什麼衣服嗎？」

「我可以根據習慣推測一下。」

「推測？」克拉克朝法官瞥了一眼。

「我很迷信。比賽時都固定打上紅色領巾和藍綠色飾釦繩式領帶，再戴上我的黑色牛仔帽，我還會穿仿麂皮長外套。」

「瞭解。妳妹妹也迷信嗎？」

「莎拉太厲害了，不需要依靠迷信。」

「因此我們不能根據習慣，推測她那天穿的衣服了吧？」

「不過她在比賽時，喜歡把自己打扮得比所有人出色。」

旁聽席上有幾個人露出了微笑。

「但她沒有固定的出賽服吧？」

崔西說：「她都穿史考利的襯衫，那是一家襯衫品牌，她喜歡他們的刺繡圖紋。」

「她有幾件史考利襯衫？」

「大約十件吧。」

「十件，」克拉克說，「沒有特定的靴子或帽子嗎？」

「她有好幾雙靴子，我記得大約有六頂帽子。」

克拉克轉向陪審團席，看到席上空無一人，才領悟到這次沒有陪審團看他表演，於是又走到分隔旁聽席的欄杆附近，「所以妳沒有任何憑據，可以確實證明妳妹妹在一九九三年八月二十一日那天的穿著，只能憑著二十年後的推測來作證？或是根據妳在聽證會上聽到的線索來猜測，對吧？」

「不，不對。」

克拉克露出一副出乎意料之外的樣子。梅爾法官又開始前後搖晃，讓椅子嘰歪嘰歪叫著，他全神貫注地旁觀接下來的發展，旁聽席也靜悄一片。克拉克朝證人席走去，他當然是在權衡接下來該怎麼做，每一位律師在面臨進退兩難的局面時，都會仔細評量是否要接著提問，這麼做會不會打開潘朵拉的盒子，卻對盒內的東西一無所知，又或者應該跳過去，移到下一個話題。崔西從多次出庭為凶殺案作證的經驗得知，克拉克所面臨的問題是，他已經親手揭開了一個關鍵話題，這表示就算他不問，丹也會提問。克拉克緩緩地、謹慎地試探著，「妳一定不記得她那天穿了什麼。」

「對，我不是很確定。」

「我們討論過她沒有迷信任何服裝。」

「她是沒有。」

「那還有別的可能……」克拉克突然打住。

崔西沒有等他決定是否要把話問完，自顧自地說：「一張照片。」

克拉克愣住，「一定不是那天的照片。」

「就是那天的照片。」崔西平靜地說。

「他們用拍立得拍了前三名的照片，莎拉是第二名。」

克拉克清清喉嚨，「而妳剛好保存了這張照片二十年？」

「我當然會保存這張照片，這是莎拉最後的一張照片。」

崔西在那天早上和卡洛威碰面、一起檢視她的藍色福特貨卡後，就把放在槍架推車裡的照片拿走了，所以照片並沒有被列入證物明細，也從來沒出現在警方的筆錄中。

克拉克看著法官說：「庭上，檢方要求到辦公室會談。」

「駁回。你的預先審查證人結束了嗎？」

「庭上，檢方異議，這案子從沒聽說過有這樣一張照片存在。這是我第一次聽到。」

「奧萊利律師？」梅爾法官問。

丹起身回答：「就我所知，庭上，檢方說得沒錯。這張照片不屬於被告，就算有人要求辯方交出，本方也交不出來。不過，檢方顯然可以透過克羅斯懷特探員，取得照片來佐證。」

「異議無效。」梅爾法官說，「奧萊利律師，請進行詰問。」

丹再一次接近證人席，「克羅斯懷特探員，請問那張照片妳今天帶在身上嗎？」

崔西伸手到公事包裡拿出相框。旁聽席躁動起來，梅爾法官拿起小木槌用力敲著。照片被標記並登錄後，丹請崔西描述照片中莎拉的穿著，崔西照做了。接著，丹說：「請描述照片中妳妹妹所戴的耳環和項鍊。」

「耳環是翡翠的，淚珠形狀。項鍊是銀鍊。」

「妳認得這些首飾嗎？」丹遞給她羅莎在莎拉墓穴內找到的翡翠耳環證物袋。

「認得，它們就是照片中莎拉戴的耳環。」

丹拿起豪斯初審時的證物——微型手槍耳環，旁聽席又騷動起來。「那麼這對耳環，」他唸出它們的編號，「妳認得嗎？」

「認得，那也是莎拉的。」

「她失蹤那天戴的是這對耳環嗎？」

克拉克彈起，「抗議，庭上。證人剛才說過她不能確定她妹妹那天的穿著。這位證人只能指證耳環是否符合照片裡所戴的款式。」

「我收回問題，」丹說，「克羅斯懷特探員，這對耳環是照片中妳妹妹所戴的嗎？」

「不是，」崔西說，「它們不是。」

丹把耳環放回到證物桌上，然後回到座位上坐下。旁聽席上的低語已經累積到讓法官又敲起了小木槌。「我要提醒旁聽席注意法庭秩序，第一天聽證會開場時，我就說得很清楚了。」

克拉克起身朝證人席走去，一副勢在必得的模樣，說話的口氣也充滿挑釁，「妳剛才提到妳妹妹很講究打扮，不是嗎？」

「沒錯。」

「妳說她參加比賽時的服裝並不固定，會從多件襯衫、褲子和帽子之中挑選搭配，對吧？」

「對。」

「她會多帶一套衣服去賽場嗎？曾經在賽場上改變心意換裝過嗎？」

「有時候不只換一次，」崔西說，「她這個習慣讓我很抓狂。」

「也包括換首飾嗎？」克拉克說。

「我記得她在一些場合會這麼做，尤其是超過一天的賽程。」

「謝謝。」克拉克似乎鬆了一口氣，快步回到座位坐下。

丹起身，「我很快，庭上。」他朝證人席走去，「克羅斯懷特探員，妳的妹妹在那些場合更換首飾時，妳有印象她曾經換上那對在豪斯初審時的呈堂證物耳環嗎？也就是那對手槍耳環，證物編號三十四A和三十四B？」

「我從沒看她換上這對耳環。」

丹指著克拉克問：「檢方剛才的提問，暗示她換上這對耳環的可能性很大，有這個可能嗎？」

克拉克抗議，「同樣的問題，誘導證人做推測性陳述。證人只能根據那張照片回答。」

「奧萊利律師，你的問題確實在引導證人做推測。」法官說。

「請庭上通融一次，克羅斯懷特探員會證明我們不是在推測。」

「我就通融一次，但動作要快。」

「妳妹妹有可能戴上這對手槍耳環嗎？」丹問。

「不可能。」

「妳為何如此肯定，妳剛才也提到了妳妹妹很善變？」

「手槍耳環和項鍊是莎拉十七歲時，贏得華盛頓州單動式擊發冠軍賽，我父親送給她的禮物。那年是一九九二年，耳環背面刻有年份。莎拉戴過一次，卻造成耳垂嚴重感染。她只能戴

24K金或純銀的耳環，而我父親以為那是純銀的，結果不是；莎拉不希望他尷尬，所以沒告訴他。就我所知，莎拉再也沒有戴過那對耳環。」

「她把耳環收藏在哪裡？」

「她臥房梳妝檯上的一個首飾盒裡。」

梅爾法官敲擊的小木槌停下來，旁聽席也靜默下來。窗外迷離的黑手指更往下探，雪勢加大了。

「謝謝。」丹說完，立刻轉身走回座位上。

克拉克將食指按在嘴唇上，於此同時崔西離開了證人席。她的高跟鞋叩叩地敲著大理石地板，跟隨著她穿過應訊處，朝旁聽席走去。一陣狂風驟然撲來，震得窗戶砰砰作響，坐在靠窗邊的人都嚇了一大跳，有個女人甚至被嚇得倒抽口氣。除此之外，沒有一個人有動靜，就連穿著聖約翰皇家藍長褲套裝，一身光鮮亮麗的瑪麗亞．樊珮兒也愣愣地坐著，似乎陷入了沉思。

只有一個人全程享受這個上午的攻防戰，一副很過癮的模樣。艾德蒙．豪斯躺靠在椅背上，翹起椅子前腳，連人帶椅前後擺動，臉上還掛著笑容，彷彿剛在一家美食餐廳填飽了肚子，意猶未盡。

47

下午場開始後，梅爾法官回到法官席上，滿臉無可奈何的認命模樣。「看來氣象報告還是有點準的。」他說，「第三個暴風雪正在接近中，不過他們認為會提早報到，最快下午就進來了。我會緊迫盯人，要求檢辯雙方抓緊時間，儘早結束今天的聽證會。」

丹立刻起身，宣告他將傳喚今天的最後一位證人哈里森·史考特。

「那就開始吧。」法官說。

瘦瘦高高的史考特穿著鐵灰色西裝，坐上了證人席。丹俐落地介紹了史考特的學識背景和工作資歷：他曾是華盛頓州刑事鑑識實驗室，西雅圖溫哥華區的負責人，後來辭掉公職，創立私人公司「獨立鑑識實驗室」。

「獨立鑑識實驗室主要負責哪些工作？」丹問。

史考特撥開垂掛在額頭上的沙金色頭髮，就一個工作資歷如此豐富的人來說，他實在太過年輕，幸好太陽穴的一綹灰髮補強了一點穩重感。崔西覺得他的外型好像在南加州海邊乘風破浪的衝浪手。「我們從事各領域的化驗工作，從DNA分析到檢驗潛伏紋、槍枝器械分析，以及毛髮、纖維、玻璃、顏料等微物分析。」

「請你向庭上說明，我就這個官司委託貴實驗室的化驗項目。」

「你委託我們針對三份血跡樣本，以及十三根髮絲樣本做ＤＮＡ分析。」

「我告訴過你這些樣本的來歷嗎？」

「你提供的樣本一直保存於華盛頓州刑事鑑識實驗室，是警方調查一位年輕女子莎拉・克羅斯懷特失蹤案的證物之一。」

「請向庭上簡短介紹ＤＮＡ化驗。」

「本庭清楚何謂ＤＮＡ分析和化驗。」法官疾筆振書，頭也沒抬地說話，「跳過。」

「你們針對我提供的血跡和髮絲樣本，進行過ＤＮＡ化驗了嗎？」

「是的。」史考特簡述了化驗流程。

「一九九三年已經出現ＤＮＡ鑑定技術了嗎？」

「沒有。」

「我們先來談談血跡。從我給你的樣本中，能萃取出ＤＮＡ圖譜嗎？」

「樣本因為年代久遠，以及保存方式的關係，再加上可能有的交叉汙染，已經不可能萃取出完整的ＤＮＡ圖譜。」

「那你們能從任何一份檢體，萃取出部分的ＤＮＡ圖譜嗎？」

「只有一份。」

「你們能依據這部分的ＤＮＡ圖譜，做出肯定性結論嗎？」

「只能確定該血跡屬於一位男性所有。」

「你們能鑑定出它屬於哪位特定人士嗎？」

「不能。」

丹點點頭，檢視筆記。史考特的化驗結果證實了豪斯的說法，血跡是他的，是他在傢俱工作室裡做木工時被劃傷後，帶著傷去貨卡拿香菸時留下的——證明他是拿了香菸才去處理傷口。丹繼續說：「請說明髮絲樣本的化驗。」

「我們先用顯微鏡檢視每一根髮絲，十三根髮絲中的七根有毛囊，可以提取DNA圖譜。」

「你們從七根髮絲都提取到DNA圖譜了嗎？」

「其中五根髮絲可以提取到DNA圖譜。」

「你們將這些圖譜與州政府和聯邦政府的DNA資料庫進行比對了嗎？」

「是的，我們做了比對。」

「這些從髮絲提取的圖譜，與州政府和聯邦政府的DNA資料庫有吻合的嗎？」

「有，其中三根髮絲的圖譜，得到我們所謂的『陽性命中』。」

「陽性命中，是什麼意思？」

「這表示我們從髮絲樣本提取出來的DNA圖譜，與州政府和聯邦政府資料庫裡的一個DNA圖譜吻合。」

「謝謝，史考特先生。我們現在倒帶一下，我是不是還交給你另一項樣本，請你化驗DNA？」

「是的，你交給我一根金髮，要求我單獨進行化驗。」

「我告訴過你這根單獨化驗的金髮的來歷嗎？」

「沒有，你沒有。」

「你們從這根單獨化驗的金髮，提取到DNA圖譜了嗎？」

「有，我們拿它與州政府和聯邦政府的資料庫比對，也得到一個陽性命中。」

「史考特先生，從我另外給你的那根金髮提取到的DNA圖譜，吻合資料庫中誰的DNA圖譜？」

「金髮DNA圖譜吻合資料庫中一位執法人員的DNA，那就是崔西．克羅斯懷特探員。」

崔西感覺到旁聽席眾人的視線，立即全數轉移到她身上。

「好。你剛才提到你將證物三根髮絲的DNA與政府資料庫進行比對，也得到吻合的結果。請指認那個人是誰？」

「三根髮絲的DNA與政府資料庫比對後，吻合的結果依然是崔西．克羅斯懷特。」

旁聽席騷動起來。

「噢，天啊。」有人輕呼出聲。

梅爾法官敲了小木槌一下，法庭又恢復安靜。

「讓我再確認一下，警方證物三根髮絲的DNA，也就是從紅色雪佛蘭貨卡上取得的髮絲，是屬於崔西．克羅斯懷特的？」

「完全正確。」

「比對結果出錯的機率是多少？」丹問。

史考特微微一笑，「十億分之一。」

「史考特博士，你說你也從另外兩根髮絲上取得了DNA。」丹轉身指著崔西，「那兩根髮絲不屬於克羅斯懷特探員嗎？」

「不屬於。」

「你能從這兩根髮絲的DNA，做出肯定性的結論嗎？」

「是的，可以。這兩根髮絲的DNA，屬於與克羅斯懷特探員有血緣關係的人所有。」

「什麼樣的血緣關係？」丹問。

「同胞手足。」史考特回答。

「姊妹？」丹問。

「肯定是姊妹。」

48

隨後，哈里森．史考特接受了檢方簡短的反詰問，然後走下證人席。梅爾法官詢問克拉克：「檢方要傳喚證人嗎？」

法官的語氣明顯暗示那麼做並不明智，而事實上，檢方又能傳喚誰呢？一九九三年出庭作證的證人都已經上臺了，而且這次的表現都差強人意。

克拉克起身說：「庭上，檢方無須傳喚證人。」

梅爾法官點點頭，「那我們休息。」他沒有為今日的聽證做總結，也沒有解釋省略此步驟的原因，就疾速離開了法官席。一等那扇通往他辦公室的門闔上，法庭立刻鼓噪起來，媒體紛紛朝崔西湧上。崔西身手敏捷地趁大門尚未被堵死之前趕到，意外看到阿姆斯壯正在為她開路，「我需要呼吸新鮮空氣。」她說。

「我知道一個不錯的地方。」

他們兩個一起繞到後面的樓梯，下樓從一扇側門出去，來到法院南面的混凝土平臺上。崔西記得她好像在豪斯初審時，也來過這處平臺。

「我需要一個人靜一靜。」崔西說。

「妳沒事吧？」阿姆斯壯問，「需要我守門嗎？」

「我沒事的，不用了。」

「法官回來時，我會叫妳。」

冰冷的空氣幾乎把人凍僵，但崔西卻在冒汗，呼吸無比沉重。最後決定性的一擊，仍然令她震撼，她需要沉澱一下。

史考特指證在紅色雪佛蘭找到的髮絲是她和莎拉的，嚴重粉碎了這份證據的可信度。再加上，莎拉被綁架時並沒有把初審的那對耳環帶在身邊，而塑膠和地毯纖維的發現，也使得卡洛威指證艾德蒙曾經坦承殺人並且立即掩埋屍體的證詞，遭受嚴重的質疑，更別提丹揭露了哈根的證詞漏洞百出。這種種因素加在一起，已經可以預見梅爾法官會核准艾德蒙．豪斯的再審聲請，因此崔西必須提前做打算。她需要想辦法重啟妹妹之死的調查，她需要製造輿論。依照以往的經驗，共犯因為恐懼起訴和坐牢，最容易被挑撥而引發內鬨、互相撕咬。

刺骨的寒冷的確令她精神一振，但現在已經凍得她臉頰發痛起來，指尖也沒知覺了，於是她朝側門走去，卻發現瑪麗亞．樊珮兒正盯著她看。

「克羅斯懷特探員，要說說妳的看法嗎？」

崔西沒有回應。

「我現在明白了為什麼妳說這是妳個人的私事。妳妹妹的事，我很遺憾，是我越線了。」

崔西生硬地點了一個頭。

「誰該為此事負責，妳有任何想法嗎？」

「我不做沒有根據的猜測。」

樊珮兒朝她走去，「我是做電視新聞的，探員，一切都是為了收視率，不是為了我個人。」

但崔西心知肚明這則報導對自己、對樊珮兒都是攸關個人。凶殺組探員協助一位殺人犯聲請再審成功，是電視新聞絕妙的好題材，更何況被害人還是探員的妹妹，奇情度更是精采無比。不只電視臺會有高收視率，同時也增加了樊珮兒的曝光率和知名度，而她這種人最看重的就是這些了。

「對妳來說，一切都是為了收視率。」崔西說，「但對我和我的家人，不是。對整座小鎮，也不是。這樁謀殺案對我們造成的影響，是活生生的。這是我的人生，是我妹妹的人生、我父母的人生，也是雪松叢林鎮所有居民的人生。二十年前發生的事，衝擊了我們所有人的生活，到現在依然如此。」

「也許我們可以從妳的觀點和角度，來做一篇獨家報導。」

「我的觀點和角度？」

「長達二十年的追蹤調查，即將水落石出。」

崔西看著更加陰沉的天空落下了第一批雪花，如此的天色提醒了大家，這次的氣象預報是準確的。她沉思著，肯辛和丹也都問過聽證會結束後她的打算。

「妳不會瞭解，妳永遠都不會瞭解。這場聽證會一結束，妳會立刻去追下一則新聞，這對妳來說只是工作，而我不一樣，沒有享受那種樂趣的命。對我和整個小鎮居民來說，這個案子永遠不會結束。我們只是學會帶著心痛，繼續過日子。」她說。

崔西語畢便繞過樊珮兒，拉開了門，走進法院，一心只想聽聽梅爾法官的決定。

✦

梅爾法官已回到了法官席上，正一下翻弄資料，一下又拿起一疊卷宗換位置，崔西察覺到他有些變化。他舉起一張黃色筆記紙，斜拿定格，抬眼從老花眼鏡上方鏡緣，望向跑掉一半觀眾的旁聽席。許多人決定提早離開，趕在暴風雪之前回家。

「我剛才查看了氣象預報，同時也查閱了法規，以確認我在這次聽證會的權限範圍，」梅爾法官說，「先說重要的，我確認今晚會有一場威力強大的暴風雪進來。既然如此，如果再把這個案子拖延一日，我的良知上會過不去；因此，我打算宣布我初步對事實的認定，以及提出適用的法律，並做出結論。」

崔西朝丹望去，艾德蒙・豪斯也是。丹和克拉克在剛才中場休息時，已經把桌面收拾得乾乾淨淨。他們跟那些已經離去的觀眾一樣，以為今日的聽證會已經結束，只等著梅爾法官公布下一次開庭宣判結果的日期。一聽到法官這麼說，兩人趕緊匆忙地拿出筆記本和筆。法官只等了一下，就開始說話。

「我坐上法官席三十多年了，從未遇過錯得如此離譜的判決。我不知道二十年前到底發生了什麼事，這要交由司法部來調查了，當然也包括那些涉案的官員和相關人士。但我知道辯方在這場聽證會上，證實了一九九三年艾德蒙・豪斯初審時，促成有罪判決的證據具有重大瑕疵。之後我的裁判書會詳列所有遭到錯誤認定的事實，而我之所以趕在今天退庭前宣布結論，是因為我的良心讓我不能再把被告送入牢裡，一天都不行。」

艾德蒙再一次轉向丹，臉上的神情既迷惑又詫異，竊竊耳語聲也在餘下的觀眾之間渲染開來。梅爾法官敲一下小木槌，壓制了騷動。

「司法系統是建立在事實真相之上，需要所有參與人士的尊重，並且坦誠實話，完整的實話，決無虛言……上帝，請幫助他們。這是讓我們的司法體系有效運作的唯一方法。我們對藐視事實真相的證人無能為力，但可以管束執法人員，以及曾經宣誓過的男男女女律師。」梅爾法官一下子砲轟了卡洛威、克拉克和芬恩。「司法體系並不是完美的，它也會犯錯，但就像我的前輩威廉．布萊克斯通法官所說的名言：『寧可縱放一百，不可錯殺一人』。

「豪斯先生，我不知道這椿導致你被控告、審判和定罪的罪行，你到底是有罪或是無辜，但這不是由我來決定。不過，根據呈在我面前的證據，我的看法和結論是，憲法賦予你公平審判的權利，而你是否接受過這樣的公平審判，的確存在重大疑點。因此，我會建議上訴法院將此案發回原審法院，重啟再審程序。」

豪斯的雙手平放在桌上，下巴快都掉到胸口去了。他吐出一大口氣，寬厚的肩膀跟著上起下伏。

「不過我也不是天真無邪的人。」梅爾法官說，「我知道這二十年來，證據會腐敗，證人的記憶會淡化，因此檢方的負擔將比二十年前更加沉重，但若以此為託詞而妄自菲薄，那也是檢察官個人的問題，不在我的考量範圍之內。

「在撰寫事實認定和提出適用法律之前，我需要一些準備時間，而且我想上訴法院也需要時間來審閱我的裁判書。我也認為檢方會針對我的決定聲請上訴。若是上訴法院准予重啟再審程序，此案在發回高等法院審理之前，必然會有一些時日耽擱。豪斯先生，儘管這些司法程序需要一些時間，但你最好從現在開始，思考自己的人生規畫。」

崔西突然間明白梅爾法官接下來要說什麼了。旁聽席上的觀眾也是，他們繼續交頭接耳，在位置上躁動不安。

「因此，我下令釋放你。將你交由卡斯卡德郡監獄管束，並在特定條件下限制你的人身自由。我不會要求你交付保釋金，二十年的光陰遠遠足夠了。但我命令你留在華盛頓州州內，每天向緩刑犯監督官報到。你不能喝酒，不能沾毒品，並且必須恪守本州和美國國家法規。你聽明白我的要求嗎？」

當了三天啞巴的艾德蒙．豪斯，立即站起來朗聲說：「明白，法官。」

49

法官最後一次敲下小木槌，所有記者朝欄杆一湧而上，對丹和艾德蒙高聲提問。丹試圖安撫記者群，這時獄警過來為豪斯上好手銬和腳鐐，押送他從後門離去，到卡斯卡德郡監獄辦理緩刑手續。

「只要我的委託人完成手續，我們會在監獄舉行記者會，一起回答大家的問題。」丹說。

阿姆斯壯來到崔西身旁，護送她走出法庭。她在混亂中回頭一望，剎那間，腦海閃過當年她在班的車子裡側頭望出車窗外，最後一次看到莎拉孤零零站在雨中的情景。

丹抬頭遇上她的目光，意氣風發地給了她一抹淡淡的笑容。

阿姆斯壯護送她走出法庭，走下大理石樓梯，朝圓形大廳而去。一些記者可能察覺到從丹和豪斯身上挖不出新聞，便朝她快步而來，攝影記者敏捷地衝到她面前獵取鏡頭和照片。

「妳覺得妳成功揭密雪冤了嗎？」

「我做這一切，不是為了揭密雪冤。」她說。

「那是為了什麼？」

「為了莎拉，為了找出真相。」

「妳會繼續追查下去嗎？」

「我會要求警方重新調查我妹妹的命案。」

「妳有嫌犯名單嗎？」

「如果有，我會交給負責此案的探員。」

「艾德蒙．豪斯的車上為什麼會有妳的頭髮，妳知道原因嗎？」

「有人放進去的。」她說。

「妳知道是誰嗎？」

她搖搖頭，「不知道。」

「會是卡洛威郡警官嗎？」

「不確定。」

「首飾呢？」另一位記者問，「妳知道是誰栽贓的嗎？」

「我不做沒有根據的推測。」崔西說。

「如果妳妹妹不是艾德蒙．豪斯殺害的，那凶手會是誰？」

「我說了，我不做沒有根據的推測。」

來到大理石圓形大廳時，更多攝影機和麥克風發動攻勢圍堵，崔西知道躲不掉了，乾脆停下腳步。

「妳認為凶手會繩之以法嗎？」一位記者問。

「今天跨出了重啟調查的第一步，之後我會一步一步完成目標。」

「妳現在打算做什麼？」

「我打算盡快回西雅圖，」她說，「但要等暴風雪過去再說。我建議大家現在趕快該去哪裡就去哪裡。」

她在范雷的協助下從人群中擠過去，來到法院外面時，幾位意志堅定的記者原本窮追不捨，卻很快就放棄了，可能是意識到天氣真的越來越糟。大雪像蕾絲窗簾一般落下，在一陣陣狂風中翻飛。崔西戴上帽子和手套，對阿姆斯壯說：「我可以自己走了。」

「妳確定？」

「你結婚了嗎，范雷？」

「結了，還有三個孩子，都在九歲以下。」

「那趕快回家陪他們。」

「我也想，但這種颳大風下大雪的夜晚，是我們做警察的惡夢。」

「是啊，我記得自己當巡警的日子。」

「辛苦還是值得的……」

「我瞭解，」她說，「謝謝。」

崔西走下法院前的階梯。她剛才沒有機會換上雪靴，現在只能穿著高跟鞋，在大雪中小心翼翼地走下溼滑的階梯。她謹慎地踏出每一步，水氣滲過高跟鞋的皮面，寒意攻上她的腳趾，這雙完美的好鞋就要被毀了。

她抬眼望著車輛魚貫駛出停車場，轉進法院前方的馬路，其中有轎車，也有卡車，有些在輪胎上裝了雪鏈，雪鏈叮噹作響，讓她想起艾德蒙·豪斯每天早上開庭前和下午退庭後，拖著腳鐐來去的樣子。一輛有著大大雪胎的平板卡車，在接近十字路口時放慢了速度，它的右後煞車燈閃動著，但左邊的沒有。

崔西的腎上腺素一湧而上。她猶豫了一下，隨即加大步伐，盡可能地趕上去。她踏下最後一層階梯時，重心不穩滑了一跤，幸好即時抓住了扶手，才沒有摔倒在積雪的水泥地上。等她重新站穩的時候，平板卡車已經開到十字路口，她急忙穿過馬路來到停車場，極目遠眺，但距離還是太遠，再加上雪花密密落下，使她看不清車牌號碼。她也看不到駕駛座裡的情況，因為車上一個鐵籠擋住了後方擋風玻璃，遮住了她的視線。平板卡車在十字路口右轉，駛上法院北方的道路。

崔西在停車場剩下來的車輛之間穿梭而過。排氣管冒著氤氳白煙，車主們則在車外拚命刮刷前後擋風玻璃上的冰雪。有些車輛的主人並沒有費事清掉積雪便直接倒車離開，有些正緩緩往前駛出停車場，加入車陣長龍。崔西的目光死鎖在平板卡車上，卻沒發現一輛車正在倒車，直到車子保險槓撞上她的腿。它的後擋風玻璃積雪滿滿，崔西使勁拍擊後車蓋引起駕駛注意，並且打算繞道避開，但高跟鞋一個打滑，她一下子跪在那輛車剛才停車、沒有積雪的柏油地上。駕駛慌張地下車道歉，不過崔西已經站了起來，趕忙搜尋平板卡車的蹤影。它在下一個通往主要幹道的十字路口前停了下來，就停在三輛車的後面。崔西迅速從另一排車輛之間穿過，抄捷徑追上去。她的肺部灼熱，小腿也因為使勁維持身體的平衡而疼痛。平板卡車駛到十字路口，左轉進入漫天迷濛的大雪裡，越開越遠，朝雪松叢林鎮的方向而去。

崔西停下來，雙手撐在膝蓋上，抬頭望著平板卡車，直到再也看不見。她喘著氣，吐出團團白煙，冰冷的空氣燒灼著她的胸口和肺部，凍僵了裸露在外的臉頰和耳朵。剛才摔倒時扯破了絲襪，也撞傷膝蓋，現在她才感覺到膝蓋的痛楚，腳趾頭也凍麻了。

她在公事包裡翻找出一支筆，咬掉筆蓋，在潮溼的手掌上根據印象，寫下勉強辨識出的車牌號碼。

接著她坐進車裡，發動引擎，把除霜裝置的力度調到最高，雨刷磨擦著結冰的擋風玻璃，發出可怕的吱嘎聲。凍僵的手指依然沒有知覺，只能笨拙地按著數字鍵撥號，她把手握成拳頭，對它吹氣，張開，然後又重覆幾次。

電話鈴響起第一聲，肯辛就接起了，「嗨。」

「結束了。」

「什麼？」

「梅爾法官當場裁定，核准了豪斯的再審聲請。」

「怎麼會這樣？」

「以後再告訴你細節。現在要請你幫個忙，幫我查一個車牌。我只有部分號碼，所以你要盡量多試幾個排列組合。」

「等一下，我找東西寫下來。」

「是華盛頓州核發的車牌。」崔西報出印象中的英文字母和數字。「V有可能是W，而數字三也有可能是八。」

「妳知道這樣會跑出很多排列組合。」

崔西把手機換到結凍的手上，開始對另一隻拳頭吹氣。「我瞭解，車牌號碼是一輛平板卡車的，所以有可能是商用車牌。我也很想看清楚，但只能這樣了。」她又換手拿手機，讓另一隻手得到伸展，再握拳呵氣。

「妳什麼時候回來？」

「不知道，這裡有暴風雪要進來。我希望最遲星期一就能回去。」

「暴風雪已經進來我們這裡了，我聽到卡車出來鋪砂石的聲音。我討厭在馬路上鋪砂石，只要一會工夫，就會像在貓沙盒裡開車，馬路上全是爛泥。我得掛了，讓我去打個電話查查這個車牌號碼，然後趕快上路回家。一有結果，我馬上通知妳。」

崔西才掛掉沒多久，手機又響了。

「我現在要去監獄。」丹說，「豪斯獲釋出獄後，我們要開個記者會。」

「他出獄後要去哪裡？」

「我還沒跟他討論這個問題，不過感覺好諷刺。」

「怎麼說？」

「他重獲自由的第一天，暴風雪就把我們所有人都困成了囚犯。」

50

卡洛威在聽證會結束後並沒有回家，而是去了他平常去的地方——這三十五年來無論颳風下雨，無論工作日或週末，他幾乎天天報到的地方。那是全天下最讓他感到舒適自在的地方，比自家客廳都舒服，怎麼會這樣呢？因為他待在辦公室的時間向來比家裡多。他坐在辦公桌前，桌角上的刻痕和擦傷是他喜愛翹腳的習慣造成的。他老是跟別人說，死也要死在辦公桌前，除非他嚥下最後一口氣，或是把他五花大綁，再用吊車把他帶走，否則他絕不退休。

「我不接電話。」他交代值勤警員後，就坐到辦公桌後方，把雙腳翹到那個桌角上，連人帶椅前後搖晃，眼睛盯著牆上那條得獎鱒魚的標本。或許是時候順從老婆的願望退休了。或許是時候再多釣一些魚，練習高爾夫球技了。或許他該退位讓范雷接手，把責任交給新世代。或許是卡洛威下臺，回家含飴弄孫的時候了。

這些念頭聽起來都很有道理，天經地義。

這些念頭聽起來怎麼都像是逃避的藉口。

羅尹・卡洛威從不逃避。他這輩子沒逃避過，一次也沒有，現在也不打算破例。他也不打算讓他們好過。固執不通、剛愎自用、驕傲輕慢，隨便他們咒罵，他才不在乎。就算請來聯邦調查局、司法部、海軍陸戰隊，就算請來大羅神仙，他也不會把他的辦公室和辦公桌讓給別人，除非動手打倒他。他們等著瞧。他們可以懷疑證據有問題，可以暗示偽證栽贓，但就是無法證實。

一樣也不行。

就讓他們指控我吧，讓他們指著我的鼻子罵吧，誰怕誰。讓那群自命清高的人來吧，讓他們高談闊論司法體系的清廉正義。他們什麼都不知道，什麼都不懂。卡洛威花了二十年的時間前思後想，用了二十年的時間捫心自問做得對不對，一次又一次確認大家做下的那個決定。所以他絕對不會改變心意，絕對不會動搖。

他伸手去拿下層抽屜裡的約翰走路威士忌，倒了兩根手指高的酒，啜了一小口，感受濃嗆的辛辣口感。

放馬過來吧，等著瞧。

✦

卡洛威不知道自己坐了多久，這時手機響了起來，把他從回憶拉回現實中。有他手機號碼的人並不多，而來電顯示「家」。

「你要回來了嗎？」他太太問。

「快了，」他說，「收拾好就走。」

「我看到新聞了，好可惜。」

「是啊。」他說。

「雪真的越下越大了，你最好趁現在趕快回來。我用剩菜做了燉肉。」

「大風大雪的夜晚最適合吃燉肉了，我不會拖太久的。」

卡洛威掛斷電話，把手機塞進襯衫口袋，再把空酒杯和酒瓶收回到下層抽屜裡，就在要關上抽屜時，霧面玻璃上出現一道熟悉的黑影。萬斯．克拉克來到門前時並沒敲門，逕自開了門走進來，他的襯衫領口釦子沒扣上，領結也扯得低低的，一副剛打完三回合重量級格鬥防禦練習的模樣。他鬆開手任由公事包掉到地上，把外套丟在一張椅子上，彷彿兩隻手再也沒力氣承擔那些物品，然後整個人癱坐在另一張椅子上一臉擔憂，額頭橫刻著深深的皺紋。克拉克是郡檢察官，有義務在結束一場大官司後接受媒體的採訪。雖然那是郡檢察署的規定，不過卡洛威記得克拉克真正接受媒體採訪的機會少之又少。二十年前艾德蒙．豪斯被宣判定罪後，他也站在克拉克身旁一起接受採訪，同時還有崔西，以及克羅斯懷特夫婦詹姆斯和艾比。

「有那麼糟嗎？」卡洛威問。

克拉克聳聳肩，顯然這個動作耗費了他殘存的最後一絲氣力。他的兩隻手臂像軟軟的麵條，掛在椅子兩側，「差不多跟預期一樣。」

卡洛威坐正回來，把酒瓶重新放到桌上，同時加了兩個酒杯。他在其中一個杯子裡倒了兩根手指高的酒，將杯子滑向坐在桌角的克拉克，然後再自斟一杯。

「你還記得嗎？」他問。「二十年前，他們在艾德蒙．豪斯被定罪後，也是在這間辦公室乾杯慶功。當時，詹姆斯．克羅斯懷特也在場。」

「記得。」克拉克拿起酒杯朝卡洛威一點，隨即仰頭一乾，臉部肌肉因燒辣的液體而扭曲。卡洛威拿起酒瓶，但克拉克揮手阻止他再倒酒。

卡洛威的拇指和食指像直升機螺旋槳那般，旋轉把弄著一根迴紋針，牆上時鐘滴答響著，日光燈管嗡嗡低吟，其中一支燈管仍然咔咔地閃爍。

「你要上訴？」

「那是必要程序。」克拉克說。

「上訴法院駁回你的上訴到重啟再審程序，需要多久時間？」

「不確定那是不是由我來決定，如果他們另外指派檢察官，新任檢察官或許想長痛不如短痛。」克拉克顯然認命了，並且做好丟掉工作的準備。「他有個現成藉口，可以把一切問題都推到前任檢察官身上，說我搞砸一切，所以他贏不了再審。既然如此，又何必浪費納稅人的錢呢？他何必幫別人擦屁股，讓這筆敗訴爛賬玷汙自己的訴訟紀錄？」

「萬斯，他們最多也只能猜疑和譏諷而已。」

「媒體已經大肆報導雪松叢林鎮發生貪汙舞弊醜聞，天知道他們還會編出什麼樣的鬼話來。」

「本郡的人都知道你的為人，瞭解你的辛苦。」

克拉克微微一笑，但笑容裡帶著一絲苦澀，並且很快就褪去。「希望如此，」他放下酒杯，「你覺得他們會控告我們嗎？」

現在換卡洛威聳肩了，「可能吧。」

「我想我會被撤職。」

「我想我會被彈劾。」

「你好像都不擔心。」

「萬斯，該來的總會來，我才不要胡思亂想。」

「你從沒懷疑過？」

「我們到底做得對不對？一次也沒有。」卡洛威一口飲乾威士忌，想到剛才老婆的提醒，「你最好趁現在趕快回家，去親親你的老婆。」

「是啊，」克拉克說，「那才是最重要的，對吧？」

卡洛威看著鱒魚標本，「唯一重要的。」

「豪斯呢？他會去哪裡？」

「不知道，但天氣這麼糟，他走不遠的。你的手槍還在吧？」

克拉克點點頭。

「最好把槍放在手邊好拿的地方。」

「我也考慮這麼做，那迪安奇洛呢？」

卡洛威搖搖頭，「我會看好他的。但我覺得豪斯沒那麼聰明，否則他會以辯護人無能為由聲請再審，但他並沒有。」

51

崔西嘗試把速霸陸倒進車道，第三次用力踩下油門，輪胎砰的一聲，一下子蹿過車道邊緣的冰雪堆，接著車底傳來難聽的刮擦聲。她繼續向前犁過積雪，打算把車往前停，留下空位給丹的休旅車。車子刺耳的刮擦震響了警報系統，屋內跟著響起一連串的狂吠，但她看不到那兩隻大狗，因為窗戶的厚玻璃被子彈打碎後，到現在依然用夾板封住。

崔西走下車，碎石道上的積雪已經深及小腿中央。草地上的景觀燈並未完全被雪覆蓋，流瀉出來的暈黃光芒打在起伏的積雪上，宛如一波波的液態金屬。她找到丹藏在車庫門上方的備用鑰匙，一邊用鑰匙打開前門的鎖，一邊叫著福爾摩斯和雷克斯的名字，牠們的吠叫已經激動到不行。她打開前門，刻意往旁邊一閃，避免牠們一起撲上來，結果兩隻狗的反應出乎意料之外，雷克斯一副興趣缺缺，福爾摩斯也只是把頭探出門外，顯然想看看丹是否跟在她後面。牠們沒看到丹回家，就退回屋內去了。

「我不是嫌你們吵，」她走進屋內，關上了門。「只是更想泡個熱水澡。」支撐她一個星期的腎上腺素已經消失得乾乾淨淨，她現在只感到疲倦和緊繃，但腦海裡依然盤旋著平板卡車的車牌號碼。

她鎖好門，脫掉雪靴、手套和外套，丟在門前的腳踏墊上，筆直走進客廳，找到留在沙發上的遙控器，打開電視，一邊搜尋播報梅爾法官出乎意料裁決的新聞臺，一邊朝廚房走去。她在第八頻道打住——它每晚都會以頭條新聞轉播樊珮兒的報導——同時從冰箱拿出一瓶啤酒，撬開瓶蓋，然後回到客廳，窩進柔軟的沙發，繃緊的肌肉立刻融化、癱入那舒服的布料裡。她從沒想到啤酒會這麼順口，冰涼有勁。她把包著襪子的雙腳跨到咖啡桌上，檢視膝蓋的傷口，幸好只是皮肉傷。她應該要清洗一下，但又不想爬起來，太麻煩了。丹可能必須抱她上樓睡覺了。

她的思緒又飄到那面車牌上，想著那個V可能是W，而數字三可能是八，猜著那會是商用車牌嗎？她一點把握都沒有。

她喝了一口啤酒，試著整理思緒。事情來得很突然，她還來不及消化那戲劇化的裁定所帶來的震撼。大家都以為梅爾法官會再安排一天庭會，才宣布裁決結果並且核發裁判書。她從沒想過艾德蒙·豪斯居然會以自由之身離開聽證會。她一直以為豪斯會再回到牢房裡，等待上訴法院的裁決。那天在瓦拉瓦拉監獄探監時，豪斯得意洋洋的笑容閃進她腦海裡，他還說了我已經看到，我再次踏上雪松叢林鎮街頭時，那些人會有的表情。

如今他真的有機會了，只是不能當下實現而已。現在不會有人走在小鎮的街道上，至少今晚不會。他也可能要再多等幾天，就像丹說的，暴風雪困住了所有人，把大家都變成了囚犯。

但豪斯已不再是她關注的焦點。她也不在乎豪斯的再審結果會如何，甚至就算上訴法院駁回他的再審，跟她也沒有關係了。她現在要全心全意設法重啟莎拉案子的調查，這才是她的目的。如今重啟調查的決定權應該不會在萬斯·克拉克身上，因為梅爾法官直接在法庭上訓斥了他，他很可能會辭去檢察官的職位。對於克拉克的辭職，崔西並沒有任何一絲得意。她瞭解克拉克的為人，也認識他的妻子，況且他的女兒還就讀過雪松叢林高中。退休同時也是卡洛威最好的選項，但崔西知道那個男人很固執，鐵定會拒絕到底。崔西並不在意她是否說動了司法部啟動資源，調查克拉克和卡洛威有無共謀陷害艾德蒙·豪斯。如果司法部真的開始偵查，她不確定他們是否也會調查年邁又病弱的迪安奇洛·芬恩，那位老律師將會是個舉足輕重的證人。

她啜了一口酒，又想起她和芬恩的對話畫面，真實得彷彿她又站在芬恩家後門的階梯上。

小心點。有時候我們最好把問題留在心中，不一定要找到答案。

找出答案，又不會傷害別人，迪安奇洛。

會傷人的。

卡洛威那晚開車到動物診所找她時，也以同樣憂心的口吻提醒她。妳爸爸……但他突然停住，沒把話說完。

她心裡一直有個謎團，懷疑可能是喬治·邦飛描述她女兒可怕的遭遇，說服了她爸爸和其他人，如果抓不到殺害莎拉的凶手，那就把禽獸般的艾德蒙·豪斯送進牢裡、關他一輩子。經過這麼多年來不斷思考，她認為這個可能性最高。她父親是個正直不阿、清廉無私的人，很難想像他會參與共謀陷害別人。不過話說回來，自從莎拉被綁架後，他就完全變了，不再是以前的那個父親了。在大家慌張地四處搜尋莎拉的那段時間裡，崔西與父親並肩坐陣在他的書房，但那個男人似乎已走火入魔。他充滿了憤怒、怨毒，整個人被莎拉死亡的事實一點一滴腐蝕掉。崔西猜測他應該在責怪自己事發當時不在鎮上，埋怨自己送她們姊妹倆去參加射擊競賽，又不像以往那樣陪在她們身邊、保護她們。他認為自己沒盡到一個當父親的責任。

本地新聞開始了。果然不出所料，頭條就是梅爾法官裁決釋放艾德蒙．豪斯的報導，其實連續三個晚上以來，聽證會都是晚間新聞的頭條。「卡斯卡德郡，艾德蒙．豪斯判決後救濟聽證會，今日出現重大進展。」新聞主播說，「艾德蒙．豪斯因性侵和殺人被定罪，二十年後重獲自由。接下來是記者瑪麗亞．樊珮兒的現場報導，她無視於暴風雪的威脅，堅守站在卡斯卡德郡監獄外。今日下午稍早時，艾德蒙．豪斯和辯護律師，就是在那裡舉辦記者會。」

樊珮兒拿著雨傘，站在聚光燈下，四周大雪紛飛，幾乎遮住了她所選擇的背景——卡斯卡德監獄。一陣陣強風猛烈地襲擊她的雨傘，想讓雨傘開花，軍裝外套兜帽的毛邊像雄獅甩動鬃毛那般發散。「震驚是詮釋今日這件大事最恰當的用詞，」樊珮兒說。她複述了崔西的證詞，以及哈里森．史考特促使梅爾法官裁定釋放艾德蒙．豪斯的證詞。「梅爾法官以『扭曲司法的公正』，暗批所有牽扯其中的人，包括了雪松叢林鎮的郡警官羅尹．卡洛威，和郡檢察官萬斯．克拉克。」樊珮兒說，「下午稍早，我出席了在背後這棟建築內舉行的記者會。記者會是在艾德蒙．豪斯以暫時的自由之身，走出監獄之前舉行的。」

鏡頭轉移到稍早的記者會現場。丹坐在豪斯身旁，桌上一大叢的麥克風豎立在兩人之間。他們體型上的巨大差異在律師席上展露無疑，而現在豪斯換上了丹寧襯衫和大衣外套，更突顯了他的壯碩。

手機響起，她拿起被丟在沙發上的手機，按下電視遙控器的「靜音」鍵。

「我正在電視上看你的記者會，」她說，「你在哪裡？」

「我後來還去接受了幾場訪談。」丹說，「現在正要回家，但想一想，還是先告訴妳一聲比較好，高速公路已經塞得亂七八糟，到處都是打滑堵住馬路的車輛。我應該還要一陣子後才會到家，廣播新聞已經報導有些地方斷電，還有路樹倒塌。」

「這裡一切正常。」她說。

「如果需要的話，我的車庫裡有發電機，妳只要把插頭插進燃料箱旁邊的插座就行了。」

「我不確定我還有沒有力氣走過去。」

「我兒子們還好嗎？」

「都趴在小地毯上。但你可能要帶牠們出去上廁所了。」

「那妳呢？」

「我還可以自己去上廁所啦，謝謝你啊。」她說。

「某人的幽默感回來了喔。」

「我現在頭昏眼花，滿腦子都是我在泡熱水澡的畫面。」

「聽起來真養眼。」

「我晚點打電話給你，我現在想看看記者會的新聞。」

「我在電視上帥嗎？」

「又在討讚了？」

「妳瞭解我的。好了，記得待會打給我。」

她掛掉電話，按掉「靜音」鍵。電視上的丹正在說：「船到橋頭自然直。我想因為這是一起冤案誤判，上訴法院會立刻審理。若是如此，那接下來就必須看檢察官的決定。」

「重獲自由的感覺如何？」樊珮兒問豪斯。

豪斯撥開掛在肩膀上的馬尾，「嗯，就像我的辯護律師所說，我還不算完全自由，不過……」他微微一笑，「感覺很真好。」

「你現在是自由之身，第一件事打算做什麼？」

「跟你們大家一樣，走出去，讓風雪擊打我的臉。」

「關於初審時出的差錯，你生氣嗎？」

豪斯的笑容消失，「我不會使用『生氣』這個詞。」

「所以你原諒了那些把你送進牢裡的相關人士？」樊珮兒問。

「也不是。我現在能做的就是改過，並且嘗試不再重蹈覆轍，不再犯同樣的錯。這就是我目前的打算。」

鏡頭外一個記者問：「你知道那些偽造證據陷害你的人，有什麼動機嗎？」

丹傾前對著麥克風說：「我們不對證據做評論——」

「愚昧。」豪斯搶過話頭，對著麥克風大聲說話，「愚昧加自大，他們自以為可以神不知鬼不覺。」

樊珮兒再次提問，把丹的注意力引到她身上，「奧萊利律師，你打算遵行梅爾法官的暗示，尋求司法部對此案進行調查嗎？」

「我會跟委託人討論後，再做決定。」

但豪斯再次傾前，「我沒打算請司法部懲罰任何人。」

「你有沒有什麼話想跟克羅斯懷特探員說？」樊珮兒問。

豪斯對她咧嘴一笑。「我無法用言語表達現在的感覺，但希望有一天能親自謝謝她。」

崔西聞言打了一個冷顫，感覺似乎有隻蜘蛛，沿著她的脊髓爬了上來。

「你現在想要什麼？」一位記者問。

豪斯的笑容更大了，「起司漢堡。」

新聞鏡頭跳回到監獄外的樊珮兒身上，她使勁抓緊雨傘的手把，狂風掃過她的麥克風，發出一陣嘈雜的雜音。「如同我剛才所說，這段記者會是下午稍早錄影下來的，艾德蒙．豪斯在記者會結束後，以自由之身走出了我身後的監獄。」

新聞主播說：「瑪麗亞，我聽到一個人蒙冤坐牢二十年，卻能在當下就原諒傷害他的人，這簡直令人無法置信。那些涉嫌陷害的人士，目前情況如何？」

樊珮兒一隻手指按著耳機，在狂風中大聲喊叫：「馬克，我下午訪問了華盛頓大學一位法律教授，他告訴我，無論艾德蒙．豪斯是否對那些侵犯他公民權的人提告，司法部都有權介入，並對涉案人士提出刑事告訴。司法部也可以接手調查莎拉．克羅斯懷特的命案，由此看來，這場訴訟距離結案還有一大段路要走。本來舉行聽證會是要解決問題，沒想到卻揭露出更多的疑點。不過今晚艾德蒙．豪斯是自由的，他剛才也說了，他要好好吃一頓起司漢堡。」

主播說：「瑪麗亞，我們該放妳走了，讓妳在被風吹走以前找個避難所。不過還是要問一下，克羅斯懷特探員是否對裁決發表了任何評論？」

又一陣狂風襲來，樊珮兒把自己蜷成了球狀。大風猛地掃過後，她才說：「今天中場休庭時，我跟克羅斯懷特探員談過話，問她是否覺得法官的裁決終於揭密雪冤。她回答，舉行聽證會的目的不是揭密雪冤，而是找出她妹妹之死的真相。現在看來，這樁懸宕已久的命案很可能永遠找不到答案，如果真是這樣，那實在令人唏噓。」

崔西的手機響起，來電顯示是肯辛。

「我剛才把一份車牌清單寄到妳的電子信箱。」肯辛說，「清單很長，但還在能接受的範圍內。這就是那輛後煞車燈不亮的平板卡車嗎？」

「它只是一輛一邊的後煞車燈不亮的平板卡車，可能這裡後煞車燈不亮的車不只一輛？」

「我們看到豪斯獲釋的新聞了。」

「在場的人都好震驚，肯辛。我們以為梅爾法官會花點時間深思熟慮後，再發布裁判書。但如果他今天不做裁決，之後就是週末，再來就必須等到下星期了。他不會再讓艾德蒙·豪斯待在監獄的。」

「這麼說，聽證會上揭示的證據相當精采囉。」

「是丹的表現精采。」

「但妳怎麼聽起來有氣無力的？」

「只是累了，而且想到很多事，想到我妹妹、我爸媽。裁決來得太快，我來不及消化。」

「不知道豪斯有什麼感覺。」

「什麼意思？」

「二十年的牢獄生活，那可是很長一段時間啊，現在突然發現自己能無拘無束地走在大街上。我讀過一篇文章，講的是從越戰退役的軍人，沒有經過減壓的心理療程，直接被送回美國家鄉。前一天還在叢林裡看著同袍和敵人死在眼前，隔天就回到家裡，漫步在美國大街上，最後他們大部分都出現適應不良的情況。」

「今晚的大街上應該不會有人，氣象預報有暴風雪。」

「這裡也是，妳知道下雪的時候這裡不能開車上山路。注意保暖。我最好趁瘋狂封路之前趕快回家。」

「謝謝你，肯辛。我欠你一個人情。」

「妳要還的。」

崔西掛斷電話，滑動手機接收電子郵件。她約略瀏覽了一下肯辛傳來的車牌組合清單，覺得情況並不簡單。她第二次把網頁往下拉，快速看過汽車所有人的登記姓名和所在城市，尋找眼熟的人名，但並沒有找到。不過倒是有個「卡斯卡德」，她鎖定這筆資料。這輛車登記在「卡斯卡德傢俱」名下，她拿著手機來到丹放置家用電腦的角落，晃動滑鼠，在搜尋欄裡鍵入這個店名。「哇塞。」她驚呼一聲，搜尋結果居然接近二十五萬筆。

她在搜尋欄裡又加了「雪松叢林鎮」，搜尋結果大量減少，但依然太多，不夠有效率。「還有什麼？」她大聲說著。腦袋經過三天的聽證會，就快要當機了，她想不出能再加入什麼樣的關鍵字來減少搜尋結果的數量。

她連人帶椅往後一滑，正要再去拿一瓶啤酒時，卻想起她曾在一個地方聽過這個店名。她四下張望著廚房，裝著莎拉失蹤案調查卷宗的箱子就疊在角落裡。丹沒必要每天帶著它們上法庭。她把最上面的箱子搬到餐桌，開始翻找，一會兒後就找到她要的東西。她拿著卷宗坐下來，快速翻閱瑪格麗特．基爾沙探員的證詞謄本。她研究過這份證詞，所以印象很深刻。

克拉克檢察官詰問

問：鑑識小組在那輛貨卡的駕駛室，是否找到任何值得一提的事物？

答：血跡。

問：基爾沙探員，黑板上這張是檢方物證編號一一二的證物，是帕克．豪斯產業的局部放大空拍照。能請妳用照片告訴陪審團，妳接下來搜索的是哪個區域？

答：好，我們走下這條小路，開始搜索第一棟屋子。

問：那我們就把那棟屋子標記為一號。你們在那棟屋子有找到任何值得一提的事物嗎？

答：我們找到木工工具設備，以及幾件尚未完成的傢俱。

崔西的注意力轉回肯辛的電子信件上，喃喃地說：「卡斯卡德傢俱。」

砰的一聲，爆炸驟然轟來，震碎了玻璃窗，撼動了房屋。雷克斯和福爾摩斯猛地彈起，衝向被夾板封死的窗戶，對著它狂吠不已，房子隨即陷入一片黑暗之中。

52

克拉克拿起公事包和椅子上的外套，起身打算離開卡洛威的辦公室時，桌上的無線電嗶嗶響起。阿姆斯壯的聲音傳了過來，但雜音太過嘈雜，根本聽不出他在說什麼。

卡洛威轉動頻道調節器。

「羅尹，你在嗎？」范雷似乎是在車上講無線電，但車窗是敞開著的。

「我在。」卡洛威回應，無線電那頭隨即傳來悶悶的雷聲，但他很快就辨識出來那是爆炸聲。日光燈閃了閃，昏暗下來，接著完全不亮。變壓器燒壞了。卡洛威低咒一聲，跟著就聽到發電機咔嚓啟動，發出像飛機引擎準備起飛時的轟隆聲。日光燈又亮了起來。

「警長？」

「這裡剛才斷電了一下。等等，發電機還在運轉。你的聲音斷斷續續，我聽不清楚你在說什麼。」

「什麼？」

「你的聲音斷斷續續的。」日光燈昏暗下來，隨即又明亮起來。

「暴風雪越來越大了。」阿姆斯壯叫著說，「狂風……你必須過來一趟，羅尹。有東西……你需要……這裡。」

「等等，范雷。再說一次，重複，再說一次。」

「你必須過來一趟。」阿姆斯壯說。

「去哪裡？」無線電咔嚓一聲，雜音越來越吵了。「哪裡？」卡洛威又問了一次。

「迪安奇洛・勞恩的家。」

✦

狂風颳倒了大樹，吹斷了所有電力。雪松叢林鎮的市中心像座死城，大風掃著飛雪，把人行道的積雪堆得高高的，街燈和店家櫥窗都幽暗無光。市中心外的住家窗戶同樣漆黑，這表示整座小鎮都斷電了。

雪片拂過擋風玻璃，在休旅車圓柱狀的車燈光束內飛旋。車燈奮力照射著被暴風掃下、散落在馬路上的樹枝，丹只能慢速前進，還必須時時小心、東躲西閃。快接近榆樹林大道的轉角時，他注意到一根電線杆頂上有火光竄動，像遠方的一支火把。是變壓器。那說明了小鎮一片漆黑的原因，整個雪松叢林鎮的輸電網線都當掉了。小鎮並沒有備用發電系統，市議會幾年前否決了這項昂貴的城鎮升級提案，他們的理由是大部分住家都有自己的發電機。不過話說回來，備用發電系統當然也不能解決山中小鎮手機收訊差勁的問題，尤其是在狂風暴雪的日子裡。

丹把休旅車開上自家車道，看見殘留在積雪裡的胎痕，卻沒看見崔西的速霸陸，不禁擔憂起來。他看了看手機，完全沒有訊號格數，試圖打給崔西，只聽到嘟嘟聲。

她到底能去哪裡？丹納悶著。

他打開置物箱，拿出手電筒打開電源。踏上車道時，雷克斯和福爾摩斯開始狂吠，等他快接近屋子時，叫聲更是激動。「等等。」他大叫著，打開了門，準備好迎接將近一百三十公斤的撒嬌招術。「好，好。」他一邊輕拍著牠們，一邊拿著手電筒掃射屋內，看到崔西的公事包掛在廚房料理檯前的高腳椅背上。「崔西？」

沒有人回應。

「她呢，兒子？」

三十分鐘前他才跟她通過電話，她跟他說一切正常。

「崔西？」他叫著她的名字，一間間地找著，「崔西？」

他的手機仍然沒有訊號格數，但他還是撥了電話，沒有接通。

「留在這裡。」他命令福爾摩斯和雷克斯，然後打開前門，兩隻狗兒顯然都沒有興趣跟著他去車庫。到了車庫，丹插上可攜式發電機的插頭，他之前已把發電機接上屋子的主配電板。回到主屋時，電視已經有電了，不過呈靜音狀態。他拿起咖啡桌上的半瓶啤酒，酒瓶依然冰冰的。他按掉遙控器的「靜音」鍵，本地的氣象報告正在圖表上說明暴風雪的大小、行經路線和高低氣壓系統，並預測明天早上的積雪將超過四十五公分。

「雪的問題不大，真正的問題在不斷加劇的暴風。」氣象預報員說。

「不會吧，福爾摩斯。」丹說。福爾摩斯聽到自己的名字，低鳴一聲回應。

「根據近期回暖和結冰的模式來看，這場暴風雪會造成電線結冰，並且可能壓斷樹枝。也許已經有人看到馬路上到處都是掉落的樹枝，或者聽到樹枝斷裂的聲音。我們已收到通報，因為一個變壓器著火，造成了雪松叢林鎮幾乎全鎮斷電。」

「我要聽我不知道的。」丹說。

電視畫面一轉，回到坐在播報桌後的主播身上。

「我們會持續注意天氣狀況，為您帶來最即時的冬季暴風雪發展。」丹放下遙控器，朝廚房走去，「現在，我們剛剛收到最新消息，雪松叢林鎮松頂路有一起火災事故。」

丹立刻聚精會神。他是小鎮長大的孩子，自然知道那條路，不過勾起他回憶的不是童年時的熟悉感，而是近期的某件事。

「消息來源說，郡警官和消防人員很快就到達火災現場，並且控制了火勢，不過那棟民宅已經燒得面目全非。郡警局的發言人指出，那個地址至少住著一位老人家。」

回憶接上了。他寄出的那份沒有成功的傳票，用的就是那個地址——他用那張傳票強迫迪安奇洛．芬恩出席判決後救濟聽證會。他突然感覺身體冰冷，胃部翻攪著。他又看了一眼崔西的公事包，然後抓了車鑰匙就往大門衝去。

也就是在這個時候，他才看到崔西貼在門把上的便條紙。

✦

阿姆斯壯的警車和兩輛消防車車頂上的警示燈不停地旋轉，送出一陣陣紅藍白的耀眼光芒，與此同時，卡洛威駕車駛下街區，朝迪安奇洛．芬恩的平房而去。雪佛蘭警車的車燈照著凸出於屋頂殘骸的焦黑樑柱，好像一副被啃得一乾二淨的動物肋骨。

卡洛威把休旅車停在兩輛消防車中較大的那輛後面，然後下車。消防員正在擺平、收回水龍帶，他東躲西閃地從他們之中穿過。阿姆斯壯站在門階上，一看到卡洛威，立刻低頭冒著狂風飛雪朝他走去。他們在尖樁籬笆前碰頭，籬笆部分已被破壞，好讓水龍帶能接上平房附近的消防栓。阿姆斯壯豎起了巡警外套的領子，放下來的帽子耳罩在下巴處舞動著。

「他們查出起火原因了嗎？」卡洛威在狂風中大喊。

「隊長說聞起來像是某種促燃劑引起的，比如汽油。」

「哪裡？」

阿姆斯壯瞇著眼睛，冰雪附著在包住臉龐的毛絨上，「什麼？」

「他們知道起火點嗎？」

「在車庫，他們猜測可能是發電機。」

「有找到迪安奇洛嗎？」阿姆斯壯偏頭並拉起一邊的耳罩，卡洛威靠過去，重複一次：「有找到迪安奇洛嗎？」

阿姆斯壯搖搖頭，「他們才剛把火撲滅，現在正在研判火災現場是否安全，能不能進入。」

卡洛威走進籬笆門，阿姆斯壯跟著他來到房子正面的陽臺上，兩位消防員正在那裡討論災情。卡洛威直呼菲爾・隆科斯基的名字，打了招呼。

「嗨，羅尹。」隆科斯基說，兩人戴著手套的手交握，「一棟民宅在暴風雪天鬧火災，我算是大開眼界了，以後沒有任何事情能嚇到我。」

卡洛威提高音量說：「有找到迪安奇洛嗎？」

隆科斯基搖搖頭，隨即後退幾步，指著燒焦的屋頂，「大火沿著屋頂快速竄沿，侵入每一個房間。一定是某種促燃劑引起的，很有可能是汽油。鄰居說房子冒出濃濃的黑煙。」

「他會不會逃出來了？」

隆科斯基皺著眉頭，「老天保佑他已經逃出來了。但我們到的時候，一個人影也沒看到。他有可能因為天氣不好跑到鄰居家過夜，可是又沒有人來通知我們。」

劈啪一陣巨響傳來，嚇了大家一跳。院子上空一根粗大樹枝掉落，消防員四下竄逃，樹枝壓垮了一部分籬笆，再轟的一聲落地，差點就擊中一輛消防車的尾端。

「我要進去看看，菲爾。」卡洛威說。

隆科斯基搖搖頭，「我們還不確定房子的結構撐不撐得住，更何況風勢如此猛烈。」

「我願意冒險。」

「可惡，羅尹。現在這裡由我負責。」

「你報告裡就說是我自己決定要進去的。」卡洛威拿過阿姆斯壯的手電筒，「你在這裡等著。」

大門門框在消防員破門而入時已被毀壞，上面燒焦的痕跡和油漆浮泡顯示火苗曾經巴著門框焚燒，以尋求氧氣。卡洛威踏過門框，耳裡聽著狂風在房子裡呼嘯來去，水滴嗒嗒作響，他的眼睛看著手電筒光束在焦黑的牆上和傢俱的殘骸上跳來跳去。老人用一輩子累積下來的小擺設和裝在相框裡的相片散落在地毯上，手電筒光束照到一片從天花板掉下來、浸透了水的石膏纖維板，那樣子好像掛在曬衣繩上的濡溼床單。雪花從屋頂破洞飄落，他用手帕摀住口鼻，屋裡的煙仍然很大，還有濃郁的焦木味和絕緣體燒融的臭嗆味。他往裡間走去，靴子在地毯上留下一個個的凹陷。

他探身進左手邊的門洞，用手電筒掃射過廚房，不過沒看到迪安奇洛。他再穿過燒得支離破碎的客廳，走下狹窄的走道，一邊朝屋子後方走去，一邊呼叫迪安奇洛的名字，但沒有任何回應。他用肩膀撞開最前面兩扇門的其中一扇，結果是一間客房。客房的損毀不大，可能是因為它距離隆科斯基初步認定的起火點最遠，而且房門是關著的，阻絕了氧氣的流動，沒有助長火勢。他用手電筒照著雙人床，打開了衣櫃門，光束展示出一根橫桿和幾支衣架。

退出客房後，他再推開另一間的房門，門板同樣沾黏在門框上。這間是主臥房。天花板和牆壁上有一條條焦痕，不過和屋子其他部分比起來，損毀情況也不大。手電筒照射在被掉落的石膏纖維板半覆住的梳妝檯，他屈膝彎腰拉起床罩裙邊，用手電筒照著床底下，仍然空無一物。

他依舊屈著膝，抬頭大喊：「迪安奇洛？」

*見鬼了，他到底在哪裡？*一聽到他家失火，一股不祥的感覺立刻籠罩住卡洛威，那感覺現在越來越強烈。

阿姆斯壯也走進了主臥房，「他們現在要進來了。你找到他了嗎？」

卡洛威挺直身體，「他不在這裡。」

「他逃出去了？」

「那人呢？」卡洛威問。范雷在無線電裡一提到迪安奇洛的名字時，不安及恐慌便一直糾纏不去，那是一種冷到骨子裡的可怕感覺。他朝衣櫥走去，握住門把，但門被卡死。「去找鄰居問問，」他跟阿姆斯壯說，「他可能失去方向感，迷了路。」

阿姆斯壯點點頭，「好的。」

卡洛威一隻手撐在門框上，正要施力拉開門時，注意到門板上有兩根漆黑的金屬尖端刺了出來。兩個尖端距離約九十公分遠，在手電筒的光束下，看起來像是釘槍射出的兩根釘子，但射歪了，沒射中柱子反而射到牆壁上。只是眼前這兩支是特大號的釘子，更像是鐵錐。

「什麼東西？」卡洛威說著用力拉開門，但門動也不動，於是他一腳頂在牆壁上，再次使勁一拉。這次衣櫥門猛地彈開，力道之大超乎預期，幾乎快把他手裡的門把扯了下來。

「天啊！」阿姆斯壯驚呼一聲，跌跌撞撞退開，撞上了梳妝臺。

53

崔西感覺得到速霸陸火力全開，使勁驅動輪胎，輾過越來越深的積雪。她看不見郡道的中線和馬路邊界，眼前淨是雪白一片。因為是四輪傳動，再加上低速檔，速霸陸得以在積雪上前進，儘管速度不快；雨刷以穩定的節奏來回磨擦擋風玻璃，依然無法清乾淨玻璃窗外飛落的大雪，可視距離只剩下保險桿前方約一公尺的範圍。有些樹枝上的積雪過高，被狂風掃了下來，眼前頓時一陣白茫茫，遇到這種時候她必須克制踩下煞車的衝動，如果現在停了下來，車子可能再也動彈不得。

車子繞過彎道時，一道光線突然射來，造成她暫時性失明，差點撞上一塊大石頭。對向車道一輛十八輪大卡車夾著旋風駛過去，她的車開始抖動，大卡車上了車鍊的車輪朝她噴濺出一片泥雪。她真是笨蛋，居然在這樣的天氣下開車出來，可是她沒辦法呆坐在丹的家裡，等著暴風雪結束。她突然想通了一切，事情一下子明朗起來。她好氣自己，也很沮喪，之前怎麼都沒考慮到這些可能的後果。還有誰有機會潛入紅色雪佛蘭，神不知鬼不覺地把首飾和頭髮放到駕駛室裡呢？那必定是能隨意進出那片產業的人，或是天天住在那裡、而且是艾德蒙．豪斯信任的人。

帕克。

當時大家忙著定罪艾德蒙，卻沒人想到要訊問帕克的不在場證明。帕克說那天晚上他在木材廠上大夜班，也沒人去確認他所言是否屬實，只因為沒有必要，大家已經把矛頭都指向那位強暴犯。其實帕克的嫌疑也很大，大家都知道他是酒鬼，那天晚上很可能灌了幾杯啤酒，為了避開警察臨檢而走郡道回家，然後遇上全身溼透又徬徨無助的莎拉。帕克是認識的人，莎拉不會想太多就坐上他的車。那之後呢？難道帕克想非禮莎拉，被斥責後惱羞成怒？莎拉是在掙扎過程中撞到頭的？帕克慌了手腳，把她裝入垃圾袋藏起來，等待合適的時機再埋屍？帕克一定知道水壩即將蓄水，而且他家距離即將被淹沒的區域也不遠。他熟悉山路，也是搜救隊的一員，所以知道何時何地最適合埋屍。還有最重要的是，卡洛威到他家訊問時，他有個現成的替罪羔羊：他的強暴犯侄子。

帕克當時在位於松弗蘭的木材廠工作，莎拉失蹤後，木材廠就倒閉了。帕克後來是如何維生的？如何支付賬單？崔西還住在鎮上時，做傢俱只是他的興趣，偶爾才會放幾件作品在考夫曼雜貨舖裡寄賣。很顯然他自己創了業，就是卡斯卡德傢俱公司，並且買了一輛平板卡車，載運傢俱給買家。

崔西想起她剛才問丹的問題：艾德蒙．豪斯獲釋後會去哪裡？不過豪斯在她和丹第一次去探監時，就已經回答了這個問題。

我已經看到，我再次踏上雪松叢林鎮街頭時，那些人會有的表情。

除了他叔叔在山上的家，他還能去哪裡呢？艾德蒙．豪斯堅持卡洛威和克拉克共謀陷害他，現在看來真相也的確如此，但無法解釋是誰把首飾藏在木工工作室的咖啡罐裡，是誰把金髮放到紅色雪佛蘭車裡。不可能是卡洛威或克拉克，那個時候待在家裡的艾德蒙已經提高警覺，也不可能是犯罪現場鑑識組的人趁搜索時栽贓的。艾德蒙．豪斯會不會也發現他叔叔是共犯之一，發現帕克為了要洗脫自己的罪行，自願與卡洛威和克拉克合作？

她的視線暫時離開了馬路，飛快地瞥了手機一眼。還是沒有訊號。不知道丹回到家、看到她的紙條沒有？不知道他是不是去找羅尹．卡洛威了？她看見一堆積雪像是被人剷到路邊，而且之後的馬路也都有被剷到路邊的雪堆。她放慢車速，想看得更仔細一些，並努力回想前方的叉路是不是通往帕克產業。如果走錯路，她很可能無法迴轉，陷入進退不得的困境。

她轉進了叉路，踩下油門加速。速霸陸的車輪掉進剛踫出來的車轍中，那些胎痕是寬大的輪胎壓出來的——平板卡車。她的車像遊樂園的小火車一樣在軌道裡前進又倒退，車燈的光束在暴風中擺盪的樹幹和樹枝之間跳躍。她傾身向前，從冰雪越堆越厚、視線越來越迷濛的擋風玻璃望出去，雨刷和除霜裝置釋放出來的熱氣似乎完全無事於補。

她在一個轉角前放慢下來，就在要踩下油門、打算轉進去時，看到積雪裡凸出一根樹枝，於是急踩煞車，車子猛地打住。車燈的光束剛好足以照到另外兩棵橫倒在山路上的大樹，車子無法再往前走了。她四下張望，不確定這裡距離帕克．豪斯的房子還有多遠，甚至也不確定這條路是否正確。她又瞥了手機一眼，仍然沒有訊號。

丹和卡洛威來找她了嗎？她無法得知答案。直覺告訴她時間緊迫，不能再等下去。

她檢查手槍的彈匣，再把彈匣頂回原位，上膛。另外塞了兩個彈匣到外套口袋後，她戴上帽子和滑雪手套，再抓起在丹的廚房抽屜裡找到的手電筒。

她打開車門，用前臂把車門往狂暴的風雪頂去，然後快速下車，讓車門砰的一聲關上。她不斷自我喊話，要自己堅強面對狂暴的天氣，以及即將面對的場景。

54

迪安奇洛．芬恩呈十字形狀被釘在門板上，雙手展開與肩同高，手掌被金屬尖錐釘穿，鮮血沿著木板往下流淌；腰部一根帶子的另一端綁在一個鉤子上，支撐他全身的重量。迪安奇洛的頭歪倒著，雙眼緊閉，臉龐在手電筒刺眼的光芒下呈死灰色。

卡洛威把耳朵貼在迪安奇洛的胸口，聽到了微弱的心跳聲。迪安奇洛此時呻吟了一聲。

「他還活著。」阿姆斯壯驚呼出聲。

「快找鐵鎚給我，別的也行！」

阿姆斯壯手忙腳亂地往房外衝去，梳妝檯上的物品全都被他撞了下來。

卡洛威本能地就想去解開迪安奇洛腰間的帶子，但又馬上停住，如果解開了，他全身的重量會移轉到手掌上的大鐵錐。「撐下去，迪安奇洛。我找人去叫人來幫忙了，你聽得到我說話嗎？迪安奇洛？撐下去。我們馬上把你放下來。」

隆科斯基和兩位消防員跟著阿姆斯壯快步走進房間，其中一位拿著一盞強力照明燈。

「天啊。」隆科斯基驚叫一聲。

「我需要拔鐵錐的工具。」

「你把鐵錐子拔出來，他會痛死的，那會要了他的命。」隆科斯基說。

「如果我們從後面拔呢？」一位消防員說。

「一樣的問題。」

「那我們從旁邊鋸斷鐵錐。」卡洛威說。

隆科斯基抬起一隻手抹過臉，「好吧，就這麼辦。我們可以撐起他，把身體的重量從雙手上移開。德克，拿鋸子來。」

「不用，」阿姆斯壯出聲阻止那位消防員，「拔掉絞鏈插銷，把那見鬼的門整個拆下來，門板也可以拿來當擔架用。」

「沒錯，」隆科斯基說，「這個方法比較好。德克，拿鐵鎚和螺絲起子過來。」隆科斯基走到迪安奇洛身旁，「他現在呼吸困難，快把他撐高，減輕肋骨的負擔。」

卡洛威抱著迪安奇洛的腰部，把人撐高，老人家痛苦地呻吟著。阿姆斯壯從廚房拿了一把椅子回來，把椅子塞到迪安奇洛腳下，但老人太過虛弱，根本撐不起自己。卡洛威繼續抱著他的腰，德克拿著鐵鎚和鑿子回來，動手拔除上方的絞鏈插銷。

「不對，」阿姆斯壯說，「先拔下面的。我們會護好上面的絞鏈。」

消防員把下面的插銷敲了出來，再來是中間的插銷，阿姆斯壯和卡洛威聯手固定住門板。

「抱好他了嗎？」消防員問。

「動手吧。」阿姆斯壯說。

消防員敲出上面的插銷。卡洛威撐住迪安奇洛和門板的重量，與阿姆斯壯合力轉下門板，緩緩地放到床上。

「解開帶子，拿下來，」隆科斯基說，「我們用固定帶把他固定在門板上，好把他抬出去。」

隆科斯基拿了一個氧氣罩放到迪安奇洛口鼻上，並檢查他的生命跡象。一位消防員拿了固定帶過來，他們解開迪安奇洛腰間的帶子，把固定帶繞到門板下面，再分別綁住迪安奇洛的腳踝、腰部和胸口。

「好了，想辦法把他抬出去吧。」隆科斯基說。

卡洛威抬著門板的前端，也就是迪安奇洛頭部那端，阿姆斯壯則抬著門板底端，腳的那端。

「數到三。」隆科斯基說。

他們一齊抬起門板，小心地移動以免動作太大。迪安奇洛又痛苦地呻吟出聲。

他們設法把門板弄出大門門框後，阿姆斯壯開口問：「羅尹，這是誰幹的？天啊，怎麼會有人這樣傷害一位老人？」

55

天寒地凍，冰冷從四面八方圍攻過來，不放過鑽進衣物上的每一個縫隙，像針一樣扎刺著肌膚。崔西低著頭迎著狂風前進，跨過一株倒下的大樹，循著雪裡的車轍爬上山坡。她走在深深的車轍內，但積雪依然深及小腿，舉步維艱，呼吸困難，但她仍堅持往前走，害怕自己停下來。只要一有回頭的念頭浮起，就立刻被打壓下來，她告訴自己就算掉頭回去，也不能倒車下山，更不可能迴轉。更何況，她是始作俑者，必須由她來了結。

爬了約兩百公尺，她來到一塊空地邊緣。風雪漫天，視線所及的範圍內，她辨識出微弱的光暈，以及幾棟建築物的黑影和一個個被雪覆蓋的隆起物。她回想著初審時的空拍照片，照片裡有數棟鐵皮屋，院子裡還散放著不同修復程度的汽車和農具。她不認為帕克的家會有太大改變，應該就是這裡了。她關掉手電筒的電源，輕手輕腳地朝後方的光源走去，在一輛未被大雪覆蓋的車子的保險槓後面停下。這就是她在法院看到的那輛平板卡車。她刮掉車牌上的冰雪，看看它是否符合肯辛查到的車牌號碼。確定是同一塊車牌後，她打量著眼前搖搖欲墜的木板屋，約六十公分的積雪堆在它的屋頂，約三十公分長的冰柱一根根垂掛著，把屋簷變成了鋸齒狀，排煙管沒有白煙冒出。

狂風在外套和帽子之間找到了縫隙，一陣透骨的冰寒竄下脊柱，手套裡的手指幾乎沒有感覺了，如果再等下去，身體會越來越笨拙，不利於行動。

她手腳僵硬地從平板卡車走到木板階梯前，階梯上的積雪才剛被清理過，踩上階時，木板被她的重量壓得下陷。踏上小小的門廊後，她將背貼在壁板上，靜候一下，傾身從玻璃窗格望進去，但玻璃已經結冰，裡面看起來霧濛濛的。

她用牙齒咬掉手套，再拉下外套的拉鍊，伸進去按著手槍，冰冷的金屬更進一步凍著她的手指。她輪流對著兩個拳頭吹氣，再伸手握住門把。它轉動了。她輕巧地推開大門，但門板動也不動，原本以為是門從裡面被閂住，結果它一下子就彈開。窗戶一陣顫動，她又等了一下，狂風猛打著她的背和門板，害她差點抓不住門把。她閃身溜進屋裡，輕輕關上門，狂風的餘勁往屋裡颳去，冰冷仍如影隨形。屋內依舊是刺骨的寒冷，還有濃重的垃圾發酵臭味。

她活動手指，促進血液循環，並快速熟悉環境。小小的四格窗戶下方擺著一組桌椅，附有金屬水槽的L型料理檯過去就是另一個隔間，那裡的燈光就是她在外面透過窗戶所看到的光源。她已經盡量躡手躡腳了，但腳下的木板依然吱嘎作響，隱隱的發電機運轉聲也只能掩飾掉她的一部分腳步聲。燈光的電源應該是來自發電機。她沿著料理檯朝門洞走去，握好槍，探身進去一瞧。

那盞燈很亮，因為它只有光禿禿的燈泡，燈罩就掉在地上，旁邊有張背對著她的鐵鏽色扶手椅。一條橘色的延長電線在地板上，彎彎繞繞地往黑暗的走道而去。她踏過門洞，在看到椅背上冒出來的一綹灰髮時，立刻停下腳步。有人躺在椅子裡。那個人對她的出現沒有任何反應，於是她又往前走，從椅子旁慢慢繞過去，地板持續洩露她的行蹤。她繞過小桌子，那個人的臉孔從椅子的翼形靠背後方露了出來。

「天啊。」

那個人下巴仰起，眼睛張開，轉過頭來看著她。

是帕克・豪斯。

56

帕克·豪斯圓睜著眼睛瞪著她，眼神充滿了驚恐。那是受到驚嚇的神情，崔西在辦案生涯中，看過太多暴力受害人臉上都帶著這種恐懼的表情。鮮血浸溼了椅子扶手，鐵錐從帕克的手背刺入，把他的手釘在扶手上，另外兩根鐵錐穿過靴子上方，把帕克的腳釘在木板上，雙腳周圍已有一灘從傷口留出來的血泊。

崔西把目光從帕克蒼白的臉上移開，掃射整個客廳。她看著柴爐右邊的黑暗走道，打開了手電筒。她的心臟劇烈跳動，眼睛警覺地四下搜尋，使出警校受訓時的技巧，伸直拿槍的手臂，另一手拿著手電筒左右掃射。

她背靠著走道的牆壁，閃身繞過門框，手電筒照出一張凌亂的床鋪和陽春梳妝檯。她閃身出來，重複相同的動作檢視第二個房間，還是一個人影也沒有，只有一張單人床、梳妝檯和床頭櫃。她回到客廳，試圖釐清思緒。

帕克已經閉上眼睛。崔西跪了下來，輕拍著他肩膀，「帕克，帕克。」

他微微張開眼睛，眼神依然驚恐，臉部扭曲在一起，似乎只是張開眼睛都令他痛苦萬分。他的嘴唇蠕動，但沒有發出聲音。他努力倒抽一口氣，用盡全力才嚥下一口口水，終於在可怕的喘息聲中吐出了句子，「我試著……」

崔西傾身靠過去聆聽。

「我試著……警告……」

帕克的目光突然從崔西臉上移轉到她頭頂，崔西立刻發現自己犯了一個大錯，但為時已晚。客廳的燈光是為了引她進屋的釣餌，而發電機的嗡嗡聲是為了掩飾聲音。

她飛快跳起，還來不及轉身，後腦杓就被鈍器大力擊中。她的雙腳一軟，手槍滑落，感覺到有人摟住她的腰，沒讓她倒下去，耳旁全是那個人灼熱的呼吸。

「妳身上的氣味聞起來跟她一樣。」

✦

卡洛威和阿姆斯壯抬著躺在門板上的迪安奇洛，穿過房子從前門出去。屋外的風勢狂暴，他們必須小心別讓門板變成風箏飛天。

「慢慢來。」卡洛威說。他的靴子在冰雪覆蓋的路面上打滑，於是縮小了步伐，靴子拖著地面往前慢慢來到救護車前，把門板送進車內。

「走吧。」隆科斯基說。

卡洛威傾身在迪安奇洛耳旁輕聲說：「我會了結的。我會親手了結二十年前就應該了結的事。」

「我們必須趕快出發，羅尹。」隆科斯基說，「他的生命跡象衰弱得很快。」

卡洛威往旁邊退開，讓隆科斯基關上門，救護車向前一顛，車輪為了抓到磨擦力而奮力旋轉，最後終於開離。救護車的輪子犁過積雪，警示燈旋轉著。卡洛威和剩下的消防員看著救護車駛遠，幾個人像凍僵似地站在范雷身旁，雪花覆蓋在他們的制服上，一粒粒冰晶黏附在臉龐。

「有人的手機可以通話嗎？」卡洛威問。

沒有一支手機可以。

他朝阿姆斯壯走去，「你開車去克拉克家，告訴他，我要他和他太太跟你一起走。告訴他是我說的，要他隨身攜帶他的槍。」

「到底發生了什麼事，羅尹？」

卡洛威一把抓住阿姆斯壯的肩膀，不過說話語氣平穩，「你聽見我剛才交待的話了嗎？」

「有、有，聽到了。」

「然後你再去我家接我太太。你把他們三個帶回警局，跟他們待在一起，在無線電對講機旁等我的消息。」

「我要怎麼跟他們解釋？」

「只要跟他們說，是我堅持要你去接他們的。我太太有時候會像騾子一樣固執，你就告訴她是我說的，這件事沒有商量的餘地。明白嗎？」

阿姆斯壯點點頭。

「快去，照我的話做。」

阿姆斯壯的靴子陷進積雪中，辛苦地朝他的警車走去。他把車開進滿天風雪中時，卡洛威坐進他的雪佛蘭警車，從槍架上拔出雷明登八七〇獵槍，打開子彈槽，放了五發子彈，然後又抓了一把塞到口袋裡。如果他的警察職涯只剩下最後這幾天，那他不會呆坐在辦公室裡，他要出去做該做的事。

他發動引擎，正要駛離路邊，一輛車的車燈迎面而來，筆直朝他的前保險槓駛近。那輛休旅車放慢速度停了下來，在距離幾公尺處往旁邊滑去。丹跳下駕駛座，全身裹著厚厚的外套和帽子。他沒關上車門，車燈也是亮著的，引擎依然在運轉。

卡洛威轉下車窗，「讓開，丹。」

丹遞給卡洛威一張便條紙。卡洛威讀了一遍，隨即揉成一團，一拳敲在方向盤上，「把你的車停到一邊去。快上車。」

57

丹一手抓著車門上方的把手，一手撐著儀表板，雙腳用力踩在地板的鋪墊上，但雪佛蘭警車顛簸著轉入郡道，甚至甩尾時，他也只能稍稍穩住自己。克洛威讓車子回穩後，再度踩下油門，車輪轉了幾圈才抓到磨擦力，大大的車身突地往前一跳而去。雪片不停攻擊著擋風玻璃，減弱了車燈的亮度，車蓋前方不到一公尺的距離外全被黑暗吞噬。丹重新在長椅上坐穩，此時卡洛威又猛地一轉，繞過一根斷掉的樹枝。

「詹姆斯急得快發狂，」卡洛威開始不停說，「我們都知道是豪斯幹的。我們才不相信他的鬼話，說什麼他的臉和手臂是木頭碎片劃傷的，但就是找不到證據拆穿他的謊言。我告訴詹姆斯，沒有相關證據，不可能判豪斯有罪。我跟他說，沒有屍體，沒有鑑識報告，豪斯輕易就能脫罪。找不到屍體，就不可能判一個人一級謀殺罪，那個時候的鑑識科學還不夠進步。」

「所以他答應給你那些首飾和頭髮？」

「他一開始反對，聽都聽不進去。」

「那他後來為什麼改變了主意？」

卡洛威瞥了他一眼，「喬治・邦飛。」

「樹枝！」丹的雙腳用力踩在地板上，卡洛威使勁轉動方向盤，車子驚險地從大樹幹旁邊擦過去。丹讓呼吸恢復平穩，才說：「你利用邦飛達到你的目的，就像你請他來找我一樣。」

「我沒有。邦飛是看了莎拉失蹤的新聞，自己去找詹姆斯的。我事先根本不知道，是詹姆斯打電話來請我去他家，我到的時候，邦飛已經在場。崔西和艾比都不在家。詹姆斯鎖上書房的門，邦飛跟我們說的話，必定跟告訴你的內容一樣。一個星期後，詹姆斯打電話來請我去他家，交給我那對耳環和裝在塑膠袋裡的頭髮。我根本沒想到那裡面會摻有崔西的頭髮。那個時候，沒人聽過DNA鑑識這種科學。我把首飾和頭髮塞進抽屜裡，反覆思索了幾天，才找萬斯來商量。我們知道有這樣的證據還不夠，除非申請到搜索票進入帕克的產業，然而要這麼做，唯一的方法就是有目擊證人暗指豪斯涉案，破壞他不在場說詞的可信度。」

「你怎麼說服萊恩．哈根的？賞金？」

卡洛威轉了一個彎，車尾又滑了一下。他調正車身後，車子開始抖動，引擎空轉著直到輪胎有了抓地力為止。「萊恩的父親是我大學同學，他一出生我就認識他了。他父親在一次交通臨檢被殺害殉職後，我就開始接濟他們一家人。萊恩只要開車經過雪松叢林鎮，一定會進來找我聊聊。」

「那他認識莎拉？」

「華盛頓州有誰不認識莎拉。我們有一次談到，我需要找個經常在離峰時段在郡道上跑來跑去的人出來當證人。他查了一下行事曆，說他那天有來拜訪客戶。我只要他指證那天走了郡道，並且看到豪斯的貨卡。我以為犯罪現場鑑識人員搜出那些證據後，豪斯就知道自己露出馬腳，再也藏不下去，只好說出埋葬莎拉的地點，就能破了這個案子。我想豪斯會接受認罪協商，以換取剝奪假釋權的無期徒刑，事情就此了結。我完全沒想到最後會鬧到要上法庭。」

卡洛威放慢車速，方向盤往右一轉，警車離開郡道後，顛簸得很厲害，並且開始爬坡。

「新的胎痕。」丹說。

「我看到了。」

「你執行搜索令時，身上帶著首飾和頭髮？」

卡洛威瞇著眼睛，等待一陣暴風吹過。「有犯罪現場鑑識人員在現場，我不能動手。如果我又跑去那片產業，必定會惹火豪斯。那是帕克做的。」

「帕克？他為什麼要陷害自己的侄子？」

卡洛威搖搖頭，「你還是沒搞懂，對不對，丹？」

58

莎拉哼哼唱唱著，汽車音響播放著崔西的一片布魯斯．史普林斯汀的CD，她的手指跟著E大街樂團（注）的節奏敲著方向盤。崔西是他們的頭號粉絲，莎拉根本連歌詞都記不全，只是喜歡那位主唱包裹在牛仔褲下的俏臀。

她哼著《天生跑者》的歌詞，好讓自己分心，不去想崔西即將離開自己的事實。姊姊雖然不是真的離開，但人結婚後，很多事都會改變。

從奧林匹亞開車回家的路程漫長又淒涼。她為姊姊感到高興，但也知道崔西成為班的妻子後，一切都會不一樣了。姊姊一直是她最要好的朋友，有時候，還給她長姊如母的感覺。不過莎拉覺得損失最大的，是以後再也不會有促膝長談的夜晚。沒有人陪她談天說地，聊槍法、學校和男孩。她以前經常問崔西嫁人後，姊妹倆還能不能住在一起。一想起她鑽進姊姊的被子裡，被溫柔哄著入睡的過往，她不禁莞爾一笑。她回想她們的祈禱，她永遠不會忘記她們的禱告文，那是讓她在許多個夜晚能好好入睡的唯一方法。

注 Bruce Springsteen & The E Street Band，布魯斯．史普林斯汀是從一九七〇年代活躍至今的創作型搖滾歌手。他經常與E大街樂團合作，也會以個人身分演出。

姊姊的聲音在腦海裡迴響。

我不……

「我不……」莎拉重複。

我不怕……

「我不怕……」

我不怕黑。

「我不怕黑。」

但事實上，即使她已經十八歲了，仍然怕黑。

那些和姊姊共享衣服的日子，在姊姊身旁醒來的聖誕節早晨，溜下樓梯扶手、躲在角落，等著嚇唬姊姊和她朋友的趣事，她全都會很想念的。她也會懷念她們的老家和那株垂柳樹，她以前經常抓著柳條在草地上盪來盪去，滿腦子幻想著自己在滿是鱷魚的亞馬遜河岸草地上冒險犯難。她會好想念過往的點點滴滴。

她擦乾臉頰上的淚水。她以為她已經準備好面對這一天的到來，但現在它真的來了，才知道自己不行，也永遠不可能面對它。

妳明年就要離家去讀華盛頓大學了。現在姊姊有班照顧，不是剛好嗎？

她輕輕一笑，想起崔西把銀獎章交給她時有多麼生氣，就好像屁股被蜜蜂刺中似的。

崔西完全不知道莎拉為什麼故意讓她贏。她好生氣，氣得沒注意班穿了新襯衫和新西裝褲，那是莎拉幫忙挑的。天知道，班對於求婚根本一點頭緒都沒有。

班在射擊比賽前兩個星期打電話給她，跟她說他想在一家西雅圖餐廳向崔西求婚，那是他們兩人最愛的餐廳，但他只能預訂到七點半的位子，這表示他們必須直接從賽場殺去西雅圖，才能趕得上訂位。同時也表示莎拉必須一個人開車回家，然而他們都知道崔西必定會搬出「大姊」的架勢，拒絕丟下莎拉一個人。莎拉必須想辦法讓姊姊不想理她，不想跟她一起開車回家，而要達到這個目的並不難。姊姊討厭輸的感覺，但更討厭莎拉故意輸給她，崔西完全無法忍受這點。

大大的雨滴掉下來，敲打著擋風玻璃，但距離姊姊擔心的暴風雨還有一大段距離。這裡又不是沒下過雨，拜託。

她提高音量，大聲跟著主唱，哼起另一首歌詞。

貨卡猛地顛了一下。

莎拉挺直身體，瞥了後照鏡一眼，接著瞄瞄車子左右兩旁的後視鏡，以為她可能撞到某樣東西。但車子後方太黑，什麼也看不到。

貨卡又用力一顛。這次她清楚地知道不是她撞到東西，但車子卻顛簸起來，車速筆直下降。轉速表的指針急急往左滑回去，而油量表警示燈亮起。

「開什麼玩笑？」

油量表已經降到E（空）了。

她用手指輕敲著塑膠護罩，但指針動也不動。不會吧。

「拜託不要。」她說。

不可能，她們星期五才開車去把油加滿的啊。姊姊擔心隔天早上會遲到，所以提早加了油，自己還買了健怡可樂和芝多士玉米棒要在路上吃。

*那些垃圾食物是妳的早餐？*崔西還唸了她一頓。

引擎熄了火，方向盤也變得沉重，很難轉動。她勉強讓車子繞過下一個彎道，來到緩和的下坡路段，但多滑行的這一段路，遠遠無法載她回到雪松叢林鎮。貨卡的速度減緩下來，她把車開到土石路肩上，車輪蹍過小石子，最後完全靜止。她轉動鑰匙，但引擎只哀嚎一聲，聽起來像是在嘲笑她。引擎嗒的一聲，完全不動了。她往後一躺，克制住尖叫的衝動。史普林斯汀仍然低吟著，她一把關掉音響。

她坐在車內不知所措。一會兒後，她說：「好，該振作起來了。」爸爸總是說人要靈活應變，動手之前要先有計畫。「好，我的計畫是什麼呢？」先說最重要的，「這裡見鬼的是哪裡啊？」

莎拉瞥了後照鏡一眼，後方並沒有來車的車燈。她環視四周一圈，以前很熟悉這條郡道，但現在她比較常走高速公路，而且剛才也沒有多花心思注意周遭的景色，所以對於現在的方位，她一點概念也沒有。她看了手錶一眼，想知道離開奧林匹亞後開了多久時間，希望能算出這裡距離雪山叢林鎮還有多遠，但又不確定她到底是幾點離開停車場的。她只知道，出了郡道，再開二十分鐘就會到通往雪松叢林鎮的叉路。她估計自己在郡道上開了大約十分鐘，如果估計無誤，那這裡距離叉路大約六到十公里路程。走這麼一段路是不像在公園裡散步那麼輕鬆，尤其現在正在下雨，但也不會像跑馬拉松那麼辛苦。也許她運氣夠好，還會有車路過，儘管走郡道的人不再像以前那麼多，大部分人現在都走高速公路了。

答應我，妳會留在州際高速公路上。

她幹嘛不聽姊姊的話呢？崔西會殺了她的。

她呻吟一聲，允許自己自艾自怨一下下，然後開始思考解決方法。她考慮睡在後車廂，但姊姊早上一定會打電話來，等不及告訴她求婚的事，如果沒人接電話，崔西會急瘋的，姊姊會把爸媽從夏威夷叫回來，還會動員聯邦調查局和全鎮的人出來找她。

「嗯，」她又思索了一會兒，「坐在這裡，妳哪裡也去不了，是該下車走回去了。」

她穿上外套，抓起座椅上姊姊的牛仔帽。銀獎章就躺在帽子下，她把獎章塞進外套口袋裡，打算明天一早就還給崔西，順便取笑姊姊今天有多難搞。她們會一起哈哈大笑，從此以後，只要看到這面獎章，她們都會想起崔西被求婚的這一夜。莎拉心想也許該把它送去裱框之類的，然後掛在牆上做紀念。

她繼續拖延，因為實在不想在大雨之下走那麼遠的路。

拖到最後，她只好無奈地戴上牛仔帽，下車鎖上車門。老天似乎故意跟她作對，一下車，傾盆大雨立刻潑下來。她沿著柏油路邊緣往前走，想找棵大樹避避雨。幾分鐘後，莎拉的衣服全都溼透，水流淌下背部。「倒楣死了，屋漏偏逢連夜雨。」

她冒雨前進，嘴裡哼唱著來打發無聊，《天生跑者》的歌詞已經烙印在她的腦袋裡。

「今晚每個人都上路了，但沒有……嗯，我忘了下面的歌詞。」

走了幾分鐘後，她停下腳步，似乎聽到車子引擎聲，可是大雨嘩啦嘩啦打在樹冠層和柏油路上，實在難以分辨。她站到土石路肩，回頭張望，仔細聆聽。有了。車燈燈光照在柏油路面，幾秒鐘後，那輛車繞過了彎道。她一隻腳踩到路上，探身出去招手，用另一隻手遮擋車燈刺眼的光芒。那輛車放慢速度，最後停了下來，她這才看清楚那不是汽車。

而是一輛紅色雪佛蘭貨卡。

59

崔西張開眼睛，但眼前依然漆黑一片。她失去了方向感，腦袋又痛又迷糊。她用力甩甩頭，終於想起來發生什麼事。她迅速抬起頭，一陣劇痛衝上頭頂，呻吟脫口而出。等到疼痛逐漸緩和下來，她撐起上半身，坐了起來，並用手抵地穩住身體。她的頭陣陣抽痛，四肢無力，做了幾個深呼吸，然後試圖搞清楚眼前的情況。回憶一一閃過。

她朝那棟搖搖欲墜的小屋走過去。

半掩在積雪下的平板卡車。

通往廚房的門。

走進客廳。

凸出椅背的一綹頭髮。

帕克．豪斯轉過頭來，張開了眼睛。

妳身上的氣味聞起來跟她一樣。

有個人從後面敲了她一下。她抬手去摸後腦杓時，感覺手腕好重，於是甩甩手，鐵鍊噹啷噹啷響起。她的心跳加劇，掙扎著想要站起，但一陣噁心湧上，使她無比難受，又癱倒下去單膝跪地。她做了幾個深呼吸，等著噁心的感覺消褪，然後再試一次。這次她讓自己慢慢地站起來，雖然站不太穩，但堅持一會兒後，還是找到了平衡。

崔西感覺手銬緊緊地包住兩隻手腕，順著鐵鍊往下摸索，感覺兩個手銬之間的鐵鍊約有三十公分長，另外還連著一條更粗的鐵鍊。她雙手交換，沿著更粗的鐵鍊探查，最後摸到一個長方形盤狀的東西。她的手指畫著兩個六角螺栓頭的輪廓，一隻腳撐在牆上，再把鐵鍊繞在手上，用力拉扯那個盤子，發現它有些鬆動，但另一陣噁心湧上，頭又抽痛起來。

她聽到背後有動靜。一道昏暗的楔形光芒劃破黑暗，光芒的面積逐漸擴大，是一扇門被打開了。一個人踏進光芒中，全身都藏在剪影下，接著門又關上，崔西再度陷入黑暗之中。她背靠著牆壁，抬起手臂護在胸前，準備隨時反擊。

她聆聽著對方的腳步聲，試著辨識那個人的位置，但眼前暗不見物，似乎到處都是腳步聲。她聽到一個奇怪的呼呼聲，緊接著一道刺眼的強光閃現，刺得她什麼也看不見。她垂下視線，等著黑白光斑消失。她用一隻手遮住光線，這才看清光線來源是一顆從橫樑垂掛下來的燈泡，頭上總共有兩根橫樑，平行地撐在鏽痕斑斑的泥土天花板上。

燈泡下方，有個人背對著她跪著，那人握著一個木箱側邊的曲柄把手旋轉。他每轉一圈，就會發出一種大批昆蟲拍翅的聲音，而燈炮裡的燈絲就開始振動起來，顏色也不斷變化，從橘到紅到最後驅散黑暗的白熾色，向她展現出周遭環境的樣貌。

她估計這個地方大約六公尺長，四公尺寬，二公尺半高。四根老舊的木樑充當樑柱，撐著天花板的兩根橫樑。她的視力逐漸恢復正常，低頭一看，手腕上是生鏽的手銬，手銬之間有長長的鐵鍊。第二條較粗的鐵鍊約一公尺半長，被焊接到她剛才摸到的長方形盤上，再被鏍栓拴到一面混凝土牆。部分的地面上鋪著幾塊花色不同的破爛地毯，角落裡有張鐵床，鋪了一條破爛的床墊，床邊有把同樣破爛的椅子。兩個粗糙的櫃子貼牆而立，一個放著罐頭，另一個放著平裝書。平裝書旁邊，是崔西不見了二十年的黑色牛仔帽。

艾德蒙．豪斯起身，轉過來說：「歡迎回家，崔西。」

60

一根被積雪壓得低低的樹枝撞上擋風玻璃，雪花爆噴而起，但卡洛威並沒有放慢速度。他跟著車轍繞過一個彎道，正要踩下油門加速，又猛然踩下煞車，警車距離崔西的速霸陸車尾僅剩幾公分的距離。

速霸陸後擋風玻璃和車頂上全是積雪，不過只有三到五公分高。丹拉長脖子探看車子的前方，看到積雪裡凸出來的樹枝，判斷積雪下埋著一棵橫垮在馬路上的大樹。

卡洛威低咒一聲，抽出無線電麥克風，調整頻道，喊出他的代號並詢問是否有人聽到，但沒有人回應。他又試了一次，依然寂靜無聲。

「范雷，你在嗎？范雷？」

他把麥克風放回架上，關掉無線電。

「搞懂什麼？」丹問。

卡洛威看著他，「什麼？」

「你說我沒搞懂。沒搞懂什麼？」

卡洛威解開獵槍的釦帶，把獵槍從槍架上拔出來，交給丹。「我們沒有陷害無辜的人，丹。我們陷害的是有罪的人。」

他把車門往狂風暴雪一推。

丹目瞪口呆地坐著，他到底做了什麼？

崔西的紙條被卡洛威揉成一團，丟在座椅上。他撿了起來，打開重讀。

射破玻璃窗的卡車登記在帕克·豪斯名下。

沒有人求證過他的不在場證明。

我去問清楚。

帶卡洛威來跟我會合。

她以為凶手是帕克。她以為是帕克殺了莎拉。

丹戴上帽子和手套，一腳踩進及膝的積雪中，立刻感受到寒意冰冷入骨。他步履艱難地朝警車後方走去，卡洛威正把一支步槍的槍帶掛上肩膀，把子彈塞進外套口袋裡。

「你怎麼知道？」丹在怒吼的暴風中喊叫著。

卡洛威從後方葉子板抽出兩支手電筒，試了試其中一支，交給丹，又交給他兩顆備用電池。

「羅尹，你見鬼的怎麼知道是艾德蒙，不是帕克？」

「怎麼知道？我告訴你我是怎麼知道的，我早就跟所有人說過了。是豪斯親口告訴我，人是他殺的。」

卡洛威關上後車門，踩著前人留下的那排腳印前進，腳印裡已經填進了新雪。

丹追上去問：「他為什麼坦承殺人？」

卡洛威停下來，在咻咻的狂風中大叫，「為什麼？因為他是他媽的神經病，這就是原因。」

他走到橫倒在馬路上的大樹前，再繞到埋在雪裡的殘株，單膝跪下清理殘株上的積雪。丹看到倒下來的大樹殘株上平滑的刀痕，有人用鍊鋸砍倒了大樹。

卡洛威站起來，瞇著眼睛望著茫茫大雪，望著山上。「他知道我們會來找他。」

他沿著那條靴子腳印往前走，丹拿著獵槍跟上。才爬了一會兒，卡洛威就上氣不接下氣了，又走了大約一百公尺後，兩個人都必須停下來喘氣。

「如果他埋了莎拉，你們為什麼找不到？」丹費力地把話問完。

卡洛威臉頰和鼻子上，浮現路線圖般紅紅紫紫的靜脈紋路，「因為他說謊。豪斯並沒有馬上殺了她。他在耍我們，耍我，現在又在耍你。」

「但你說你搜過帕克的產業，如果莎拉不在那裡，豪斯又沒埋葬她，那她在哪裡？」

卡洛威的下巴朝山上一揚，「上面。她一直都在那上面。」

61

莎拉抬手遮住車燈刺眼的光芒，但是這樣就看不見開門探身出來的駕駛。

一個男人在陣雨中大喊：「停在後面路邊的貨卡，是妳的？」

「對。」莎拉說。

「要搭便車嗎？」

「我沒事，」她說，「我快到了。」

那個人下車，快步從車子前面繞過來，讓莎拉看清他的臉。她給他的評價只有兩個字：「英俊」。其實，穿著白T恤、藍色牛仔褲和傷痕累累工作靴的他，感覺很像那個主唱布魯斯·史普林斯汀。T恤下的二頭肌把衣服繃得很緊，被雨水打溼的上衣也貼黏在胸膛。

「妳的車怎麼了？」

「應該是沒油了。」她說。

「我看妳今晚就這麼毀了吧？」他撥開臉上的頭髮，塞到耳後，微笑讓他的眼睛都亮了起來。「別懲罰自己了。這種事我也幹過，我想知道油箱加滿後能跑多遠。」他的拇指朝後車廂一比，「我後車廂有油罐，可惜是空的，不過我想雪松叢林鎮有加油站。」

莎拉說：「哈雷可能已經關店了。今天星期六，他通常九點就關門。」

「妳住在那裡？」那個男人問。

她是本地人啊，所以才會直呼哈雷的名字。基本上她認識所有人，鎮民也都認識她。「就住在小鎮外圍。」

他朝駕駛室走去，「走吧，我載妳一程。」

但莎拉動也不動，「你是哪裡人？」

男人轉了回來，隔著車蓋對她說：「我去西雅圖找朋友，今晚很適合開車兜風，不是嗎？我應該在朋友那裡過夜的，但我有事必須回來。我住在銀色馬刺，如果加油站關了，我可以送妳回家。」

「沒關係，不遠。」莎拉一副無所謂，「我可以走回去。」

「上車吧，還有八公里呢。」

「沒那麼遠的。」

「對，但妳會被淋成落湯雞。」他笑著說，「好吧，我先去看看加油站是否還在營業。如果還開著，我就買汽油回來給妳加油；如果關了，我就開車到妳家，通知妳家人妳的車拋錨了。妳看這樣如何？」

莎拉知道哈雷已經關店，而且她家裡也沒人。姊姊和班出去，她爸媽還在夏威夷，這個人會白忙一場，「你不需要這麼麻煩。」

「不麻煩，」他走過來，伸出一隻手，「我是艾德蒙。」

「莎拉。」她說，「莎拉・克羅斯懷特。」

「克羅斯懷特？雪松叢林高中也有一位克羅斯懷特老師，好像是教科學的。」

「你在那所高中上作嗎？」

「我是夜班工友。」

「我沒看過你。」

「因為我都是晚上工作，只有吸血鬼才會看到我。跟妳開玩笑啦，我才剛開始上班。」

莎拉微微一笑，這個人不只英俊，還很風趣。

「她是金髮，對吧？跟妳很像。」

「很多人都這麼說。」

他點點頭，「她是妳姊姊，看臉就知道了。」

「她比我大四歲，她教化學。」

「我賭妳的化學一定都是優等，對吧？」

「噢，不是啦，我已經畢業了，秋天就要進華盛頓大學。」

「所以妳是高材生囉？」

「才不是。」她的臉紅了起來，「崔西才是我家的高材生。」

「是啊，我也有個天才哥哥，他簡直就是小愛因斯坦。」

雨勢變大，雨水又開始往下倒。他的頭髮被淋得快碰到肩膀，T恤也溼透了，莎拉可以清楚地看到他胸口和肚子的線條。他搓了搓手臂。

「好了，」他說，「妳去那塊里程牌旁邊的樹下等著，我回來才找得到妳。我去幫妳買買看汽油。」他朝駕駛室走去。

「好吧。」

他轉回來，「什麼？」

「我跟你走好了。」

「妳確定？」

「對，我不想害你這樣來回跑。」

「那好吧。」他快步繞過車頭，爬上駕駛室，再傾身推開副駕駛座的車門，低頭對她微笑，「我幫妳拿。」

莎拉把背包遞給他，再藉著車門使力爬上駕駛室。她摘下牛仔帽，甩下頭髮，貪戀著排風口送出來的暖氣。「我太幸運了，幸好你開車經過。」

「若是遇上變態狂就慘了。」男人一邊說，一邊打排檔，「妳在這種地方上了那種人的車，就會從此消失在這個世界。」

62

丹知道卡洛威指的是小鎮上方的山嶺，但在黑暗的暴風雪中，他的視線只剩下約六公尺遠而已。

「他把莎拉關在礦坑裡某個地方，等到水壩快放水了，才把莎拉埋在會被水淹沒的地點。」

「你怎麼知道？」

「邏輯，從莎拉的埋屍地點推測出來的。」

「不是，你怎麼知道他把莎拉關在礦坑裡？」

「我們繼續走。」卡洛威吃力地往前，丹跟在他身旁，張大耳朵聆聽著。

「是帕克發現的，」卡洛威說，「艾德蒙以前經常騎ATV全地形車上山。他坐牢後，帕克想起那些礦坑，猜測艾德蒙騎可能就是騎車去那裡。他來找我討論這件事，我們就帶著斷線鉗上山，剪斷入口大門的鎖鍊，但找了好一陣子，什麼也沒找到，後來我才注意到就一家礦業大公司而言，那間辦公室的牆面太過粗糙。我更仔細地找，才找到一扇門的門縫，原來牆上有一扇門——艾德蒙砌了一面假牆，把莎拉綁在牆後的某個密室。我們看到了地板上有件灰色連衣裙，還有手銬和栓在牆上的鐵鍊。」卡洛威搖搖頭，「一想到莎拉被關在那樣的地方，那傢伙又是怎麼對她的，我就想吐。我們什麼也沒動，讓那個地方保持原樣，鎖好入口大門就離開，之後再也沒上去過那裡。」

丹抓住卡洛威的肩膀，猛力拉住他，「那你為什麼不告訴其他人，羅尹？」

卡洛威打掉丹的手，「你要我怎麼說，丹？跟別人說我們全部在說謊，證據是我們偽造的，可是現在後悔了，想彌補一切？讓豪斯獲釋出獄，繼續殺害別人的女兒？做都做了，回不了頭。豪斯被判了無期徒刑，莎拉也死了。」

「那為什麼不告訴崔西？」

「不能告訴她。」

「該死的，為什麼不能？老天，你為什麼不告訴她？」

「我發過誓，不能告訴她。」

「你就這樣把她蒙在鼓裡，任由她東奔西走、尋尋覓覓了二十年？」

卡洛威兜帽周圍的毛絨全都結了冰，眉毛上也掛著冰晶。「丹，要不要告訴崔西，不是由我作主，是詹姆斯決定的。」

丹瞇起眼睛，不相信他的話，「天啊，他為什麼這樣對自己的女兒？」

「為什麼？因為他愛她啊。」

「欺騙是愛？」

「詹姆斯不要崔西一輩子活在內疚裡。他知道若是讓崔西知道真相，會要了她的命。」

「她過去二十年就是活在內疚裡。」

「不，」卡洛威說，「不一樣的內疚。」

艾德蒙·豪斯坐在發電機上，頭頂的燈泡劈啪一響，發出隱隱的嗡聲，「很諷刺，是吧？」

「什麼？」崔西問。

「那麼多年過去了，我們終於來到這裡。」

「你在說什麼？」

「我在說我和妳之間的事。妳看，」他雙手平伸，咧嘴而笑，「這是我為妳打造的。」

她莫名其妙地四下打量，「什麼？」

「主體是雪松叢林礦業公司蓋的，不過是我為它添了家的感覺，地毯、床舖和書櫃都是我後來加的，因為我知道妳喜歡讀書。我知道這裡現在完全沒有家的氣氛，但二十年沒上來整理了，當然會一塌糊塗。」他微微一笑，「老實說，我很訝異這裡居然還在，跟我離開之前一模一樣，沒被他們找到。」

「我根本不認識你，豪斯。」

「但我認識妳。我一抵達小鎮，在高中看到妳，就開始研究妳的一切。我以前會到學校門口看學生放學，結果有一天，看到妳跟著學生一起走出校門。剛開始我以為妳也是學生，但後來妳的姿態告訴我不是。

「我當下就知道妳是那個人。我以前從沒和老師做過，雖然我幻想過，而且我也沒有碰過金髮的女人。自從那天看到妳以後，每天下午開車到學校等放學，變成了我很重要的例行工作。我想看看妳開什麼樣的車，但若是我出現在學校附近的頻率太高，附近多管閒事的鄰居就會起疑。後來知道妳開福特貨卡，我就到教職員停車場找它，如果沒看到妳的車，我就開車進城找找。妳經常去那家咖啡館改考卷，我進去過一次，喝了一杯咖啡。如果妳不在咖啡店裡，我就開車出城，繞到妳家去看福特在不在車道上。

「後來我在路邊發現一個好地點，那裡的視野比較好，可以看到妳臥室的窗戶。有好幾個夜晚，我就傻傻地望著妳的窗戶好幾個小時。我喜歡妳洗澡出來，用毛巾像印度人那樣包住頭髮、望著窗外的樣子。我知道我們的關係很特別，即使妳後來開始和那小子約會。我真搞不懂妳到底看上他哪一點，也不知道妳為什麼搬出豪華老家，還搬進一棟破舊的小房子。那小子總是在妳身邊打轉，讓事情變得複雜。我不能光明正大地站到妳家門前，也不能到妳家等著帶妳出門約會。後來我想通了，我必須自己創造機會。接著一個點子跑出來，所以我對妳的車動了點手腳，讓它拋錨。」

想到豪斯一直在監視她，崔西就全身發毛，而豪斯提到她的車，讓她不禁起疑，腦海裡漸漸浮現另一個讓她作嘔的可能。那天晚上，是莎拉開著她的貨卡。她轉頭看著櫃子上的黑色牛仔帽。

「第一眼看到妳妹妹時，嚇了我一跳。」豪斯說，「她走進咖啡店，那時妳正在處理工作上的事，她偷偷溜到妳後面，調皮地摀住妳的眼睛，那瞬間我還以為妳們是雙胞胎。」

「那天晚上，你以為她是我。」

豪斯站起來，開始踱步，「怎麼不會？操，妳們就跟青箭口香糖廣告裡的雙胞胎一樣相像，甚至連穿衣服的品味都很類似。」

山洞裡奇寒無比，但崔西卻開始冒汗。

「我看到貨卡停在路邊，之後又看到有一個人走在雨中，頭上戴著那頂黑帽，當下很肯定那個人是妳。不過下車一看，才發現不是，妳可以想想看我當時有多驚訝。一開始，我好失望，甚至想過直接載她回家，但轉念一想，我費了那麼大的勁，誰說我不能兩個都要。」

崔西頹然癱倒在牆上，雙膝發抖。

「現在我做到了。」

「你沒有把她埋起來。這就是我們找不到她的原因。」

「只是沒有馬上埋而已，否則就浪費了我的苦心。但我不能讓她逃掉，不能重複安娜貝兒・邦飛那次的錯誤。」豪斯下巴繃緊，臉色陰暗下來。「那個賤人害我浪費了六年的生命。」他指著自己的太陽穴，「聰明的人會從錯誤中學到教訓，我有六年的時間好好謀劃下一次完美的行動。我和妳妹妹在這裡過得挺愉快的。」

莎拉是一九九三年八月二十二日失蹤，而卡斯卡德瀑布水壩是十月中蓄水的。一股酸水湧上崔西的喉嚨，她的胃部絞痛，陣陣噁心，連忙彎腰嘔吐。

「但王八蛋卡洛威一直逼我。他說他們找到了證據，還有那個叫哈根的證人，我當時就知道我時間不多了。那種人才不把禮義廉恥放在心上，真是令人失望，對吧？我想妳對妳爸爸也很失望吧。」

她吐出口中酸水，抬眼看著他說：「你該死，豪斯。」

他的微笑加大，「我賭妳爸爸絕對想不到，有一天我居然能靠著害我定罪的首飾和頭髮重獲自由，更不會想到，幫我脫罪的人竟然是妳。」

「我才不是想幫你脫罪。」

「別這樣嘛，崔西。至少我沒騙過妳。」

「沒騙我？你從頭到尾都在騙我。」

「我跟妳說，我是被他們陷害的。我跟妳說，證據是他們栽贓給我的。但我從來沒說過，我是無辜的。」

「你還狡辯。你殺了她。」

「不對，」他搖搖頭，「我愛她。是他們殺的，是卡洛威、妳爸爸，還有他們的謊話讓我別無選擇。再加上水壩就要蓄水了，是他們逼我的。我不想，但自以為是的卡洛威，就是不肯放手。」

63

莎拉抬起了頭，聽著那扇門吱嘎的聲音在礦坑內迴蕩而來。沒想到他這麼快就回來了。他通常都是燈泡沒電才會回來，但現在燈泡依舊放射出昏黃的光芒。

她連忙收拾一切，快手快腳地撿起混凝土塊，把泥土撥進挖出的洞裡。這裡唯一一顆燈泡的燈光越來越弱，她看不清楚是否收拾乾淨，不過其實也沒時間檢查了。她把錐子塞回洞裡，把土撥回去，拍平。

她把地毯鋪好，背靠著牆坐正，才剛撿起他給的平裝書假裝正在閱讀時，牆上的門就被推開了。艾德蒙．豪斯走了進來，把一個塑膠袋放在折疊桌上，然後握著發電機轉軸的把手開始旋轉。燈泡亮起，白熾的燈光刺得莎拉瞇起眼。

豪斯轉了過來。他今天盯著她瞧的時間似乎比較長。他的視線移到地上那塊地毯，在燈光下，她看到自己並沒有把它完全鋪回原位。

「妳在幹嘛？」他問。

她聳聳肩，舉高書本，「還能做什麼？重頭再把每本書讀一遍啊。都已經知道結局了，再讀一次真是沒勁。」

「妳在抱怨？」

「沒有，只是說出心裡話。也許你再找幾本新書過來，會好一些。」

她估算自己被關在這裡七個星期了，沒有窗戶，根本無法分辨白天黑夜，但她用豪斯的來去當時鐘來計算天日。他一離開，就算一天，她就在牆上劃一條線。他是在八月二十一日星期六綁架她的，如果沒算錯，今天應該是十月十一日，星期一。

大約是被關在這裡一個月後的某一天，她在一根樑柱下發現一支半埋在土裡的鐵錐。以前礦工都會推著小推車，沿著鐵軌把銀礦運送出去，她猜想這鐵錐應該是用來固定鐵軌的，錘體約二十五公分長，平頭，必定是為了方便鐵鎚敲打而設計的。她用它來鑿開被豪斯拴在牆上的鐵盤後面的混凝土。鐵板的螺栓現在已經有些鬆動，因此她可以把錐子伸進去挖鑿，這樣就不會被豪斯發現。如果能鬆動鐵盤，也許就能把它拆下來。

「拿到補給品了嗎？」她問。

他搖搖頭，表情看起來又苦惱又難過，像個小男孩。「為什麼沒有？」

他彎身撐在桌子上，手臂的肌肉鼓起，「卡洛威又來找我。」

希望之光燃起，但她趕緊恢復鎮定，「那個混蛋這次又要幹嘛？」

「他說他有一個目擊證人。」

「真的？」

「他是這麼說的。他說他的目擊證人在郡道上看見我和妳在一起。我不記得有人經過，妳呢？」

莎拉搖搖頭，「我也不記得有人經過。」

他雙手使勁一推，整個人離開了桌子，朝她走來，說話的聲音越來越憤怒。「他說謊。我知道他在說謊。但他說現在有了目擊證人，證人的證詞足以讓他們拿到搜索票。妳想他會找到什麼？」

她聳聳肩，「什麼也找不到。你說過你很小心。」

他伸手過來，手指輕撫著她的臉頰。她害怕得想躲開，但還是克制住衝動，以免激怒他。

「妳知道我在想什麼嗎？」

她搖搖頭。

「我想他們在設計陷害我。」他放下手，走開，「他們能找證人誣陷我，就可能栽贓證據來試探我。妳知道這表示什麼嗎？」

「不知道。」

「這表示今天是我們最後一次見面了。」

她焦慮起來，「他們不會抓到你的。你太聰明了，一定能想辦法打敗他們。」

「如果他們作弊就不行。」他嘆口氣，搖搖頭，「我叫卡洛威去死。我還告訴他，我把妳先姦後殺，屍體埋在山上了。」

「你為什麼騙他？」

「要耍他囉。」豪斯一邊說，一邊來回踱步，越來越激動，「反正他不能證實，我要讓他抱著內疚過下半輩子。我跟他說，我永遠都不會說出把妳埋在哪裡。」他大笑出來，「妳想知道最精采的是什麼嗎？」

「什麼？」她越來越焦慮。

「他沒有錄下我們的對話，現場只有我們兩個。他壓根沒辦法證實我說過那些話。」

「我們可以離開這裡。」她假裝興致高昂，「我們可以去別的地方，永遠消失。」

「嗯，我也想過。」他從塑膠袋裡拿出幾件衣服。她認出那是她的襯衫和牛仔褲，以為他把它們都燒了。

「我幫妳洗過了。」他說。

「為什麼？」

「不跟我說謝謝？」

「謝謝。」她搞不清楚他的用意。

他把衣服丟在她腳邊。看到她坐著動也不動，才說：「去把它們換上，妳不能穿這樣離開。」

「你要放我走？」

「卡洛威在後面窮追猛打，我不能再把妳關在這裡了。」

莎拉拉下他給的連衣裙，任由連衣裙滑落到地上。她踏出地上的衣團，全裸站在他面前。他看著她撿起牛仔褲穿上，褲子鬆鬆地掛在她的臀部，「我應該瘦了。」她的肋骨和鎖骨都更明顯了。

「妳還要再瘦一點，」他說，「我喜歡妳瘦瘦的。」

她伸出雙手，「手銬。」

他從口袋拿出鑰匙，解開了左手的手銬。她將左手套進襯衫袖子裡，等著他重新銬上手銬，但他又解開了右手的手銬，手銬和鐵鍊一起掉到她的腳邊。七個星期了，她的雙手終於自由。她穿上襯衫，一邊扣釦子，一邊設法讓自己冷靜下來。

「我們要去哪裡？」她問，「我們可以去加州。那裡很大，他們找不到我們的。」

豪斯走到櫃子前，把罐子裡的翡翠耳環和項鍊倒出來。他撿起崔西的黑色牛仔帽，似乎思考了一下，又把它放回櫃子上。他把首飾交給莎拉，「把這些戴上吧，我沒理由留下它們。」

她把眼淚擠回去，「你要放我走？」

「我知道該來的還是要來。」

眼淚滾落她的臉頰。

「別哭。」

但她就是停不下來。她要回家了。「我們什麼時候走？」她問。

「現在，」他說，「現在就走。」

「我一個字都不會說的，」她說，「我保證。」

「我知道妳不會。」他下巴朝門揚去，看到她在猶豫，又鼓勵她，「走啊。」

她用盡全力不讓自己邁步開跑，但她實在太渴望離開這裡，渴望再一次呼吸新鮮空氣，仰望天空，聆聽小鳥啁啾，吸入樹木的芬芳。她試探性地朝門跨出一步，又回頭看看他。豪斯面無表情，像戴了一副面具。

莎拉又跨出一步，腦海中全是和姊姊、爸媽重逢的畫面，幻想著在家裡、在自己的床上醒來的幸福。她一直告訴自己，這一切只是一場夢魘，一場可怕的惡夢。她絕對不會活在艾德蒙．豪斯帶給她的陰影下，她要走出來，重新掌握自己的人生。她要回到學校上課，畢業後回來雪松叢林鎮定居，這一直都是她和姊姊的計畫。

因為太興奮了，她沒聽到背後的豪斯撿起了地上的鐵鍊。她朝那扇門伸手。這時，一條鐵鍊緊緊套住她的脖子，令她無法呼吸。她想把手指插進鐵鍊和脖子之間，想抓他的手臂，但豪斯用力往回一扯，又使勁把她舉起來，讓她的雙腳騰空。從門口透過來的燈光越來越遙遠，她彷彿掉進漆黑的水井裡。她的手指用力朝門伸去，以為看到了姊姊，但後腦隨即重重地撞上了混凝土牆。

64

「我根本不想殺她。」艾德蒙・豪斯又坐回到發電機木箱上，前臂撐在大腿，一副一邊看顧營火，一邊講鬼故事的樣子。「但我知道，如果錯過那次水壩蓄水，就再也沒有機會處理屍體。我死也不要回去坐牢。」

他坐直起來，聲音帶著惱火，「我應該可以脫罪的。我把她帶來這裡，計劃得那麼完美，能想的我都想到了。但卡洛威偽造證據，串通了所有人，芬恩、克拉克，還有妳爸爸，甚至連我叔叔都背叛我。我下定決心，就算下半輩子都要過地獄般的生活，也要拖著卡洛威一起受苦，所以我一五一十地把我對莎拉做的事，都告訴了他。」

豪斯咧嘴說：「但他有個很大的失誤，竟然沒有錄音。我知道他會非常懊惱，會氣瘋掉，但我做夢都沒想到，我開的這個玩笑最後居然讓他自食其果。很諷刺吧？第一天進瓦拉瓦拉監獄，他們關上囚房的門時，我心想要在這個地方待到老死了。」

他頓了一下，看著她的眼神令人作嘔，「然後妳就來找我談了。」他哈哈大笑起來，「我們談得越多，我越確定他們沒把陷害我的事告訴妳。妳跟我解釋莎拉那天並沒有戴那些首飾，她根本不能戴它們，但沒人願意聽妳的話。老實講，是妳燃起了我的希望，但後來我又想到她的屍體埋在水底下，我等於是搬石頭砸自己的腳。所以我認命服刑，放手讓命運去做決定。」

崔西雙腿一軟，沿著牆壁滑坐下去。她知道是誰決定不要告訴她的，所以她去拜訪迪安奇洛時，他什麼都不願意透露。在動物診所外面，卡洛威差點就要說出來，但又硬是把話吞了回去。那是她父親的決定，他要他們發誓絕對不告訴她實情。迪安奇洛那天提到還活著的人，她父親鍾愛的人，就是她自己。

她父親和卡洛威都推敲出豪斯真正的目標是崔西，被銬在這鬼地方的人應該是她，被眼前這個神經病虐待的人，也應該是她。詹姆斯要他們封口，絕不透露一個字，他知道崔西承受不了這樣的罪惡感，真相會要了她的命。

「我得走了。」豪斯站了起來，「我還有一些事要處理。」

「你逃不了的，豪斯。卡洛威知道你的計畫，他會來解決你的。」

豪斯詭異一笑，「我也是這麼想的。」

65

卡洛威停下了腳步，就停在丹猜測可能是帕克・豪斯的產業邊界。兩個男人都已經氣喘如牛，狂風在身旁呼嘯來去，「哈雷發現車子的油線破了。豪斯一定也去了奧林匹亞，趁她們在比賽時動手破壞油線。也許他原本只是想試試會發生什麼，看那輛車還能跑多遠。」

「初審時，完全沒有提到驗車的事。」丹蜷縮在一起，抵抗一陣吹來的強風，他的手腳都已經凍僵。

「那是崔西的車，崔西也把她的黑色牛仔帽給了莎拉。莎拉那晚戴著那頂牛仔帽遮雨，兩姊妹的外型又非常相像，豪斯在黑暗中根本分辨不出來。豪斯告訴我，他多次強姦莎拉，最後才殺了她，他還大笑說『她甚至不是我想要的那個人』。這件事初審時也沒提到，詹姆斯不要崔西活在這些殘酷的真相中。」

「她會受不了的。」丹附和，「但是羅尹，為什麼不在我們犯下大錯前阻止崔西呢？事情都到這個地步了，為什麼還不告訴她？」

「因為我完全沒想過你們會成功！」卡洛威說，「我忘了有拍立得照片這回事，也沒想過莎拉不能戴那副手槍耳環，我也不知道那些頭髮是從姊妹倆共用的梳子上得來的，那個時候，沒人想到這麼做行不通。崔西保留了這些線索，她深信豪斯是被陷害的。更何況，無論我說什麼，她都認為我在說謊。她的父親死了，而她母親也完全不知情，沒有人可以說服崔西放手，不要再查下去。」

卡洛威望著產業後方那棟發出微光的屋子，「真沒想到，我會再到這裡來。」他嚴肅地看著丹，「我不確定會發生什麼事。一有動靜，你只管開槍，不用瞄準，只要扣下扳機。」

他們藉著雪堆的掩護往前移動，最後抵達那棟搖搖欲墜的屋子。看到卡洛威脫掉手套，丹也照著做，把脫下來的手套塞進口袋裡。獵槍的槍托像冰塊一樣，他握拳又張開，活動手指時都會感到刺痛。他想對拳頭吐氣，但嘴唇又乾又痲，覺得自己快呼吸不到空氣。

卡洛威舉高手槍，另一隻手伸向門把。門把轉動了。他意有所指地瞥了丹一眼，丹認出那個眼神跟他發現倒下大樹殘株上的鋸痕時一模一樣。*他知道我們要來。*

卡洛威踏進屋內。丹抓住門板，以免它被風吹得關上，他跟著卡洛威進屋後，才悄悄地關上門。屋裡有發電機的嗡嗡聲，他跟著卡洛威走到一個隔間，謹慎地往前移動，眼睛警覺地左右掃射。走到一半時，卡洛威猛地停住，又快速朝一張扶手椅走去。

帕克·豪斯坐在椅子裡，兩根鐵錐從他的手背刺進扶手裡，扶手上全是血漬。另外兩根鐵錐穿過他的靴子刺入地板，鮮血已經流成一灘了。

「噢，天啊。」丹驚呼出聲。

卡洛威豎起食指放在唇上，示意丹噤聲，然後走下走道，轉開手電筒，搭配手槍掃射著兩個房間。他走了回來，兩隻手指放在帕克的喉嚨上。帕克臉色蒼白，嘴唇發紫。「他還活著。」卡洛威壓低嗓子說話，但帕克看起來完全不像是還活著。帕克此時微微張開了眼睛，這個小小的動作十分嚇人，彷彿死人又活了過來。他的眼神呆滯，看起來半睡半醒。

卡洛威跪下去，「帕克？帕克？」

他的眼睛猛地圓睜。

「他抓走她了嗎？」

帕克似乎想開口說話，但傷口痛到讓他的臉完全扭曲，只能費勁地吞嚥。

「找點東西給他喝。」

丹快步朝廚房走去，開開關關翻找櫥櫃，好不容易找到一個水杯，放到水籠頭下裝水。他拿著水杯回到客廳時，卡洛威已經拉著毛毯和床單走出來。他用毛毯包裹住帕克，接下水杯，緩緩傾倒杯子，將水送入帕克口中。

帕克啜了一小口。

「他抓走崔西了嗎？」卡洛威問。

「礦坑。」帕克啞著嗓子說。

卡洛威把水杯放到地上，起身跟丹說：「我要你回到車上，用無線電聯絡警局。」

「無線電收不到訊號，羅丹。」

「無線電收得到訊號，我們只是沒聯絡到人而已。范雷現在應該已經回到了警局，我交待過要他待在無線電對講機旁邊，你只要按下電源鍵就能通話。跟他說這裡需要救護車，要他出動所有線上警力過來支援，提醒他們要帶鏈鋸上山。」

「他們最快也要幾個小時後才能趕到。」

「你早一刻動身，支援就會早點抵達。你回到車上，照我交待的說，然後再回來這裡升火。如果找不到木材，就燒傢俱，試著幫他保暖撐到救護車抵達。我們現在能做的就這些了。范雷趕到後，跟他說循著我的腳印上山。告訴他，豪斯把崔西抓到舊礦坑去了。」

「如果你要上山，我也要上山。」

「我們需要支援，丹。我們之中必須有一個人回到車上，用無線電求援。」

「你知道我不一定能聯絡到人，對不對？」

「你在浪費時間。」卡洛威說，「此時此刻，我需要你遵照我的指示做事。崔西現在還活著，但她的時間也許不多了。」

「你怎麼知道？」

「豪斯這次沒有隱藏他的行蹤。他大可以殺了迪安奇洛和帕克，但他沒有，他們兩個是豪斯留下的麵包屑。」

「他留麵包屑給誰？」

「給我。我才是他要的人，我才是他最痛恨的人。」

「所以我們更要等支援到了再行動。」

「如果我待在這裡乾等，崔西很可能會死。我沒救回莎拉，還失去一位最要好的朋友。我也帶著罪惡感活了二十年，我不能再讓那個混蛋傷害崔西。」

「羅尹——」

「沒有時間爭論了，丹。我們之中必須有一個人回到車上用無線電求援，而你不知道礦坑在哪裡。快去求援，否則他們兩個都會死！」

丹低咒一聲，把獵槍遞給卡洛威，「拿去，」卡洛威想把步槍交給丹，但丹搖搖頭，「不帶槍，我才能走得更快。」

卡洛威朝後門走去，推開了門，狂風挾著飛雪掃進屋內。

「羅尹。」

他轉了回來，魁梧的警官永遠都帶著一股不容忽視的氣勢。他是雪松叢林鎮的法律，居民知道小鎮有他坐陣，就更有安全感。但現在，丹只看到一位邁入老年的男人，準備冒著風雪，獨自去尋找一個喪心病狂的人渣。

卡洛威點點頭，走了出去，全身瞬間被暴風雪吞噬。

66

發電機持續嗡嗡響著，但唯一的光源卻迅速褪去。崔西的鐵鍊不夠長，不能走到發電機旁轉動把手。燈絲發出的白熾光線不斷地減弱，先是變成紅色，現在已經是淺橘色了，步步逼近的漆黑讓崔西想起莎拉被銬在這面牆上的事實。那個如此怕黑的寶貝妹妹，當礦坑陷入黑暗中，她都在做什麼？她會想姊姊嗎？她會怪姊姊嗎？

崔西望著裡面那塊孤單靠著混凝土牆鋪著的地毯，猜想那會不會是莎拉坐過的地方。她碰觸那片地毯，渴望能感應到莎拉的痕跡，卻發現牆上有淺淺的刮痕。她拉開地毯靠過去仔細查看，發現牆上有一條條的鑿痕。她的手指沿著鑿痕劃著，摸出一個個文字。

崔西傾身靠得更近，吹掉鑿痕內細細的白色粉塵，她用手指描著鑿痕，這次文字變得更清晰了。

我

她的胃糾結在一起，更用力地吹掉粉塵，急切地用手指順著筆劃而行。

我不

第一排文字的正下方又有一排字，她繼續描著筆劃。

我不怕

第二排下方還有一排字，但刻痕很淺，不明顯。

我不怕

她繼續往下探尋，卻沒再摸到其他刻痕了。

她側身引開自己的影子，讓昏暗的光線投射到牆上，依然沒再看到其他的禱告文字。顯然莎拉沒有機會刻完它們。

禱告文的右邊，又摸到很多刻痕，但全是直線。崔西再次側身，導引昏暗的光線照到牆上。

卌 卌 卌 卌 卌
卌 卌 卌 卌 卌
/

崔西癱坐下來，用手捂住嘴，眼淚無聲地滴滴掉落。「對不起，莎拉，」她說，「對不起，我沒把妳救出來。」

又一個想法冒了出來。刻在牆上的日曆用意明顯，是莎拉在數算被綁架的天數，但她為什麼還刻下她們的禱告文？她能刻的東西很多，為什麼獨獨刻下只有她和崔西才認得的禱告文？她可以刻自己的名字，任何其他什麼的都行。

她轉身望著牆上那扇門，接著又把視線移到櫃子上那頂黑色牛仔帽，瞬間恍然大悟。

「他告訴妳了，對不對？他告訴妳，我才是他要的人。」她喃喃自語。

莎拉擔心若是哪天崔西也被抓來、銬在這面牆壁上，所以留下了她的鼓勵。不過這段禱告文對崔西的意義，不只是字面上而已，還有更深層的涵意。

「妳是用什麼刻的？」她觸摸著牆上的刻痕。這絕對不是用指甲刻的。

她一定是用了某種堅硬的東西。二十年前的混凝土牆不會像現在這樣鬆散，坑頂潮溼的泥土和坑道裡的溼氣，再加上長年的時間，足以風化一道混凝土牆。

「妳是用什麼刻的？」她四下搜尋，「用什麼？妳又把它藏在哪裡，才沒被他發現？」

✦

那道礦井大約在往上爬二公里半的地方，但前提是他要找得到。二十年前，帕克·豪斯帶他上來時，通往礦坑的道路就已經被大自然收了回去。經過了二十年，這條路更是雜草藤蔓密布，更別提還有幾十公分的積雪。

卡洛威用手電筒掃射著積雪，尋找腳印，但找的卻是雪上摩托車的橇痕。橇痕從屋子後面的棚屋滑出去，往山上而去。他踏進棚屋，手電筒的光束照出一輛ATV全地形車、一堆棄置多年的生鏽器具，但沒找到第二輛雪上摩托車。他吐著白氣，用手電筒照向牆，光束停留在掛在鉤子上、一雙用木板和繩索編織而成的舊式雪鞋。

他拿下牆上的雪鞋，脫掉手套，把鞋子套上。他的手指很快就凍僵，但雪鞋的腳趾部分不夠大，靴子塞不下，他硬是擠了進去，並盡力調整繩帶固定妥當。他重新戴上手套，往外走去，狂風迎面撲來，似乎在歡迎他，也像是在警告他。他低著頭，跟著橇痕往山上爬。穿著雪鞋爬山的前段路走得非常不順，腳下的木架老是陷進雪裡。他盡量把重心往腳跟放，步伐很快就靈活流暢起來。

才走幾分鐘的路，大腿和小腿的肌肉就又痠又痛，胸口也好像被某個重物沉沉壓著，讓他吸不到足夠的氧氣。他全神貫注在腳上，專心地把一隻腳跨到另一腳前，運用登山者將全身重量均攤在腳板的技巧，來節省體力並且緩和呼吸。他不斷地走，擔心一旦停下來不動，身體就會當機。他又跨出大大的一步，休息一下，再繼續，一步接著一步，克服疲憊，戰勝慫恿他放棄的聲音。他不能掉頭回去，他知道豪斯這次的目的是報復，而且絕不留情。

豪斯並沒有像藏莎拉那樣藏起崔西，所以他不會等太久，他一定會殺了崔西。狂掃而來的暴風也在狂掃著橇痕，橇痕越來越淺，也越來越難追蹤，但卡洛威仍然不停往前走，朝山上而去。

他要了結一切。

他很清楚，這也是艾德蒙・豪斯的打算。

67

丹撲倒在覆蓋著白雪的警車車蓋上，大口喘氣。他幾乎要窒息，胸口疼痛得肺部彷彿就快要炸開。凍僵的臉和手腳像是火燒般灼痛，手指和腳趾完全沒有知覺，手臂和雙腿如同灌了鉛一樣重。

他踩著他和卡洛威爬上產業的腳印，用最快的速度下山。他不允許自己停下腳步，滿腦子都是用無線電求援的急迫，如果無線電能穿透暴風雪送出訊號的話，他接著就要再趕回去協助搜尋崔西。他依然懷疑卡洛威派自己下山，只是為了支開他，不想連累他。

他踉蹌地繞過車子，渾身無力差點就要摔倒，幸好抓住了門把，恢復身體的平衡。他拉開車門，車頂上的積雪崩落下來，灑在地上和座椅。他握住方向盤，借力把自己撐上駕駛座，順勢把手電筒丟到副駕駛座上，給自己一分鐘緩和呼吸，嘴裡吐出團團白煙。他脫掉手套，對著拳頭吹氣，試著搓熱手指恢復知覺，覺得手指被凍得腫脹。彈開了無線電的開關，電源燈亮起，嗯，第一個好兆頭。他拿下麥克風，深吸一口氣，喘著氣呼叫：「哈囉？哈囉？哈囉？」

雜音滋滋。

「我是丹．奧萊利。有人在嗎？范雷？」他停下來緩和呼吸，「我們在帕克．豪斯的產業，請求所有線上警力支援。帶著鏈鋸，路上有倒下的大樹。」

他躺靠在椅背上，等待，無線電只有持續不斷的雜音。他低咒一聲，學著卡洛威調轉頻道，再次嘗試，「重複。請求即刻的全部警力支援。請求救護車。鏈鋸。帕克・豪斯的產業。范雷，你在嗎？范雷？可惡！」

又是一陣滋滋雜音。丹第三次呼叫，仍然沒有回應，他把麥克風放回架子上。他好希望有人聽到，但他不能再等下去。他感覺全身力氣就要流失得無影無蹤，四肢越來越沉重。他的理智，他自衛的本能，都反對他再次回到刺骨的寒風和紛飛的大雪之中。

他活動手指，最後一次對它們吹氣，再戴上手套。他抓起座椅上的手電筒，用力推開車門。

無線電此時滋滋響起，「警長？」

✦

崔西研究著白色粉塵，以及從裂縫中冒出來的壁癌，再把手指點在舌尖上。石灰塗料嚐起來又苦又酸，湊到鼻尖嗅聞，有股淡淡的硫磺味。

她坐回去，抬頭仰望破敗的泥土天花板。那上面生長著蕨類、灌木叢和苔蘚，是千百萬年來，依循四季花開花落的完整生態系統。枯萎的植物和腐化的動物屍體都將化成為十壤的一部分，再加上年年月月的雨水和雪水，帶著起了化學作用的物質穿透一層層土石，硫酸鹽與混凝土起了化學變化，侵蝕掉石灰塗料。

她跪下去，撥弄著混凝土牆。混凝土脆化，小片小片地剝落下來。她扯扯鐵鍊，感覺拴在牆上的鐵盤好像鬆脫了些，上面的螺栓可能生鏽、膨脹，撐開牆面上的栓洞，讓水流有機會侵入。她又扯了扯，鐵盤往前移了約一公分。她將手伸進鐵盤後面，指尖碰到人為鑿磨的溝痕。是莎拉。莎拉曾經試著要把鐵盤拆下來，但二十年前，這想必是個大工程。

「妳是怎麼做到的？」

崔西站起來，走到鐵鍊長度允許的盡頭，確定莎拉當時能活動的範圍。她在鐵鍊的牽制下呈弧形繞著。頭頂的燈光持續減弱，牆壁上的黑影緩緩下降，遮住了莎拉的留言。

我不

我不怕

我不怕

她盯著地上的方塊地毯，跪下去扯開地毯，用手摸索著坑坑窪窪的地面，然後開始盲目地挖掘。

「妳把它藏在哪裡？妳用什麼挖的？」

燈絲放射出的光芒逐漸消失，現在只剩下淺橘色的光暈。光亮一閃褪去，黑影的魔爪鋪天蓋地而來。

我不怕

崔西加快手上挖掘的速度，指尖碰到一個硬硬的東西。她挖得更快，最後挖出一塊小小的圓形石頭。她咒罵一聲，朝牆上那扇門望去。她不知道豪斯何時會回來，但就算時間足夠，也不能單靠雙手開挖能搆得著的所有地方，要挖的面積太大了，而且她有預感豪斯並不打算像莎拉那次一樣在洞裡久留。她感覺他在執行某種計畫，了結恩怨之類的。她繼續摸索，現在幾乎快伸手不見五指了。突然間，她有個奇怪的感覺，覺得似乎有人抓著她的手，越過剛才挖到石頭的洞，往旁邊移了幾公分。她摸到那裡有凸起的土堆。她開始探查土堆，感覺到它旁邊有個微微的凹陷。她就著凹陷開挖，只挖了二公分多一些，就碰到一個又尖又硬的事物。她的手沿著那事物的表面摸索，撥掉它上面的泥土，因為她已經完全看不見了。那東西不是圓的，是直的，直角形。她繼續順著那東西挖掘，先確定它的形狀，一隻手指更往下探，伸進它的底部，勾住後，用力扯動它的尾端，感覺泥土終於裂開脫落。她把另一隻手指伸到它下面，又一隻手指，接著握住那個東西，使勁一拉，把它拉了出來。

是一根鐵錐。

68

卡洛威挑戰了自己的體力極限。謝天謝地，雪勢暫時緩和下來，但狂風依然擊打著他沒有任何防護的臉龐。雙腿的肌肉開始糾結成團，胸腔裡的肺葉彷彿就要燒起來，手腳都失去了感覺，使他停下來喘口氣的渴望越來越強烈。又走了幾步後，山路平緩下來，他回想起二十年前帕克帶他上來時，曾經經過一座小山的山頂。沒記錯的話，礦坑入口應該在左手邊，但他找得到嗎？

他記得入口是長方形的，尺寸比普通車庫的門大一些。支撐洞口的木樑已經向左傾斜，彷彿隨時都會倒塌的樣子，而且與有幾十年歷史的舊路一樣，入口也被植物部分覆蓋住了。二十年後的現在，應該更是完全被掩蓋在叢生的蔓草之下，不過卡洛威猜測艾德蒙必定會先清理入口，以便帶崔西入內。

他用手電筒掃射雪地，已經看不到雪上摩托車的橇痕，但也沒看到摩托車的蹤影。艾德蒙應該是把雪上摩托車藏起來，抱著崔西走完剩下的路程。卡洛威更仔細地搜尋，終於看到一對腳印。

礦坑就在前方不遠處了。

他用手電筒照著那對腳印，跟了上去。腳印通向一塊大石頭，但走近一看，其實是山坡上的一個黑洞，四周的積雪才剛被清理過，裸露出洞口。

卡洛威跪下來，以手電筒四下掃射，然後把獵槍滑下肩膀，脫掉手套，活動手指，試著恢復一點知覺。他再解開雪鞋，把它們插在積雪裡，側身聆聽，卻只聽到狂風的呼嘯聲。他只好用眼睛左右掃視，然後再對著拳頭吹氣，抓起獵槍，撿起手電筒，站了起來。

手電筒的光束照著前方的道路，他踏出第一步，積雪深及膝蓋，拔出腿踏出下一步，又一次陷進及膝的積雪裡。留在積雪裡的腳印朝他的左手邊而去，他踏著豪斯的足跡上山，行進速度明顯變快，但依然吃力。快到洞穴了。他右腳踩進下一個腳印凹洞裡，但這次靴子沒有陷進去，而是踩上一個堅硬的東西。

腳下的白雪像噴泉一樣噴發出來，噴上他的臉。他聽到一個巨大的咔嚓聲，下一秒鐵齒就狠狠咬進他的腿肉裡，跟著又是一聲可怕的咔嚓聲。

他痛得放聲大叫，臉朝下往前撲倒。

他的背部被一個重物擊中，肺裡的空氣瞬間榨乾，有人把他的頭更往雪裡壓去，令他無法呼吸。他奮力抬起頭，迫切地尋求氧氣。那個人抓住他的手臂，拉扯過頭，用一副手銬銬住了他的手腕。

他抬起頭，雪花和劇痛模糊了視線。那個戴著兜帽的人拉著他的手倒著走，一副要把獵物拖進地底洞穴的樣子，朝上面那個黑洞而去。

69

淒厲的尖叫迴蕩在坑道內，聽起來好像受傷動物在哀嚎，但崔西很清楚那是人類的叫聲。艾德蒙已經回來了，而且他不是一個人。

燈泡的燈光幾乎全滅，洞中也接近全黑狀態。她快速在牆上劃下最後一筆，下定決心要完成莎拉的計畫。

我不

我不怕

我不怕

黑

尖叫聲越來越高昂，撕心裂肺的痛叫席捲而來，卻猛地打住，這突如其來的安靜，更令人毛骨悚然。

她趕緊把從鐵盤螺栓周圍刮下來的混凝土碎片和碎塊，撥到剛才挖出鐵錐的洞裡去，然後用土填滿、拍平。當她把地毯整齊地放回去時，另一面牆壁傳來噹啷和砰砰的撞擊聲。

牆上的門，砰的一聲飛開。

艾德蒙倒退著進來，嘴裡還發出低吼聲，使勁地拉著一個重物。他把獵物丟在一根樑柱附近，那根樑柱就在從門口透進來的灰暗光芒之下。獵物的臉被陰影遮住，崔西看不清楚，但她猜測應該是帕克。

艾德蒙接著拋了一條鐵鍊越過最靠近他的橫樑，抓住鐵鍊的兩端，再後退，像升起船帆那般左右手交替地拉扯著鐵鍊，獵物的身體逐漸升高，雙手越過了頭頂。艾德蒙持續往下拉著鐵鍊，最後那個人像肉店櫥窗裡的肉塊吊掛在那裡。艾德蒙低吼著一用力，把鐵鍊滑到樑柱上的鉤子卡住，然後癱靠在另一根樑柱上，雙手撐在膝蓋，彎著腰大口喘氣。等呼吸恢復正常後，他一拳擊向天空，搖搖晃晃地往前走去，跪了下去，旋轉發電機的轉軸。崔西聽著他沉重的呼吸，燈絲閃了閃，亮了起來，嗡嗡聲也越來越響。光亮驅散了黑影，將那個人緩緩展露在她的面前。

羅尹．卡洛威的手腕被鐵鍊綁著，吊掛在那裡，整個人靠在那根樑柱上，橫樑的位置不夠高，不足以把他懸空吊起。燈光照到了他的臉，崔西乍看之下，以為他已經死了。他臉上和衣服上全是雪花和冰晶，燈光落了下來，照到他的身上，以及依然留在臀上槍套裡的手槍。更往下看，光芒展露出他右腿膝蓋以下怪異的扭曲，捕獸器的金屬鋸齒緊緊地咬住他的腿，破褲子上面全是血跡。

崔西站了起來，朝卡洛威走去，但鐵鍊不夠長，走不到那邊。

正在轉動發電機的艾德蒙停下了動作，往後躺靠在桌子邊，胸口仍然劇烈起伏著。汗水和融化的雪水浸著頭髮緊貼頭皮，水珠流下了他的臉。他脫掉手套，拉下外套拉鍊，晃動著身體脫下外套，把手套和外套都往床上丟去。長袖襯衫緊貼著他的胸口，他站在那裡凝視卡洛威，彷彿在欣賞一頭雄壯的麋鹿，緊接著就要動手將之開腸破肚。

卡洛威呻吟出聲。

艾德蒙伸手扣住他的臉，「是啊，你敢讓我失望，王八蛋！太早弄死你，就太便宜你了。死對你們所有人來說，都太便宜了。我要好好地折磨你們，讓你們痛不欲生，回報這二十年的仇。」艾德蒙把卡洛威的臉轉向崔西，「好好看吧，警長。你費了那麼大的勁，說了那麼多的謊，結果還是一敗塗地。」

「你這個變態。」崔西說。

豪斯放開卡洛威，「妳說我什麼？」

崔西不屑地搖搖頭，「我說，你是變態。」

他朝她走去，但依然在鐵鍊範圍之外。

她說：「你有從頭到尾好好想過嗎？」

卡洛威挪動雙腿想要站起來，卻痛得大叫出聲，引走了艾德蒙的注意力。艾德蒙一隻手撐在樑柱上，鼻子幾乎快碰到卡洛威的臉。「你知道單獨監禁是什麼感覺嗎？那就像有人把你塞進一個洞裡，奪走你一切的知覺。那就像你不存在，世界也不存在——這就是我接下來要對你做的事。我要把你塞在這個洞裡，讓你嚐嚐不存在的滋味，我要你生不如死。」

「你真的是世界第一大變態。」崔西說。

艾德蒙使勁一推樑柱，「妳又知道什麼？如果妳知道，就不會在這裡了。」

「我知道你搞砸了，兩次。我知道你被警察逮捕，兩次。我還知道你後來的結局都是坐牢，兩次。你難道都沒有停下來好好想過，你其實沒有自己想的那麼聰明。」

「閉上妳的狗嘴，妳懂什麼。」

「聰明的人，會從錯誤中學習，」她譏笑，「這不是你說的嗎？我看你根本光說不練，什麼都沒學到。」

「我說閉嘴。」

「你把雪松叢林鎮的郡警官抓來這裡，怎麼會笨到這個地步？帕克還活著，艾德蒙。難道你認為卡洛威是一個人上來的？他們知道你在哪裡，你等著回去坐牢吧。三振！三振出局，艾德蒙。」

「我和他沒有了結之前，我哪裡也不去。了結了他，就輪到妳了。」艾德蒙把發電機搬到桌子上，再把它轉過來。木板箱的後面是敞開的，裡面和崔西猜想的一樣，有兩顆大電瓶連接著電線。

他轉鬆蝶形螺母，把剝掉外皮的銅絲綁到上面那顆電池外的螺栓。卻在轉頭對崔西說話時，不小心讓電線兩端碰到一起，爆出一陣火花，嚇了他好大一跳，「該死。」

「老天，你怎麼這麼笨啊。」

他朝崔西踏出一步，手裡仍然拿著電線，「不要說我笨。」

「你以為他是怎麼上來這裡的？你想過嗎？警察要來抓你了，艾德蒙。你又要輸了。」

「你一點教訓都沒學到。你已經澄清冤情，他們甚至不打算開庭重審，你可以大剌剌逃走，而你卻讓自尊毀了一切。」

「我不想逃，我要報仇。我就快成功了。我用了二十年的時間謀劃復仇大計，我要找他們，我要找妳報仇。」

「所以你才會兩次出局？你是個不折不扣的白癡。」

「不准叫我白癡！」

「你擁有所有受刑人都渴望、夢想的機會，而你卻因為自己的愚蠢，不懂珍惜。」

「不要再叫我——」

「你沒有贏，你又輸了。你笨到都沒發現。你真是個徹頭徹尾的大白癡。」

他丟掉電線，朝崔西衝來，怒目圓睜。崔西鎮定地等著他的到來，她的靴子裡藏著鐵錐，現在一隻手就放在鐵錐平頭那端上面。艾德蒙差不多快來到她頭頂上時，她迅速站了起來，後腿用盡全力一撐，那隻手從下往上揮去，用錐尖刺進艾德蒙肋骨正下方。他衝過來的速度加上崔西的力道，讓鐵錐深深地刺進他體內。

艾德蒙痛得放聲哀嚎，往後踉蹌退開。

崔西轉身，一隻腳撐在牆上，把鐵鍊繞到手上，用力一扯，混凝土碎塊和灰泥粉噴濺開來，生鏽的螺栓脫落。她的手腕仍然銬著手銬，連帶著手銬之間三十公分長的鐵鍊。她朝卡洛威臀部的大左輪手槍撲去，正手忙腳亂打開槍套蓋時，突然被猛力往後一拉。艾德蒙抓住了鐵鍊，像制止大狗那般往後狠扯，崔西坐倒在地，隨即再爬起來跪著，伸手去拿手槍。艾德蒙用鐵鍊套住她的脖子，崔西抬腳朝樑柱一踢，整個人往後彈向艾德蒙。

他們一起撞上那張桌子，人仰桌翻，發電機跟著摔落地上。崔西的背壓在艾德蒙上方，他繼續用力勒住她的脖子。崔西的頭往後一撞，同時後踢，手肘往後頂去。鐵鍊絞緊。崔西奮力想把手指塞進鐵鍊和脖子之間，但艾德蒙太強壯，她的手指叉不進去。她放下一隻手，四下摸索，摸到鐵錐的頂端，用力一壓。艾德蒙放聲吼叫，大聲咒罵，卻沒鬆開鐵鍊。

她使勁一拉，艾德蒙撕心裂肺地尖叫，鐵鍊終於鬆開了。她再次用頭往後一撞，這次確實地撞到了硬硬的東西，她聽到他鼻梁清脆的斷裂聲。鐵鍊更鬆了，足夠讓她把鎖鍊拉過頭。她往旁邊滾開，拚了命地呼吸，喉嚨像著火一樣。她爬過去，暗自期望鐵鍊的長度足夠，因為它仍纏在艾德蒙手上。她趕到卡洛威身旁，解開槍套的釦子。這次她抓到了手槍槍把，但鐵鍊又被拉直，牽動崔西手腕上的手銬，她的雙手被帶著一揮，手槍從她手上飛走，落在遠方的陰影內。

艾德蒙搖搖晃晃地爬了起來，鐵鍊纏繞在他粗壯的前臂上，鮮血染紅了錐尖附近的襯衫，也從他的鼻子流到了下巴。

崔西想爬起來，但他又使勁一拉，崔西仰天摔倒。他走了過來，發電機就倒在她旁邊，她抓住兩條銅線，試著站起來，但艾德蒙一扯，崔西沒有反抗，順勢而去。

她飛撲過去，撞著他往後仰倒，他撞到地面後，崔西把兩條銅線按在鐵錐上，爆出一道火花。一聲劈啪巨響炸起，她聞到焦肉的味道。電流貫穿了艾德蒙全身，他劇烈顫抖、抽搐。她腦海裡響起她的學生安立奎大叫著導體的聲音。銅線離開了鐵錐，她又按回去，艾德蒙全身再一震，癱軟下去。

崔西翻身滾開，解開艾德蒙手上的鐵鍊，然後朝陰影裡的手槍爬去。艾德蒙在她身後呻吟，她回頭一看，看到他居然以四足跪姿撐起了自己，就像一頭掙扎著爬起來的熊。她慌亂地在地上和牆角之間摸索。

艾德蒙站了起來。

他踉踉蹌蹌走來。

崔西沿著牆角摸索，終於摸到槍了。

艾德蒙加快速度衝過來，他的速度太快，幾乎讓人來不及瞄準。

幾乎。

崔西翻身躺倒，同時扳回擊錘。

射擊，扳回擊錘，射擊，扳回擊錘，第三次射擊。

70

崔西用身體撐起卡洛威癱軟的身子，鬆弛了原木綳緊的鐵鍊，她解開卡在鉤子上的鐵鍊，慢慢把他放倒在地上。卡洛威低聲囈語，呼吸急促，神志在清醒和迷濛之間游離。他還活著，但崔西不知道他能撐多久。

艾德蒙趴在坑洞另一頭的地上。第一顆子彈貫穿他的胸骨，遏止他前進的步伐。在他倒地之前，第二顆子彈射入第一顆子彈左邊五公分處，正中心臟。第三顆子彈由前額進，後腦出。

她在艾德蒙褲子口袋找到手銬的鑰匙。解開手銬後，她把艾德蒙的衣服撕成一條條的，綁住卡洛威的腿為他止血。她沒鬆開捕獸器，擔心那麼做會加劇卡洛威的傷勢，促使他休克。她抱起卡洛威的頭，放在自己的大腿上，「羅尹？羅尹？」

卡洛威張開眼睛，儘管洞內寒冷得足以滴水成冰，他的臉上仍然不斷冒汗，彷彿正發著高燒。「豪斯？」他低聲問，聲音微弱。

「死了。」

卡洛威嘴角牽動，淺淺一笑，眼皮眨動幾下，又閉了起來。

「羅尹？」她輕拍著他的臉頰，「羅尹？有人知道我們在這裡嗎？」

卡洛威喃喃著：「丹。」

71

丹和阿姆斯壯、另一位郡警，以及兩位帶著鏈鋸的本地人，在卡洛威的警車停車處會合。他們留下兩位本地人負責鋸斷倒木，清出通往帕克・豪斯家的道路，丹則帶著兩位郡警上山，朝那棟屋子和堆置廢物的院子走去。

雪勢緩和下來，風勢也減弱了，這次上山不像第一次那麼困難，卻給人一種可怕的安靜，彷彿他們正在龍捲風眼之中，像是風雨前的寧靜。他們抵達木板屋時，帕克還活著，但情況比丹離開時惡化許多。

「你留在這裡，」阿姆斯壯對丹說，「等救護車來。」

「別想，」丹說，「我要跟你上去救崔西。」

阿姆斯壯正要開口反對，卻被丹以卡洛威的話堵了回來。

「我們沒有時間在這裡爭辯，范雷。我們多耽擱一秒，艾德蒙就多一秒可以殺了他們兩個。」他朝後門走去，「走吧。」

丹和阿姆斯壯往山上爬去。兩人都是在雪松叢林鎮長大的，這座山他們爬了無數次，很清楚該怎麼前進。雖然雪白世界下的一切都一模一樣，但他們有卡洛威留下的腳印為依據。

他們爬了將近二十分鐘，在看起來像是山洞的前方約四、五公尺處，發現那雙插在雪裡的雪鞋。看起來最近有人把洞口弄大了一些，洞口附近有深深的腳印來來去去，還有一條長長的拖痕，似乎有人被拖過雪地。看到拖痕，一種不安的感覺湧上丹，再加上雪地上通往山洞內的血跡，讓那股感覺急遽攀升。

他們在洞口跪了下來，阿姆斯壯用手電筒掃射坑道之後，才舉起獵槍踏了進去。丹也舉著步槍，兩人的手電筒朝坑道內射出兩道光束。

「關掉手電筒。」丹低聲說，關掉了手上的手電筒。

他們朝漆黑的坑道裡前進。一會兒後，丹看到前方幾公尺的地方，發散出微弱的橘光。他們朝橘光走去，來到一處隔間的入口處。阿姆斯壯停下來，用手電筒掃射裡面，然後舉槍跳了進去。丹也舉好槍，拿著手電筒閃身進去。手電筒光束掃過的顯然是間辦公室，裡面有幾張鐵桌、椅子，以及軍綠色的檔案櫃。

橘光是從辦公室深處隔板上的開口發出來的。

「這裡，」崔西說，「我在這裡。」

丹立刻朝那扇門走去，但被阿姆斯壯拉住。「崔西？」阿姆斯壯大叫，「妳沒事吧？」

「是，」她說，「艾德蒙死了。」

阿姆斯壯率先走了進去，丹跟在他後面。

電線吊掛著一個燈泡，燈泡下面，崔西靠著樑柱坐著，卡洛威的頭枕在她腿上。艾德蒙・豪斯趴在遠方角落裡，後腦杓和背部襯衫都被鮮血浸溼。

丹跪下來抱住她，「妳沒事吧？」

她點點頭，朝卡洛威看去，「他撐不久了。」

✦

天色破曉，黑夜過去，暴風雪也已停歇。崔西站在被挖大的洞口附近，那是阿姆斯壯與其他回應求援電話而來的人合力挖開的。她裹著保暖的毛毯，望著從悠悠白雲後探出頭的藍色天空，欣賞日出穿透雲層射下來的燦爛光芒，洋紅色、玫瑰色和橘色，那是暴風雪過去的天際。遠處山谷裡，雪松叢林鎮人字型的房屋林立，看起來好像一座座小型金字塔，炊煙從煙囪裊裊升起，在靜止的空氣中繚繞成細細的白絲。她以前臥房的窗戶也有相同的景色，再想到那些都是她認識的居民，心裡漲滿了寧靜安詳的感覺。

坑道裡傳來一個聲響，引起她的注意。她回頭一看，只見醫務人員用雪橇把包裹在毛毯裡的卡洛威抬出礦坑。卡洛威被抬過去時，轉頭看著她，崔西跟著他們往外走，看著他們放下雪橇，把雪橇繫在兩輛雪上摩托車之間。

「他還是以前那個打不倒的硬漢王八蛋，對吧？」丹來到她背後。

「像兩美元牛排一樣硬。」她說。

丹摟住她的肩膀，把她拉進懷裡，「妳也是，崔西．克羅斯懷特。妳的槍法還是那麼精準，毋庸置疑。」

「帕克還好嗎？」

「他有生命危險，迪安奇洛也是。」

「迪安奇洛？」

「對，看來艾德蒙一個都沒放過。幸好我們及時趕到，希望他們都會沒事。」

「我不確定我們任何一個會沒事。」她說。

丹幫她調整毛毯，「妳是如何逃脫的？」

崔西望著從一柱煙囪繚繞而上的炊煙，煙霧像噴射機尾雲一樣凝定在天空。「是莎拉。」

丹迷惑地看著她。

「豪斯要的人，一直都是我。」崔西繼續說。

「我知道，卡洛威告訴我了。我很遺憾，崔西。」

「他一定告訴莎拉，接下來就要抓我進去。莎拉在牆上刻下了留言，就算豪斯發現了，也不會懂那些留言的意思，只有我才知道。那是我們睡覺前的禱告文，是只給我的訊息。她想告訴我，她發現了可以挖牆鬆開螺栓的東西。但她的時間不夠，而且那面混凝土牆二十年前肯定比現在堅固許多倍。」

「妳的意思是？」

「化學作用。」她嘆口氣，「那面牆大約是八十年前灌漿而成的，也可能是更久之前。年復一年，腐敗的植物所釋放出的化學物質滲透到土壤裡，和混凝土產生作用。當混凝土成分退化變質，它就會裂開，而水永遠有辦法找到那些裂縫。當水流經螺栓時，螺栓會生鏽，螺栓生鏽了，就會膨脹，撐大原有的裂縫。莎拉除了在牆上刻下留言，真正的企圖更是想挖鬆鐵盤後方和螺栓周圍的混凝土，試圖逃離這裡。」

「我們的化學老師會很自豪的。」丹說。

崔西把頭靠向丹的肩膀，「莎拉小時候，我們會一起唸那段禱告文。她怕黑，經常溜到我房間，爬進被單躺在我身旁，我會叫她閉上眼睛，一起唸禱告文。唸完，關掉燈，兩個人就會沉沉入睡。」她任由淚水奔湧而出，「那是專屬我們兩個的禱告文，她不想讓別人知道她怕黑……我好想她，丹。我好想好想她。」

他把她摟得更緊，「聽起來她並沒有走遠，依然在妳身旁。」

崔西突然抬起頭，退開一些，凝視著丹。

「什麼？」丹問。

「對，真的很奇怪，我感覺到她的存在，丹。我感覺她一直在這裡陪著我。我感覺到她引領我找到那根鐵錐，否則我不可能那麼巧就挖到埋藏鐵錐的洞。」

「看來她真的在妳身旁，一直守護著妳。」

72

暴風雪把全國湧來參加判決後救濟聽證會的媒體，全都困在雪松叢林和附近城鎮。所以當迪安奇洛．芬恩和帕克．豪斯出事，以及礦坑事件的消息一傳出去，記者和攝影記者全部從各自落腳的旅館衝上新聞採訪車。瑪麗亞．樊琊兒四處昭告，在鎮上廣為散播，告訴所有願意聽她說話的人，她的《KRIX臥底》搶先播報了這則新聞。

崔西坐在丹舒服的沙發上，看著記者在電視新聞裡激動地報導，雷克斯和福爾摩斯趴在旁邊的地上，似乎在保護她不受屋外那群記者騷擾。她知道除非滿足他們的需求，媒體是不會放過她的，只好表示她將在長老教會教堂舉行記者會，那是鎮上唯一能容納那麼多好奇民眾和媒體的地方。她爸爸的告別式也是在那裡舉行。

「我這麼做是要安撫大頭。」她在電話裡這麼告訴肯辛。

「胡說，」肯辛說，「我才不信。妳會開記者會，絕對有妳的理由。」

✦

崔西和丹站在教堂前方的一處壁龕裡，暫時避開塞滿座位和走道的觀眾。

「妳又讓小鎮上報了。」丹說，「我聽說鎮長向觀眾喊話，說雪松叢林鎮是一座遍地機會的古樸小鎮，非常適合開發。他甚至還提到把荒廢已久的卡斯卡迪亞開發計畫，重新搬到檯面上來的想法。」

崔西悄然一笑，這座小鎮值得再給它一次機會。他們全體也是。

她偷瞄人山人海一眼，目光掠過站立的人群。媒體群坐在前排，手上都拿著筆記本和錄音設備，攝影師已在走道上安置妥當，準備拍攝。本地人和想看熱鬧的人也都來了，許多張面孔曾經出現在莎拉葬禮上，並且參與了三天的聽證會。喬治．邦飛坐在靠前排的座位上，安娜貝兒坐在他與一個顯然是他妻子的女人之間。他在電話裡告訴丹，他們的苦難終於告一段落，得知艾德蒙已死的消息，應該能幫助他女兒放下過去，一步步回歸正常生活。

桑妮和達倫也來了。而後排座位上，法茲輪廓深邃的臉龐足足高出人群三十公分，他旁邊是比利．威廉和肯辛。

「祝我好運。」她踏出壁龕，走進數十臺相機的咔嚓聲中，迎向閃光燈。講臺上的麥克風花束，甚至比聽證會結束後、監獄記者會上迎接艾德蒙的更豐盛。

「我想長話短說。」崔西打開事先準備好的演講稿，「你們之中許多人納悶艾德蒙．豪斯獲釋後，到底出了什麼事。聽證會的結果的確證明我是對的，艾德蒙．豪斯確實沒有被公平審判，但我錯在居然以為他是無辜的。艾德蒙．豪斯先姦後殺了我妹妹莎拉，事實完全如同他在二十年前向羅尹．卡洛威坦承的那樣，但他並沒有立即殺人埋屍。他把莎拉關在山上廢棄的礦坑內七個星期，在水壩蓄水之前，才殺了莎拉埋屍。埋屍地點一旦被水淹沒，也就等於永遠掩埋了他的罪行。」

她深吸一口氣，鎮定下來，「許多人可能在想，到底誰該為艾德蒙．豪斯的冤案負責。過去二十年來，我也一直在想這個問題。現在我知道了，責任在我父親詹姆斯．克羅斯懷特身上。我知道這個事實對認識他的人來說很難接受，但我懇請大家不要責怪他。我父親真心愛著我和莎拉，莎拉的失蹤擊垮了他，讓他完全變了一個人。」崔西看著喬治．邦飛，「他所做的一切都是出於對她的愛，同時也是為了每個疼愛女兒的父親。他下定決心，不再讓其他父親承受艾德蒙．豪斯加諸於他和喬治．邦飛先生身上的痛苦。」

她頓了一下，讓自己平復心情，「唯一的合理解釋是，艾德蒙．豪斯向卡洛威警官認罪後，以找不到我妹妹屍體的檢警根本無法定罪來嘲笑卡洛威，所以我父親才會在我和我妹妹共用的浴室裡，抽出梳子上的髮絲，放到紅色雪佛蘭貨卡上，製造假證據。至於會在帕克．豪斯的工具小屋裡，發現莎拉的耳環被藏在襪子裡又塞進一個罐子中，也是我父親的作為。我父親這位鄉下醫生經常登門拜訪病人，當然也包括帕克。他蒐集一切和莎拉有關的報導，打電話給萊恩．哈根，說服哈根指證那天晚上自己開車經過小鎮回家時，看到了那輛紅色雪佛蘭貨卡。這些假證據都是我父親一個人所為的。我必須強調，就我所知，羅尹．卡洛威、萬斯．克拉克，或是其他人，都與我父親的錯誤行為無關。我父親之所以知法犯法，全是一位哀痛和絕望的父親，在走投無路的情況之下，因此鋌而走險的選擇。我們可以指責他的作為，但希望各位不要質疑他的動機。

「我請求那些認識我父親的人，永遠記得那個男人是位忠誠的丈夫、慈愛的父親，也是一位重情重義的朋友。」她折好講稿，抬眼望著聽眾，「請發問，我很樂意為大家解答。」

問題波濤洶湧而來。崔西能躲則躲，能閃則閃，回答能回答的，或者引開對方的攻勢，或是在必要的時候表明無可奉告。十分鐘後，阿姆斯壯和代理郡警官上前結束了這場記者會，並安排警力護送崔西和丹離開，直接送他們回到丹的房子，那裡也同樣被鎮上最精銳的警力保護著。

◆

隔天，崔西來到卡斯卡德郡醫院，走進了卡洛威的病房。她看到卡洛威坐著，背靠著床頭呈四十五度立起的病床，一條腿掛在懸帶上。「嗨，警長。」

他搖搖頭，「不再是了，我退休啦。」

「太陽打西邊出來了？」

「我退休三天了。」他說。

她微微一笑，「退得好。腿怎麼樣了？」

「醫生說腿是留住了，必須做幾次手術。我將來會跛腳，走路都要倚靠拐杖，但他說這不妨礙我去野外釣魚。」

崔西握住他的手，「對不起，都是我害的。我知道是我爸爸要你保密，也知道了我越是挖掘真相，就越把你逼往絕境，你覺得必須保護萬斯和迪安奇洛，所以試著說服我放手，離開小鎮。」

「我才沒妳說得那麼偉大，」他說，「我其實也是自保。我想過要把真相告訴妳的。」

「我才不會相信。」她說。

「對啊，我就是這麼想的，所以才沒說出來。妳都下定決心了，而且我知道妳跟妳老爸一樣頑固。」

她露出微笑，「我比他更頑固。」

「妳已經夠痛苦了，詹姆斯不要妳再扛下更多的愧疚，崔西。他已經失去了莎拉，他不想再失去妳。他害怕妳承受不了那麼痛苦的罪惡感，他不要妳以為莎拉是因妳而死。她不是的，妳知道吧？艾德蒙喪心病狂，是他殺了莎拉，因為他剛好有動手的機會。但我想這應該不需要我來告訴妳吧，妳接觸過的殺人狂，比我們這裡多了好幾倍。」

「你說他到底是怎麼了，羅刀？」

「誰？妳爸爸？」

「你比別人更瞭解他。你想到底是怎麼回事？」

卡洛威思考了一下，「我想他就是承受不了失去的痛苦。他挨不過心中的哀痛，他太愛妳們兩個了。事發當時，他不在家，因此非常自責。妳也瞭解他有多麼責怪自己，他覺得如果他在，就可以阻止悲劇發生。妳知道嗎，這件事也影響了他們的婚姻？」

「我想也是。」

「他覺得事發的時候他不在這裡，而是在夏威夷，都是因為艾比。他雖然沒說出來，但……心裡很不諒解她。後來他發現我們無法替莎拉討回公道，我想這件事讓他崩潰了，負面情緒像雪球越滾越大。他又是個道德感很重的人，我確定栽贓證據這件事更進一步折磨他。不要論斷他，崔西，妳父親是個了不起的人。殺了他的不是他自己，而是悲痛。」

「我知道。」

卡洛威做了一個深呼吸，「謝謝妳在記者會上為我們脫罪。」

「我只是實話實說。」她忍不住笑開。

卡洛威呵呵笑著說：「我不確定司法部會照單全收。」

「比這更大的案子還多著呢，夠他們忙了。」崔西說。更何況，崔西認為迪安奇洛跟她說的話很有道理，不是所有問題都一定要找到答案，特別是當答案帶來的傷害超過益處的時候。她現在把一切罪過都推到爸爸身上，並不覺得對不起他。

「這也是我爸爸想要的解決方式。」她說。

「他是個有肩膀、有擔當的男人。」卡洛威伸手拿起床邊桌上的杯子，用吸管吸了一口果汁，把杯子放回去，「妳要回西雅圖了嗎？」

「還是想趕快把我送走，是吧？」

「其實不是，二十年了，已經習慣了妳不在。」

「我會回來看你們的。」

「用說的都很輕鬆。」

「只有面對創傷，才能走出陰影。」她說，「現在我也明白了，我不需要忘掉莎拉，也不需要忘掉我爸爸，或是雪松叢林鎮，他們已經是我生命的一部分。」

「丹是個好男人。」卡洛威說。

她微微一笑，「我說了啊，要慢慢來。」

「所以，妳現在知道真相了。妳真的沒事？」卡洛威問。「如果需要找人談談，就打電話給我。」

「我需要一些時間。」崔西說。

「我們都是。」卡洛威說。

✦

崔西到病房探病時，迪安奇洛一派泰然自若。

「死了就能跟我的蜜莉重逢，」他說，「其實也不算壞事。」

「出院後，你要住哪裡？」崔西問。

「我有個侄子住波特蘭，他說他的菜園需要找人拔草。」

✦

探病行程的最後一站，是帕克．豪斯。她進入帕克的病房時，想起她爸爸在艾德蒙初審時說過的話：「帕克的心裡也不好受」。她想他現在的心情，一定更不好受。

帕克躺在醫院薄薄的被單下，雙手包著繃帶，雙腳也是。他的臉色蒼白，神色相當惶恐不安，崔西不禁納悶，他的恐懼應該不只是來自於創傷，也跟他幾天不能喝酒有關吧。

「崔西，對不起。」帕克說，「我喝醉了，而且好害怕。他是對的。艾德蒙來投靠我時，人就已經不對勁了，但他是我哥哥的兒子，我覺得有責任照顧他。」

「我瞭解。」她說。

「我沒想要傷害妳和丹，也沒想傷害他的狗。我只是想嚇嚇你們，讓你們不再追查下去。我從沒想過他還會有出獄的一天，一想到他的能耐，我就害怕。我當時整個人都慌了，才會笨到用槍射破丹的玻璃窗。」

「我要你知道，我爸爸從頭到尾都沒有怪過你，一絲一毫都沒有，帕克。我也沒有，以前不會，現在也不會。」

帕克緊抿著雙唇，點點頭，然後說：「你們一家人本來過得好好的，後來卻接二連三地出事，對不起，都是他造成的。有時候我會想，如果他沒來跟我住，雪松叢林鎮會是什麼樣子。妳想過嗎？」

崔西輕輕一笑，「有時候會想，但我會叫自己不要再想下去。」

73

崔西盡可能地在鎮上多留幾天，但星期六下午已經是極限，她必須回西雅圖，回到她的工作崗位上。她和丹站在陽臺，丹摟著她的肩膀，嘴唇流連不去。他們分開後，丹說：「我不知道誰會比較想妳，是我，還是牠們？」雷克斯和福爾摩斯坐在旁邊，神情悲傷。

崔西輕輕捶了他胸膛一下，「你最好比較想我。」

他放開她，她彎腰搓揉雷克斯的頭頂，牠的塑膠圓筒已經拔掉，獸醫說牠已經復原，就跟新的一樣完美。福爾摩斯不甘被冷落，用鼻子頂著她的手，也要她的愛撫。「別擔心，你們兩個我都不會忘記的，」她說，「我會回來看你們，你們也可以來西雅圖看我啊，不過那要等到我搬到有院子的房子才行。而且我的貓咪羅傑，可要不爽了。」她能想像她的貓面對兩隻將近一百三十公斤的大狗侵入地盤時，會有什麼樣的反應。

她在丹家裡靜養的這幾天，他都沒問過她關於他們兩個人的將來，也沒問過她是否考慮留下。就像她在醫院跟帕克說過的，她有時候會忍不住想起以前的小鎮，雖然她強迫自己不要去想，但那已經是她的一部分了。不過她和丹都知道他們有各自的生活，無法說變就變。崔西有工作要做，丹也已經在小鎮定居下來，還有福爾摩斯和雷克斯要照顧。因為艾德蒙的官司和事後危機的處理，丹的名氣高漲，委託辯護的刑事案件讓他應接不暇。

丹和兩隻狗陪著崔西朝她的車走去，「到家的時候，打給我。」他說。有人在乎妳，為妳操心的感覺真好。

她將雙手放到他胸口上，「謝謝你的體諒，丹。」

「慢慢來，等妳準備好了，我和兩隻狗會在這裡的。要記得多揮揮那支長柄大槌。」

她一邊揮手，一邊倒車退出車道，開上馬路。又一次要開車離開這裡了，她擦掉臉頰上的淚水。車子來到高速公路入口時，她逕自駛過，現在不再著急著想離開，反而右轉方向盤，朝小鎮駛去。陽光下的市中心，看起來比以前更有活力，其實，萬事萬物都是如此。小鎮明亮燦爛，樓房也沒有那麼破舊。街上有行人行走，店面前方有車輛停著，也許鎮長會成功，也許他能復興這座古鎮，也許他甚至能找到開發商，完成卡斯卡迪亞開發案，把雪松叢林鎮打造成渡假天堂。這個地方曾經給了一個小女孩和她的妹妹那麼多歡樂和撫慰，也許它還能再次成為那樣親切溫暖的地方。

她開車經過了平房區，孩子們穿著雪衣在前面的院子玩耍，他們堆的雪人都快融光了。再往前開去，房子越來越大，院子也越來越大，它們的屋頂凸出於整齊的籬笆之上。她放慢下來，緩緩來到範圍最大的籬笆之前，遲疑了一下之後，把車駛進籬笆開口處的兩根石柱之間，駛上車道。

崔西把車停在大房子前，走到垂柳樹曾經如雄偉的守護者聳立之地。莎拉以前會抓著柳條，而草地就是躲藏著鱷魚的沼澤，她會吊在草地上，假裝鱷魚在下面張著血盆大口，然後呲牙裂嘴，鬼吼鬼叫著要崔西快來救她。

救命！救命！崔西。鱷魚要吃掉我了。

崔西會小心地踩著小徑，走到最靠近柳樹的石頭上，探身出去，把手伸得長長的，等著接住莎拉的手。

我碰不到妳的手，莎拉會這樣說，完全沉浸在自己幻想中。

崔西會回應她，用力盪，盪過來。

莎拉就會開始用腿和身體前後擺動，抓著柳條盪了起來，她們的手指碰到了一次。再盪，她們的手又碰到了。繼續盪，她會近到崔西能抓住她的手，她們會十指緊扣，這時候崔西會大叫，放開柳條。

我害怕。

別怕。我不會讓妳受傷。莎拉放開了柳條，崔西就把她的小妹妹拉到安全的地方。

身後房子的大門打開，崔西轉了過去。一個女人和兩個小女孩站在陽臺上。崔西猜測小女孩的年紀一個約十二歲，另一個約八歲。「我就想應該是妳，」女人說，「我在報紙上和電視新聞裡看過妳。」

「對不起，沒得到妳的允許就擅自進來了。」

「沒關係，我聽說妳以前住在這裡。」

崔西看著兩個小女孩，「對，和我妹妹。」

「那件事好可怕。」女人說，「真是遺憾，發生那樣的事。」

崔西看著大一點的女孩問：「妳會從樓梯扶手上滑下來嗎？」

女孩嘻嘻一笑，抬頭看著媽媽，她妹妹則哈哈大笑。

「想進來坐坐嗎？」女人問，「四處看看？房子裡一定有很多妳們的回憶。」

崔西看著房子，那曾經是她的家，也正是她駛離馬路、駛進來的原因。她想開始回憶和家人在這裡共享的快樂時光，取代那些不好的記憶。她又一次朝那對小姊妹微笑，她們調皮地竊竊私語。

「我想我會沒事的，」她說，「我一定會沒事的。」

尾聲

崔西調整領結的位置，把它拉到一邊去，靴子的鞋尖戳著地面，雙腿分開站著，抬頭挺胸，接著在腦海裡摸擬一遍射擊過程。

「準備好了，孩子？」裁判官問，「如果妳需要，我可以重頭再說一次。我知道一下子要妳記那麼多，妳會搞混。我們希望每一個人都有公平的機會，尤其是新手。」

現在是星期六大清早，崔西回到西雅圖一個月了。明亮的陽光穿過樹葉灑下來，光線落灑在複製成舊式西部城鎮的店面布景上，讓它更加逼真，斜射出來的影子滑過了其他參賽者。他們都穿著舊式牛仔裝，友善地交談，等著上場射擊。

崔西再次透過黃色護目鏡瞄準槍靶。「準備好了。」她感覺到裁判官想再複述一遍，便任由他說下去。更何況她爸爸也教過，要盡量把握一切對自己有利的情勢。

「一次兩發，」他說，「然後移到第一張桌子，用獵槍射倒那些墓碑；接著跑到前面去，從窗戶射擊外面的五個橘色槍靶，一發一個槍靶。」

「謝謝，」她說，「我可以了。」

「好，」他退到後方去，大叫著：「射手準備好了嗎？」

「好了。」她說。

「監看官準備好了嗎？」

三個男人抬起頭，往前一站，「好了。」

「聽到嗶聲就開始，」裁判官說，「妳有臺詞嗎？」

「臺詞？」崔西問。

「讓我知道妳準備好了的臺詞。有人會用『我討厭蛇』，我是用『我們用鉛交易，朋友』，這是電影《豪勇七蛟龍》裡的臺詞。」

她考慮用以前比賽時的臺詞，電影《大地驚雷》的魯斯特．卡格柏，在騎馬奔向槍林彈雨之前說的話：拔槍吧，你這混蛋。

「有，我想到一句了。」

「好，妳準備好了，就喊出那句臺詞。」

她做了一個深呼吸，大叫：「我不怕黑！」

計時器嗶的長聲響起。她抓起桌上的步槍，射擊，子彈叮叮擊中鐵靶時，第二發子彈跟著射出，擊中同一個鐵靶，第三次接續射擊，如此這般直到她連續擊中剩下的四個鐵靶各兩次。最後一顆子彈射出，她沒等它擊中鐵靶，就朝第二張桌子跑去，抓起獵槍，擊中第一面墓碑。墓碑倒地之前，她上膛，第二發子彈射出，朝右邊的墓碑飛去，獵槍發出巨響。她放下獵槍，快步向店面布景跑去，踏進去，挺胸站立在窗前，拔出插在左腰上的手槍，朝窗外射擊，叮叮聲響起，連續擊中槍靶。

完成後，手槍一轉，插回槍套裡。

「時間到！」裁判官大叫。

全場一片安靜，沒有人說話。所有選手都已經站了起來，等待結果。

縷縷白煙滲進早晨的空氣裡，送來熟悉且甜美的彈藥氣味。三位監看官全都高舉著拳頭，面面相覷。

但崔西很肯定她沒有漏掉任何一個槍靶。

裁判官看了計時器一眼，又看看另一位選手，似乎無法置信，最後又看了看計時器。

「怎麼了，響尾蛇？」問話的是一位坐在桶子上的年邁選手。他的雙腿張開，雙手撐在大腿上。他的牛仔頭銜是「銀行家」，他戴著圓頂禮帽，穿著紅色渦紋背心，上面還掛著一個金色懷錶。「計時器故障了？」他問，但八字鬍在他說話時抖了一下，嘴巴咧得大大地笑著。

「二十八點六秒。」響尾蛇說。

選手們都看著崔西，又看看彼此。

「你確定？」其中一人問。

「不可能吧？」另一個說。

崔西的總秒數比最快的選手還快六秒，比她認真比賽、表現最好時的秒數，慢了三秒。

「妳說妳叫什麼？」裁判官問。

崔西走出店面布景，把她的柯爾特左輪手槍重新插入槍套裡，開口說：「孩子。就叫孩子。」

✦

太陽西下，崔西拉著她的槍架推車穿過土石路，朝停車場走去。這依然是那輛她爸爸為她們打造的手工推車，是她去倉庫取回爸媽的傢俱時找出來的，同時還有她的槍。她現在搬到西雅圖西區一間兩房屋子裡，需要傢俱來填滿新家，外面大大的庭院可以讓雷克斯和福爾摩斯來玩時活動。

那位銀行家在她下場後，一直緊盯著她，現在干脆走到她身旁問：「要走了？」

「對。」崔西回答。

「但他們還沒宣布比賽結果。」

崔西微微一笑。

「那我們該怎麼處理冠軍獎章？」

「我今天看到射擊的那位，是你的孫女嗎？」

「對，是我的孫女。」

「多大了？」

「剛滿十三歲，但她幾乎是會走路就開始玩槍。」

「給她吧，」崔西說，「告訴她永遠別停下來。」

「謝謝。」他說，「二十年前，我看過一位射手，我確定她的牛仔名號是『孩子・克羅斯拔槍』，不過大家都只叫她『孩子』。」

崔西停下腳步。

銀行家微笑，繼續說：「我是在奧林匹亞看到她的，她是我看過最厲害的射手，直到今天遇到妳。但之後，我沒再見過她了。她父親和她的一位姊妹，槍法也很厲害，妳不會剛好也聽過她吧？」

「我剛好聽過，」崔西說，「但你錯了。」

「什麼錯了？」

「她仍然是最厲害的射手。」

銀行家玩弄著一邊的鬍子尾端，「我很想看看她有多好。妳知道她的下一場比賽在哪裡嗎？」

「知道。」崔西說，「但你要再等一等了，她現在在比較高的地方玩槍。」

（全書完）

致謝

一如往常，要感謝的人很多。首先，也是最重要的，為了避免讀者寄信來質疑我的地理常識，我要聲明雪松叢林鎮是我杜撰出來、一座位於北卡斯卡德山中的小鎮。沒錯，華盛頓州的確有座雪松叢林鎮，但我從未去過那裡。這個鎮名唸起來很好聽，以致後來知道真的有一座小鎮叫做雪松叢林時，我也不想改。事情就是這樣。

我得到來自四面八方的許多協助，實在不知該從哪裡開始表達我的感激。本書的創作時間很長，部分訪談和資料搜尋在好幾年前就開始了。以下我提到的人名，全是各領域的專家，但我本人不是，所以書裡若有任何謬誤，全都是我個人的問題。

謝謝法醫人類學家凱西・泰勒，以及金郡醫學實驗室，謝謝那些關於挖掘埋藏在深山叢林裡幾十年以上的埋屍處知識；同時也要謝謝華盛頓州刑事犯罪現場應變小組鑑識科學家克里斯多福・克爾，提供了類似但不同專業領域的指導。

謝謝珍妮佛・格雷哥里博士，她同時是有照獨立臨床社會工作者、路易斯—麥科德聯合基地之西部區域醫療機構支援計畫負責人，以及大衛・安伯里博士暨物理治療研究計畫合作人、好撒瑪利亞人實驗室之兒童醫療組。大衛主動在西北太平洋作家研討會上與我接觸，並介紹我認識珍妮佛・格雷哥里（因為我曾在作家研討會上，向觀眾描述了下一本創作的初步輪廓）。

他們帶領我深入瞭解反社會人格者和精神病患的內心世界，其中的過程十分精采，但也相當驚悚，因而協助我完成了本書，以及下一本小說。

我很幸運能認識許多友善的警界人士，他們總是大方奉獻時間和分享所聞。若沒有她，珍妮佛·索斯沃爾，西雅圖警察局重案組凶殺小隊警探，我無法完成此書。珍妮佛在本書的寫作初期協助我時，尚隸屬於犯罪現場鑑識組，之後才升等為重案組探員，並成為本書靈魂人物的範本。我還要謝謝金郡郡警局，重案組凶殺冷案單位的史考特·湯瑪森探員，史考特總是熱心地與我分享他的專業，或引介我認識其他能提供所需見解的人士，盛情無價。其中一位金郡郡警局重案組的湯姆·傑森，有人說他是最後一位堅決支持綠河凶殺專案小組的人，曾經花二十年的時間搜尋到證據，將蓋瑞·里奇威定罪（注）。

謝謝凱莉·羅莎，我的老友，同時也是金郡檢察署的資深助理。凱莉協助我完成每一本小說，並且瘋狂地四處推銷我的書，我認為是時候讓她進入小說中，成為其中一名角色，而法醫人類學家正好最合適。謝謝，凱莉——妳永遠是最棒的！

由衷感謝柯克蘭警察局的小隊長布萊德·波特。我和布萊德是在一場可怕的庭審上認識，他當時負責偵查該案，我們後來成為志同道合的朋友。本書中的肯辛頓·羅伊，就是以他為範本創作，不過肯辛的私生活則是編撰出來的。

注 美國史上最大連環凶殺案「綠河殺手」。一九八二年起連續二十年，殺害了至少十八名婦女和女童，直到二〇〇一年DNA檢測技術成熟後，才將其定罪。

也謝謝蘇・拉河，前金郡郡警官，現任華盛頓州刑事司法訓練委員會執行會長。她也是崔西的範本之一，我在創作時並不自覺，其實崔西的執拗、堅毅和幽默感都是源自於蘇。謝謝妳不吝於花時間告訴我，女性在以男性為主的警界中工作其中的酸甜苦辣。書中女警職涯辛勞的書寫，同樣也受惠於西雅圖警局重案組的唐娜・達菲，西雅圖重案組第一位女性探員，她也大方地花時間從女性觀點談論她的工作和職業生涯。

謝謝華盛頓州卡芬頓市的金・杭特律師，讓我在判決後救濟程序和刑事法上受益良多。認識她的時候，本書創作正陷入膠著狀態，就是她協助我脫離瓶頸。

寫作最大的福利就是有機會從事日常活動之外的新鮮事，例如在一個霧濛濛的冬天早晨，參加雷頓非雪蓋姆俱樂部的牛仔射擊比賽。那是很充實有趣的一天，感覺好像回到了從前的西部荒野。所有與會人士都是一身復古裝扮，並且盡責地遵守賽場規矩，包括嚴格控管槍枝安全。這些人的槍法真不是蓋的，能在迅雷不及掩耳的速度下結束射擊。他們好客、無私地與我分享在書本裡找不到的射擊相關知識。丹蒙史林格、傑斯達奇、佐尹頓雷特、達柯塔和奇德桑德，謝謝你們總是花時間回答我的問題。

寫作的另一個樂趣，就是可以用書裡的角色來做公益——以這本書為例，我為兒子募到了高中和西雅圖預備學校的學費。謝謝艾力克和瑪格麗特・基爾沙夫婦的慷慨捐獻，讓我可以用你們的名字為本書中的角色命名，真希望我能附上艾力克的電子郵件文字，他在信中對妻子的描述如此令人動容。如果一個丈夫這樣形容妻子「傾國傾城，卷髮無比俏麗，小腿線條優美，還有打從心底綻放的真摯笑容」，那妳真是全天下最幸運的妻子。祝兩位二十五週年結婚紀念快樂。

創作小說時，我會閱讀許多書籍協助研究，一般不會在小說結束後明列資料參考來源，但這次我想列出這些助益巨大的書籍、手冊和論文：

莫里斯·高德溫、弗萊德·羅森，《追捕／獵捕連環殺手》。

大衛·雷徹特，《追捕惡魔／獵捕綠河凶手的二十年》。

戴安·楊西，《追捕連續殺人犯》。

羅伯·坎貝兒、威廉·布里恩，《連續殺人犯心理調查／驚悚案件》。

羅伯·莫頓，《連續殺人犯／偵查員之多元訓練透視》，全國暴力犯罪分析中心，犯罪行為分析組。

皮爾斯·布魯克，《跨部門偵查隊手冊》，美國司法部，國家司法研究所。

謝謝我的超級經紀人梅格·魯蕾，以及她在珍羅徹森經紀公司的團隊。梅格持續為我的工作創造驚奇，我很幸運能成為她手上的作者將近十年之久。她的感染力十足，永遠都能看到事情的光明面，感謝她和她的團隊閱讀我的草稿，並提出建議。衷心謝謝妳對我的支持，沒有妳，我不會有今天。

謝謝湯瑪斯&莫瑟出版社，謝謝你們相信這本書、相信我。特別感謝資深編輯艾倫·托庫斯、編輯夏洛蒂·荷切、克謝斯蒂·艾潔達、雅克·班柴克里、蒂芬妮·波寇尼、保羅·莫里西。若有遺漏任何人，請相信我真的很謝謝你。

謝謝將我的網頁管理得有聲有色的譚米．泰勒。謝謝吃力閱讀冷硬初稿的讀者們，謝謝你們協助我完善我的書稿。謝謝潘．拜德，謝謝西北太平洋作家研討會力挺我的作品。

謝謝我忠誠的讀者，謝謝你們來信表達享受我的小說的心得，並且期待下一本作品上市。你們是我持續探索更精采故事的理由。

我要把這本書獻給羅伯特．A．卡貝拉。羅伯特為人慷慨和善，臉上永遠掛著大大的笑容。但過去幾年來，因為捲入一樁嚴重的醫療糾紛，被事件後續效應所拖累，再加上離婚爭議，使他變得了無生趣，最後在二〇一四年三月二十日離開人世。我們一家人甚感欣慰羅伯特離世前的最後一個星期前來同住，我的孩子熱愛他們「榮耀的舅舅」，我的妻子鍾愛她的弟弟。羅伯特會在夏天邀請我們到他的船上渡假，他永遠是那個讓我們擁有無數美好回憶的好舅舅。

我瞭解失去心愛之人，會在心上留下一個永遠無法填補的大洞。我的父親於六年前過世時，那種感覺便縈繞於心，讓我每天都極度思念他。羅伯特的逝去也深刻地撼動了我們。他離去的那個清晨，我坐在陽臺看著日出，妻子過來陪著我，天空一片深深淺淺洋紅，美極了。我看著看著，忽然想到結婚當天，牧師問我這輩子想要什麼，我的回答是：「下輩子也要和克莉絲蒂娜一起看日出。」我確定這麼美麗的日出是羅伯特給我們的禮物，他想提醒我們每天都要看看上帝美麗的創造，每天都要感受祂的慈愛，永遠都要心向光明。我會為羅伯特和他的三個孩子禱告，我的心永遠記掛著他們。

克莉絲蒂娜，我一輩子的愛人，我的心靈伴侶，她陪著我一步步地完成這一趟生命之旅。妳一天比一天美麗。請妳永遠記得我們的日出承諾，每一天都要心懷美好、愛和光明。給我的兒子，喬，他現在已經是個大男人了，我希望你擁有愛，它能帶來生命中最重要的事物——快樂。給我的女兒，凱瑟琳，有妳在的地方，永遠明亮繽紛，請不要讓自己失去那份光采和熱情。

中英名詞對照表

A

Abby Crosswhite
艾比・克羅斯懷特

Abby Becker　艾琶・貝克

AFIS（Automated Fingerprint Identification System）自動指紋辨識系統

American Legion
美國退伍軍人協會

Andrew Laub（Andy）
安德魯・勞伯（安德）

Anna Coles　安娜・柯爾斯

Annabelle Bovine
安娜貝兒・邦飛

Arthur Thorenson
亞瑟・托倫森

Aurora Avenue　奧羅拉大道

B

Ben　班

Bennett Lee　班奈特・李

Bert Stanley　伯特・史丹利

Billy Richmond
比利・列治文

Billy Williams　比利・威廉

Bob Fitzsimmons
包伯・費茲西蒙斯

Bradley　布萊德利

C

Carol Holt　卡蘿・荷爾特

Cascade County　卡斯卡德郡

Cascadia　卡斯卡迪亞渡假村

Cedar Grove　雪松叢林鎮

Cedar Grove Mining Company

　雪松叢林礦業公司

Cedar Grove Sheriff's Office

　雪松叢林郡警局

Cedar Hollow　雪松山谷

Chihuly Glass Exhibit

　胡奇立玻璃藝術展

Christian Mattioli

　克力斯欽・馬提歐利

D

Daily Perk

　「天天活躍」咖啡店

Daniel O'Leary (Dan)

　丹尼爾・奧萊利（丹）

Dancing Bare

　「裸舞」舞廳

Darren Thorenson

　達倫・托倫斯

DeAngelo Finn

　迪安奇洛・芬恩

Delmo Castigliano (Del)

德爾莫・卡斯提利亞諾（德爾）

Dirk　德克

E

Edmund House　艾德蒙・豪斯

Elmwood Avenue

　榆樹大道

Enrique　安立奎

Eric Giesa　艾瑞克・基爾沙

Eureka　尤里卡

F

Federal Energy Regulatory Commission
美國聯邦能源管制委員會

Finlay Armstrong
范雷・阿姆斯壯

Floyd Hattie　弗洛伊德・海提

Fred Digasparro
弗萊德・迪卡斯帕洛

G

Gary　蓋力

George Bovine　喬治・邦飛

Greg Holt　格雷克・荷爾特

H

Harley Holt
哈雷・荷爾特維修廠

Harrison Scott
哈里森・史考特

Hercules　海克力斯

Homicide Investigation Tracking Systen（HITS）　重案偵查追蹤系統（重偵系統）

Hoover Dam　胡佛水壩

Hutchins' Theater
哈欽斯雷影院

I

Independent Forensics Laboratories
獨立鑑識實驗室

J

Jack Frates　傑克・弗瑞茲

James Crosswhite
詹姆斯・克羅斯懷特

Nora Calloway　娜拉・卡洛威

Nora Stevens
諾拉・史蒂文斯

O

Olympia　奧林匹亞

P

Parker House　帕克・豪斯

Peter Kaufman　彼得・考夫曼

Peter Lyon　比德・里昂

Phil Ronkowski
菲爾・隆科斯基

Pine Crest Road　松頂路

Pine Flat　松弗蘭

R

Rex　雷克斯

Rick Cerrabone
里克・塞拉彭

Roger　羅傑

Ron Mayweather
榮恩・梅威瑟

Roy Calloway　羅尹・卡洛威

Ryan Hagen　萊恩・哈根

S

Sarah Lynne Crosswhite
莎拉・琳・克羅斯懷特

Scally　史考利

Seattle Police Department (SPD)　西雅圖警察局

Sheena Easton　席娜・伊斯頓

Sherlock　福爾摩斯

Silver Spurs　銀色馬刺

Sparrow　史派羅

Spokane County　斯波坎郡

Steven　史提夫

Sunnie Witherspoon

　桑妮・薇斯朋

T

The Evergreen Inn　長春旅館

the Five 'n' Dime　十元商店

The Washington State Patrol Crime Lab

　華盛頓州刑事鑑識實驗室

The Washington State Patrol Crime Scene Response Team (CSRT)　華盛頓州刑事犯罪現場應變小組

Thorenson's Funeral Home

　托倫斯殯儀館

Todd Yarrow　陶德・亞羅

Tony Swanson

　東尼・史瓦森

Tracy Crosswhite

　崔西・克羅斯懷特

V

Vance Clark　萬斯・克拉克

Vern Downie　韋恩・唐尼

Vic Fazzio（Faz）

　維克・法茲歐（法茲）

W

Walla Walla　瓦拉瓦拉

Wild Bill　懷德・比爾

Y

Yakima River　雅基馬河

國家圖書館出版品預行編目資料

妹妹的墳墓 / 羅伯・杜格尼(*Robert Dugoni*)；
李玉蘭譯. -- 初版. -- 臺北市：奇幻基地, 城
邦文化出版：家庭傳媒城邦分公司發行, 民
105.07
面； 公分. -- (*Best嚴選；86*)
譯自：*My Sister's Grave*
ISBN 978-986-93169-1-0 (平裝)

874.57 *105010417*

ISBN 978-986-93169-1-0

BEST 嚴選 086

妹妹的墳墓

原著書名／My Sister's Grave
作　　者／羅伯・杜格尼（Robert Dugoni）
譯　　者／李玉蘭
企劃選書人／楊秀真
責任編輯／王雪莉
行銷企劃／周丹蘋
業務主任／范光杰
行銷業務經理／李振東
總 編 輯／楊秀真
發 行 人／何飛鵬
法律顧問／台英國際商務法律事務所　羅明通律師
出版／奇幻基地出版
城邦文化事業股份有限公司
台北市 104 民生東路二段 141 號 8 樓
電話：(02)25007008　傳真：(02)25027676
網址：www.ffoundation.com.tw
e-mail：ffoundation@cite.com.tw
發行／英屬蓋曼群島商家庭傳媒股份有限公司城邦分公司
台北市 104 民生東路二段 141 號 11 樓
書虫客服服務專線：(02)25007718・(02)25007719
24 小時傳真服務：(02)25170999・(02)25001991
服務時間：週一至週五09:30-12:00・13:30-17:00
郵撥帳號：19863813　戶名：書虫股份有限公司
讀者服務信箱 E-mail：service@readingclub.com.tw
歡迎光臨城邦讀書花園　網址：www.cite.com.tw
香港發行所／城邦（香港）出版集團有限公司
香港灣仔駱克道193號東超商業中心1樓
電話：(852)25086231　傳真：(852)25789337
e-mail : hkcite@biznetvigator.com
馬新發行所／城邦（馬新）出版集團
【Cite(M)Sdn. Bhd】
41, Jalan Radin Anum, Bandar Baru Sri Petaling,
57000 Kuala Lumpur, Malaysia.
Tel: (603) 90578822　Fax:(603) 90576622
email:cite@cite.com.my
封面設計／朱陳毅、黃聖文
排　　版／極翔企業有限公司
印　　刷／高典印刷有限公司
■2016年（民105）7月28日初版
■2020年（民109）5月15日初版11.5刷

售價／380元

廣 告 回 函
北區郵政管理登記證
台北廣字第000791號
郵資已付，免貼郵票

104台北市民生東路二段141號11樓

英屬蓋曼群島商家庭傳媒股份有限公司城邦分公司 收

請沿虛線對摺，謝謝

奇幻基地

每個人都有一本奇幻文學的啟蒙書

奇幻基地官網：http://www.ffoundation.com.tw

奇幻基地粉絲團：http://www.facebook.com/ffoundation

書號：**1HB086** 書名：妹妹的墳墓

15 annual

奇幻基地15周年龍來瘋慶典

集點好禮獎不完！還可抽未來6個月新書免費看！

活動期間，購買奇幻基地作品，剪下回函卡右下角點數，集滿點數，寄回本公司即可兌換獎品＆參加抽獎！

集點兌換辦法

2016年06月起至2017年12月20日前(郵戳為憑)，奇幻基地出版之新書，剪下回函卡右下角點數，集滿點數貼至右邊集點處，寄回奇幻基地，即可兌換贈品(兌換完為止)，並可參加抽獎。

集點兌換獎品說明

5點：「奇幻龍」書擋一個（寬8x高15cm，壓克力材質)

10點：王者之路T恤一件 (可指定尺寸S、M、L)

回函卡抽獎說明

1.寄回集滿5點或10點的回函卡，皆可參加抽獎活動！回函卡可累計，每張尚未被抽中的回函卡皆可參加抽獎。寄越多，中獎機率越高！

2.開獎日：2016年12月31日(限額5人)、2017年05月31日(限額10人)、2017年12月31日(限額10人)，共抽三次。

回函卡抽獎贈書說明

中獎後，未來6個月每月免費提供奇幻基地當月新書一本！

(每月1冊，共6冊。不可指定品項。)

特別說明：

1.請以正楷書寫回函卡資料，若字跡潦草無法辨識，視同棄權。

2.本活動限台澎金馬。

【集點處】

1	6
2	7
3	8
4	9
5	10

（點數與回函卡皆影印無效）

個人資料：

姓名：＿＿＿＿＿＿＿＿＿＿ 性別：☐男 ☐女

地址：＿＿＿＿＿＿＿＿＿＿

電話：＿＿＿＿＿＿＿＿＿＿ email：＿＿＿＿＿＿＿＿＿＿

想對奇幻基地說的話：＿＿＿＿＿＿＿＿＿＿

＿＿＿＿＿＿＿＿＿＿

請剪下右側點數，貼於背面的集點處，集滿5點以上，即可寄回兌換抽獎

2 2016

My Sister's Grave

MY SISTER'S GRAVE